NEVE E CINZAS

NEVE E CINZAS

SARA RAASCH

Tradução de
Mariana Kohnert

HarperCollins Brasil
Rio de Janeiro, 2016

Título original: Snow like ashes

Rua Nova Jerusalém, 345 – Bonsucesso – 21042-235
Rio de Janeiro – RJ – Brasil
Tel.: (21) 3882-8200 – Fax: (21) 3882-8212/831

CIP-BRASIL. CATALOGAÇÃO NA PUBLICAÇÃO
SINDICATO NACIONAL DOS EDITORES DE LIVROS, RJ

R11n

Raasch, Sara
Neve e cinzas / Sara Raasch ; tradução Mariana Kohnert. - 1. ed. - Rio de Janeiro : HarperCollins Brasil, 2016.
320 p. : 23 cm.

Tradução de: Snow like ashes
ISBN 978.85.6980.985-2

1. Ficção americana. I.Kohnert, Mariana. II. Título.

16-32579 CDD: 813
CDU: 821.111(73)-3

A todos que leram o primeiro (e terrível) rascunho desta história
e não riram quando a Sara de 12 anos disse:
— Algum dia, vou conseguir que isto seja publicado.

MONTANHAS PAISEL
PAISLY
CORDELL
Bithai
FLORESTA DO NORTE DE ELDRIDGE
VENTRALLI
Rintiero
Putnam
Rio Langstone
PLANÍCIES RANIA
MAR DESTAS
YAKIM
Rio Feni
Lynia
Juli
VERÃO
Oktuber
Jannuari
Abril
FLORESTA DO SUL DE ELDRIDGE
PRIMAVERA
OUTONO
INVERNO
MONTANHAS KLARYN
PRIMORIA

I

— Bloqueia!

— Onde?

— Não posso dizer onde, você deveria acompanhar meus movimentos!

— Bem, então pega leve.

Mather revira os olhos.

— Não pode mandar um soldado inimigo pegar leve.

Rio diante da exasperação dele, mas meu sorriso tem vida curta, pois a lâmina cega da espada de treino de Mather me acerta logo abaixo dos joelhos. Desabo no campo empoeirado com as costas estalando ao baterem no chão, a espada voa das minhas mãos e desaparece no gramado alto próximo.

Combate corpo a corpo sempre foi meu ponto fraco. Culpo o Sir e o fato de que ele não começou a me treinar até que eu estivesse com quase 11 anos; algumas sessões adicionais com uma espada poderiam ter me ajudado a conter mais de três golpes de Mather agora. Ou talvez treino algum no mundo pudesse mudar o quão desajeitada uma espada parece em minhas mãos e o quanto eu adoro lançar minha lâmina circular giratória mortal — meu chakram. Prever os movimentos à queima-roupa de um adversário enquanto uma lâmina atrapalha minha visão jamais foi meu forte.

Os raios do sol tocam minha pele enquanto olho para o céu azul, encolhendo-me de dor devido a uma pedra afiada sob minhas costas. É a quarta vez nos últimos vinte minutos que acabo no chão, observando tufos de grama da pradaria dançando em volta de minha cabeça. Estou sem fôlego e o suor forma gotas em meu rosto, então permaneço de costas, aproveitando esse momento de paz.

Mather inclina o corpo e adentra meu campo visual, de ponta-cabeça, e espero que ele atribua ao cansaço a vermelhidão repentina em minhas bochechas. Não importa quantas vezes me jogue no chão, Mather está sempre bonito. Ele tem o tipo de beleza que dói fisicamente, me faz sair aos tropeços em busca de algum lugar para me apoiar quando sou pega desprevenida. Algumas mechas dos cabelos brancos de inverniano dele oscilam na altura da bochecha, o restante, na altura dos ombros, está preso com barbante. A proteção peitoral de couro justa ao seu tronco ressalta o fato de que Mather passou a maior parte da vida usando esses músculos em treino de combate e os braços dele são esguios e estão expostos, exceto pelas braçadeiras. Sardas salpicam todo o rosto pálido de Mather, o pescoço, os braços, um testemunho do sol ofuscante das planícies Rania.

— Ganhar seis em 11 tentativas? — O tom esperançoso na voz de Mather, como se ele realmente acreditasse que tenho a chance de derrotá-lo, me faz erguer uma sobrancelha.

Resmungo.

— Só se as próximas seis tentativas puderem ser a longa distância.

Mather ri.

— Recebi ordens rigorosas para fazer com que você vença pelo menos uma luta de *espadas* até o retorno de William e o restante.

Estreito os olhos e tento engolir o ímpeto que percorre meu corpo. Sir partiu com Greer, Henn e Dendera em uma missão até a Primavera, enquanto o restante de nós ficou para trás: Mather, o futuro rei (que pode partir nas missões mais perigosas porque foi treinado desde o nascimento na arte da luta); Alysson, mulher de Sir (que jamais mostrou a menor habilidade para luta); Finn, outro soldado em boa forma (regra de Sir: Mather sempre precisa ter um lutador apto para defendê-lo); e eu, a garota órfã, eternamente em treinamento (que, apesar de seis anos de treino de luta, ainda "não é boa o bastante" para que se confie nela em missões importantes).

Sim, precisei usar algumas de minhas habilidades em missões de busca por comida, para combater um ou outro soldado ou cidadão insatisfeito de um dos quatro reinos Ritmo. Mas quando Sir organiza missões para Primavera, missões nas quais beneficiaremos diretamente Inverno, em vez de simplesmente trazer de volta suprimentos para os refugiados, ele sempre tem uma desculpa para que eu não possa ir: o reino da Primavera é perigoso demais; a missão é importante demais; não posso arriscá-la com uma adolescente.

Mather deve reconhecer a forma como eu mordo o lábio ou o modo como minha concentração divaga, pois ele exala um suspiro forçado.

— Você está melhorando, Meira, de verdade. William só quer se certificar de que você pode lutar tanto em combate corpo a corpo quanto a distância, como todo mundo. É compreensível.

Eu olho para Mather, com raiva.

— Sou horrível em combate corpo a corpo, simplesmente não tenho o nível de habilidade de *vocês*. Minta para Sir; diga a ele que eu finalmente derrotei você. É nosso futuro rei, ele confia em você!

Mather faz que não com a cabeça.

— Desculpe, só posso usar meus poderes para o bem.

A expressão do rosto dele se contrai e levo um segundo para perceber a mentira acidental no que Mather falou. Ele não tem poder algum, não de verdade, não como magia, e essa falha tem sido uma dificuldade por toda a nossa vida.

Eu me sento, arrancando folhas de grama para enrolar entre os dedos, apenas para ter algo que fazer devido à tensão repentina.

— Para que você usaria magia? — pergunto. Minhas palavras soam tão fracas que quase se dissipam.

— Quer dizer... além de mentir para Sir por você? — O tom de voz de Mather é tranquilo, mas quando fico de pé e me volto para ele, meu peito dói diante da tensão em suas feições.

— Não — começo a responder. — Se Inverno tivesse um condutor completo de novo, um condutor que não fosse de sangue feminino, que qualquer monarca, rei ou rainha, pudesse canalizar, para que você usaria o poder?

A pergunta sai aos tropeços de minha boca, como uma pedra lisa em um córrego, gasta de tanto que a revirei na mente. Jamais falamos sobre o condutor do Inverno, o medalhão que o Rei Angra Manu da Primavera quebrou, há 16 anos, quando destruiu nosso reino, a não ser que esteja relacionado a uma missão. É sempre: "Soubemos que uma das metades do medalhão estará no lugar tal na hora tal"; nunca "Mesmo se conseguirmos restaurar nosso condutor de sangue feminino, como saber se a magia funcionará quando nosso único herdeiro é do sexo masculino?".

Mather se mexe, desconfortável, batendo com a espada na grama como se travasse uma guerra particular contra a pradaria.

— Não importa o que eu faria com ele, não há garantias que eu o poderia usar.

— É claro que importa. — Franzo a testa. — Ter boas intenções...

Mas Mather me lança um olhar irritado antes que eu sequer possa terminar.

— Não, não importa — replica ele. Quanto mais Mather fala, mais rápidas as palavras saem, jorrando de dentro dele de um modo que me faz pensar que Mather também precisa conversar sobre isso. — Não importa o que eu queira fazer, não importa o quão bem eu lidere ou o quanto eu treine, não conseguirei forçar a vida a surgir em campos congelados, ou curar pragas, ou dar força a soldados como eu faria caso pudesse usar o condutor. Os invernianos provavelmente prefeririam ter uma rainha cruel a um rei com *boas intenções*, porque com uma rainha eles ao menos teriam a chance de ter a magia ser usada a seu favor. Não importa o que eu faria com a magia, porque os líderes são valorizados pelas coisas erradas.

Mather respira fundo, as feições do rosto ficam contraídas enquanto ele ouve tudo o que disse, todas as preocupações e fraquezas expostas. Mordo o interior da bochecha, tentando não encarar o modo como Mather encolhe o corpo e golpeia a grama de novo. Eu não deveria ter insistido, mas algo bem no fundo de mim sempre pulsa com a ânsia de falar mais, de aprender o máximo possível sobre um reino que jamais sequer vi.

— Desculpe — sussurro, e massageio o pescoço. — Mencionar um assunto sensível enquanto você está armado não foi inteligente de minha parte.

Mather dá de ombros, mas ele não parece seguro.

— De forma alguma! Nós deveríamos conversar sobre isso.

— Diga aos outros então — resmungo. — Eles simplesmente saem correndo em missões, voltam ensanguentados e dizem: "Pegaremos da próxima vez, e então conseguiremos a outra metade e, depois, reuniremos aliados e derrubaremos Primavera e salvaremos todos." Como se fosse tudo muito fácil. Se é tão fácil, por que não conversamos mais a respeito?

— Dói demais — responde Mather. Simples assim.

Isso me faz parar. Eu o encaro com um olhar longo e cauteloso.

— Algum dia não doerá.

A promessa que nós refugiados sempre fazemos uns aos outros, antes de sairmos em missões, sempre que as pessoas voltam sangrando e feridas, sempre que as coisas dão errado e nos recolhemos, aterrorizados. *Nós ficaremos bem... algum dia.*

Mather embainha a espada e para, com a mão no cabo, antes de dar dois passos na minha direção e pôr a mão em concha sobre meu ombro. Quando me sobressalto, erguendo o olhar para o dele, Mather percebe o que está fazendo e recolhe a mão.

— Algum dia — concorda ele, com a voz falhando. O modo como Mather fecha e abre a mão que me tocou faz meu estômago se revirar em uma espiral de agitação. — Por enquanto, só precisamos nos preocupar em conseguir o medalhão de volta para ganharmos status de reino de novo e conseguirmos aliados para combater Primavera. Ah, e precisamos nos certificar de que você é capaz de fazer mais do que ficar deitada durante uma luta com espadas.

Dou uma risada debochada.

— Hilariante, Vossa Alteza.

Mather se encolhe e sei que é devido ao título que usei. O título que preciso usar. Aquelas duas palavras, *Vossa Alteza*, são o limite que nos mantém afastados a uma distância adequada — eu, uma soldada órfã em treinamento, e ele, nosso futuro rei. Não importam as circunstâncias difíceis, não importa que tenhamos sido criados juntos, não importa o calafrio que o sorriso de Mather lance por meu corpo, ainda é *ele* e ainda sou *eu*, e sim, ele precisa ter uma herdeira do sexo feminino algum dia, mas com uma dama adequada, uma duquesa ou princesa — não com a garota com quem treina luta.

Mather saca a espada de novo enquanto busco minha lâmina largada na pradaria, me concentrando novamente na tarefa atual, em vez de na forma como os olhos dele me seguem pelo gramado alto e amarelo. O acampamento fica alguns passos adiante, o terreno amplo da pradaria camufla nossas tendas de tons pálidos de marrom e amarelo. Isso e o fato de que as planícies Rania não são acolhedoras para viajantes nos manteve seguros durante os últimos cinco anos nesse lar patético — ou o mais próximo de um lar que temos no momento.

Interrompo a busca, encarando o acampamento com um peso crescente nos ombros. Longe o suficiente de Primavera para não sermos descobertos, perto o bastante para conseguirmos planejar missões rápidas de reconhecimento, apenas um punhado de cinco tendas, mais um curral para cavalos e outro para nossas duas vacas. À exceção disso, as planícies Rania são estéreis, secas e *quentes*, mesmo para os padrões sufocantes do reino de Verão e, por isso, elas permanecem vazias, um território que nenhum dos oito reinos de Primoria quer reivindicar. Levamos três anos para conseguir que um punhado de vegetais franzinos surgisse no jardim, que dirá criar plantações o suficiente para que a ocupação das planícies valesse a pena para um reino. Seria preciso tanta magia de condutor para fazer com que o solo fornecesse plantações que mal valeria a pena, e não há lucro em observar o pôr do sol.

Mas tudo isso é o suficiente para manter nós oito vivos. Oito, dos 25 originais que escaparam da queda de Inverno. Pensar nesses números faz meu estômago se revirar. Nosso reino costumava ser o lar de mais de cem mil invernianos, e a maioria deles foi massacrada na invasão de Primavera. Aqueles que não foram estão agora em campos de trabalhos forçados em Primavera. Não importa quão poucos restem, à espera na escravidão, por eles vale a pena suportar essa vida nômade que temos agora. Essas pessoas são Inverno, pedaços da vida que deveríamos ter, e elas merecem — *todos* merecemos — uma vida de verdade, um reino de verdade.

E não importa quanto tempo Sir me restrinja a missões menores, não importa que eu frequentemente duvide se conseguir as partes do medalhão será o bastante para conquistar aliados e libertar nosso reino, estarei pronta para ajudar. Sei que Sir está ciente da dedicação que vibra dentro de mim; sei que ele entende que compartilho do desejo que tem de recuperar Inverno. E algum dia não poderá mais me ignorar.

Em uma viagem para Yakim, um dos reinos Ritmo, quando eu tinha 12 anos, um grupo de homens encurralou Sir e eu em um beco, gritando sobre os reinos bárbaros e beligerantes Estação. Sobre como preferiam que nos matássemos para que a rainha deles pudesse se intrometer e vasculhar os destroços de nosso reino para encontrar aquilo cuja perda eles atribuem aos reinos Estação: a fonte de magia de Primoria, o abismo sobre o qual estão nossos quatro reinos.

— Eles querem mesmo que nós nos matemos? — perguntei a Sir, depois que conseguimos escapar. Lutei sozinha contra um dos homens, mas quando escalamos uma das paredes do beco para escapar deles, meu orgulho se transformou em vergonha confusa.

Em algum lugar sob os reinos Estação está uma gigantesca bola pulsante de magia; e em algum lugar em nossas montanhas Klaryn houve, um dia, uma entrada até ela. Apenas as terras dos reinos das quatro Estações são afetadas pelo abismo — nas condições extremas e consistentes de seus ambientes — mas todos os reis e rainhas de Primoria, de Ritmo *e* Estação, possuem uma parte daquela magia em seus condutores, e podem usá-la para ajudar seus reinos. Os quatro reinos Ritmo nos odeiam porque *isso* é tudo que eles têm: magia em objetos como uma adaga, um colar, um anel. Eles nos odeiam por termos permitido que a entrada se perdesse no tempo e nas avalanches e na memória, por morarmos exatamente no topo da magia e não destroçarmos nossos reinos para cavar e conseguir mais dela.

Sir parou e se agachou até ficar em meu nível, então pegou um punhado de neve que derretia na lateral da estrada.

— Os reinos Ritmo nos invejam — disse ele, para a neve. — Nosso reino permanece no inverno o ano todo, em neve e gelo gloriosos, enquanto os reinos deles percorrem o ciclo de todas as quatro estações. Precisam tolerar a neve derretendo e o calor sufocante. — Sir piscou um olho para mim e estampou seu melhor sorriso, um raro agrado que fez meu peito esfriar de felicidade. — Nós deveríamos nos sentir mal por eles.

Franzi o nariz para a neve amarronzada, mas não consegui deixar de sorrir com Sir, aproveitando a camaradagem entre nós. Naquele momento, eu me senti mais como uma inverniana, mais como parte dessa cruzada para salvar nosso reino, do que jamais havia sentido.

— Eu prefiro ter inverno o tempo todo — falei para Sir.

O sorriso dele se desfez.

— Eu também.

Aquela foi apenas a primeira vez em que senti — em que *soube* — que Sir viu a disposição em mim. Mas não importa o quanto eu me prove, jamais consigo ir além das restrições dele — mas isso não me impede de tentar. É isso o que todos nós fazemos: tentamos viver, sobreviver, recuperar nosso reino, a qualquer preço.

Encontro minha espada de treino apoiada em um trecho de grama pisoteada. Com os músculos estremecendo devido ao esforço, pego a espada e franzo a testa para Mather, que olha para além de mim, para as planícies. O rosto dele está impassível, a expressão escondida pelo véu que faz de Mather um monarca perfeito e um amigo irritante.

— O que foi? — Acompanho o olhar dele. Quatro silhuetas oscilam em nossa direção, o calor faz com que estremeçam, como ilusões ondulantes. Mas são discerníveis, mesmo de tão longe, e perco o fôlego, aliviada.

Um, dois, três, quatro.

Eles voltaram. Todos. Eles sobreviveram.

2

MATHER PASSA POR mim, disparado pela grama.

— Eles chegaram!

Do acampamento, a esposa de Sir, Alysson, prende a saia em um nó e segue às pressas para longe da comida que estava preparando, e Finn sai correndo de uma tenda, com uma bolsa médica.

Solto a espada e sigo Mather, concentrada nas silhuetas diante de nós. Aquele é Sir? Ele está inclinado demais para a frente na sela? Será que se feriu? É claro que sim. Dois deles foram para os limites de Abril, a capital de Primavera, e os outros dois se infiltraram em um dos portos litorâneos de Primavera, Lynia. Nenhum dos lugares fica muito para dentro das fronteiras de Primavera, mas ainda estão sob o domínio de Angra, e qualquer missão ali termina com pelo menos algum derramamento de sangue.

Mather e eu chegamos primeiro ao grupo. A bolsa de Finn não o impede de chegar antes de Alysson e ele para, aos tropeços, segundos atrás de nós, puxando ataduras e cremes da bolsa.

Dendera desaba do cavalo, ofegante no chão. Ela está no fim dos quarenta anos, a idade de Alysson, e os cabelos brancos de inverniana oscilam sobre o rosto marcado por leves rugas ao redor dos olhos e da boca.

Dendera passa um dos braços em volta da própria cintura e se vira para Greer quando ele sai do cavalo.

— A perna dele — murmura Dendera, indicando para Finn a laceração na coxa de Greer.

Greer direciona Finn de volta para Dendera.

— Ela está pior — diz ele, apoiando a testa na sela enquanto respira profunda e regularmente. Os cabelos curtos cor de marfim de Greer estão grudados na cabeça, sujos de suor e sangue. Na maior parte do tempo, é fácil esquecer que Greer é o mais velho do grupo, escondendo a idade por trás da determinação irredutível de aceitar qualquer tarefa, qualquer missão.

Henn desce do cavalo ao lado de Dendera, apoiando um dos braços da mulher sobre o ombro dele para mantê-la de pé. A forma como Henn a conforta me faz querer virar o rosto, como se eu estivesse vendo algo íntimo. Não deveria parecer diferente da forma como tratamos um ao outro — um exército aleatório com Sir como comandante, e não uma família. Mas não consigo deixar de imaginar se, caso nossa situação fosse melhor, Dendera e Henn gostariam de ser uma família de verdade.

Todos os quatro sangram em lugares diversos do corpo, com camisas rasgadas e ataduras improvisadas manchadas de marrom-avermelhado com uma mistura de sangue seco e fresco. Sir é o único que desce do cavalo sem esforço e fica de pé, alto e imóvel, nos observando distraidamente. Com todo o tempo que passo com Mather, eu deveria ser melhor em decodificar olhares sem emoção. Mas eu simplesmente fico parada ali, o corpo congelado com ansiedade, incapaz de me mover para ajudar Finn e Mather a distribuírem ataduras.

Meus olhos percorrem cada cavalo de cima a baixo, cada bolsa. Será que conseguiram a metade do medalhão?

— William! — O grito de Alysson a precede por alguns segundos conforme a mulher se atira ao marido, mandando os ferimentos aos diabos. Ver Sir abraçá-la, erguer o corpo minúsculo da mulher do chão, é como ver um urso agarrar uma boneca de pano; poder e força ao lado de fragilidade e docilidade. Eles se abraçam em um raro momento de vulnerabilidade.

Sir coloca a mulher no chão.

— Está em Lynia. Chegou lá no dia em que partimos.

Finn abaixa o punhado de ataduras que pressionava contra a perna de Greer. Mather ergue o rosto ao mesmo tempo em que segura um pequeno cantil de água para Dendera beber. Inspiro ar quente e pesado, com a mente acelerada.

Estamos em busca do medalhão por toda Primoria desde que Inverno sucumbiu, mas apenas um punhado de vezes recebemos pistas de onde uma das metades poderia estar. Angra mantém metade dele em movimento, saltando entre cidades de Primavera e assentamentos remotos nas áreas não reivindicadas de Primoria — os sopés das montanhas Paisel, portos no mar — para tornar mais difícil para nós conseguirmos as duas metades de volta.

Agora estamos perto. Meu peito infla com a mesma animação que sei que todos estão sentindo, ou sentiram, antes de acabarem aqui, quebrados e ensanguentados. Sir enviará alguém atrás dele. Pessoas renovadas e descansadas dão os melhores soldados, então não enviará ninguém que acabou de voltar. O que significa...

Corro até Sir enquanto ele olha Mather de cima a baixo, então faz o mesmo com Finn.

— Vocês dois, saiam agora — diz ele. — Moverão o medalhão de novo em breve, pois sabem que escapamos.

Paro. Digo:

— Eles precisarão de todos. Vou também.

Sir me olha como se tivesse esquecido que eu estava ali. Ele franze a testa, faz que não com a cabeça.

— Agora não. Mather, Finn, quero que estejam prontos para partir em 15 minutos. Vão.

Finn sai correndo, a bolsa oscilando em volta do corpo conforme se apressa de volta para o acampamento. Obediente, sem pensar duas vezes, como todos sempre são.

Encaro Sir com o maxilar trincado.

— Posso fazer isso. Eu vou.

Sir segura as rédeas do cavalo dele e começa a puxar o animal na direção do acampamento. Todos o seguem, exceto Mather, que se demora atrás, nos observando, com os olhos tranquilos.

— Não tenho tempo para discutir isso — dispara Sir. — É perigoso demais.

— Perigoso demais para mim, mas não para seu futuro rei?

Sir me olha conforme caminho ao lado dele.

— Venceu Mather no treino de luta?

Faço uma careta. Sir entende isso como minha resposta.

— Por isso é perigoso demais para você. Estamos perto demais para correr riscos.

A grama da pradaria sopra contra meu quadril, minhas botas afundam na terra a cada passo.

— Está errado — resmungo. — Posso ajudar. Eu posso ser...

— Você ajuda.

— Ah, sim, aquela sacola de arroz que comprei em Outono no mês passado salvou nosso reino.

— Você é muito mais útil onde está — corrige Sir.

Seguro o braço dele para fazê-lo parar. Sir se volta para mim, o rosto sujo de terra e sangue sobre a barba branca, mechas arrepiadas de cabelos marfim despontam em volta do rosto dele. Sir parece cansado, hesitando entre dar mais um passo e desabar.

— Posso fazer mais do que isso — sussurro. — Estou pronta, William.

Eu o chamei de pai certa vez. Ao ouvir as histórias dele sobre meus verdadeiros pais terem morrido nas ruas da capital de Inverno, Jannuari, quando Primavera a tomou, e sobre como Sir me pegou, bebê, e me resgatou, pareceu lógico para uma menina de oito anos que o homem que a criava deveria ser chamado de pai. Mas ele adquiriu um tom de vermelho tão forte que tive medo que começasse a cuspir sangue, e Sir grunhiu para mim como jamais tinha feito. Ele *não* era meu pai e eu nunca, jamais, deveria chamá-lo dessa forma novamente. Eu só deveria chamá-lo pelo nome dele, ou por um título, ou algo que mostrasse respeito. Mas não pai. Jamais pai.

Então, dali em diante, eu o chamei de Sir. *Sim, Sir. Não, Sir. Você não é meu pai e jamais serei sua filha e odeio o fato de você ser tudo o que tenho, Sir.*

Agora ele me ignora, puxando o cavalo adiante. As decisões de Sir são definitivas, e nenhuma discussão o fará mudar de ideia.

Como se isso tivesse me impedido alguma vez.

— Isto não basta! E embora não possa culpá-lo por tentar fazer as coisas da forma mais eficiente para salvar nosso reino, sei que *eu* também posso fazer coisas por Inverno.

Alguns passos atrás de mim, Dendera geme, ainda apoiada no pescoço de Henn.

— Meira — diz ela, com a voz exausta. — Por favor, querida, deveria estar feliz por *não ser* necessária.

Eu me viro para ela.

— Só porque você preferiria estar remendando vestidos não quer dizer que todas as mulheres deveriam querer isso.

A boca de Dendera se escancara e eu fecho os olhos com força.

— Não era para sair dessa forma — suspiro, me obrigando a encará-la. Dendera se apoia com mais força sobre Henn agora, os olhos cheios de lágrimas. — Só quis dizer que você não deveria ser forçada a lutar quando não quer e eu não deveria ser forçada a *não* lutar quando eu *quero*. Se Sir me deixasse ir, talvez você não precisasse sair em missões. Todos venceriam.

Dendera não parece menos magoada, mas ela olha para Sir, uma pontada de esperança escondida por trás da dor. Ela costumava ser como Alysson, cuidava do acampamento, até que Sir ficou desesperado — ele começou a precisar de Dendera para missões, assim como começou a me deixar ajudar com a busca por comida. Ela jamais discute com Sir, nem quando ele a obriga a treinar ou quando a manda em missões como essa. Mas ao ver os olhos de Dendera, entendo o quanto essa vida a apavora, o quanto ela preferiria estar no acampamento. Dendera se sente tão desconfortável com armas quanto eu me sentiria em um vestido.

Mather caminha até mim pela grama e acho que tentará dizer palavras para quebrar a tensão. Mas depois de alguns passos, Mather desaba no chão como se a terra o tivesse puxado para baixo e se recusasse a soltá-lo. Franzo a testa quando Mather segura o tornozelo.

— Aaaaiii — urra ele.

Sir se abaixa com uma rápida descarga de pânico.

— O que aconteceu?

Mather chacoalha de um lado para o outro e se encolhe quando todos se aproximam.

— Meira me venceu na última luta, ela não contou? Me jogou no chão. Acho que não consigo ir para Lynia.

As rugas no rosto de Sir relaxam.

— Não vi você correr para nos receber?

Mather não hesita um segundo, ainda se balançando e se encolhendo.

— Eu corri apesar da dor.

Prendo a respiração até que Sir erga o olhar para mim e Mather pisca um olho discretamente por cima de um sorriso largo.

— Você o derrotou? — pergunta Sir, incrédulo.

Dou de ombros. Sou uma péssima mentirosa, então apenas deixo como está. *Mather está me ajudando*. Minhas bochechas queimam.

Sir sabe que estamos mentindo, mas não arriscará enviar Mather caso esteja realmente ferido. Sir confia em Mather, mais do que em todos ali. Um momento passa até que Sir esfregue as têmporas e dispare um suspiro alto pelo nariz.

— Ajude Mather a chegar ao acampamento, então pegue o chakram.

Tento conter um gritinho de triunfo, mas ele sai mesmo assim, um ruído esquisito e balbuciado que fica preso em minha garganta e então dispara pela boca ainda contraída. Sir fica de pé, pega o cavalo e marcha até o acampamento com determinação renovada, como se não quisesse me encarar agora que cedeu. Todos o seguem, me deixando para ajudar Mather, o inválido.

Quando os outros estão fora do alcance da voz, desabo no chão e o abraço.

— Você é meu monarca preferido da história dos monarcas — balbucio ao ombro de Mather.

Os braços dele me envolvem, apertam uma vez, disparando calafrios pelo meu corpo quando percebo... que estamos nos abraçando.

Fico de pé às pressas e estendo a mão para Mather, certa de que meu rosto ficará manchado de vermelho para sempre.

— Precisamos voltar.

Mather pega minha mão, mas puxa para baixo quando eu puxo para cima, evitando que eu saia.

— Espere.

Ele se vira e tira algo do bolso, então me ajoelho ao lado de Mather, com as sobrancelhas levemente erguidas. Quando ele se vira de volta, está com o rosto sério e o nó de nervosismo em meu estômago se expande. No centro da palma de Mather está um pedaço redondo de lápis-lazúli, uma das pedras mais raras que Inverno costumava minerar das montanhas Klaryn há muito tempo.

— Encontrei quando estávamos em Outono, há alguns anos — começa Mather, com o olhar suave. — Depois da lição que William nos deu sobre a economia de Inverno. Sobre nossas minas nas montanhas Klaryn, sobre escavar carvão e minerais e pedras preciosas. — Ele para e posso ver a criança que era Mather então. Nós mudamos para Outono há oito anos, um menino-príncipe fingindo ser um soldado e uma menina-órfã que só queria fingir ao lado dele.

— Eu gostava de pensar que era mágica — continua Mather, com o rosto sério. — Depois de nossa lição sobre os reinos Estação estarem sobre um abismo de magia, e nossas terras serem diretamente afetadas pelo poder, e sobre Angra partir o condutor de Inverno e levar nosso poder com um ágil golpe do punho, eu queria... precisava... acreditar que podíamos conseguir magia em outro lugar. Nosso mundo pode parecer equilibrado, quatro reinos de estações eternas, quatro reinos que percorrem o ciclo de todas as estações; quatro reinos com condutores de sangue feminino, quatro com sangue masculino. Mas *não é* equilibrado, sempre se inclinará a favor dos monarcas que têm magia em detrimento das pessoas que não têm, como seus súditos e... outros monarcas cujos condutores quebram. E eu odiava ser tão... — a voz de Mather falha — indefeso — conclui ele.

Minha testa se franze.

— Você está longe de ser indefeso, Mather.

O meio sorriso dele retorna e Mather dá de ombros.

— Ao menos este lápis-lazúli era uma conexão com Inverno. E tê-lo me ajudou a me sentir mais forte, acho.

Mordo o lábio, sem deixar de notar como Mather ignorou o que eu disse.

Ele pega minha mão e coloca a pedra na palma.

— Quero que fique com ela.

Uma tonteira invade meus sentidos quando Mather não solta minha mão, não desvia o olhar do meu. E a luz que percorre os olhos dele — isso é importante para Mather. Ele me entrega uma parte da infância.

Aproximo o lápis-lazúli para examinar a pedra na luz fraca do sol poente. É impossivelmente azul, não é maior que uma moeda, com riscos mais escuros de azul percorrendo a superfície.

Do lado de fora do abismo perdido, a magia só existiu nos Condutores Reais dos oito reinos de Primoria, reservada aos governantes, para que usassem conforme necessário. Não em objetos como aquela pequena pedra azul, apoiada tão discretamente em minha palma. Mas sei por que Mather queria acreditar que a pedra tem magia: às vezes, colocar nossas crenças em algo maior do que nós mesmos nos ajuda a chegar a um estado em que podemos ser completos sozinhos, com ou sem magia.

— Não que eu não ache que você ficará bem — acrescenta ele. — Só me ajudou, algumas vezes, ter um pedaço de Inverno comigo.

Aperto a pedra na mão, o frio se acumula em meu peito, sob as batidas lentas e constantes do coração.

— Obrigada. — Assinto na direção do tornozelo de Mather. — Por tudo. Você não...

Ele faz que não com a cabeça.

— Sim. Você merece lutar por seu lar tanto quanto o resto de nós.

Engulo em seco. Ainda estamos sozinhos fora do acampamento, com apenas a leve brisa soprando a grama e algumas árvores sem folhas por perto.

— Preciso fazer as malas.

Mather assente, o rosto inexpressivo de novo, com aquele vazio enlouquecedor e impenetrável. Ele finge mancar até o acampamento, com meu ombro sob um dos braços para ajudar com a farsa. Mantenho a mão em torno da cintura de Mather, a outra segurando o lápis-lazúli. Mal consigo respirar profundamente, estou tão ciente do corpo de Mather contra o meu, de como, quando olho para ele, vejo a vida pela qual Sir diz que estamos lutando. Algo simples e feliz, apenas Mather e eu em um chalé aconchegante em Inverno.

Mas ele não é apenas Mather — ele é Inverno. Sempre será Inverno primeiro, antes de tudo, e há um palácio no futuro dele, não um chalé.

Então ajudo Mather a se aproximar da fogueira e corro para empacotar o que precisarei para a viagem, me movendo e trabalhando em silêncio, porque ficar em silêncio é infinitamente mais fácil do que falar. E agora, finalmente, estou saindo do lugar e fazendo o que sempre quis — ajudando meu reino.

3

Quando eu tinha oito anos, mudamos o acampamento mais uma vez para dificultar que Angra nos encontrasse — dessa vez, para Outono. Até então, minha vida não tinha sido maior do que os limites de nossos tristes campos na floresta Eldridge. Passamos pela capital de Outono, Oktuber, a caminho das florestas ao sul, enchendo as carroças e estocando os cavalos com suprimentos.

Outono era tão parecida com a Eldridge de folhas exuberantes quanto um floco de neve se parece com uma chama. A umidade densa de Eldridge era inexistente no frio seco de Outono, com as florestas amarelas e vermelhas dormentes e quebradiças e coloridas com calor. Oktuber era um labirinto de celeiros aos pedaços e de tendas marrons, azuis e cor de laranja como o sol, com o céu azul cristalino brilhando no alto, um contraste forte e belo com os tons de terra do reino. Mas foram os próprios outonianos que me deixaram boquiaberta — eram lindos.

Os cabelos deles pendiam como trepadeiras, tão escuros quanto o céu noturno, oscilando à poeira levantada das estradas que entremeavam as cidades de tendas de Outono. A pele deles brilhava com o mesmo marrom acobreado das folhas de algumas das árvores, mas enquanto as folhas eram enrugadas e secas, os rostos dos outonianos eram perfeitamente macios.

Toquei minha pele, pálida como as nuvens pairando acima de nós, e passei os dedos pelo capuz que cobria meu cabelo branco ofuscante. Durante a vida inteira, estive cercada apenas por outros refugiados invernianos. Jamais me ocorreu que alguém pudesse ter aparência diferente, mas quando olhei para olhos pretos estampados em peles marrons exuberantes, desejei que minha pele tivesse aquele lindo tom e que meus olhos azuis também fossem um mistério escuro.

Contei sobre o desejo a Alysson, que fora encarregada de manter Mather e eu longe de problemas enquanto o restante recolhia suprimentos. A sobrancelha dela se ergueu diante da minha confissão.

— O mundo está cheio de belas pessoas, Meira. Aposto que em algum lugar lá fora há uma garota outoniana que quer ter a pele da cor da neve, tanto quanto você quer ter a pele da cor da terra.

Meu olhar percorreu os arredores, mas não havia ninguém nos observando, pelo menos não com o mesmo desejo com o qual eu os observava. Puxei o capuz.

— Então por que precisamos esconder nossos cabelos?

A mão de Alysson foi até o cabelo dela, envolto em um pedaço de tecido azul. Pensando bem, esconder nosso cabelo branco não ajudava muito a evitar que as pessoas soubessem quem éramos — na verdade, só fazia com olhassem duas vezes para nós, reparando primeiro nos chapéus ou nas cabeças envoltas em tecido, então em nossa pele pálida e nos olhos azuis e em como estávamos deslocados. Mas Sir jamais voltou atrás na insistência de que precisávamos ao menos tentar nos disfarçar, ou Angra receberia notícias de nosso paradeiro.

Depois de respirar profundamente, Alysson tocou minha bochecha. Os dedos dela estavam gelados.

— Você não precisará se esconder para sempre, querida. Algum dia nossas feições vão se misturar, não se destacar.

Duvido que ela tenha se referido a se misturar a Primavera.

Coloco as mãos dentro dos bolsos sob o manto preto pesado, a lã densa oscila ao redor das armas presas às minhas costas e nas pernas. O capuz do manto cobre minha cabeça, me escondendo nas sombras conforme caminho casualmente pela estrada de terra, a escuridão da meia-noite cai sobre mim do céu com a lua crescente. De poucos em poucos segundos, olho para cima pelo capuz, observando as muralhas de Lynia logo adiante, o portão no fim da estrada está ladeado por tochas tremeluzentes e um punhado de vigias do reino da Primavera.

Um calafrio percorre minha espinha, mas mantenho a postura ereta e confiante, acrescentando um ritmo arrogante às passadas quanto mais me aproximo do portão norte de Lynia. O rio Feni gorgoleja à esquerda, marcando a fronteira norte de Primavera antes de desaguar no mar Destas. Uma ponte se conecta ao portão adiante, ligando Lynia às planícies Rania por sobre o rio em uma vastidão de pedra e madeira. Meus olhos desviam até lá, até o campo escuro além, antes de se voltarem para a frente de novo. Uma rota de fuga para memorizar.

O reino de Primavera se estende à minha direita, drasticamente diferente das terras de pradarias gramadas e estéreis das planícies Rania. Durante o dia, colinas de verde exuberante se alastram ao redor, florestas de cerejeiras em flor, campos de flores selvagens em um arco-íris de cores. À noite, Primavera parece muito mais o que realmente é — envolta em sombras, tudo mergulhado em negro.

Não levou muito tempo para viajar até Lynia, com o ritmo apressado que Finn impôs. Um pouco mais de dois dias depois de partirmos, chegamos à cidade do porto. Escondemos os cavalos em um celeiro abandonado e esperamos até a noite, então nos separamos para alcançarmos Lynia pelo norte e pelo sul. Entrar em Lynia é a parte fácil — sair será a parte divertida.

Mais um viajante caminha pela estrada à minha frente, um homem encurvado sobre o cavalo. Ele chega aos guardas primeiro, murmura alguma coisa sobre encontrar trabalho no cais de Lynia no dia seguinte e, depois de alguns momentos de murmúrios baixos, eles o deixam passar sem problemas. Engulo em seco. Com base no trabalho de reconhecimento que Finn e eu fizemos, a patrulha em Lynia aumentou ao longo da muralha e dos portões, tornando impossível entrar despercebido. Mas é possível se passar por cidadão de Primavera e valsar para dentro de Lynia com a benção dos guardas. Mantenho o ritmo tranquilo conforme me aproximo.

— Alto! — ordena um dos guardas, estendendo a mão para bloquear meu caminho.

Dou um passo para trás, com o cuidado de manter o rosto longe da luz direta das lâmpadas à direita e à esquerda.

— A caminho da pousada Flor Dançante — recito o disfarce que Finn e eu inventamos. Minha voz saiu baixa e grave, para manter meu gênero o mais neutro possível. — Vou encontrar um homem a respeito de trabalho.

O que não é totalmente mentira. Bem, ir à pousada Flor Dançante é mentira — Sir nos contou a respeito dela e um punhado de outros marcos em Lynia. Nosso verdadeiro alvo é a Fortaleza, onde reside o governo de Lynia e, de acordo com Sir, é a localização da metade do medalhão. Meus olhos percorrem os guardas — todos os cinco — e param na grande torre circular que se ergue acima dos outros prédios de Lynia. Fica no centro da cidade, a uma viagem de pelo menos meia hora. Finn verá o mesmo do lado dele da cidade.

Retorno o olhar para os guardas. Dois deles me avaliam, o restante se recosta preguiçosamente contra a muralha, as armaduras peitorais refletem a luz tremeluzente das tochas — armaduras de prata com um sol negro no peito. O sol de Angra. Não tenho certeza do quanto mais consigo fechar os punhos; minhas unhas já se enterram nas palmas das mãos.

— Muita gente vindo em busca de trabalho a esta hora. Estranho, não é? — Um dos guardas inclina a cabeça, os cabelos loiro-Primavera dele são curtos, rentes à cabeça, os olhos verdes parecem translúcidos na combinação da luz do fogo com a escuridão. Exatamente com o que eu contava.

Finalmente, inclino a cabeça para trás, o capuz do manto desliza apenas o bastante para que a luz do fogo alcance meu rosto. As chamas dissolverão meus olhos azuis como fazem com os dele, me fazendo parecer, ao menos o suficiente para os guardas, uma cidadã de olhos verdes de Primavera. Cidadãos de Primavera têm a pele alguns tons mais escura do que a dos invernianos, mas ainda assim pálida, e a luz amarela deve me fazer parecer o suficiente com um deles para que me deixem passar. Espero. Não há truque de luz no mundo que possa fazer meus cabelos parecerem outra coisa além de branco, então ele fica preso em segurança sob um chapéu preto, o que também vai me fazer parecer mais com um garoto do que uma garota. Espero. Tantos *espero*. Mordo a língua, mantendo a concentração no guarda.

Os olhos dele me percorrem, uma sobrancelha se ergue com uma expressão que faz meu sangue congelar nas veias.

— E para que tipo de trabalho vai encontrar esse homem, garota? — diz ele com escárnio.

Os colegas se animam. O fato de que sabem que sou uma garota não é ideal, mas é a parte do disfarce com que estou menos preocupada — se souberem que sou inverniana, será ruim de milhares de formas diferentes.

Inspiro para me acalmar e estampo o sorriso mais tímido que consigo, inclinando levemente o corpo na direção do homem.

— Trabalho pelo qual você não pode pagar — respondo, piscando um olho para ele e caminhando para além dos guardas, até a cidade. Prendo a respiração, esperando que gritem para que eu pare, esperando que um deles corra atrás de mim e tente me convencer de que *pode* pagar. Mas só ouço gargalhadas e um dos guardas aplaude.

— Deixe nosso rei orgulhoso! — grita ele, e corro para dentro da cidade, deixando os soldados debochados bem para trás, antes que nojo ou medo tomem conta de mim pelo que acabei de fazer.

Forço a concentração de volta para a tarefa. O porto fica na parte da costa nordeste de Primavera, Lynia está dormindo e tranquila, desprovida de qualquer indício da brutalidade habitual de Primavera, principalmente porque o campo inverniano de trabalhos forçados está a um dia de viagem para dentro do continente. Angra não pode ter escravos invernianos feridos e inertes maculando a imagem de Primavera quando navios mercantes de outros reinos aportam ali. A paz de Lynia é apenas uma máscara pintada para que o restante do mundo possa fingir que mãos invernianas rachadas e enrugadas não fizeram as mercadorias que eles compram.

As ruas ao redor do portão não estão exatamente cheias, mas também não estão desertas. Algumas tavernas se erguem em halos de luz de tochas, a comoção de risadas e música emana em rompantes abafados vindos de dentro. Um punhado de bêbados cambaleia de taverna em taverna, mas é só. Como se o restante de Lynia preferisse ficar aconchegado nas camas a participar de frivolidades noturnas.

Já estive em muitas cidades de Primoria para saber que isso não é normal — a maioria das cidades permanece barulhenta e iluminada, mesmo depois que o sol se põe, e entrar despercebida nelas é fácil demais. Mas, em Primavera, tudo é mais silencioso e mais tenso. Se eu ficar parada e prender a respiração, posso praticamente *sentir* o mal de Angra. O modo como ele usa a magia do condutor para despejar devoção sobre o povo, para que cada cidadão de Primavera responda a todas as situações como o guarda: "Deixe seu rei orgulhoso!".

Outros reinos usam os condutores como devem ser usados — para aumentar as forças já existentes da terra e do povo. Para fazer com que campos gerem uma infinidade de frutas, para tornar os soldados fortes, para curar as pessoas doentes. Mas Angra usa o condutor para aprimorar o que é mau — para afastar qualquer coisa boa, a não ser que o beneficie. Para tornar todas as almas do reino uma casca vazia de servidão.

Eu me esgueiro por um beco deserto, o coração bombeando adrenalina em correntes fortes pelo corpo, mas não reduzo o passo, mesmo quando chego à pilha de caixas encostada na parede ao fundo. Em um movimento brusco, subo as caixas, escalando a parede, e rolo para as telhas do telhado ao lado, vários andares acima. Soldados de Primavera podem achar as ruas desertas de Lynia mais fáceis de patrulhar, mas avistar soldados inimigos em telhados é uma tarefa um pouco mais difícil.

Pedaços de telha se quebram sob minhas botas conforme dou impulso para uma corrida, a centímetros da beirada do telhado e três andares acima, no ar da noite. Eu me atiro ao vazio, com o manto preto esvoaçante atrás do corpo em meio a uma nuvem de fumaça de chaminé. O telhado seguinte desliza sob mim como um campo sob os cascos de um cavalo, nada além de velocidade e do tranco dos meus pés correndo ao encontrar terreno sólido. Caio e rolo para a sombra de uma chaminé e espero um pouco, prendendo a respiração. Nenhum grito de alarme. Nenhum ruído de armadura se aproximando.

Erguendo-me sobre a cidade, tenho uma vista desobstruída da terra além dos muros de Lynia. A silhueta das montanhas Klaryn pinta dentes pretos pontiagudos pelo horizonte sul, uma besta silenciosa, dormente, que vigia todos os reinos Estação — o reino do Verão, mais a oeste, Outono a seguir, então Inverno e, por fim, o reino da Primavera, no mar Destas. Desejo que pudéssemos nos ver como as montanhas nos veem — repousando lado a lado nos braços de um gigante vigilante — em vez de como inimigos, separados, divididos. Se o fizéssemos, talvez juntos pudéssemos encontrar o caminho de volta para o abismo de magia.

Meus dedos passam pelo bolso, pela bola de lápis-lazúli de Mather, guardada contra minha coxa, e resmungo comigo mesma. Sir teria me dado um tapa na nuca a esta altura para que eu me concentrasse novamente no que estou fazendo, em vez do que pode ser feito.

Percorro os próximos telhados sem problemas, medindo o progresso em direção à Fortaleza sob o céu preto-azulado. A única coisa que me preocupa agora é a sombra escalando a parede oeste da torre. Finn deveria ser um soldado terrível, mas por qualquer que seja o motivo, a compleição atarracada e de dimensões invernianas dele superou minha silhueta apenas levemente mais alta e de agilidade inverniana em todas as missões em que trabalhamos juntos.

Sem hesitar, eu me atiro do último telhado para um mastro horizontal que se projeta da lateral da torre, com a bandeira de Primavera oscilando sob mim, um sol negro contra um fundo amarelo. Coisas aleatórias, esses mastros com bandeiras — quase como se os arquitetos os tivessem incluído no projeto caso soldados inimigos precisassem de um modo rápido de entrar. Quando reconstruirmos Inverno, não haverá mastros em prédios. Em lugar algum. Ponto final.

Parapeito, varanda, parapeito, mastro — salto nesse padrão até chegar à sacada mais alta. O brilho quente e laranja de luz de lareira passa por uma abertura no centro das cortinas espessas e Finn já está lá, agachado na projeção da varanda, sorrindo para mim.

Eu me balanço para cima, diante de Finn, e digo, sem emitir som, *odeio você*.

Ele abre um sorriso mais largo.

Esperamos um pouco, atentos a qualquer sinal de vida do lado de dentro. De acordo com Sir, aquele cômodo é o escritório do mestre da cidade. Nenhum ruído ecoa de volta para nós, exceto pelo crepitar constante de uma lareira e o leve farfalhar das cortinas, que varrem o piso de pedra à brisa. Olho por cima do ombro, avaliando a noite abaixo de nós. Da sacada, é uma queda direta até a rua, com alguns parapeitos pelo caminho. Outra rota de fuga para memorizar — a partir da Fortaleza, ao menos.

Nós nos abaixamos com cuidado até o piso da sacada e seguimos de fininho em direção às cortinas. Finn espia por uma brecha, os olhos dele refletem o brilho dourado, antes de assentir para mim. O cômodo está vazio.

A adrenalina me deixa agitada de animação quando pego uma das cortinas, abro e entro no escritório.

A lareira ao fundo crepita com uma pilha alta de lenha — o mestre da cidade deve pretender voltar em breve. Poltronas de encosto alto estão dispostas em círculo sobre um tapete escarlate luxuoso diante da lareira, e uma mesa está encostada em uma das paredes. Acima da mesa, pende um velho mapa amarelado que mostra os reinos de Primoria cercados pelo mar Destas ao leste, as intermináveis planícies Rania se estendem entre os reinos, para o oeste, e montanhas intransponíveis se encontram ao norte e ao sul. Alguns candelabros pendem das paredes, mas é só — simples e direto. Sigo para a mesa enquanto Finn, ainda na sacada, fica de olho na porta fechada do escritório.

A maioria das gavetas está destrancada, entulhada com penas e frascos de nanquim e folhas de pergaminho em branco. Meus dedos percorrem as quinquilharias, separando, buscando o mais silenciosamente que consigo. A informação que Sir nos deu, logo antes de partirmos, percorre minha mente e ajuda a acalmar meu coração acelerado: *Conseguimos roubar um mapa da Fortaleza; achamos que o estão escondendo em algum lugar abaixo dela, em um porão, talvez. Onde quer que esteja, estará trancafiado, então encontrem a chave primeiro, mais provavelmente no escritório do mestre da cidade.*

Repito essas palavras na cabeça conforme percorro as gavetas, olho embaixo de papéis, mexo em frascos de nanquim. Nada.

Finn assobia quando vozes chegam até mim do outro lado da porta — alguém se aproxima.

Pânico percorre meu corpo, rompantes de tontura que tornam difícil vasculhar tudo com cuidado. Fecho a última gaveta, as vozes do lado de fora estão tão próximas que consigo distinguir algumas palavras — "Uma honra receber você", "Bem-vindo, Herod".

Dou um esbarrão na mesa, meu corpo estremece com temor quando encaro Finn do outro lado da sala. Minha boca forma a pergunta: *Herod?*

Finn gesticula para que eu me apresse. Nada a respeito do comportamento dele muda, os 42 anos o tornam um pouco mais habilidoso do que eu em controlar emoções. Mas não são apenas emoções que se acumulam dentro de mim à menção do nome. Lembranças percorrem minha mente, uma após a outra, matança, terror e medo, todos originados do General Herod Montego.

Afasto as imagens de nossos soldados cambaleando para trás no campo, com ossos despontando do peito, delirantes de dor, e me atenho ao conselho de Sir: *Concentração na mesa. Não se distraia. Não deixe que o medo tome conta de você — o medo é uma semente que, depois de plantada, jamais para de crescer.*

Sem medo — não agora, não aqui. Verifico a mesa mais uma vez, desesperada, o som de risadas vem do outro lado da porta. Estão bem do lado de fora...

Uma carta, enfiada sob um peso de papel de ferro pesado, com formato de uma flor selvagem. Pego a carta sem parar para pensar no que diz e disparo para a varanda, minhas botas guincham no piso de pedra. Um segundo depois de eu sair, depois de a cortina oscilar de volta para o lugar, um segundo depois que eles pudessem ver minha sombra no piso de pedra, a porta se abre e vozes fluem em nossa direção.

Finn olha pela fenda entre as cortinas, erguendo a mão, exibindo os dedos para me dizer quantos ele vê. Cinco soldados. Dois criados. Quatro nobres.

Finn abaixa os olhos para o papel em minha mão e acena para que eu me aproxime. Metade da concentração dele está na conversa atrás da cortina.

Eu me mexo, agachada diante de Finn, e respiro profundamente para me acalmar antes de encarar o papel. Minhas mãos param de tremer o suficiente para que eu consiga erguer o papel ao feixe de luz da lareira.

Relatório: Para todos os oficiais de Primavera
Estatística da População dos Campos de Trabalho
Campo de Abril: 469
Campo de Bikendi: 141
Campo de Zoreon: 564
Campo de Edurne: 476

O documento prossegue com a descrição do número de mortes, de nascimentos, que coisas foram construídas por quais campos. Mas minhas mãos tremem de novo e não consigo me concentrar nas palavras.

São as estatísticas invernianas dos campos de trabalhos forçados de Primavera. Os números são... pessoas.

Toco os números com os dedos trêmulos. Os totais são tão pequenos. Será que sabíamos que era tão ruim assim? Eu suspeitava que sim — as lições de Sir sobre a queda de Inverno eram chocantes. O modo como ele descrevia como Angra planejou o ataque, como se soubesse que Inverno cairia *naquele dia*, como posicionou cada soldado que tinha por todo o reino, movendo-os em segredo até que tudo explodisse em uma onda inevitável de destruição. Não havia para onde correr — Angra bloqueou qualquer rota de retirada para Outono, ou para as montanhas Klaryn, ou para o rio Feni, ao norte. Ele nos entrincheirou em nosso reino e, quando quebrou o medalhão, quando nossos soldados não tinham mais força fornecida pela magia que os ajudasse a enfrentar Angra, nós caímos. Apenas 25 de nós conseguimos escapar.

Sinto o peso disso agora. Ver as estatísticas comprovou o que Sir vem dizendo há anos — todo dia, caminhamos para o limite em que invernianos se tornam nada além de lembranças.

— Confio em meu rei, de verdade — ecoa uma voz dentro da sala.

Viro a cabeça para cima, toda a adrenalina e o medo se tornam ódio. Finn contrai os lábios, em aviso, e atiro o papel para ele em resposta.

— E sei que estava programado para ficar aqui mais tempo — continua a voz. — Mas quero isso fora de minha cidade. *Esta noite*. Antes que mais da escória inverniana venha até nós.

O mestre da cidade. Expiro. A metade do medalhão ainda está aqui — não a perdemos ainda. Meu alívio dura pouco quando Finn avalia o papel, olha de volta para mim e a expressão dele não é medo ou choque — apenas dor. Arrependimento.

Meus olhos se arregalam. *Sabia que era tão ruim assim?* Pergunto, sem emitir som.

Finn enfia o papel no bolso e inclina a cabeça uma vez. Sim, ele sabia. Todos no acampamento provavelmente sabem. É apenas uma das coisas sobre as quais não falam, um das partes dolorosas demais de nosso passado. E eu também sabia — só não tinha os números exatos na mente para alimentar meu ódio.

Herod gargalha e meus nervos disparam. Matá-lo vai ser tão bom.

— Acalme-se. Terá ido embora dentro de uma hora.

— Está seguro aqui. — Uma voz diferente. Provavelmente um dos homens do conselho de Lynia. — Não me importa se os invernianos sabem que está aqui. Lynia pode protegê-lo muito mais do que qualquer outra cidade...

— Silêncio — grita o mestre da cidade.

Mas Herod gargalha.

— Ambicioso, seu homem.

— Não ambicioso — corrige o conselheiro. Ouço um farfalhar conforme alguém caminha pela sala. Meu coração dispara no peito, estão se dirigindo até a mesa. Será que vão reparar que o papel sumiu? — Confiante. O cofre que construímos para ele é perfeito. A Fortaleza acima...

Excelente: a localização da metade do medalhão. Sir estava certo, está sob a Fortaleza.

Um movimento brusco do lado de dentro é seguido pelo estalo do rosto do conselheiro encontrando o punho de Herod. Corpos se movem, cadeiras caem e, em meio à comoção, a voz de Herod se ergue.

— Não fale da localização dele! Esse foi nosso acordo, vocês o escondem e jamais proferem uma palavra sobre a localização. Não é seguro enquanto aquele garoto respirar.

Fervilho de ódio. *Mather vai continuar respirando enquanto eu estiver respirando, seu assassino.*

Mas o conselheiro não reage. Algo farfalha e percebo que são papéis sobre a mesa, o ruído de um peso de papel. Arregalo os olhos para Finn, que faz uma careta antes que o conselheiro sequer fale.

— O... — começa o conselheiro, obviamente confuso. — Algo está faltando.

Uma pausa, então um grunhido ressoa na quietude. Consigo sentir o gosto da fúria de Herod no ar enquanto o grunhido dele se transforma em três palavras que fazem meu coração pesar.

— Não estamos sozinhos.

4

Botas pisoteiam pela sala. A cortina se abre subitamente no momento em que Finn e eu saltamos, mergulhando de cabeça para fora da sacada e para o ar frio.

— Invernianos! — grita Herod. — Fechem tudo *agora!*

Nos segundos de queda livre, antes que eu acerte o chão, me vejo diante de duas opções. Continuar a queda, cair rolando na rua e sair correndo de Lynia, na esperança de que consigamos voltar depois, ou me agarrar ao prédio e encontrar uma entrada. Com ou sem chave, estamos tão perto da metade do medalhão que algo tão pequeno quanto um pedaço irregular de metal não deveria nos impedir. Mas o plano era que se qualquer um de nós tivesse problemas, Finn e eu nos encontraríamos de novo do lado de fora da cidade. Se sairmos agora, no entanto, entrar de novo será impossível. Eles vão mudar a metade do medalhão de lugar sem hesitar e estaremos de volta onde começamos.

Meu corpo toma a decisão antes de mim. A parede de pedras rala meus dedos enquanto me agarro a ela, e dois batentes de janelas passam antes que eu encontre um lugar para me segurar, o corpo parando com um tranco, os pulsos reclamando por terem de segurar meu peso tão subitamente. Eu me debato, flechas roçam por minhas pernas aos chutes e pelos braços esticados enquanto me agarro à pedra, buscando apoios para os pés, e uso alguns pedaços lascados de cimento para me puxar para cima e passar pelo batente.

A janela se abre para dentro e eu entro às cambalhotas, piscando na escuridão, até que minha visão se ajuste. *Por favor, que esta sala não seja nada com soldados dentro.* Talvez uma cozinha, ou um quarto legal e aconchegante, ou — olho ao redor, desesperada — um armazém. É um armazém, vazio exceto por pilhas de caixas à sombra no espaço estreito e sem luz. Perfeito.

Do lado de fora, a voz de Herod paira, gritando sobre os fracassos de Lynia. Olho pelo peitoril e vejo a sombra corpulenta de Finn disparando para um beco. Ele para, o rosto iluminado por um raio de luar, conforme avalia a área. Finn não me vê e não quero chamar atenção de Primavera acenando. Ele vai voltar para o acampamento agora, eu sei — outro de nossos protocolos. Se um de nós sumir, o outro deve ir embora imediatamente.

Antes que eu perceba a totalidade do que fiz, o quanto estou sozinha agora, Finn se vai. Ele contará a Sir que sumi no caos e Sir vai resmungar algo a respeito de como jamais deveria ter me deixado ir para início de conversa.

Preciso provar que ele está errado.

Meus braços estão dormentes demais por conta do tranco ao me agarrar ao peitoril para atirar o chakram, então me contento com as facas curvas escondidas nas botas. Com uma em cada mão, caminho de fininho pelo armazém. A porta se abre com facilidade e saio correndo, com as facas em punho, o coração acelerado.

Mas o corredor está vazio, iluminado apenas por alguns candelabros espaçados na parede. O chão se inclina para cima do lado direito e para baixo do esquerdo. Corro para a esquerda, os sons de ódio caótico se aproximam, vindos de cima. Não há dúvida de que Herod está correndo pela Fortaleza, gritando para os homens abaixo que estou chegando. Que pena, vou chegar antes dele.

Alguns andares depois, saio aos tropeços do corredor para o salão de entrada central, algo grandioso, envolto em pedras cinza e cortinas verdes pesadas. A madrugada funciona a meu favor — não há homens ali. Estão todos com o mestre da cidade.

Os gritos de Herod ecoam do fim do corredor, mais e mais perto. Examino o salão, a pulsação acelerada suga todo o ar de meus pulmões, me deixando sem fôlego enquanto avalio cada canto. Uma porta com quase três andares de altura se ergue à esquerda — a saída, mais provavelmente. Faço uma breve contagem — quatro outras portas levam para fora da sala, duas fechadas, duas abertas. Pelas duas que estão abertas, vejo uma longa sala de jantar e uma cozinha pequena e escura. Restam as duas portas fechadas.

Coloco uma das facas com cuidado na manga e invisto contra a primeira porta. Ela se abre sem resistência e tropeço para dentro de... um lugar muito, muito ruim.

À esquerda e à direita, duas longas fileiras de camas militares, a maioria ocupada pelos volumes arredondados de soldados adormecidos. Um quartel para os guardas da Fortaleza. O terror faz com que suor escorra por minhas costas, luz de velas invade o cômodo por trás de mim, vinda do candelabro pendurado no centro do salão, e engasgo de surpresa, então imediatamente tapo a boca. Ninguém se move por um momento e, logo quando acho que posso sair ilesa, o urro de Herod me atinge, apenas um ou dois andares acima.

— Peguem as armas! — grita ele, e isso basta para que cada soldado dormindo fique instantaneamente alerta, colocando-se de pé e buscando armas.

Seguro a porta, puxo-a para fechar e saio correndo para a outra porta fechada. Foi por pouco, por *muito* pouco, e quando os soldados no quartel abrem a porta deles, estou chacoalhando a última porta fechada — trancada — e cuspindo todos os palavrões que já ouvi.

— Neve e gelo e geada acima. — Por sorte, Sir gosta de testar Mather e eu com desafios sem sentido como *Arrombe a fechadura deste baú, seu jantar está dentro dele*. Os testes dele e o gancho do tamanho de um dedo que prendo ao cabelo finalmente se provam úteis, embora eu certamente não planeje contar isso a Sir. Enfio a outra faca sob meu braço e me ocupo com a fechadura.

Os soldados saem do quarto aos tropeços. Herod se aproxima. A fechadura não cede, talvez porque eu esteja trêmula demais ou minhas mãos estejam escorregadias com suor ou eu simplesmente precise praticar mais arrombamento de fechaduras. Minhas chances de sair da fortaleza diminuem a cada fôlego que tomo, a cada batida contida do meu coração, preenchendo o corpo.

— Quem precisa de chave? — resmungo, quando recuo e reúno todo o peso do corpo para chutar a fechadura. Ela se quebra e abre, lançando a porta contra a parede com um ruído. Um lance de escadas espirala para baixo, com luz subindo do fundo, um amarelo tremeluzente.

— Pare!

Eu me viro. Herod caminha pelo corredor batendo os pés e a totalidade pesada dele congela do outro lado da sala. Um disparo perfeito do chakram; porcaria de braços trêmulos. Mas soldados preenchem o espaço entre nós, a maioria deles apenas meio vestida, segurando armas e piscando para afastar o borrão do sono. São muitos para enfrentar de uma vez.

Herod me olha com raiva e o rosto dele fica vermelho.

— Inverniana!

Mergulho para a escadaria e bato a porta atrás de mim, mas meu chute quebrou a fechadura, então a porta se recusa a fechar. Embora isso signifique que vou perder uma faca, enfio uma das lâminas com toda força pela fechadura e para dentro da armação de madeira. Vai segurar o suficiente para me dar uma vantagem melhor.

As escadas ficam escorregadias quanto mais profundamente eu vou, as paredes estão cobertas com o que cheira a fezes de asno. Isso não é apenas um porão e, ao inspirar profundamente, percebo exatamente para onde vou, onde esconderam a metade do medalhão: os esgotos. Ah, divertido.

Depois de alguns fôlegos contidos, o som de vozes abafadas ecoa até mim. Testo meus braços — não estão tão trêmulos — e saco o chakram, fechando a mão em volta do familiar cabo desgastado.

— Rápido! Tem um tumulto acima. Melhor nos apressarmos.

Paro no último lance da escada, o brilho de lanterna é forte. Estão perto. Perto ao alcance do chakram. Meu tipo preferido de perto.

— Não vou tocar nessa coisa. Você sabe o que é! *Você* que pegue. — Pelos sons da conversa deles, parece haver apenas dois.

O outro homem resmunga.

— Sou seu superior! Ordeno que pegue a porcaria do pedaço do medalhão.

Sorrio. É minha deixa.

— Ora, rapazes, não tem necessidade de discutir. *Eu* pego.

Surjo da escada com o chakram puxado para trás, pronto para disparar pelo ar. Estamos, de fato, em um esgoto — um túnel se abre ao meu redor, contendo um rio de dejetos escuros ladeado por passarelas de trinta centímetros de cada lado. Um homem e alguns cavalos esperam na passarela mais afastada, o outro homem está de pé com os tornozelos afundados na imundície de Lynia. Poucos homens, mais alguns chamaria muita atenção.

Atrás dos homens, um dos tijolos da parede havia sido removido e no buraco, iluminado por algumas lanternas, brilha uma caixa azul. Alívio me preenche. Depois de anos de busca, metade do medalhão está finalmente ao alcance.

Aponto o chakram para o capitão, com as botas sujas de nojeira de esgoto. Os olhos dele se voltam para mim.

— Os invernianos estão mandando garotas para fazer o trabalho sujo deles agora? — diz o homem, com escárnio. — Por que não abaixa essa coisa antes que alguém se machuque?

Projeto o lábio inferior e arregalo os olhos.

— Isto? — Abaixo o chakram. Ela agora está apontada para a coxa esquerda do capitão. — Eles me deram e disseram *arremesse*! Nem sei como funciona...

Os soldados gargalham, uma gargalhada áspera que diz que essa é uma briga que eles têm certeza de que vencerão. Deixo o chakram voar conforme o capitão se aproxima, meu corpo se dobra em um arco. O chakram dispara pelo esgoto, faz um corte limpo na perna do capitão e continua o giro de volta até mim em um elegante círculo de determinação. O homem grita e cai no esgoto, agarrado à coxa como se, bem, como se eu tivesse acabado de fatiá-la.

— Ah. — Passo uma das mãos pelo lado chato da lâmina. — É *assim* que funciona.

O outro soldado me olha da passarela oposta, com as mãos erguidas como se pudesse começar a dançar. Ou correr. A opção mais provável. Mas, então, ele sorri e a mudança de amedrontado para interessado é tão súbita que um lampejo de inquietude aperta meu estômago.

Magia.

A palavra voa por minha mente como se estivesse ali o tempo todo, um pulso silencioso de conhecimento que me contou que tudo parecia deslocado. Errado. E *estava* errado, tudo, porque o soldado abaixa os braços e estica os ombros, o corpo dele se transforma diante de mim. Ossos estalam e se remodelam, músculos se esticam com um rasgar nauseante. O soldado não é um soldado, pelo menos não um soldado sem nome, um nada, e o capitão em quem atirei gargalha ainda na posição fetal, a ansiedade dele envolta em dor.

Aquele não era Herod mais cedo. É claro que não. Herod não desperdiçaria tempo se misturando com o mestre da cidade; ele estaria ali, com a metade do medalhão, esperando para interceptar ladrões.

Herod termina de se transformar até que as únicas coisas claras nele sejam o cabelo dourado, os olhos verdes e a pele pálida — o resto de Herod é sombra, um testamento da crueldade do mestre dele. E é imenso também, a cabeça quase toca o teto, e é grande nos ombros, o corpo de alguém que nasceu segurando uma espada. O que não deve ter sido divertido para a mãe dele.

Eu me inclino para a frente para atirar o chakram, mas Herod dispara da plataforma, dá um passo pela imundície do esgoto e atira o corpo contra meus joelhos. Tropeço para fora da passarela e caio no meio do esgoto, meu fôlego é sugado tanto pelo corpo de Herod quanto pela súbita imersão em fezes. Ele pega o chakram e joga para a passarela, longe do alcance, antes de prender meus braços acima da cabeça em uma torsão dolorosa, rindo para mim conforme passadas barulhentas descem as escadas. O não Herod e os homens dele arrombaram a porta.

Isso poderia ter ido melhor.

Eu me agito nas mãos dele, algo em meu bolso se enterra em meu quadril — uma arma? Não, a lápis-lazúli de Mather. A única coisa para que serve agora é ser um lembrete doloroso de Mather, de Inverno, de como ele jamais se perdoará se algo acontecer comigo.

Os dedos de Herod se fecham ao redor de meus braços e eu me encolho. O toque dele está logo acima da arma que me resta — a faca na manga.

— Senhor! — Um soldado corre para o esgoto. É o não Herod, transformando-se aos poucos, de volta à forma própria. Ouvi histórias da magia para a qual Angra usa o condutor dele, além de controlar seu povo. Contos sussurrados quando as pessoas retornaram de missões em emaranhados ensanguentados de braços e pernas quebrados, lembranças destruídas no calor da febre e da angústia. Angra usa a magia dele para induzir visões tão reais que enlouquecem seu povo, para quebrar os ossos de traidores e rasgar órgãos, enquanto o povo ainda está vivo, e para transformações como essa.

Enquanto Herod me arrasta, o único consolo que encontro é que nós dois estamos cobertos de esgoto.

— Amarrem-na. Vamos levá-la para Angra — ordena ele, e se aproxima demais de mim, quando um soldado amarra meus pulsos com corda. — Com medo, soldadinha?

Eu me obrigo a encarar Herod. Não tenho o luxo do medo. Quando estamos no acampamento, na segurança de nossas tendas, e Sir explica todo tipo de mortes terríveis possíveis para mim, não posso demonstrar medo. *Medo é uma semente que, depois de plantada, jamais para de crescer.*

Mas eu estava lá quando Gregg, um de nossos soldados, retornou para o acampamento, há seis anos. Ele e a esposa, Crystalla, tinham sido capturados em uma missão em Abril e atirados ao mais próximo campo de trabalhos forçados. Gregg nos contou como era, balbuciando, tomado pela loucura, o trabalho árduo, as condições de vida decrépitas — e o modo brutal e desumano com que Angra fez Herod matar Crystalla. Gregg mal escapou com vida, mas a perdeu um dia depois, quando os ferimentos que Herod causou se mostraram demais para o corpo suportar.

Um tremor percorre meu corpo, e sei que Herod viu. A semente do medo.

Não posso morrer como Crystalla.

Um soldado me coloca em um cavalo e amarra meus pulsos à sela. Esperança se agita em meu peito — eles não me revistaram em busca de armas. Seja por causa do caos de minha intrusão ou pela necessidade de tirar a metade do medalhão de Lynia o mais rapidamente possível, não sei — mas ainda tenho minha faca. Ainda tenho uma chance.

Herod tira a caixa do medalhão do buraco com cuidado e a segura por um momento, olhando para mim. Aquele rosto, aquela torção de deboche nos lábios dele — esse é o monstro das histórias de Gregg, aquele que Angra usa para destruir os inimigos dos modos mais brutais possíveis. Angra não gosta de sujar as mãos, não quando ele pode assistir às próprias marionetes dançarem em espetáculos gloriosos enquanto ele usa o Condutor Real para controlá-los. Por que ser o cão quando se pode ser o mestre?

Herod enfia a caixa na bolsa da sela mais próxima de mim. Antes de montar, ele pega meu chakram na passarela, brinca com a arma entre as mãos e me olha com aquele deboche provocador. Herod monta o cavalo com um salto e coloca o chakram na bolsa da sela do outro lado do cavalo. Não tem como eu pegar agora.

— Se tentar escapar, estará morta muito antes de chegarmos a Abril — avisa ele.

Inspiro, girando os pulsos o mais imperceptivelmente que consigo, até que minha faca deslize para a palma da mão.

— E vou matar você antes de tudo isto acabar.

Herod sorri, a sede de sangue no rosto dele brilha mais forte. Náusea revira meu estômago incansavelmente — ele gosta quando revido. Algo para lembrar.

Com um grito, Herod diz aos homens para partirem. Ele pega as rédeas de meu cavalo e me puxa para a frente, minha perna se choca contra a bolsa da sela de Herod. Consigo sentir a pequena caixa quadrada pressionada contra minha canela. A única coisa que a separa de mim é uma camada de couro.

Preciso manter Herod distraído, concentrado em partes do corpo diferentes de minhas mãos.

— Como eles estão? — A pergunta é breve e afiada. Eles, os invernianos nos campos de trabalho.

Engulo em seco. Duas das cordas são cortadas. Mais uma...

Herod se vira para mim. Ele dá um risinho, aproxima tanto meu cavalo que ficamos quadril a quadril.

— O sustentáculo do reino de Primavera. Embora vocês invernianos morram rápido demais para meu gosto.

Mais algumas fibras cortadas, e a corda cai de meus pulsos. Luto contra a vontade de esticar os pobres e agredidos braços e me concentro em Herod, em deixá-lo achar que estou resignada a meu destino.

Eu me viro para ele, encaro Herod, então me inclino um pouco, como se estivesse deslizando na direção dele na sela.

— Bem, sei de um inverniano que não vai morrer. Não mesmo. E ele vai destruir Angra.

Herod faz exatamente o que eu esperava que ele fizesse: solta as rédeas de meu cavalo por tempo o suficiente para me dar um tapa. O golpe faz minha mão se erguer, a mão que eu tinha conseguido deslizar para dentro da sela dele e envolver na pequena caixa azul.

Chuto o cavalo, com força, e disparo pela passarela do esgoto, tudo isso é tão rápido que Herod ainda está com a mão no ar antes que perceba que estou livre — e que estou com a metade do medalhão.

— *Não!* — grita ele, a voz grossa reverberando pelas paredes de pedra.

Impulsiono o cavalo adiante, galopando ao lado da imundície do esgoto até escaparmos para a escuridão, para fora da luz da lanterna. Flechas disparam, mas acertam a pedra, perdidas sem ter em que mirar. Cascos batem atrás de mim, gritos e xingamentos se seguem, e faço uma nota mental para sempre, *sempre* colocar uma faca na manga quando sair em missões.

O cavalo parece saber aonde vai, então apenas o apresso mais. Certamente, ele está tão enojado quanto eu com o fedor e lembra como desceu até ali — uma pena que a nova montadora esteja coberta de esgoto. Quase vomito, finalmente calma o suficiente para sentir o fedor de fezes sobre mim.

Mexo nas rédeas, mantendo a outra mão pressionada com tanta força contra o estômago que no dia seguinte terei um ferimento com formato de caixa ali. A marca de meu heroísmo — Meira, a primeira soldada a recuperar metade do medalhão de Inverno. Um poço de orgulho irradia em mim e me atenho à sensação com tanta força quanto à caixa.

O cavalo faz mais uma curva e disparamos para a superfície. O ar frio e fresco da noite me faz sorrir e pressiono o cavalo para ir mais e mais rápido. Ainda não estou totalmente livre.

Estamos a apenas segundos do portão norte quando os guardas posicionados ali percebem o que está acontecendo. Eles buscam a alavanca que fechará as barras de ferro sobre mim, mas é tarde demais — impulsiono o cavalo, olhando de relance para o vigia que me parou quando entrei. Os olhos dele se arregalam em reconhecimento, então puxo o capuz preto que cobria meus cabelos conforme passo, galopando pela ponte sobre o rio Feni. Mechas brancas esvoaçam ao meu redor, algumas sujas de imundície do esgoto, mas a maioria esvoaçando ao vento. Uma tempestade de neve viva, um lembrete vibrante e branco de que não escravizaram todos os invernianos. Alguns de nós ainda estão vivos. Alguns de nós ainda estão livres.

E alguns de nós estão a meio medalhão de retomar o reino.

5

Volto ao acampamento em dois dias, paro apenas para alguns descansos de meia hora. Não vejo Finn pelo caminho, mas preciso acreditar que é porque ele voltou correndo para o acampamento, com a mesma determinação, e chegou antes de mim, não porque não conseguiu sair de Lynia.

Desço do cavalo, o pobrezinho está exausto; o levo para um córrego estreito onde o animal bebe água como se jamais tivesse provado nada mais doce. Enquanto ele bebe, disparo para o outro lado do córrego e subo a colina aos tropeços, a grama da pradaria pressionando minhas coxas. Ali, sob um céu azul limpo, está nosso acampamento, como se eu jamais o tivesse deixado.

Um cavalo com o *L* dourado de Lynia na selaria está no curral — Finn voltou em segurança. Relaxo, inspirando o cheiro terroso de uma grama esturricada pelo sol. Nenhum outro prisioneiro de Herod voltará aos tropeços para o acampamento, ensanguentado e quebrado. Pelo menos não hoje.

Estico os ombros e caminho para o acampamento com o máximo de dignidade que consigo reunir, considerando que ainda estou imunda de esgoto seco. Mas ninguém está por perto, ninguém cutuca uma fogueira crepitante de café da manhã ou lava roupas no poço. O que significa que quase todos estarão na tenda de reuniões, a maior de nossas opacas estruturas amarelas e marrons. Não me incomodo de alertar ninguém sobre minha presença — puxo a aba para trás e entro batendo os pés, deixando pedaços de sujeira no tapete marrom desbotado.

Nossos cinco homens estão reunidos ao redor de uma mesa sulcada de carvalho no centro da sala. Os rostos deles estão contraídos em diversos estágios de preocupação, de caretas silenciosas a gritos escancarados, tão concentrados que não reparam em mim a princípio.

— Precisamos enviar alguém de volta para buscá-la! Cada momento que desperdiçamos é mais um em que ela poderia estar morta — grita Greer. A voz grave dele ecoa mais longe do que a de qualquer outro, mas Greer raramente, talvez nunca, fala em reuniões. Os pelos de meus braços se arrepiam. Se ele está preocupado o suficiente para falar, todos deviam estar bem ansiosos.

— Eu jamais deveria tê-la deixado ir — resmunga Sir. — Como você a perdeu, Finn?

A aba da tenda farfalha ao voltar para o lugar atrás de mim e os homens se viram imediatamente, as palavras morrendo na boca quando cinco rostos chocados me encaram. Cinco rostos com olhos de um espectro de tons de azul; cinco rostos envelhecidos pela guerra e pela morte e 16 anos de vida nômade. Alguns ainda têm ataduras da última missão nos braços ou pernas.

— Não entrem em pânico, cavalheiros, estou viva — anuncio, forçando arrogância para disfarçar o quanto estou exausta. Certifico-me de esbarrar em Finn com a parte do manto mais suja quando passo entre ele e Henn. A caixa do medalhão se afasta da palma de minha mão como um bloco de gelo que está preso à pele e cai com um ruído contra uma pilha de mapas na mesa.

Silêncio. Silêncio chocado, assombrado, do tipo "só posso estar sonhando". Meu peito gela e espero pelo leve e delicado formigar de orgulho. Colocar a metade do medalhão na mesa completa a missão e, agora que terminou, agora que fui bem-sucedida, finalmente provei o que queria por tanto tempo. *Isso*. Que posso ajudar Inverno. Que posso usar aquilo em que sou boa — pensar rápido, lutar a distância, ser sorrateira — para ajudar meu reino. Mas só me sinto... cansada.

Dou um passo para trás. A fileira de sempre me encara: Sir, Finn, Henn, Greer... e Mather.

Ele é o único cuja atenção não foi atraída para a caixa assim que a coloquei na mesa. Os olhos azuis como joias de Mather estão indecifráveis enquanto ele me encara, o rosto fixo em uma expressão que é de alegria ou horror. Escolho pensar que é alegria.

— Meira.

Encolho o corpo e me viro para Sir, que está de pé, erguendo a caixa.

— Sim?

Ele não me olha, apenas empurra a fechadura e ergue a tampa da caixa, o rosto cinza de surpresa onírica. Não consigo ver a metade do medalhão de onde estou, mas sei o que ele vê. Dezesseis anos de lutas, de esperança de que, depois de reunirmos as duas metades de nosso condutor, fiquemos mais perto de recuperar nosso reino.

— Você... — Sir ergue o olhar para mim. E de volta ao conteúdo da caixa. De volta para mim.

Deixei Sir sem palavras. Estranhamente, essa pequena vitória faz com que eu me sinta mais leve do que recuperar a metade do medalhão e sobreviver a Primavera conseguiu fazer.

Sir começa a perguntar algo, mas respira fundo, tossindo quando inala o fedor que emana de mim.

— Alysson! — grita ele. — Pelo amor de tudo que é gelado, pode preparar um banho para Meira?

Gargalho quando Alysson entra às pressas da tenda ao lado. Ela estende o braço para mim, se contorce quando percebe o que tocará e se contenta com simplesmente me colocar para fora com um aceno.

— E quando terminar, Meira — diz Sir —, vai me contar *tudo*.

— Sim, Sir — respondo, sem me preocupar em esconder o sorriso.

Quando saio, a voz de Sir ecoa atrás de mim.

— Pela neve no céu. Ela conseguiu mesmo.

Não é reconhecimento, mas me faz sorrir como se fosse. Sim, eu *consegui* mesmo.

São precisos cinco baldes d'água, duas barras de sabão e uma pequena fogueira para me livrar da sujeira do esgoto. Depois que a última parte de minha roupa destruída está crepitando nas chamas, Alysson sai para cuidar de meu cavalo roubado. Visto uma camisa branca limpa e calças pretas — pela doce neve no céu, *roupas limpas* — e deixo que os cabelos molhados sequem ao vento conforme caminho de volta para a tenda de reunião.

Respiro fundo, reunindo minha força restante para encarar Sir, e mergulho na tenda. A mesa de carvalho gigante foi empurrada para o lado para abrir espaço para um aglomerado de travesseiros, o tecido marrom, em frangalhos, está esticado sobre o estofado de lã e grama da pradaria. Duas tigelas — uma contendo vegetais fumegantes, a outra com um punhado de frutas vermelhas congeladas — aguardam dentro do círculo formado pelas almofadas. As almofadas cercam outra coisa que me faz perder o fôlego devido ao ar morno aveludado: um poço circular de ferro contendo uma fogueira, afastado o bastante para não atear fogo às almofadas, mas perto o suficiente para permitir que o cheiro de terra do carvão queimando seja absorvido pelo tecido.

Vapor flutua de nabos e cebolas selvagens, transformando-se em um aroma docemente salgado. Mas é a tigela de frutas que leva meu estômago a fazer uma dancinha de animação quando desabo em uma almofada. Não como frutas congeladas desde meu último aniversário, há sete meses, e ver a tigela de esferas pretas e vermelhas faz com que mais do que fome se revire dentro de mim. Alysson as prepara para ocasiões especiais, ou tenta, quando pode encontrar gelo o suficiente para congelar as frutas. São uma iguaria inverniana, algo que todos os outros refugiados comem com solenidade e reverência.

E por falar em iguarias invernianas...

O carvão se move, lançando uma nuvem de calor para cima. Suor brota em minha testa e meu nariz formiga com o cheiro do calor. Não é para nos aquecer que temos esse poço para fogueiras — acho que o faço por todos os invernianos quando digo que preferíamos ser congelados a estarmos perto de qualquer tipo de faísca —, é para lembrança. É pelo mesmo motivo pelo qual tenho um punhado de frutas que descongelam lentamente na palma da mão.

No ano passado, Finn e eu compramos comida em um pequeno mercado nos arredores do reino de Ventralli, um dos Ritmo. Enquanto estávamos lá, encontramos uma braseira em meio a uma pilha de utensílios de ferro que um ferreiro estava derretendo. Por ele ter gastado metade de nossas economias minguadas nele, imaginei que Sir espancaria Finn com a braseira e o obrigaria a tentar vender de volta.

Mas o olhar no rosto de Sir quando Finn carregou a braseira para o acampamento disparou uma pontada de desamparo pelo meu corpo. Aquele peso brando e triste da necessidade.

Inverno fez aquilo. Ou melhor, invernianos mineravam o carvão e o ferro que ia para outros reinos como Yakim e Ventralli, que deu origem à própria braseira. Mas o carvão e o ferro ainda vinham de Inverno, parte de nosso reino, arrancados das montanhas e forjados longe.

Para melhorar as economias dos reinos, os monarcas usam magia do Condutor Real para expandir certas áreas de conhecimento que os reinos desenvolveram com base na geografia ou nos talentos naturais dos cidadãos. Se certo reino mostrasse interesse em educação, o monarca usaria a magia para fazer com que o povo dominasse aprendizado; se outro reino exibisse aptidão para a luta, o monarca usaria magia do condutor para tornar os soldados mais letais. Inverno ficava ao norte da parte mais rica das montanhas Klaryn, então nossas rainhas expandiam nossa habilidade de encontrar minérios e nos garantiam resistência e coragem nos lugares infinitos e escuros da terra.

Primavera tem as próprias minas na seção deles das montanhas Klaryn, mas as minas de Primavera produzem pós mortais que alimentam seus canhões, as únicas minas no mundo que os abrigam. Achamos que era esse o motivo da guerra — Primavera queria expandir os territórios de mineração. Mas quando o reino venceu, não invadiu nossas minas. Simplesmente as selou com tábuas, como se o objetivo fosse simplesmente destruir Inverno, pedaço por pedaço, espírito após espírito, nos obrigando a sentar e assistir a posse mais valiosa de Inverno cair em ruínas.

Depois que Angra matar todos nós, ele provavelmente vai reabrir as minas. Mas, enquanto vivermos, é mais valioso exibir as minas inúteis em nossas caras, nos provocar e distrair para que cometamos erros, sejamos pegos, caiamos em suas garras. Ou, pelo menos, é o que dizemos uns aos outros, para fazer parecer menos como se a guerra fosse inútil.

Coloco uma fruta na boca e encaro o preto alaranjado e empoeirado dos carvões que queimam. A fruta adormece minha língua, dá a sensação de tentáculos gelados subindo pelos dentes, mas a doçura fria subitamente não é tão atraente. Estendo um dedo e o coloco na beirada da braseira, mais afastado do calor, e o mantenho ali até que a queimação suba por toda minha mão. Os outros montaram tudo aquilo porque querem que eu saiba que o que fiz foi importante — importante o bastante para queimar carvão.

Mas não *parece* importante. Não como deveria.

Eu lembro agora, enquanto observo os carvões queimarem, por que jamais senti como se pertencesse de verdade a Inverno. Quero entender tudo isso tão profundamente quanto Sir e Alysson e todo mundo, um lembrete de uma época em que tudo era como deveria, mas isso se perde em mim, alguém cuja única ligação com Inverno está em histórias contadas por outros. Pensei que se eu participasse do salvamento de Inverno, sentiria como se merecesse o reino do qual todos se lembram, achei que pudesse preencher com propósito o vazio deixado por minha falta de memórias. É o que eu sempre disse a mim mesma: se eu tiver importância para Inverno, Inverno terá importância para mim. E hoje eu tive importância para meu reino.

Então, por que não sinto nada mais pela braseira do que uma leve queimação no dedo?

Atrás de mim, a aba da tenda se agita, um sussurro que quase poderia ser ignorado, como o chiado do carvão ou o vento. Meus músculos ficam tensos, os pelos em meus braços se arrepiam. Mas não me encolho, não reajo, apenas espeto um pedaço de nabo com um garfo.

Um segundo depois, dedos tocam a base de minha nuca, onde uma lâmina seria posta caso esse agressor fosse realmente um agressor. Estremeço, mas não pelo frio dos meus cabelos molhados contra a pele.

— Está morta — diz Mather, com um sorriso na voz.

Quando comecei a aprender a lutar, ele se aproximava de fininho na tenda de armas ou no pátio de treino, caminhando sem emitir ruídos até tocar meu pescoço e sussurrar aquela ameaça debochada. E não importava quantas vezes o fizesse, ainda me deixava gritando como se o próprio Angra tivesse me surpreendido. Sir, é claro, não fazia nada para impedir; ele apenas dizia que eu precisava melhorar minha atenção aos arredores.

Ergo o olhar para Mather e paro no meio da mastigada. Ele desaba na almofada diante de mim, o rosto se esticando em um sorriso.

— Morta? Eu deixei que você entrasse de fininho — digo, com escárnio. — Essa coisa toda de futuro rei de Inverno subiu à sua cabeça, Vossa Alteza.

O rosto de Mather se contorce diante do título.

— Você sempre diz que deixa eu me aproximar de fininho. Tem medo de admitir que não é tão boa quanto todo mundo pensa que é?

Engulo em seco.

— E quem não tem esse medo?

Mather abaixa o olhar para a braseira, o brilho laranja pulsa nos olhos de lápis-lazúli dele.

— William me mostrou a metade do medalhão — sussurra Mather.

Minha mão fica tensa sobre o garfo e abro a boca para dizer algo, mas só consigo pensar nas mesmas perguntas destruidoras de ilusões que fiz a ele antes de partir. Coisas que fazem nosso véu de felicidade evaporar como gotas d'água em uma cama de carvão quente. Então apenas fico calada, e, no silêncio, Mather ergue o olhar para mim, um canto da boca dele está curiosamente inclinado.

— É estranho pensar que a última vez em que algum inverniano o viu, estava em volta do pescoço de minha mãe. — Os olhos de Mather se concentram em algo além de minha cabeça, algo que paira nas lembranças remendadas que todos contaram a ele também. Lembranças da mãe, a rainha Hannah Dynam. Lembranças de como o próprio Angra marchou para o palácio Jannuari, matou a rainha e partiu o condutor ao meio.

Reconheço o olhar. O rosto de Mather assume a mesma aura de desapontamento sempre que ele erra um alvo no treino, ou quando Sir o derrota na luta, ou quando pergunto como ele usaria a magia se pudesse. Desapontamento com ele mesmo, com a inabilidade de fazer o que ele se dispôs a fazer, mesmo quando está fora de seu controle. Ele passa a mão pelo rosto para afastar a expressão, e lá está aquele véu inexpressivo de novo, escondendo os verdadeiros sentimentos de Mather atrás de um sorriso.

Sacudo a cabeça devagar.

— Você é louco.

As sobrancelhas de Mather se franzem com a sugestão de um sorriso.

— Sou?

— Sim. — Espeto mais um nabo e deixo o garfo ali. — Conseguimos a metade do medalhão. Você só deveria sentir felicidade agora, felicidade *de verdade*, não seus sorrisos falsos, Senhor Herdeiro de Inverno.

O rosto de Mather fica sério. Ele para, as mãos abertas sobre o colo, como se estivesse segurando as preocupações.

— Eu não senti nada — murmura Mather, como um pensamento lento, distante — quando vi a metade do medalhão. Foi a única coisa que já vi de minha mãe. Eu deveria ter *sentido* algo.

Luto para estabilizar minha respiração e baixo meus olhos por um segundo para a braseira. Eu não estava me preocupando com as mesmas coisas? Esqueço às vezes como Mather se parece comigo — como somos ambos jovens o bastante para nos sentirmos separados de Inverno da mesma forma. A falta de sentimento de Mather é um pouco mais preocupante, no entanto. Afinal, ele é o rei de Inverno.

Mas não tenho como reconfortá-lo, não tenho palavras sábias para apaziguar os medos de Mather — se tivesse, poderia consertar meus problemas também.

— É só a metade de um cordão, por enquanto — digo, hesitante. — Talvez você sinta algo quando for um condutor inteiro de novo.

Mather dá de ombros.

— Eu não deveria ter qualquer conexão com ele, lembra? Sou apenas o filho dela. — O rosto de Mather estampa vergonha e ele sacode a cabeça. — Desculpe. Você está certa; este deveria ser um dia feliz. Você conseguiu a metade do medalhão. Obrigado. — Mather se inclina para a frente, com o olhar fixo. — De verdade, Meira, obrigado.

Meu rosto se contorce em confusão, mas não consigo fazer nada para me tranquilizar. Não sabia que Mather depositava tanto na metade do medalhão, que ele queria muito ter uma conexão com a mãe. Não me lembro de meus pais ou sequer sei quem foram, mas jamais me ocorreu que Mather sentisse tanta dor por pessoas que ele também jamais conheceu. Será que sente falta do pai também? O marido de Hannah, Duncan, era um lorde inverniano antes de se tornar rei. Será que Mather deseja ter conhecido o pai para ao menos conversar com alguém na mesma situação — rei de um reino de sangue feminino?

Um peso recai sobre meu estômago, me enchendo de um misto sufocante de culpa e ansiedade — quero ajudar Mather, mas sei que está tão fora de meu alcance quanto usar o condutor de inverno está fora do dele.

Felizmente, nesse momento a aba da tenda se abre e revela Sir. Ele observa a comida ausente, meus cabelos molhados. Prendo a respiração, lembrando por que estou ali de verdade — para contar a Sir o que aconteceu.

Sir se senta ao meu lado, em silêncio. Ele não me repreende por ser tão casual com nosso futuro rei, não me dá um sermão pela informalidade e pela chegada coberta de cocô.

Uh-oh.

Sir tira a caixa do bolso.

— Então — começa ele — gostaria de explicar?

De repente, me sinto como a criança malcriada que implorou a Sir que me deixasse ajudar com a resistência. A criança que agitou espadas como se fossem asas de ferro desengonçadas e não mostrava qualquer promessa para a luta, até que tentei armas de longa distância, como o chakram, e, pelo visto, eu também podia ser mortal. A criança que ele sempre vê quando me olha.

O chakram. Meu coração pesa. Pela neve no céu, preciso contar a Sir que perdi mais um disco de atirar. Com a queda da produção de ferro de Primoria, devido à inutilização das minas de Inverno, armas se tornaram caras. E ser refugiada inverniana não é exatamente uma carreira lucrativa.

Pego uma fruta, evitando os olhos de Sir.

— Ninguém mais vem? Finn, talvez?

Ele sacode a cabeça.

— Somente nós. Agora fale.

É uma ordem. Sir está irritado com alguma coisa, mas não faço ideia do que seja.

Meu estômago começa a queimar, revirando toda a comida que enfiei nele. Sir não tem o direito de sentir raiva ou desapontamento. Recuperei metade do medalhão. Fiz o que ele não conseguiu fazer, mesmo depois que duvidou de mim. A única coisa que Sir deveria sentir é admiração.

É por isso que ele está irritado? Porque eu finalmente provei que precisa de mim?

Encaro Sir, com raiva.

— Estava exatamente onde você disse que estaria. Na Fortaleza. Só isso.

— Está me dizendo — começa Sir — que conseguiu entrar valsando na fortaleza de Lynia e recuperar esta metade do medalhão sem que flechas fossem atiradas, que homens fossem mortos, sem derramamento de sangue? Porque esse hematoma na sua bochecha e o fedor que permanece aqui dizem o contrário. O que aconteceu, Meira?

As rugas no rosto de Sir ficam mais profundas. Ele subitamente estampa a idade com mais clareza, os cabelos naturalmente brancos estão marfim devido aos cinquenta e tantos anos, não devido à ascendência inverniana. Sir tamborila os dedos na caixa antes de abri-la e me mostrar a metade do medalhão.

É a primeira vez que o vejo. Uma corrente de prata serpenteia ao redor da metade traseira de um medalhão em formato de coração, reluzindo, embora tenha mais de alguns séculos. Metade do condutor de Inverno. Suspiro, meus ombros se curvam. Ainda não acredito que está *aqui*, à distância de um palmo de mim.

Assim que Sir abre a caixa, o corpo de Mather fica tenso. Meus olhos se voltam para ele, e quero continuar nossa conversa de momentos antes. Quero pedir desculpas por mais cedo, por ter mencionado a maior fraqueza da vida de Mather como se não passasse de uma discussão sobre o clima.

Meu fôlego fica preso contra essas perguntas de novo, as coisas que ninguém jamais ousa perguntar em voz alta.

Será que vai ser o suficiente? Será que reunir as metades de nosso condutor restaurará nossa magia ou será que Inverno para sempre será o único reino em Primoria sem magia para restaurá-lo? Se for o caso, como derrotaremos Primavera, um reino banhado em força magicamente induzida, quando só temos oito refugiados e um colar bonito? Será que outro reino sequer se aliará a nós depois que tivermos o medalhão inteiro de novo, se nosso único herdeiro é incapaz de usá-lo?

É possível viver sem magia. Fazemos isso há 16 anos — com dificuldades, mas fazemos. Plantamos um pequeno jardim nas planícies Rania. Treinamos nossos corpos para serem fortes. Mas essas coisas jamais serão suficientes enquanto todos os outros reinos no mundo tiverem algo que transcende as limitações humanas, enquanto Primavera for capaz de dizimar nossos soldados mais fortes, enquanto os reinos Ritmo puderem fazer o mesmo.

Mather estava certo: Primoria pode parecer equilibrada, mas... não está.

Sir fecha a caixa com um clique súbito e encolho o corpo. Fiquei em silêncio por muito tempo. Ele fica de pé, sacudindo a cabeça, e uma determinação de revirar o estômago me obriga a ficar de pé também.

— Foi perigoso demais — diz Sir. — Quando começarmos a procurar pela outra metade do medalhão, você não vai contestar suas missões, está ouvindo? Está de volta às missões de busca por comida.

— Não! — grito. Sir se vira, mas seguro o braço dele. Começo a sentir os efeitos da viagem, pernas trêmulas, cabeça girando. Mas não vou deixar que ele tire isso de mim. Mostrei que mereço a posição hoje, uma centena de vezes, e ao inferno que ele vai me descartar tão facilmente de novo.

— Eu trouxe a metade do medalhão! — grito. — O que mais preciso fazer?

Por favor, diga o que preciso fazer para sentir como se eu pertencesse.

Sir me encara com tanta severidade que desvio o olhar do rosto dele e tiro a mão de seu braço, o sangue lateja em minha cabeça. Estou tão cansada, exausta, ao ponto de não ter certeza se isso está acontecendo. Não posso lidar com isso agora. Preciso dormir. Preciso me recompor e parar de sentir que o que fiz não teve importância.

Saio da tenda batendo os pés, ignorando o que quer que Sir ou Mather gritem atrás de mim, e corro para minha tenda. O tamanho do acampamento não permite sessões dramáticas de batidas de pés, no entanto, pois a alcanço em poucos segundos. Mas minha tenda não é somente *minha*, então, quando entro apressada, Finn e Dendera me olham com os olhos arregalados.

Dendera retorna a concentração para a costura do buraco de uma das botas dela.

— Apenas uma vez gostaria de ver você sair de uma reunião com William como uma dama, em vez de como um touro raivoso.

Emito um grunhido e desabo na cama. Finn responde algo sobre eu não ser uma dama, o que me faz sorrir, mas faz Dendera tagarelar sobre como ainda há esperança para mim. Enterro o rosto no travesseiro e paro de ouvir os dois.

Dendera me contou certa vez que foi membro da corte da rainha Hannah. Era respeitada pela opinião e pela mente dela, e nenhuma mulher sob o governo de Hannah podia se sentir diminuída. Perguntei a ela e a todos sobre Inverno tantas vezes e ouvi tantos contos que as memórias deles são minhas memórias agora e posso me enganar e sentir como se eu me lembrasse. As frutas congeladas e as braseiras de ferro. As minas e as montanhas Klaryn. O aroma pesado e terroso do carvão refinado pairando sobre todas as cidades.

Se eu fechar os olhos e tapar os ouvidos e bloquear todo o resto, posso ver a corte que Dendera descreveu. Posso ver a cidade sobre a qual Sir me contou. O enorme palácio branco de Jannuari se ergue acima de mim, o pátio extenso cheio de fontes de gelo. É tão frio que estrangeiros precisam se enroscar em camadas de pele para passar de um prédio para outro, enquanto nosso sangue inverniano naturalmente nos mantém aquecidos mesmo nas piores condições. E a neve está por toda parte, sempre, tanta, que a grama sob ela é branca devido à falta de sol. Um reino inteiro envolto em uma orbe de inverno eterno.

Mas é aqui que minha memória inventada sempre me deixa na mão. O frio e a neve se dissolvem em explosões. Os gritos começam, alastrando-se pelo complexo do palácio como uma onda e estou correndo por ruas cinzentas, engasgando em fumaça conforme hordas de pessoas correm também, mais explosões nos encurralam até as garras de Angra. É o que eles estão fazendo — encurralando os invernianos como ovelhas para que possam levá-los a uma vida de escravidão e dor.

Exceto nós. Originalmente, 25 refugiados que fizeram Angra perder o sono, reduzidos aos sete que ainda vivem com o futuro rei de Inverno.

Mas não importa o quanto nossa situação seja difícil, o quanto Sir fique desesperado, ele jamais me verá como um recurso. Apenas como a criança agitada que ele teve o azar de criar.

6

Pensar na destruição de nosso reino não é exatamente um acalento para sonhos tranquilos. Pouco depois de cair no sono, sou acordada estremecendo por pesadelos de uma sombra engolindo as ruas desoladas de Jannuari, uma escuridão tão completa e absoluta que todos os prédios e as pessoas se desintegram no esquecimento. Ergo o corpo, arquejando em meu pesadelo, grata porque a tenda está vazia. Os únicos barulhos vêm da fogueira que crepita no limite mais afastado do acampamento. Deve ser hora do jantar.

Fico de pé, ainda totalmente vestida, e prendo os cabelos brancos em uma trança. O sol está começando a se pôr quando saio, projetando sobre as planícies Rania um brilho amarelo-acinzentado do dia que está prestes a morrer.

À esquerda, a aba da tenda de reuniões se agita e meus músculos se contraem. Não tenho qualquer vontade de encarar Sir, a não ser que ele apresente uma expressão de desculpas, o que é menos provável do que o reino de Verão congelar. Então, quando a tenda se abre, corro para longe dela, disparando até chegar ao limite sul do acampamento e subir a colina.

O sol poente pulsa diretamente diante de mim e um toque de tranquilidade percorre meus músculos. Uma das únicas coisas boas sobre esse lugar é o pôr do sol. Os tons incandescentes parecem sangrar na paisagem até que o mundo ao meu redor não passe de cores — a noite preta e abrangente, o sol amarelo tremeluzente, os raios escarlate que se espraiam, a grama marrom e oscilante da pradaria.

Deslizo para o chão, apoio os cotovelos nos joelhos enquanto a fogueira do acampamento crepita em algum lugar atrás de mim e o vento sopra em algum lugar à frente. Diante de tudo que aconteceu, parece bom, bom de verdade, apenas respirar por um momento. Então, em minha mente, desenho o mapa que vi pendurado sobre a mesa em Lynia, meus nervos se acalmam enquanto me concentro nas bordas amarelas e gastas, nas linhas marrons desbotadas, algo simples quando tudo ao meu redor... não é.

As planícies Rania — um imenso trecho de pradaria vazia entre todos os reinos. As cortes dos reinos Estação — Verão, Outono, Inverno e Primavera ao sul, unidas pelos braços das pontiagudas montanhas Klaryn. Os reinos Ritmo — Yakim, Ventralli, Cordell e Paisly, espalhados pelo restante de Primoria. Quatro reinos Estação, quatro reinos Ritmo, oito condutores.

A metade do medalhão percorre minha mente. Mordo o lábio e a fina camada de tranquilidade que construí é destruída por uma vitória que parece mais um fracasso. Será que sempre fracassaremos, mesmo quando formos bem-sucedidos? Conseguir a metade do medalhão, conseguir a metade seguinte, formar um condutor inteiro, ganhar aliados para libertar Inverno — quando parecerá o suficiente?

— Meira?

Eu me viro, com o coração na garganta, até que percebo que não é Sir — é Mather.

Ele me observa em silêncio, os olhos percorrem meu rosto. Meu coração pulsa forte entre as costelas e não desvio o olhar de Mather, odiando a forma como ele pode me desvendar com um olhar. Qualquer outra pessoa eu conseguiria ignorar, esconder o medo por trás de um sorriso arrogante, mas Mather vê tudo. Sei que ele vê, porque, pelo mais breve momento, Mather desfaz a máscara inexpressiva e o olhar dele me mostra que sente o mesmo. Um espelho de cada parte de mim que não suporto encarar.

Ele se senta ao meu lado e pergunta, com a voz baixa:

— Foi tão ruim assim?

Franzo a testa.

— Pegar a metade do medalhão? O que faz você pensar que foi ruim?

— Você mal gritou com William mais cedo. Ou está doente ou Lynia foi... Eu fiquei falando dos meus problemas enquanto você... — Os olhos de Mather permanecem no hematoma em minha bochecha como se o visse pela primeira vez. — Você não teria ido se não fosse por mim, e nem me dei conta de que você tinha se machucado. Sou um idiota.

— Não — disparo. — Não. Quero dizer, sim, você é um idiota às vezes, mas não ouse pedir desculpas. Não precisa se sentir culpado por permitir que eu fosse para Lynia. Eu faria de novo, não importa o quanto cheguei perto de ser capturada.

O rosto de Mather se fecha e hesito diante do que falei. *Capturada.* Ele se vira para o sol, pensamentos ilegíveis percorrem o rosto de Mather. Jamais pude confirmar se a habilidade dele de afastar as emoções era algo que Sir o treinou para fazer ou se era um dom natural. De qualquer forma, quando éramos mais novos e eu o convencia a roubar armas ou a pintar a tenda de reuniões com nanquim, Mather conseguia manter o rosto sério quando Sir perguntava se éramos os culpados. Quero dizer, é claro que éramos — éramos as únicas crianças de sete anos no acampamento cobertas de nanquim preto espesso. Mas Mather sempre se mantinha firme na mentira determinada, repetindo com uma certeza absurdamente crível que ele e eu éramos inocentes.

Até que eu caía em lágrimas e admitia a coisa toda a Sir. Mas Mather jamais ficou com raiva de mim por forçá-lo à travessura ou por ceder durante os interrogatórios de Sir. Ele apenas sorria, me abraçava e dizia algo encorajador.

Mather sempre foi um rei, em todos os momentos da vida.

Sacudo a cabeça.

— Não cheguei tão perto assim de ser capturada — corrijo. — Herod apenas... estou bem. Mesmo.

Mas os olhos de Mather percorrem cada parte de meu rosto e, quando ele finalmente me encara, ergue uma das mãos, os dedos calejados repousam sobre minha bochecha. Uma pontada de dor irradia por meu rosto quando Mather toca o hematoma ali, mas não me mexo, preciso sentir os dedos dele na minha pele mais do que me importo com a dor.

— Ninguém que encara Herod está bem — sussurra Mather.

Uma brisa fria me atinge quando a noite substitui o calor feroz das planícies. Inspiro o ar almiscarado e tento não me mover quando Mather tira os dedos da minha bochecha, os olhos percorrendo mais uma vez meu rosto, como se estivesse buscando mais ferimentos. O olhar de Mather para em meus lábios, se detém ali, e fico dividida entre precisar saber o motivo e me obrigar a nos afastar.

— Bem, ele roubou meu chakram — digo, tentando qualquer coisa para suavizar o clima.

Mather finalmente sorri. O sorriso ocupa todas as partes do rosto dele, dos olhos até os lábios, e ilumina o ar ao nosso redor, como uma vela em uma caverna.

Mas quase imediatamente o sorriso se desfaz, a luz é abafada.

— William valoriza você, sabe.

Viro para longe, puxando folhas de grama e atirando-as ao ar. Mather não percebe meu distanciamento repentino — ou talvez perceba, mas sabe que preciso ouvir o que ele está dizendo.

— William foi um dos generais de patente mais alta de Inverno. — Mather gesticula no ar, tocando algumas das folhas de grama que soltei. — E ele acha que fracassou. Vê você como alguém que deveria estar dançando em bailes, não escalando torres e matando soldados. Apenas tente ter consideração...

Viro para Mather com o rosto vermelho.

— Consideração com o homem que não pode sequer imaginar um tapinha nas costas, quando nos coloco um passo imenso mais perto de libertarmos nosso reino?

Mather inclina a cabeça.

— Tente entender que ele se sente culpado por precisar de você para ajudar a libertar nosso reino. Não é que você não tenha feito um trabalho incrível, você fez, e todos estão reunidos em volta da fogueira agora mesmo trocando histórias sobre você.

Sorrio, pelo menos um pouco.

— Eu sou muito incrível.

Mather sorri de volta.

— Aposto que teria sobrevivido mesmo sem o lápis-lazúli.

Rio e passo os dedos pelo bolso, onde a pequena pedra está pressionada contra meu quadril. Esqueço o tempo todo que está ali, como se já aceitasse a pedra como parte de mim.

— Você está dando o crédito do meu sucesso a uma pedra?

Ele dá de ombros.

— Ninguém conseguiu a metade do medalhão antes. Não pode ser coincidência e espero que você colha elogios o suficiente a mim, por ter dado a pedra a você para início de conversa.

— *Você* já levou a pedra em missões do medalhão antes. Por que jamais o ajudou?

Mather suspira e, subitamente, está apenas me observando e todos os indícios de humor somem.

— Você está certa. Acho que não foi a pedra; foi o quanto você é incrível — diz ele.

Frieza se acumula em meu estômago contra o calor que sobe para meu rosto. Sentado ali, com a luz do poente brincando com as feições marcantes dele, as palavras pairando entre nós... Mather é a força mais constante que já conheci. Angra tem todo direito de temê-lo.

Com metade do medalhão ao nosso alcance, estamos tão mais perto de Mather ser quem ele sempre deveria ser — e preciso vê-lo como esse homem. Sir mencionou algumas vezes que Mather em breve precisará se casar. E será esperado que tenha uma herdeira mulher, e vou torcer por ele e pela linda família nova, e fingir que não acaba comigo o fato de eu não ser o bastante para ele.

Então fico de pé. Tiro as folhas soltas de grama da calça e encaro Mather do alto, com raiva, ignorando o modo frenético com que minha mão segura a pedra no bolso.

— Você está certo, como sempre, Vossa Alteza. Tentarei ser mais compreensiva com Sir.

Mather ergue o rosto para mim, a boca dele se abre como se quisesse que as palavras certas saíssem. Ouvi Sir dizer a ele também: *Você é realeza, ela não é, e muita coisa depende de seu futuro para desperdiçá-lo em uma aliança que não beneficiará Inverno.*

Mather fica de pé com os olhos fixos em meu rosto.

— Lembra quando eu disse que o mundo não é equilibrado?

Hesito, todo o ar está preso em um nó em minha garganta.

— O quê?

Os dedos de Mather tocam minha mão, aquela que não está desesperadamente tocando a pedra, um leve formigamento do contato faz com que o nó de ar em minha garganta se aperte. Mather prende o dedo em gancho em um de meus dedos, com a respiração irregular.

— Vou encontrar uma forma de restaurar o equilíbrio — promete ele.

Encaro Mather, incapaz de processar as palavras dele. Mather não tenta explicar o que quer dizer, nem faz mais do que ficar parado ali, ao meu lado, me olhando, esperando.

Eu sei que vocês cresceram juntos, mas ele é seu futuro rei. É importante demais para permitir qualquer coisa além de amizade.

Minha pulsação dispara quando as palavras de Mather se chocam com as de Sir, pedaços conflitantes de conhecimento que me deixam zonza. Mather é importante demais para ser desperdiçado comigo. Mas...

Coloco a mão devagar na dele, os dedos ásperos de Mather engolem os meus. Como se ele estivesse esperando que eu correspondesse.

Não.

Meus dedos se esticam, devagar, e deslizo a mão para longe da dele. Vai doer demais quando terminar. Não se — *quando*. Quando ele se casar com a filha de algum dignitário estrangeiro. Quando seguir em frente.

Desvio os olhos de Mather, incapaz de ver qualquer emoção que dispara pelo rosto dele, se é que alguma dispara, quando me afasto. A noite projeta diversas sombras no campo, as árvores retorcidas como garras e arbustos ao leito do córrego, uma lufada de vento faz com que algumas das sombras oscilem, trechos de escuridão que se movem como javalis chafurdando...

Congelo.

Aquilo não são sombras.

Tudo em meu corpo grita em aviso e xingo Herod um milhão de vezes por roubar meu chakram.

— Mather. — O tom da minha voz o arranca da tensão entre nós. Posso sentir quando Mather os vê, a postura dele se estica. Os corpos nas árvores se movem de novo, cinco deles — batedores de Primavera.

Um dos homens sai devagar de detrás de uma árvore, de pé e à vista. Ele sabe que nós o vemos. O homem inclina a cabeça, o corpo dele está oculto pela escuridão do início da noite, e posso imaginar o sorriso que repuxa os cantos da boca dele. *Meu mestre vai ficar exultante por eu ter encontrado você.*

Os outros batedores seguem o homem, materializando-se da grama e dos arbustos até estarem de pé à nossa frente, ombro a ombro, com as mãos se contorcendo na altura da cintura. Esperando Mather e eu nos movermos. Um dos homens vira a cabeça na direção do estábulo e retorna tão rapidamente que eu não teria visto o movimento se piscasse. Eles vão roubar nossos cavalos e voltar para Primavera; provavelmente abandonaram os próprios cavalos algumas horas antes para evitar serem vistos. Tentarão matar alguns de nós antes de partirem, reduzir nossos números ainda mais antes de contarem a Angra onde estamos para que ele possa arquitetar o último golpe. Para que possa ser ele mesmo o assassino de Mather.

Não podemos deixar que retornem a Primavera.

Precisamos de armas. Precisamos alertar os outros. Precisamos...

Mather toma uma decisão antes de mim, segura minha mão e me arrasta para o acampamento. Dou uma última olhada para trás. Os cinco soldados se movem, irrompendo pela grama na direção do estábulo.

Isso é culpa minha. Eles me seguiram. Eu os trouxe até aqui de Lynia, direto para cá, porque Sir está certo — eu *sou* apenas uma criança que não deveria lutar em uma guerra.

Mather me puxa mais rápido e algo salta para fora do colarinho da proteção peitoral de couro dele. A metade do medalhão. Ela brilha à luz do sol poente, desbotada e intermitentemente às sombras, mas imbuída de um potencial forte e incandescente. É a essência de Inverno.

Solto a mão de Mather.

— Avise Sir!

Mather para subitamente, mas eu já fui, disparando para minha tenda. A voz dele some atrás de mim, quando Mather começa a correr de novo, aproximando-se dos demais e se afastando de mim.

— Batedores! — grita ele. — Batedores, cinco deles...

Finn também tem um chakram. Eu o encontro junto com um estojo enquanto Sir grita do outro lado do acampamento.

— Certo, novo chakram — murmuro. — Está na hora de mostrar a Herod que não gostamos de ser seguidos.

7

Meu corpo todo se encolhe, como uma mola tensa, conforme corro de volta para o estábulo. No escuro, mal consigo discernir as cinco formas que se movem em volta de nossos cavalos, montando selas e estribos e se xingando para que se apressem.

— Meira!

A voz de Sir se choca contra mim, envolta em pânico, e uma pequena parte de mim dá um salto de desespero, querendo se esconder até o que quer que esteja assustando os adultos vá embora. Ele passa por mim às pressas e, para acompanhá-lo, preciso concentrar cada pingo de energia nas pernas conforme corro pela grama. Todo mundo está por perto — Dendera, Finn, Greer, Mather e Henn. Alysson é a única que não está entre nós, a única não lutadora do grupo.

Os batedores não param conforme nos aproximamos, não sacam armas ou tentam reduzir nossa velocidade; eles simplesmente se lançam com vigor renovado à tarefa de libertar os cavalos. O soldado de Primavera mais perto de mim usa uma faca para serrar a corda que amarra uma montaria à cerca. Disparo para impedi-lo e meu novo chakram voa da palma da mão, cortando o pescoço do soldado com um sussurro ágil e suave de movimento antes de voltar para minha mão. O soldado cambaleia para trás como se tivesse se chocado contra uma parede, a faca escorrega dos dedos dele conforme o homem cai, os joelhos se chocam contra a grama, a boca está entreaberta para o céu estrelado acima dele.

Salto por cima da cerca e para o estábulo, junto com todos, uma onda de morte inverniana. O soldado que matei está jogado ao lado de onde aterrisso e não consigo evitar olhar para o rosto dele. O homem é jovem. É claro que seria jovem. Nem todos os soldados estão marcados pelo tempo, cobertos com o sangue de todas as pessoas que mataram, prontos para morrer também.

Engulo em seco. Não há espaço para emoção na guerra — outro ditado de Sir.

Dois dos homens se viram para formar uma barreira improvisada entre um dos colegas, quase montado em um cavalo, e nós. Com expressões de assassinos, eles observam o soldado que matei e levam as mãos às espadas na cintura. Mas Sir está correndo, aproximando-se deles, e os soldados não sabem, mas já estão mortos.

Sir chuta a cerca e se impulsiona para o ar, com facas curvas em cada mão. As lâminas dele brilham na noite, graciosas e mortais, e Sir se arqueia como uma cobra se preparando para o bote. Os soldados armados nem mesmo terminaram de se virar para encará-lo quando Sir cai sobre o primeiro, deslizando as facas pelo pescoço do soldado até o tronco dele. A força da aterrissagem atira esse soldado contra o seguinte e, quando Sir arranca as facas do corpo, ele usa o movimento para cortar a garganta do outro soldado. Os dois homens caem, engasgando conforme sangue pulsa pelos ferimentos nos pescoços deles, enquanto Sir se vira para o soldado que tentaram proteger, aquele que ainda tenta com dificuldade libertar o cavalo.

O homem se vira para encarar Sir, os olhos se abaixam para os corpos aos pés dele.

— Por favor — choraminga o homem, lança a mão em direção ao cavalo, erra, e cai no chão entre os dois homens que Sir matou. — Por favor... estou implorando...

Sir fica de pé acima dele.

— Onde está sua arma? — A voz de Sir lança tremores de alerta por minha pele, a primeira sensação que tive desde que matei o soldado.

O soldado se acovarda.

— Eu não...

Sir pega uma espada da mão do homem morto próximo e a atira, cabo adiante, para o soldado balbuciante, que hesita.

— Pegue — resmunga Sir.

O soldado pega a espada. Assim que a lâmina está na mão dele, Sir dispara, enterrando as facas no peito do soldado. Olhos anuviados me encaram enquanto a boca do homem se abre e se fecha, implorando por um último suspiro, apenas um...

Um último gemido mortal e ele desaba, um peso-morto, ao lado dos demais soldados de Primavera.

A noite faz os homens mortos parecerem nada além de corpos reluzentes enroscados no sono. Quando o sol nascer, revelará o sangue, as vísceras, os córregos vermelhos cobrindo a grama dentro do estábulo. Um fedor pungente de ferro paira sobre o local, fazendo meus pulmões queimarem. Deveria chover, uma tempestade estrondosa e histérica, para lavar tudo aquilo. Os restos de cinco vidas...

Paro.

Um, dois, três, quatro.

Quatro. Não cinco. Havia cinco soldados, não?

Examino a área. Dendera e Mather ajustam selas e outros suprimentos que os soldados de Primavera arrebentaram. Greer, Henn e Finn cutucam os cadáveres, pegando armas. Sir se agacha sobre as mortes que causou, limpando o sangue das facas com uma das camisas dos homens.

E logo atrás de Sir, atrás do cavalo que o último homem tentava montar, um pedaço de corda pende da cerca, ao lado do portão aberto. Cortado.

Meus braços tremem com pavor antes de eu pronunciar o nome dele.

— Sir.

Ele me olha, embainhando as facas.

Aponto para a corda pendurada e o portão aberto.

— Havia cinco batedores.

Sir se vira e encara a corda. Os olhos dele se voltam para além dela e ali, já um pontinho no horizonte, está o último soldado, disparando em uma nuvem de poeira sobre um de nossos cavalos. O homem está longe o bastante do alcance para não ser pego. Ele contará a Angra onde estamos.

Ansiedade toma conta de meu estômago, me preenchendo com o conhecimento do que acontecerá a seguir. Sir se vira para me encarar, os olhos dele saltam de mim para Dendera e então Finn e todos. *Não, não diga, não...*

— Vamos partir. Agora. Peguem apenas o necessário — anuncia Sir, já desatando os cavalos da cerca. — Reúnam-se ao norte do acampamento em cinco minutos.

As palavras dele se chocam contra mim.

— Vamos fugir? — digo, com a voz esganiçada, guardando o chakram. — Não podemos simplesmente...

Sir dá um passo na minha direção e, mesmo no escuro, consigo ver que os olhos dele estão vermelhos. É a única forma com que Sir demonstra emoção, pelos olhos.

— Não vou arriscar, não quando estamos finalmente tão próximos. Comece a fazer as malas ou monte um cavalo.

Ele se vira, dá alguns passos na direção da grama até chegar a Mather, pega o braço dele e sussurra algo que fez a expressão no rosto de Mather imitar aquela de choque e raiva no meu. Sir corre até os demais, disparando as mesmas ordens para eles — guarde o que conseguir, não há tempo a perder. Eles se separam, correndo para o acampamento para obedecê-lo.

Sir não os vê conforme fala. Os olhos dele disparam pelo horizonte, estoico, calmo. Uma rocha no oceano, de pé contra as ondas que quebram. Herod pode ser grande e sombrio, mas Sir é grande e luminoso — tão imenso quanto, tão ameaçador quanto, a força dele constituída pelo puro impulso de vingança.

Com Sir liderando, como perdemos para Angra?

— Meira.

Encolho o corpo. Minha concentração estava tão fixa em Sir que não ouvi Mather se aproximar. Ele sorri, mas o sorriso é maculado pelo suor que escorre pelas bochechas, pelo pânico que nos cerca.

— Deixou que eu a surpreendesse? — adivinha Mather, tentando amenizar as coisas.

Dou de ombros.

— Preciso deixar que pense que é bom em alguma coisa.

Ele assente, os lábios ficam relaxados enquanto me observa com olhar calmo e sério. Como se jamais precisássemos abandonar o acampamento ou fugir separados pela noite até nos reunirmos em algum lugar seguro. Já fizemos isso ao menos uma dúzia de vezes desde que éramos pequenos o bastante para nos lembrar, mas Mather me olha agora como se jamais tivesse precisado me deixar antes.

— Mather? — soa como uma pergunta.

Ele se vira para mim, para, recua, hesita como se não conseguisse reunir coragem para fazer algo. Minha garganta se fecha, o choque me sufoca, não permite que eu ouse ter esperança de que Mather fará o que penso...

Por fim, ele se aproxima e me ergue contra si. Um abraço apertado, de corpo inteiro, os braços envolvendo minhas costas, me segurando contra o peito com os pés pendurados no ar, o rosto em meu pescoço.

— Vou encontrar uma forma de consertar isso — diz ele para mim, as palavras vibram por minha pele, arrepios que estremecem meu interior.

Devagar, com cuidado, relaxo em Mather, meus braços envolvem o pescoço dele.

— Eu sei — sussurro. Quando Mather começa a me colocar no chão, me agarro com mais força, mantendo a boca ao ouvido dele. Preciso dizer as palavras, mas não consigo encarar Mather conforme elas saem de meus lábios. — Todos sabemos, Mather. Você fará tudo que puder por Inverno. Ninguém jamais pensou menos de você e acho... sei que Hannah sentiria orgulho por você ser o filho dela.

Mather não responde, apenas me segura ali, ofegando no espaço entre nós. Quero levar o rosto ao dele; quero ficar desse jeito, quase em um beijo, para sempre. Os desejos conflitantes fazem minha pulsação acelerar até que eu tenha certeza de que Mather consegue sentir o ritmo no peito. Consigo sentir o de Mather, a batida rápida do coração galopante contra meu estômago.

Em um movimento brusco, ele me coloca no chão, desliza uma das mãos para minha nuca e dá um beijo em meu maxilar, detendo os lábios em minha pele, deixando a sensação permanente de raios em minhas veias. O peito de Mather se encolhe, a tensão no rosto dele se desfaz quando se afasta de mim. Vejo um brilho nos olhos dele, uma camada muito fina de lágrimas. Ele não diz nada ou concorda comigo ou faz mais do que dar um último apertão em meus dedos.

Então se vai. Dispara para o acampamento para fazer as malas ou selar o cavalo ou o que seja que Sir ordenou que fizesse.

Fico de pé no meio do estábulo, com a mão no maxilar. Meus olhos se voltam para cima, buscando Mather em meio ao caos.

O que foi *aquilo*?

Mas sei o que foi. Ou pelo menos sei o que quero que seja — o que sempre quis que fosse. O que preciso dizer constantemente a mim mesma que nunca, jamais poderei ser. Mas por que agora, no meio da fuga, quando não posso encurralar Mather e obrigá-lo a explicar ou pensar em um jeito de ignorar o que chegou a acontecer? Porque aconteceu. Meu maxilar parece ter sido marcado pela boca dele como um ferrete e não importa quantas vezes eu repita "Ele é nosso futuro rei" para mim mesma, não consigo tirar a impressão dos lábios de Mather da pele.

Não *quero* tirar a impressão deles da pele.

Sir se coloca diante de mim, arrastando dois cavalos já selados.

— Pegue suas coisas.

Abaixo a mão, as palavras de Mather e os lábios dele e os braços em volta de mim somem no fundo de minha mente; eu os seguro ali, como âncoras diante de toda essa incerteza.

— Não — resmungo para Sir. *Não, não podemos simplesmente ir embora. Precisamos ficar; precisamos planejar algo melhor do que fugir.* — Não posso deixá-los...

Com um movimento rápido, Sir segura meu braço e me atira no cavalo selado mais próximo. Ele salta para o próprio cavalo e pega minhas rédeas e as dele, disparando um olhar de raiva que me diz para não discutir.

Os olhares de raiva de Sir jamais me impediram antes.

— Não podemos deixar que destruam este lar também!

Alysson e Dendera sobem para as próprias montarias conforme cavalgamos para fora do estábulo. Paramos rapidamente diante da tenda de reuniões, por tempo o bastante para que Finn, Greer e Henn acenem brevemente para Sir dizendo que sim, tudo será destruído antes de partirmos. Sir agita as rédeas e, conforme continuamos, ouço um leve crepitar de fogo dentro da tenda, as chamas devoram tudo que tem importância, mapas e documentos. Eles provavelmente usaram a braseira. Não poderemos levá-la conosco. Angra vai encontrá-la, a única parte de nosso passado que possuímos, cheia até a borda de cinzas.

Enquanto mexo no cepilho da cela em busca de algo para segurar além de uma arma, os punhos de Sir sobre minhas rédeas se abaixam, a mão dele se abre apenas o suficiente para segurar a minha. É tão súbito que não sei dizer se está tentando me confortar ou se certificando de que eu não tome o controle do cavalo.

— Não é sua culpa — resmunga Sir. — Não é culpa de ninguém.

Minha garganta se fecha e apenas permaneço sentada, entorpecida e pequena. É culpa minha; levei os batedores até lá. E sei que ficar é inútil — Angra mandará muito mais do que cinco homens agora e, com apenas oito de nós, as chances são uma piada. Uma sentença de morte. Mas não posso simplesmente fazer nada — fazer nada vai me matar mais rápido do que encarar o exército de Angra inteiro sozinha.

Sir para nossos cavalos quando chegamos às planícies do lado norte do acampamento. Um segundo depois, nos reunimos com cada cavalo, cada pessoa e tudo que conseguiram pegar no tempo que Sir permitiu. Quanto aos nossos animais de pasto, espero que Angra os trate melhor do que trata nosso povo.

— Dividam-se, dois cavalos por grupo. Depois que for seguro, nos reuniremos em Cordell — anuncia Sir. Ele aponta para Dendera, que está sentada em um cavalo ao lado de Mather, que está na montaria dele. — Mantenha. Ele. Vivo.

Dendera faz uma reverência com a cabeça e fica dessa forma até que Sir puxe as rédeas do cavalo. O animal recua com um relincho poderoso, enchendo todos os cavalos com adrenalina. Por cima do barulho, Sir me olha e acena, me pedindo para seguir. Quando ele ruma para noroeste, para dentro das agora escuras planícies, como uma das bolas de canhão de Angra, sigo-o bem de perto.

Todos seguem, um leve estouro antes de nos dividirmos. Olho para trás e, conforme Alysson galopa com Finn, Greer e Henn seguem para o leste e Dendera e Mather vão para nordeste.

Mather me olha, os olhos dele se fixam nos meus com a mesma intensidade de antes. Ele impulsiona o cavalo ao lado do de Dendera, então os dois se vão, disparando pela noite.

Sir recua seu cavalo para o lado do meu. O vento açoita minhas bochechas, secando as lágrimas conforme elas caem.

Não é culpa minha, disse Sir, e Sir só diz a verdade.

Depois de uma hora galopando sem parar, reduzimos a velocidade. Grupos esporádicos de árvores e arbustos são tudo o que vemos, as silhuetas secas e mortas abertas contra a noite. Continuamos em frente, cavalgando até o sol nascer. Até ele se pôr de novo. Até que os cavalos simplesmente não aguentem mais. Então desmontamos deles, nos certificamos de que há água por perto e os deixamos. Sir tira todo o equipamento dos cavalos antes — a sela, as rédeas, as mantas e a pequena armadura. Ele esconde as partes inúteis em arbustos secos, mantém o restante na sacola; e com um último tapinha nas ancas dos animais, continuamos para noroeste por dois dias a pé, parando apenas para dormir e verificar o horizonte em busca dos homens de Angra.

Sir mantém o suprimento de comida racionado, apenas o bastante para me deixar louca de fome. Pequenos córregos de água lamacenta passam de vez em quando, plantas comestíveis são ainda mais escassas e sombras são inexistentes. Há apenas o sol, a grama amarela, os arbustos mortos, sem folhas, durante horas.

Odeio calor. Odeio o suor que pinga entre minhas escápulas, o modo como os raios de sol assam cada área exposta da pele até que fique esfolada. Mas odeio ainda mais o silêncio, e Sir não fala. Não é apenas o silêncio normal dele — Sir está completamente mudo. Ele não me olha, não me reconhece, durante horas e mais horas de caminhada infindável.

No momento em que acho que preciso derrubar Sir no chão, ele se ajoelha ao lado de algo na grama. Um córrego, com pouco mais de um braço de largura. É a água mais límpida que vemos desde que começamos, e a névoa do calor se levanta em um rompante de alívio quando suspiro para o pequeno trecho de plantas verdes semivivas aglomeradas ao redor das margens. Vegetação resistente fica tostada ao sol, mas é mais comestível do que a maioria das iguarias das planícies Rania, como corvo.

Sir me olha quando tira a sacola dos ombros.

— Acampamos aqui esta noite e seguimos para Cordell amanhã. Ninguém está nos seguindo. Quanto mais cedo chegarmos à segurança, melhor.

Embora a tentação de água limpa esteja a poucos passos, permaneço congelada. Sir está falando comigo.

— Por que vamos a um reino Ritmo? Achei que você odiasse o Rei Noam?

Sir se vira para a água, os ombros se curvam um pouco, mas ele não responde.

— Não posso ajudar até saber o plano. E goste você ou não, minha ajuda é tudo o que tem agora.

O tom áspero em minha voz me assusta, e abaixo os braços. Sigo adiante, hesito, incerta de que reação virá. Mas quando me aproximo de Sir, só vejo os indícios de sangue seco que escorrem como redemoinhos das mãos dele para a água. Está coberto de sangue de Primavera há dias. É claro que está — quando teria conseguido limpar?

O rosto do soldado que matei lampeja em minha mente. *Minha culpa. Todos os homens que morreram no acampamento foram minha culpa também.*

Sir assente para a esquerda.

— Rio acima — diz ele, ignorando minhas palavras ríspidas.

Tiro o chakram do estojo e o solto na grama antes de seguir para a esquerda, lutando para abrir caminho por trechos de vegetação rasteira. Cada parte minha parece ensanguentada, suja, como se eu estivesse coberta da cabeça aos pés com as entranhas dos soldados de Angra. Eu me ajoelho e enfio a cabeça na água até os ombros. O frio lava parte do calor, flui por mim e afasta meu pânico. Meus arrependimentos.

Já matei antes. Já vi Sir matar antes. Já vi todos do acampamento, até mesmo Mather, salpicados de sangue e mancando da batalha. Eu não deveria me importar que alguns soldados de Primavera morreram; eles mataram milhares de nosso povo.

Meus pulmões começam a queimar, mas permaneço embaixo d'água, mantendo a respiração presa até que a necessidade dolorosa de ar seja a única coisa que eu sinto. Nada mais. Não tenho espaço para nada mais.

Dedos se fecham em torno de meu braço. Antes que eu consiga despertar o suficiente para perceber quem é, inspiro. Água flui para dentro de meus pulmões, pânico quente e ao mesmo tempo gélido corre para meu peito com a água indesejada e me liberto do córrego, engasgada e sem fôlego. Sir me arrasta para a grama, golpeando minhas costas com o punho para que o restante da água saia por meu nariz em uma corrente de sujeira.

Assim que meus pulmões se esvaziam, fico de pé, sacudindo poeira e água dos olhos.

— Estou... estou bem. Você me assustou. Estou bem.

Mas Sir não parece convencido.

— Nada disso é culpa sua. E você já matou antes — diz ele. Os sentidos assustadoramente perceptivos de general finalmente funcionam a meu favor para variar. — Matará de novo. O truque é não deixar que isso a incapacite.

— Não deixo. — Fecho a mão em punho, sujeira arranha meus dedos. O restante de mim está calmo, cauteloso, força cada pingo de ódio a sair pela mão em punho. — Não quero que fique fácil. Nem mesmo se for o próprio Angra. Quero sentir, sempre, para que eu jamais seja tão ruim quanto ele.

Ou você. Não quero acabar tão severa quanto você.

Encolho o corpo diante do pensamento, mais culpa se empilha sobre o restante. Ele nem sempre foi assim, lembro-me. Alysson contou a Mather e a mim sobre a noite em que Jannuari caiu nas mãos dos homens de Angra. A noite em que 25 de nós escapamos, ocultos por uma tempestade de neve criada pelo último pingo de magia de Hannah, antes que Angra quebrasse o medalhão ao meio e a matasse.

— William foi o único motivo pelo qual conseguimos fugir — contou Alysson a nós enquanto nos reuníamos em volta da fogueira certa noite, esperando que Sir voltasse de uma missão. — Podíamos ver os lampejos de fogo de canhão e nuvens de fumaça sobre a cidade e queríamos correr de volta para salvar nossos conterrâneos, mas William nos manteve em movimento até cruzarmos a fronteira, até escaparmos. — Ela parou então, acariciando a bochecha de Mather com uma das mãos. — Foi ele quem carregou você no peito durante toda a cavalgada para fora de Inverno, depois que nos libertamos de Jannuari. Sempre que um de nós implorava para que ele voltasse e ajudasse a salvar nosso reino, William colocava a mão em sua cabecinha e dizia: "Hannah confiou a nós a continuação da linhagem dela. É assim que salvaremos Inverno agora". Embora uma guerra estourasse atrás de nós, embora estivéssemos em uma nevasca caótica para esconder nossa fuga, embora não fôssemos chegar à segurança durante dias, William foi muito bondoso com você. Um guerreiro com o coração mole.

Sir jamais contou essa história ele mesmo e, depois que Alysson nos contou uma vez, jamais ouvimos de novo. Mas eu observava Sir depois daquilo, procurando pelo coração mole que Alysson mencionara. De vez em quando, eu via um lampejo — um estremecer nos olhos, quando Mather hesitava no treino de luta, um retorcer de lábios, quando implorei para aprender a lutar. Mas foi tudo o que vi do general que, certo dia, carregou um bebê durante dias até a segurança. Como se todo o coração mole de fato tivesse sumido, mas de vez em quando os músculos tivessem espasmos por conta da memória daquilo.

Assim somos todos nós, endurecidos demais pelo que deveríamos ser. Deveríamos ser uma família, não soldados. Mas tudo o que realmente nos conecta são histórias e lembranças do que deveria ser.

Sir assente. Ele está limpo agora, cada gota de sangue se foi, exceto pelas manchas nas roupas. Como se jamais tivesse acontecido.

— Não querer esquecer o quanto é horrível matar alguém é o que faz de você uma boa soldada.

— Você acabou de... — Meu punho relaxa. — Você acabou de me chamar de soldada. De uma *boa* soldada.

Os lábios de Sir estremecem no que é a versão dele de um sorriso.

— Não deixe que isso a incapacite também.

O sol seca a água em minhas bochechas e começa a queimar minha pele de novo. Esse é um momento estranhamente tranquilo. Sir e eu. Luto contra a vertigem que ameaça estragá-lo.

— Deveríamos nos abraçar ou algo assim?

Sir revira os olhos.

— Pegue sua arma. Vamos para Cordell.

8

Por que Sir escolheu Cordell como nosso ponto de encontro ainda é um mistério. Está certo que é o reino estável mais próximo de nosso antigo acampamento. Mas lembro dos sermões de Sir sobre Cordell. O Rei Noam é um covarde, esconde-se por trás da riqueza, acumula o poder do condutor dele como todos os demais Ritmo, e assim por diante.

Então, quando nos destinamos a nordeste no dia seguinte, precisei perguntar. Embora já o tenha feito meia dúzia de vezes e não tenha recebido resposta. Mas Sir e eu tivemos uma conversa bastante livre de raiva *e* ele me chamou de soldada, então isso deve valer alguma coisa.

— Por que vamos a um reino Ritmo pedir ajuda?

Sir me olha, o rosto meio interessado e meio irritado.

— Persistência pode levar você à morte.

— Quando desencadeada pela tortura, também pode conseguir respostas.

Sir ri com escárnio.

— Ritmo ou não, Cordell é mais perto. E estamos com pressa agora.

E também desesperados, se Sir espera que consigamos ajuda em Cordell. Nada jamais é tão simples e, se eu conseguir adivinhar o motivo da decisão de Sir, algo está definitivamente errado.

— Qual é sua próxima jogada?

Sir se concentra no horizonte, nas ondas infinitas, cor de creme, da pradaria e no sol pulsante.

— Reunir apoio — sussurra ele. — Conseguir um exército. Libertar Inverno.

Ele diz isso como se fosse fácil. Exatamente o que temos trabalhado para conseguir há 16 anos.

E agora, porque temos metade do condutor de Hannah, finalmente está ao alcance. Minha vida inteira se voltou para conseguir a primeira metade do medalhão — jamais enxerguei ou questionei além disso.

— Espere... não temos um condutor inteiro ainda. Por que Noam concordaria em nos ajudar? E onde está a outra metade do condutor mesmo?

Sir me olha, mas os lábios dele ainda formam uma linha fina.

— É um risco que precisamos correr por causa da localização da outra metade. — A voz dele é inexpressiva e percebo que há algo que não diz, mas Sir prossegue com a resposta a minha outra pergunta. — Se você quisesse esconder algo, manter seguro do mundo, para que sempre soubesse onde está, onde o guardaria?

— Comigo, acho... — Olho para ele. — Não.

Sir dá de ombros.

— Angra está com a outra metade? Guardada com ele?

Sir não responde, me deixa juntar as peças. Os quebra-cabeças dele costumam ser meio irritantes.

— Então Angra guardou uma metade constantemente em movimento pelo mundo, para que fosse um sacrifício conseguirmos recuperá-la, enquanto estava com a outra metade no pescoço esse tempo todo? Sacudo a cabeça. — E eu achando que pegar a primeira metade fosse um sucesso.

— E é — corrige Sir.

Um dos cantos de minha boca se ergue e me delicio com as palavras. *E é.*

— Por que você não foi com Mather?

A pergunta sai antes que eu perceba que estava pensando nela. Não que Dendera não seja capaz de lutar ao lado de Mather também; apesar do fato de que ela preferiria não ser uma soldada, é nossa segunda melhor em luta corpo a corpo. Mas Sir ainda é o melhor, e o melhor deveria estar com Mather.

— Não podemos ser capturados juntos. — Sir vira a sacola e abre. — Nós dois somos valiosos demais para a causa.

Ele me passa um pedaço de carne seca. Olho para Sir, esperando mais explicações, mas ele enfia um cubo de queijo na boca e retorna ao silêncio com a mesma facilidade que o quebrou.

É isso. Não porque se importa comigo, não porque quer me proteger. Não tem nada a ver comigo. Nunca tem.

Forço a carne seca garganta abaixo, minha mão gira a pequena pedra azul no bolso. A superfície entalhada é áspera contra meus dedos e imagino rios de força e bravura fluindo dela, por meu braço, para meu coração. Imagino que é realmente um condutor, minha fonte de força sobre-humana enfiada na palma da mão — tanto um símbolo de poder quanto um lembrete de Inverno.

Tiro a mão do bolso. Não preciso de força inventada. Sou forte o bastante sozinha — *eu*, Meira, sem magia ou condutor ou nada.

Mas... seria legal. Pelo menos uma vez, não ser tão fraca. Não olhar para o que fizemos e sabemos e ainda termos tanto a percorrer antes de podermos estar em segurança.

Ser poderosa.

Paramos para montar o acampamento quando o sol se põe. A essa altura, o calor, junto com minhas dúvidas permanentes sobre Sir me amar, me tornaram uma pilha trêmula de ansiedade. Então, quando ele pega o primeiro turno de vigia, me obrigo a cair no sono para limpar a mente. Espantosamente, o sono vem mais fácil e mais rapidamente do que qualquer sono em muito tempo, como se a forma como Sir tivesse falado comigo tivesse feito com que parte do estresse se dissipasse.

Odeio o quanto a opinião dele é importante para mim.

Fecho os olhos, me encolho como uma bola nas ondas douradas da grama e caio nos sonhos como as estrelas caem pelo céu noturno.

Chalés me cercam em uma rua de paralelepípedo, cercas salpicadas de neve e gelo, janelas cobertas de geada. Uma nuvem espessa de fumaça cobre o céu, sendo soprada das chaminés dos prédios industriais no limite da cidade.

Estou em Jannuari.

Conheço as ruas como conheço o ritmo do meu coração. Cenas que montei de histórias e das lembranças de outras pessoas, imagens roubadas e emoções. Mas o medo me paralisa onde estou, na rua fria de pedras, serpenteando por meus braços e minhas pernas em rompantes violentos e acelerando minha pulsação, mais e mais rápida. Vi Jannuari nos sonhos durante anos, ouvi com atenção histórias sobre a cidade. Então, por que estou apavorada?

Uma onda de corpos dispara contra mim, vinda das ruas curvas de Jannuari. Estamos correndo, correndo desesperadamente, conforme explosões ricocheteiam ao nosso redor.

É a noite da queda de Inverno.

— Não — sussurro. Não podemos fugir. Angra nos encurrala. Ele vai levar todos embora, vai nos aprisionar...

— NÃO! — grito diversas vezes, agarrando as pessoas ao meu redor. Mas elas não cedem, não me ouvem, o terror as trancafia atrás de paredes impenetráveis de desespero.

Então estou em segurança.

Acontece tão rápido — a mudança — que caio de costas e me choco contra a parede da sala em que me encontro agora. Um escritório pequeno e confortável, iluminado por uma lareira quente à esquerda. O cheiro almiscarado de carvão queimando instantaneamente me relaxa, o cheiro de lembranças que não são minhas. A janela diante de mim se abre para a noite, deixando entrar um ocasional floco de neve.

As pessoas no cômodo não reparam em mim. Estão concentradas demais em uma mulher que está de pé à porta, uma mulher que não deve ter mais de 30 anos, com ondas oscilantes de cabelos brancos e com o rosto mais suave e tranquilo que já vi. Como se nada, nem mesmo os canhões de Angra, pudessem abalar a mulher.

Há um medalhão no pescoço dela. O condutor.

Hannah.

— Sinto muito — sussurra ela, com lágrimas escorrendo pelas bochechas. — Não posso dizer...

— Não! — Sir dispara. E Alysson está ao lado dele, e Dendera atrás, e Gregg e Crystalla. Viva. Estão todos aqui, vivos...

Um grito começa a sair de minha garganta antes que a mão de alguém tape firme minha boca. Na escuridão, Sir olha para mim com raiva, a boca dele forma uma careta por trás da barba branca por fazer. O sonho deixa névoa ao encalço e pisco, confusa, com a pulsação voltando ao normal. Sonhei com Jannuari antes. Sonhei até com Hannah antes. Todos sonharam, tenho certeza — Inverno domina cada momento de nossas vidas acordados, então por que não nossos sonhos também? Isso não é motivo de preocupação.

Mas não consigo fazer com que a inquietude me deixe, principalmente quando Sir acena para minha direita, chamando minha atenção para cascos.

Cavalos disparam pelas planícies, lançando vibrações pelas palmas de minhas mãos, enquanto estou deitada de costas no chão. Sir abaixa a mão de minha boca quando a percepção me faz estremecer.

Primavera?, pergunto, sem emitir som.

Ele faz que não.

— Vem do sudoeste — sussurra Sir. — Seguindo para nordeste.

Semicerro os olhos. Obviamente, Sir espera que eu saiba quem é o exército galopante, mas estou perdida. Os reinos a sudoeste de nós são Verão e Outono. Os veranianos só deixam o reino deles para enviar coletores para encher seus bordéis, mas raramente viajam tão longe, além do canto deles do mundo, principalmente quando Yakim e Ventralli estão muito mais perto e tão cheias de escravos em potencial. Outono tem os próprios problemas de um reino em colapso; não tiveram uma herdeira do sexo feminino por duas gerações antes de o rei atual ter uma filha, mas é apenas uma. Devido à natureza da magia de condutor, os portadores não conseguem usá-la totalmente até serem, no mínimo, adolescentes. Precisam conseguir, conscientemente, impor sua vontade sobre a magia, e crianças não conseguem domar a quantidade de magia dentro de um Condutor Real, ou controlar o que conseguem conjurar.

Mas Outono tem um aliado poderoso — Cordell. A irmã do Rei Noam se casou com o Rei de Outono há dois anos. Foi o casamento dela com o Rei de Outono que deu ao reino de sangue feminino uma filha diante dos ataques de Angra — depois que Inverno foi assimilado por Primavera, Primavera voltou sua ganância para o reino enfraquecido e sem herdeira de Outono. Os ataques aumentaram depois do nascimento da princesa de Outono, em um esforço para conquistar o reino antes que ela cresça para usar o poder. E com Noam ligado por sangue e casamento a Outono, um dos reinos Ritmo mais poderosos foi forçado a se importar com um reino Estação por motivos diferentes da proximidade com as montanhas Klaryn.

Por isso, Sir quer que vamos para Cordell. Noam *precisa* ajudar a impedir Primavera agora — ou ajuda ou deixa a irmã e a sobrinha dele serem massacradas por Angra. Se aqueles cascos são algum indicativo, ele já está ajudando.

Bato no chão, animada.

— Cordell! — Dou um gritinho. — Eles são cordellianos? Cavalgando de volta de Outono?

Sir toca o nariz com um gesto malicioso que diz "ensinei você direito", então fica de pé e solta um assobio longo, de estourar os tímpanos. O som ecoa pelo escuro e os cascos, dezenas deles, param.

Meu peito bate forte. Espero mesmo que sejam cordellianos. E que ao menos alguns deles tenham empatia por viajantes, de reino Estação ou não. Porque se eles se ativerem ao preconceito entre os reinos Ritmo e Estação ou se forem Primavera...

Mas Sir não comete erros assim. Espero.

Fico de pé também. A massa sombreada do exército paira a poucos passos de nós. Uma sombra, a figura escura de um cavaleiro montado, se destaca da massa e cavalga adiante. Conforme ele se aproxima, o uniforme dourado e verde-escuro cordelliano — e as medalhas que pendem dele, o que marca o homem como oficial — se tornam visíveis. Ele tem uma espada em uma das mãos, rédeas na outra, para continuar cavalgando *e* nos empalar se necessário.

O oficial para longe o bastante para que vejamos o rosto dele.

— Identifiquem-se ou... — O homem para e os olhos dele se arregalam tanto que a parte branca brilha no escuro. — Folhas douradas! — exclama o homem, e me assusto com as palavras. Devem ser uma referência cordelliana. — Invernianos?

Passo a mão pelos cabelos brancos, colocando-os sobre um dos ombros, e engulo em seco o nó de ansiedade que se acumula em minha garganta. Esse é o momento em que ele vai cuspir em nós e dizer algo desdenhoso sobre os bárbaros reinos Estação ou em que vai nos ajudar.

Sir dá um passo adiante.

— William Loren, General de Inverno. E esta é Meira — Sir me indica —, também de Inverno. Nosso acampamento foi atacado por Angra e estamos a caminho de Cordell.

O oficial abaixa a espada e meu corpo relaxa levemente.

— Qualquer um em busca de refúgio de Angra é muito bem-vindo em Cordell. Sou o capitão Dominick Roe, do Quinto Batalhão de Cordell.

Aparentemente, Dominick abaixar a espada sinaliza um "está tudo bem" para os homens dele, pois o regimento instantaneamente abaixa as armas. Não vão cuspir em nós — vão nos ajudar. Sorrio.

— Está oferecendo boas-vindas acolhedoras para nós em Cordell? — insiste Sir.

Dominick aponta para dois dos homens dele, e os homens obedientemente abrem caminho pela multidão, ambos puxando cavalos sem cavaleiros ao lado. O rosto do capitão exibe uma careta, mas, na escuridão, pode ter sido apenas um truque do luar.

— Tudo que posso oferecer é escolta até Bithai.

Bithai, a capital de Cordell. Não poderíamos pedir por mais; um regimento inteiro de soldados liderados por um capitão que claramente não gosta de Angra e não tem o preconceito entre reinos. Sir deve ter passado o turno de guarda dele fazendo pedidos.

— Aceitamos — diz Sir. — Sua generosidade será recompensada.

Os dois homens para quem Dominick apontou nos oferecem os cavalos. Monto um e encaro Sir quando ele se ajusta na montaria. Os ombros de Sir se soltam e ele se curva um pouco na sela, parecendo relaxado pela primeira vez desde que voltei da missão a Lynia. Porque desde então...

Meu peito dói e fecho os olhos. Não posso pensar no que aconteceu. Não posso me perguntar ou me preocupar com quem fugiu, quem chegou a Cordell. Não até chegarmos a algum lugar seguro ou, pelo menos, o mais seguro possível.

As ondas de grama da pradaria cor de creme somem por volta do meio da manhã do dia seguinte. Eu me endireito na sela, com os olhos arregalados, conforme observo a mudança vibrante de cenário. Nunca fui a Cordell. Não tivemos motivo para ir a um reino que Sir odeia, quando há outros que nos venderão comida e suprimentos. Mas, agora, queria que tivéssemos vindo antes. É lindo.

A grama sob os cascos dos cavalos é de um verde tão vibrante que meus olhos doem. Colinas se estendem ao nosso redor, suaves e íngremes, com pés de bordo perfeitamente posicionados começando a se tornar laranja e dourados. Passamos por uma fazenda e somos envolvidos por um odor floral e fresco — lavanda, uma das mercadorias de exportação mais populares e mais caras de Cordell. Alguns soldados acenam para um fazendeiro e os trabalhadores dele, que soltam as ferramentas e os baldes para acenar de volta.

Seguimos em frente, deixando os trabalhadores em seus campos violeta efervescentes. Os soldados, atraídos pelo verde e pelo sol e pelo aroma de lavanda, comemoram e gritam com a alegria que acompanha estar em casa.

Sir não parece revigorado pela animação dos homens. Ele avalia cada fazenda por que passamos, cada mancha de aldeia, mais do que provavelmente prestando atenção a quantas construções exuberantes há, quantos campos parecem férteis demais. A expressão de Sir não muda e, nessa não mudança, percebo a mesma raiva que Sir sente toda vez que começa a falar de Noam.

Exatamente como Inverno concentrava a magia na mineração, Cordell concentra o condutor em oportunidade — em ajudar os cidadãos a trabalharem uma situação em favor deles, para que tirem o melhor proveito dela. Oportunistas, diligentes, trapaceiros: como quer que sejam chamados, podem até mesmo "fazer folhas se tornarem ouro" — uma expressão cordelliana que Sir explicou em nossas muitas lições, referindo-se ao fato de que são tão bons em fazer lucro que é como se fizessem as folhas de uma árvore se tornarem moedas de ouro. Isso explica a exclamação do capitão Dominick mais cedo — *folhas douradas*.

Mas embora Cordell tenha recursos infinitos, Noam não é conhecido por fazer alianças políticas com qualquer um, exceto os reinos Ritmo tão abastados quanto Cordell. O casamento da irmã dele com o Rei de Outono foi um escândalo que Noam aceitou quando encontrou formas de tornar a união benéfica para Cordell... mas se rebaixar para auxiliar refugiados invernianos?

Depois de três horas perambulando pelos campos de verde e lavanda, vemos algo ainda mais magnífico se erguer diante de nós: Bithai. A cidade se estende por um amplo planalto cercado por cerca de vinte pequenas fazendas diferentes, todas fervilhando com as atividades do meio da manhã. Quanto mais nos aproximamos, mais densas ficam as casas, o povo, até que o regimento vira para uma estrada de paralelepípedos que se conecta a uma ponte levadiça e até a cidade demarcada por um portão.

Assim que cruzamos o portão, a cidade explode ao nosso redor com uma algazarra de mercadores gritando, rodas de carruagem chacoalhando por estradas e burros relinchando ao vento matinal. Prédios se alinham com simetria perfeita ao longo de ruas de paralelepípedo cinzento, as avenidas se curvam e serpenteiam em ângulos precisos pela cidade. Cada estrutura, seja casa, loja ou pousada, é um misto de pedras cinza empilhadas sob telhados curvos de telhas marrons. Bandeiras oscilam à brisa acima de nós, flâmulas com um ramo de lavanda diante de uma folha dourada de bordo sobre um fundo verde. Tudo está limpo, organizado — fontes e vinhas decoram cantos aleatórios como se a cidade inteira devesse ser parte do perímetro do palácio. O que faz sentido — Bithai é a entrada de Cordell, a melhor exibição de poder de Noam. É claro que ele manteria o mais perfeito possível.

Cidadãos acenam conforme cavalgamos, parabenizando os soldados, gritando encorajamentos para os homens que partiram há tempos. Algumas mulheres soltam as cestas de produtos e praticamente derrubam cavalos nas tentativas de beijar os maridos. Muitas vezes, civis recuam de Sir e eu, suas bocas se contorcem em sinal de confusão diante de dois invernianos em Bithai. Mas os soldados estão distraídos demais para se importarem com preconceitos políticos, e se põem a acenar e comemorar com entusiasmo, os rostos se iluminam com alívio por estarem em casa. O sentimento me faz sorrir.

Lealdade. Orgulho. Posso sentir no ar, no modo como os homens gritam cumprimentos para os pedestres e pedem notícias de Cordell. Esses homens amam o reino deles. Esses homens têm o que vejo todos os dias que falta aos olhos de Sir, na careta constante de Finn e no olhar distante de Dendera — um lar.

O regimento reduz a velocidade até um trote tranquilo e se vira na última estrada ampla, galhos de bordo se arqueiam sobre nós. A luz passa pela copa das árvores, algumas folhas caem e dançam ao redor da cerca de ferro retorcido que acompanha os dois lados da estrada de tijolos dourados.

Sir para ao meu lado. Tento encará-lo para ter alguma pista do que planejamos fazer a seguir, mas ele apenas olha adiante. Então faço o mesmo.

Ah, doce neve. Sério?

O regimento para subitamente e preciso morder a língua para evitar perguntar se Noam quer compensar por alguma coisa. Porque posso entender querer ter um reino exuberante e querer ter uma capital impecavelmente imaculada... mas isso?

Um portão interrompe a entrada principal do palácio pela estrada de acesso. Esse portão é de ouro, imponente, pelo menos três vezes mais alto do que eu, e coberto de vinhas verdes de metal que sobem por ele. Rosas de metal escarlate florescem ao longo das vinhas, pássaros azuis se empoleiram em projeções de metal. Mas, pior de tudo, um par de pés de bordo altos, cada um de um lado do portão. Totalmente de ouro, as folhas tilintam ao vento com uma linda — e totalmente excessiva — melodia.

— O coração do reino deles — sussurra Sir. É o silêncio repentino dele que me faz perceber que o entusiasmo dos homens foi substituído por um ar mais profundo de solenidade.

— Não é — eu me contenho e passo a sussurrar — ouro de verdade, é?

Sir confirma levemente com a cabeça. Minha boca se escancara. Não é à toa que Sir odeia Noam; ele usou a quantidade de ouro suficiente para governar um reino para fazer duas árvores.

O regimento desmonta, deixando que Sir e eu sigamos. Quando todos estamos diante do portão, os homens cordellianos se curvam na altura da cintura em reverências e se detêm por um momento, cabelos esvoaçando à brisa, antes que um murmúrio baixo ecoe das silhuetas abaixadas deles.

Eu me aproximo de Sir.

— Estão cantando?

Sir assente. Ele não parece feliz. Mas não é uma insatisfação do tipo "vou socar a garganta de Noam" — é melancólica e um pouco invejosa.

— É o Poema de Bithai.

Os soldados terminam os murmúrios nada assustadores para as duas árvores de ouro e reúnem os cavalos. O capitão Dominick se move entre os homens, todos agora ocupados, levando as montarias para a direita, por uma estrada separada que envolve o terreno do palácio pelos fundos.

Dominick gesticula para o portão.

— General William, Lady Meira...

Lady. Meu nariz se franze, o título me deixa arrepiada. É melhor que isso não vire moda — não tenho certeza se *quero* ser Lady.

— ...por favor, sigam-me, levarei os dois ao nosso rei.

O pescoço de Sir fica vermelho. Essa viagem vai destruí-lo de dentro para fora. Não que eu me sinta melhor por estar aqui — a maioria das experiências que tive com habitantes dos reinos Ritmo fez com que eu me sentisse inútil de uma forma sub-humana. Zombaria conforme caminhávamos pelas ruas; vegetais podres atirados contra nós conforme saíamos da cidade. Por que Cordell seria diferente? Mas ninguém foi cruel até agora, então vou atrás de Sir conforme Dominick nos leva pelo portão para um jardim exuberante.

Uma fonte cospe água no ar no centro de uma pequena passarela de pedra — a coisa toda é ladeada por arbustos de azaleias de um vermelho-vivo e arbustos de lavanda na altura dos ombros. Partículas de pólen flutuam pelo ar, disparando como insetos perseguindo um ao outro entre raios de sol. À direita, uma passarela de pedra serpenteia para dentro de uma floresta de pés de bordo, uma trilha escondida para encontros românticos à meia-noite ou tentativas de assassinato.

Diante de nós está um palácio da mesma pedra cinza do restante de Bithai. Esse prédio faz com que todos os outros pareçam anões, no entanto, reluzindo com quatro andares de janelas brilhantes, sacadas de marfim e cortinas espessas de veludo.

No momento em que Dominick gesticula para que entremos no palácio, um grito me faz virar. Sir para também e relaxa por tempo suficiente para sorrir, uma expressão suave e de verdadeiro alívio que me enche de conforto.

— Meira!

Viro na direção da floresta quando um borrão de cabelos brancos e seda azul sai da escuridão do jardim — Mather.

Um sorriso se abre em meu rosto, apagando todos os resquícios de exaustão da viagem. Ele corre para a frente e me pega em um abraço de quebrar os ossos e me deixar imóvel.

Nem me importo com o fato de que minhas costelas acabam de estalar.

9

MATHER SORRI PARA mim com aquele sorriso ofuscante e não me coloca no chão. Tento em vão lutar contra a timidez que tenho certeza de que está deixando vermelho meu rosto pálido. Ele definitivamente está em Bithai há um pouco mais de tempo do que nós — os cabelos estão presos para trás com um laço, Mather usa uma camisa azul como o céu e calça marfim limpa, e a metade do medalhão de Hannah brilha no pescoço dele. Noam ganhou um ponto no meu livro *Não Vou Matar Você*: ele cuidou de Mather.

Mather ri baixo.

— Demoraram para chegar.

As palavras dele vibram pelo pescoço e me deixam dolorosamente ciente do fato de que estou segurando o pescoço de Mather. Meus dedos estremecem, mas não consigo me desvencilhar e apenas rio para Mather, sentindo os músculos dele se retesarem.

— Não sabia que era uma corrida — digo. A lembrança de nosso último abraço lampeja em minha mente. O rosto de Mather cora, um leve tom rosado. *Ele também está pensando nisso?*

— Era, e você perdeu. — É tudo o que Mather diz, a risada dele me preenche.

Sir pigarreia. Mather me aperta mais uma vez e me coloca de volta nas pedras, onde acho difícil me equilibrar. Quem sacudiu o mundo?

— Quem mais está aqui? — pergunta Sir, direto ao ponto.

Mather não parece tão assustado pelo tom abrupto de Sir quanto eu sempre fico.

— Todo mundo.

Expiro. Estamos todos aqui. Todos sobrevivemos. Um pouco de minha culpa se dissipa — perdemos o acampamento, mas nenhum dos membros do grupo. Eu não teria conseguido me recuperar se um de nós tivesse morrido por minha culpa.

Sir expira, aliviado, também.

— Excelente. Já se encontrou com Noam?

Mather assente.

— Ontem. Dendera e eu estamos aqui há dois dias... — Ele me olha, depois olha de volta para Sir, e não continua o pensamento que teve. Mas, subitamente, parece que alguém deu um soco no estômago de Mather e todos os meus sentidos ficam alerta.

Algo está errado.

Sir assente mais uma vez e se vira para Dominick.

— Leve-nos até seu rei.

Dominick se vira e sobe as escadas até o palácio. Dois guardas parados ali abrem as portas, olhando nossos cabelos invernianos vibrantes. Bem, o meu cabelo e o de Sir não estão vibrantes no momento; nossas cabeças — como o restante de nós — estão cobertas de poeira e suor da viagem. Mas acho que, pela marcha determinada de Sir atrás de Dominick, não vamos tomar um banho antes de encontrarmos Noam.

Um banho. Luto contra a saudade quando paramos no saguão do palácio.

A única fonte de luz é o candelabro acima, que emite um brilho leve e branco. O restante da decoração é escuro — paredes de madeira polida, piso de mármore preto. Confortável, mas caro até o fim. Painéis retangulares cobrem as paredes; não sei dizer se são portas ou apenas decoração.

Um, à nossa direita, se abre.

Dominick dispara adiante e recua com uma saudação acentuada para um homem dentro da sala, fora de vista.

— Meu rei, tenho...

— Mais invernianos. Sim, presumi.

A voz grave combina com a escuridão aconchegante dos arredores. Quase como um lar, uma voz que eu esperaria de um avô, não de um rei.

Sir caminha adiante, quase empurrando Dominick para longe.

— Noam.

Certa vez, quando convenci Mather a roubar uma garrafa do vinho veraniano de Finn e ficamos um pouco bêbados, Sir me sentenciou a duas semanas lavando a louça do jantar por ser "desrespeitosa à posição de nosso futuro rei". Mas Sir não tem problema algum em usar o primeiro nome do rei cordelliano, como se ele fosse uma criança malcriada.

Noam vai para o saguão de braços cruzados. Ele é grande — não tanto quanto Sir, mas ainda assim imponente. Os cabelos castanho-dourados estão soltos na altura dos ombros, margeado de grisalho ao redor do rosto e ainda mais na barba. Ele tem olhos profundos e misteriosos que fazem com que eu me sinta nua e invisível ao mesmo tempo, como se pudesse ler todos os meus segredos com apenas um olhar. E o condutor dele, a adaga de Cordell, está no cinto, a joia roxa no cabo brilha levemente na escuridão.

Noam, com o rosto impassível, volta os olhos castanhos para Sir. O olhar dele percorre Mather antes de parar em mim, e o rei sorri.

Isso não deve ser bom.

— É só, Dominick. Obrigado.

Dominick recua como se esperasse mais. Mas então faz uma reverência, murmura algo sobre voltar para relatar sobre Outono mais tarde e marcha para a entrada.

— William — diz Noam, embora ainda esteja me encarando. — Que bom que conseguiu vir. Negócio desagradável lidar com a Sombra das Estações. Os reinos Estação podem ser bastante — Noam pausa — voláteis.

Tento segurar uma bufada. Voláteis. E ele ainda nem me conheceu.

Mas minha reação fica presa devido ao modo como ele chamou Angra — a Sombra das Estações. Tinha me esquecido que é assim que os reinos Ritmo o chamam. Como se não passasse de uma névoa cinzenta lançada pelo restante de nós e, talvez, se nos movêssemos para o lado certo, Angra desaparecesse.

Sir entra no campo visual de Noam e dou um suspiro de alívio.

— Esperava que pudéssemos discutir em um local mais particular. — Sir olha para Mather. — Meu rei disse que já falou com ele, mas tenho alguns assuntos que gostaria de discutir também.

Sir jamais chamou Mather de "rei" antes. Futuro rei, sim. Realeza, sim. Mas nunca rei. Rei Mather Dynam. Um tremor de inquietude me percorre. Sei que ele é nosso rei e sabia que isso aconteceria. Só achei que eu teria mais tempo, até encontrarmos a outra metade do medalhão, pelo menos. Não... agora.

Noam gesticula para duas criadas.

— Acomodem Lady Meira. Precisamos que ela esteja com a melhor aparência para esta noite.

Sir e eu empalidecemos. Sir empalidecendo. Acho que não gosto mais de Bithai.

— Como é? — resmunga Sir.

Noam dá um risinho.

— O baile. Minha corte está aguardando em Bithai há dois dias, esperando uma comemoração. Agora ela pode começar. Certamente seu *rei* lhe contou.

O modo como ele diz a palavra *rei* faz minha pele se arrepiar. Olho para Mather, cujo rosto está tão vermelho quanto as azaleias do lado de fora, e o maxilar dele está tão contraído que os dentes devem ter se quebrado.

As criadas se movem na minha direção.

— Venha por aqui, por favor — diz uma delas.

Sir acena para mim. Mas há algo por trás dos olhos dele, algo que Sir mal contém, que me faz querer colocar o chakram para trabalhar, destruindo o lindo saguão de Noam.

As criadas prosseguem e, depois de outra pausa, sigo-as. Deve ser assim que as ovelhas se sentem antes de cortarmos as cabeças delas e assarmos na fogueira.

A voz de Noam ecoa conforme saíamos do saguão. Como tudo mais em Bithai, é intencional.

— Sim — diz ele. — Ainda podemos chegar a um acordo.

Eu me viro, mas Sir, Mather e Noam já entraram no que só posso supor que seja o escritório de Noam. A porta se fecha, abafando qualquer outra coisa que eu possa ouvir.

— Lady Meira, por aqui, por favor.

Lady. Sério?

Eu me dedico a seguir as criadas. O saguão termina em um salão de baile — *o* salão de baile, tenho certeza, onde qualquer que seja a festa que Noam planejou acontecerá naquela noite. É grande, opulento, com mármore e lustres e plantas verdes exuberantes e muito ouro. Estou um pouco enojada da riqueza de Cordell.

Duas escadarias envolvem o salão, uma de cada lado. As criadas me levam para cima daquela à esquerda, circulando, para que eu tenha uma visão de 180 graus do salão de baile. Faço questão de não olhar para ele, me concentrando, em vez disso, na lama que está presa às minhas botas.

Chegamos ao segundo andar e começamos a percorrer tantos corredores idênticos que penso que o plano de Noam era me perder em um labirinto de belezas irritantemente caras. Painéis de madeira tão polidos que consigo ver meu reflexo imundo conforme passamos, lustres de cristal que projetam pontos intermitentes de luz sobre meu corpo, tapeçaria marrom tão felpuda e aveludada que minhas botas deixam marcas. Os mesmos detalhes escuros e a sensação cara, porém confortável, do saguão.

Por fim, as criadas param diante de uma porta. A superfície polida dela permite que eu observe minha expressão assustada se mover para dentro quando a porta se abre e, atrás dela, detesto dizer, está o exato quarto que eu projetaria se tivesse recursos infinitos e nada mais com que me preocupar além de mobília.

É simples e bonito. Embora eu esperasse que fosse tão exagerado quanto o portão de Noam, não passa de uma cama com dossel (uma cama com dossel muito boa), um armário (um armário muito bom) e um tapete trabalhado, cor de lavanda, esticado no piso de madeira. As portas da sacada estão abertas diante de mim, cortinas brancas pesadas oscilam ao vento conforme caminho para o centro do quarto.

As duas criadas são apenas pouco mais velhas do que eu, usando vestidos simples feitos de tecido do verde-escuro de Cordell. Cabelos castanho-aloirados pendem em tranças suaves pelas costas delas, e uma das jovens, com os olhos castanhos arregalados, que me dão a ilusão de que ela vê tudo, se aproxima de mim.

— Está do seu agrado, Lady Meira?

— Meira.

— Sim, foi o que eu disse. Lady Meira.

Franzo a testa.

— Não, apenas Meira. Sem Lady.

— Receio que eu não possa fazer isso, Lady Meira.

Trinco os dentes e me volto para as criadas.

— Tudo bem. Quais são seus nomes?

— Mona.

— Rose.

— Bem, Mona e Rose, o que podem me dizer sobre os planos de Noam?

Mona mantém a cabeça curvada de modo submisso e Rose apenas dá de ombros.

— Só sabemos que devemos deixá-la vestida e pronta até as oito horas.

Semicerro os olhos para elas.

— E se eu me recusar?

Os olhos de Mona se arregalam. Rose, obviamente aquela no comando, toca a mão de Mona.

— Espero que não o faça. O Rei Noam deixou claro que nosso futuro a serviço dele depende de você estar no baile.

Uma de minhas sobrancelhas se ergue.

— E vocês sempre fazem exatamente o que seu rei exige?

Rose acena devagar com a cabeça, como se não tivesse certeza de por que eu sequer faço tal pergunta. Espero o mesmo de Mona, mas quando reparo que ela hesita, agitando as mãos, não consigo impedir um sorriso curioso. Rose vê minha mudança repentina de expressão e encara Mona, que ergue as mãos e acena tão violentamente que temo que os cabelos dela caiam da cabeça.

— É claro que obedeço a ele! — declara Mona. — É só... seria legal, não seria? Se nós, sei lá, tivéssemos magia própria?

O rosto de Rose fica tão vermelho quanto a flor que deu nome a ela.

— Nenhum cordelliano quer nada e você fica aqui, *diante de uma convidada*, e diz tais coisas? — Rose se volta para mim. Peço desculpas, Lady Meira, Mona é nova na posição.

Mona se acalma, abaixa a cabeça e leva o queixo ao peito. Mas não responde a Rose — ela se volta para mim, com os olhos em direção ao chão.

— Perdoe-me, Lady Meira.

Quase me esqueço de me irritar ao ser chamada de "Lady" quando vejo a pequena fagulha de Rose se apagar. Não consigo tirar a surpresa do rosto, a única vez que ela se impôs foi ao pensar em ter a própria magia? Em não estar endividada e ligada a Noam?

Eu me atenho a esse pensamento, tentando entender como guardá-lo na mente. Lembro-me da bola de lápis-lazúli no bolso, da pequena pedra circular pressionada contra minha coxa. Mather queria acreditar que era mágica, que qualquer um poderia simplesmente pegá-lo do chão. Tornaria o mundo muito mais simples — ninguém precisaria depender do rei ou da rainha para ajudá-lo. Ninguém precisaria ficar dentro dos limites do reino para usufruir da magia da linhagem. Estaríamos bem menos... presos? Essa não parece a palavra certa, pelo menos como alguém que tem lutado a vida inteira para obter esse tipo de magia. Mas talvez, em outros reinos, reinos que têm magia há séculos, eles façam essas perguntas. Eles imaginem como seria estar livre dos limites rigorosos de nosso mundo.

Sacudo a cabeça para Mona.

— Não peça desculpas. Não tem problema fazer perguntas. — Mesmo que eu não tenha certeza de qual seja minha resposta a essas perguntas. Só sei que Inverno precisa de magia para ser livre. É tudo que consigo ver agora.

Rose se volta para mim.

— Certamente *tem* problema quando tais perguntas contradizem as ordens claras de nosso rei. — Ela ergue uma sobrancelha e um dedo ao mesmo tempo, pronta para voltar as ameaças para mim.

Recuo até a cama com dossel e me jogo nela, com braços estendidos.

— Não precisa ficar agitada. Vou ao baile.

Quando Rose começa a falar de novo, posso ouvir o sorriso na voz dela.

— Excelente. Um banho foi preparado para você ali, Lady Meira.

Minha cabeça se ergue a tempo de ver Mona apontar para uma porta à esquerda.

— Voltaremos depois que tiver descansada — diz Rose, e enxota Mona para fora.

Quando elas fecham a porta, eu me sento. A bola de lápis-lazúli se pressiona contra meu quadril, me fazendo pensar em Mather, em Sir, não em magia e quem deveria ou não tê-la. Puxo a pedra do bolso e rolo a pequena bola azul na palma da mão, a repetição me acalma.

Noam me quer por algum motivo. Ainda mais estranho é o fato de que um rei de reino Ritmo vê algo em uma refugiada de um reino Estação que valha a pena usar. E Mather e Sir sabem o que é, mas estão em uma reunião naquele momento com Noam, então minhas opções atuais são sair de fininho pelo palácio, esperando encontrar respostas em uma das muitas salas, ou tomar um banho e dormir.

Como se meu corpo já tivesse se decidido, bocejo, meus olhos ficam anuviados como quando lágrimas brotam.

Tiro as roupas de viagem e empilho a sujeira toda no canto, com o chakram guardando-as, no topo. A bola de lápis-lazúli rola para fora da pilha, batendo no piso de madeira e parando no tapete espesso. Pego a pedra e a coloco na mesa de cabeceira, encarando a superfície azul. Sei que é ridículo, mas uma pequena parte de mim relaxa, sabendo que um pedaço de Inverno está ali se eu precisar.

Sabões aromáticos e água espumante apagam rapidamente qualquer preocupação permanente, preenchendo meus sentidos com lavanda e vapor. Ah, minha nossa. Eu me acostumaria fácil a isso.

Depois de passar tempo demais enrugando, saio do banheiro e franzo a testa quando a névoa de relaxamento se ergue. Algo está errado. Verifico o quarto duas vezes, com a mente confusa, antes que meus olhos se voltem para o chão e eu veja...

Nada.

Minhas coisas sumiram. Meu chakram, as botas, tudo. Apenas a lápis-lazúli permanece na mesa. Uma camisola está agora esticada na cama, uma peça cor de marfim reluzente que provavelmente deveria ser uma troca justa por minhas roupas. Eu deveria me sentir inquieta, mas a camisola é mais macia do que pelo de coelho. Coloco-a por cima da cabeça e a névoa de relaxamento recai sobre mim de novo. E, quando deslizo entre os lençóis sedosos e a colcha quente de penas, esqueço por que deveria me sentir inquieta. Ou por que deveria ter voltado para o escritório de Noam e exigido respostas. Ou onde sequer fica o escritório de Noam, porque todos aqueles corredores são iguais e as árvores dele são ridículas e, doce neve, que cama confortável...

10

— Desculpe. Não sei o que mais fazer. Ele chegará em algumas horas.

Estou no escritório do sonho anterior. A lareira quente, o cheiro almiscarado de carvão queimando, a janela aberta que deixa flocos de neve entrarem. Os 23 que escaparam naquela noite e que passariam a viver nas planícies Rania com duas crianças, todos reunidos nas preparações para a partida. E Hannah, a força silenciosa dela hesitando conforme se ajoelha ao lado de... Alysson?

Por que estou sonhando com isso de novo?

Alysson está sentada em uma cadeira diante de Sir, que se inclina sobre o encosto com a cabeça baixa na altura do peito. Ambos estão sombrios, em parte choram, em parte não, tentando permanecer fortes diante da rainha. Alysson fecha os braços ao redor de um pequeno emaranhado de cobertores.

— Não sei mais o que posso fazer — fala Hannah, aos sussurros, esticando os dedos longos e pálidos para tocar o montinho nas mãos de Alysson. A mão minúscula de alguém se levanta e Hannah a segura, fechando as duas mãos em volta da primeira.

Mãe.

— Não precisam ir — diz Hannah. — Não precisam me obedecer.

A Rainha de Inverno suplicando ao general e à esposa dele.

Alysson ergue o rosto para a Rainha, com uma das mãos ainda ao redor de Mather e a outra se movendo para segurar a de Hannah.

— Nós faremos — sussurra ela. — É claro que faremos. Por Inverno.

— Todos faremos. — Agora é Sir. Ele ergue o rosto, alerta e concentrado. — Pode confiar em nós, minha rainha.

Hannah fica de pé, os dedos se esticam distraidamente para o filho. Ela acena ou faz uma reverência com a cabeça, permanecendo calada por tanto tempo que, quando uma explosão soa distante, todos saltam.

— Sinto muito por fazer isso com todos vocês — sussurra Hannah. — Muito mesmo...

— Lady Meira?

Acordo sobressaltada, esperando explosões, pronta para pegar aquele minúsculo bebê e correr. São necessários dois suspiros profundos e alguns momentos de concentração no dossel da cama antes que eu acredite que não estou naquele escritório — estou em Cordell. Estou no palácio de Noam com Rose debruçada sobre mim, animação estampada no rosto dela.

Foi apenas um sonho. *Outro* sonho sobre Hannah. Mas por que pareceu tão real?

— Está pronta para se tornar linda, Lady Meira? — pergunta Rose, olhando para minhas piscadas regulares na direção do dossel.

Ergo uma sobrancelha.

— Está dizendo que já não sou linda?

A expressão de Rose se desfaz.

— Não! É claro que não... quero dizer...

— Tudo bem, Rose. Estou brincando. — Passo as pernas para fora da cama e avalio a situação diante de mim. Mais três criadas vieram com Mona e Rose, cada uma segura uma sacola ou uma peça de roupa. Isso é parte do que quer que Sir esteja planejando, acho... me deixar bonita, como depenar uma galinha antes de cozinhar. Não posso ir a um baile com as roupas de viagem e me envergonho de não ter percebido antes. Nunca usei nada mais arrumado do que as mesmas roupas puídas de sempre. Não tenho certeza se *quero* estar mais arrumada; sempre que Dendera descreveu vestidos de baile para mim, meus únicos pensamentos eram *Doce neve, isso parece muito tecido desnecessário* e *saias provavelmente foram inventadas como um dispositivo para evitar que mulheres fugissem.*

— É claro, Lady Meira — diz Rose, e se vira para as criadas. — Meninas! Vamos começar!

Ergo as mãos.

— *Ei*...agora? Esperem! Quero minhas roupas e chakram... Ai!

Todas as cinco garotas me cercam de uma vez. Elas me tiram da cama e me enfiam sobre uma mesa de vestir que me faz sentir como uma das árvores de ouro tolas de Noam, com pessoas inquietas abaixo de mim.

— Mona, pernas e pés. Cecily, corpete e mangas. Rachel e Freya, cabelos e rosto. — Rose entra no ritmo como um general faria sobre um bando de capitães confusos, ordenando e brigando. As garotas me puxam, de um modo e de outro, me enfiando em camadas de tecido e me cobrindo de pós e óleos esquisitos. Uma pega meu cabelo e o coloca para cima em um penteado cacheado, outra pinta algo brilhoso em meus lábios e bochechas, outra enfia sapatos de saltos duros em cada pé, outra ainda puxa as cordas de um corpete tão apertado que consigo sentir o gosto do interior do meu estômago.

— Tem... certeza... de que tudo isso... é... necessário? — disparo, entre puxões do corpete. Entendo querer estar mais apresentável para um baile, mas todo esse desconforto é realmente necessário? Não posso apenas colocar um vestido simples? Ou, melhor ainda, não ir? Mas Sir e Mather estarão nesse baile, e não quero esperar até ter acabado para descobrir o que estão planejando. Se eu preciso sofrer com alguns cadarços de corpete apertados demais, então tudo bem.

Rose, com o dedo no lábio inferior, ergue uma sobrancelha para mim. Ela se vira para o armário, sem dizer uma palavra, e o abre. Do lado de dentro de cada porta há um espelho, e embora os varais estejam cheios de vestidos e camisolas, estou concentrada demais no reflexo que me encara de volta para reparar nas roupas.

As criadas de Noam são talentosas. Ou sou mais bonita do que eu achava.

O vestido em que me enfiam — ou no qual ainda estão me enfiando — é de um vermelho rubi profundo, oscilante, farfalhante, com um desenho dourado complexo bordado no corpo. O dourado rodopia para cima, formando duas alças finas que deslizam logo abaixo de minha clavícula, exibindo o colar de ouro trançado que uma das garotas prendeu em meu pescoço. Meus cabelos, um emaranhado imenso de cachos presos no alto, pende bagunçado, mas deliberadamente, com algumas mechas brancas oscilando livremente ao redor do rosto.

— Bem? — Rose cruza os braços. Ela parece bastante satisfeita consigo mesma.

Fecho a boca. Talvez ser um pouco mais arrumada não seja tão terrível.

— Você é... boa no que faz.

Rose suspira conforme as garotas recuam. A agressão terminou. Algumas delas emitem ruídos para mim:

— Você não é linda? Ele vai se apaixonar por você, com certeza...

Ergo um dedo e olho ao redor.

— Esperem. Ele quem?

Mona fecha a sacola de suprimentos.

— O Príncipe Theron, Lady Meira. Ele vai ficar caidinho!

O filho de Noam. Franzo a testa, segurando distraidamente o tecido da saia. Sabia que estava me esquecendo de algo.

As garotas começam a sair, Rose as coloca para fora com ordens severas de verem se os outros convidados precisam de assistência emergencial. Salto para baixo do pedestal e seguro o braço de Rose.

— O General William e o Rei Mather. — Falar o título dele sai surpreendentemente fácil, o que me causa um certo desconforto. — Onde estão?

— Estão se arrumando também, Lady Meira. Disseram que se você quisesse falar com eles, a encontrariam na biblioteca antes do baile.

— E quando é o baile?

— Em dez minutos.

Bato na testa para combater uma enxaqueca repentina.

— Lady Rose, se quer que eu vá a esse baile, me dirá exatamente onde fica a biblioteca. Agora.

Rose aponta para o corredor e para a esquerda.

— Duas esquerdas, uma direita. Primeira porta à direita.

Começo a agradecer, mas então percebo — estou usando um vestido de baile. Quantas vezes terei essa oportunidade? Abaixo em uma reverência acentuada, a saia se afofa conforme desço, o tecido me engole. Rose aplaude quando fico de pé de novo e começo a correr para a porta. Então paro, pego a lápis-lazúli e enfio a pequena pedra azul em uma das dobras do vestido. Apenas algo a segurar.

Duas esquerdas. Uma direita. Primeira porta à direita.

Repito as instruções conforme corro, galopando além de criadas apressadas e pessoas chiques que não conheço. Realeza cordelliana, provavelmente. Correr em um vestido já é bem difícil, mas correr em um vestido de baile é como tentar correr amarrada em uma tenda, então, por fim, admito a derrota e levanto a confusão de seda. Alguns cortesãos que passam erguem as sobrancelhas, mas disparo além deles, feliz demais por poder mover as pernas livremente para me importar de verdade com os olhares de ultraje. Eu estava certa — saias *são* invenções destinadas a tornar a corrida mais difícil.

A porta da biblioteca já está aberta quando entro correndo, mas o cômodo está vazio. Livros preenchem as prateleiras por três andares, e janelas tão altas quanto as prateleiras deixam entrar os raios de sol poente. Três sacadas me envolvem acima e um piano de cauda está no centro do andar inferior, mas não há pessoas, nem mesmo um criado tirando o pó dos livros em um canto.

Corro para dentro do cômodo e verifico cada andar por sinais de Sir ou Mather ou Dendera, qualquer um. Quanto mais cantos vazios vejo, mais forte meu coração bate.

Eles não estão aqui.

A ausência deles me tira da tranquilidade de me arrumar para o baile, de poder tomar banho, do luxo e dos requintes de Bithai. Aqui estou eu, de pé, na biblioteca de Cordell, agindo como uma donzela estrangeira, com vestido de baile e perfume de lavanda com baunilha. Eu deveria aceitar isso. Não deveria me importar que não descobrirei nada antes do baile, porque esse tipo de normalidade é o que Sir queria para mim, não é? Dançar e rir e usar vestidos de babados. Ter uma vida mais fácil.

Porém, por mais que seja legal ter uma banheira cheia de água fumegante, por mais que meu vestido seja bonito, *eu* nunca quis esse tipo de vida. Dendera falava dos dias em que Inverno estava íntegro e a corte intacta, quando a Rainha Hannah dava bailes exuberantes como todos os outros reinos do mundo. As damas usavam vestidos de cor marfim requintados e os homens vestiam ternos azul-escuros, tudo brilhava com prateado e branco. Eu ouvia as histórias de Dendera e sorria devido às imagens, mas eram os contos das batalhas de Inverno que preenchiam meus sonhos. Contos de proteção do reino. De lutar pela terra. Defender o povo.

Não que os cortesãos fossem menos dignos de Inverno do que os soldados que lutavam pelo reino, mas eu jamais quis a vida que Dendera disse que tinha. Eu quis uma vida própria, uma vida na qual podia sentir que *era* parte de Inverno. E isso, para mim, vinha pela luta pelo reino.

Um pedaço de pergaminho no apoio de partitura chama minha atenção e eu o pego. Algo sobre a forma como a letra se curva, com uma caligrafia frenética e irregular, como se quem quer que tenha escrito estivesse com pressa de escrever o poema, me atrai até ele.

Palavras me fizeram.
Elas me transformaram desde meu primeiro fôlego;
Pequenas linhas pretas gravadas em meu corpo enquanto eu me agitava e gritava.
E aprendia o significado delas.
Dever. Honra. Destino.
Eram lindas tatuagens ao coração.
Então eu as tomei e guardei e tornei-as minhas,
Trancafiadas dentro de mim, e só as tirei
Quando outros não entenderam seu significado.
Dever. Honra. Destino.
Acreditei em tudo.
Acreditei nele quando disse que eu era seu maior dever.
Quando disse que eu seria sua maior honra.
Acreditei em ninguém mais além dele e nas três palavras.
Dever. Honra. Destino.
Acreditei demais.

Há dor nas palavras, a mesma dor do tipo "quero mais do que isso" que torna meu vestido menos bonito. Ela me tira o fôlego. Esperava algo assim largado por aí se estivéssemos em Ventralli, que é conhecida pelos artistas, mas não em Cordell. Cordell é dinheiro e poder e fazendas férteis. Quem escreveu isso?

— Lady Meira?

Viro rapidamente, o pergaminho flutua até o chão, o vestido farfalha como um grande funil vermelho. A princípio, acho que é Noam. Mesma compleição alta, mesmo cabelo dourado, mesmos olhos castanho-escuros. Mas esse homem não é velho o bastante para ter cabelos grisalhos; é apenas poucos anos mais velho do que eu e a pele é macia, exibe apenas um trecho de barba por fazer no queixo. Ele é muito mais bonito do que Noam também, não é tão severo, parece mais disposto a cantar uma balada do que a governar um reino.

Aliso o vestido.

— Príncipe Theron — tento adivinhar.

Um lampejo de curiosidade ilumina o rosto dele. Então os olhos de Theron recaem sobre o pergaminho que está entre nós no tapete, com as palavras para cima, e a luz se dissipa. Theron se abaixa, pega o papel, amassa no punho como se pudesse desintegrar o poema com a pura força de vontade.

— Folhas douradas — xinga Theron, detêm-se e sorri. O papel em suas mãos se desintegrando, a despeito de suas cuidadosas bases de boa educação. — Desculpe-me. Isto é... não é nada.

Franzo a testa.

— Você escreveu isso?

A boca de Theron se contrai, lutando contra admitir ou retomar o curso da conversa.

Indico o papel que ele coloca devagar sobre a mesa.

— É bom — digo. — Você é talentoso.

Parte do pânico de Theron se esvai.

— Obrigado — diz ele, com cautela, ao mesmo tempo em que os cantos da boca se erguem. Não é o sorriso de rosto inteiro de Mather, mas ainda me desarma, faz minhas pernas fraquejarem sob as camadas de saias e anáguas.

Pigarreio, tirando a concentração do filho surpreendentemente atraente de Noam e voltando-a para o motivo pelo qual estou ali. Mesmo que Sir ou Mather apareçam agora, precisaríamos conversar diante de Theron. Então, levanto a saia de uma forma um pouco mais digna de uma dama e caminho até ele.

— Aparentemente, sou requisitada em um baile — digo. — Não quero arriscar ser vítima da ira de Rose. Também está a caminho?

Theron assente e coloca a mão em meu braço quando passo por ele, com tanta suavidade que sinto um formigamento indescritível percorrer meu corpo. Uma única faísca de raio criada pelos dedos dele naquele pequeno ponto de meu braço.

— Estou. Gostaria de companhia? Achei que seria um bom momento para nos conhecermos. — Os olhos de Theron se voltam para o pergaminho. — Digo, adequadamente.

Quão longe pode ser o baile?

— Sim, obrigada.

Theron me oferece o braço. Paro, com a sobrancelha erguida, antes de passar a mão por ele e repousar os dedos no veludo verde da manga de Theron.

— Então — começo, conforme seguimos para a esquerda no salão —, você é o filho do Rei de Cordell. Como é isso?

Theron ri.

— Às vezes é benéfico, outras, horrível. Você é linda... como é isso?

O salto de meu sapato se agarra em um ângulo estranho e tropeço para a frente. Ninguém jamais me chamou assim antes. Dendera disse que eu era "uma coisinha bonita" certa vez, e Mather... Suspiro, revendo cada interação que já tive com ele, e me desapontando um pouco. Ele jamais disse nada assim para mim e, até agora, jamais tinha percebido — nem o quanto queria que dissesse. Isso me deixa agonizantemente ciente do fato de que Theron está me olhando e apenas o encaro, sem saber o que fazer.

— Perdoe-me — diz Theron, com o rosto pálido. — Não deveria ter sido tão direto. Ainda estamos nos conhecendo. Prometo que, com o tempo, verá que sou muito mais encantador do que pareço a princípio.

— Bem, espero que tenhamos muito tempo a sós juntos para que você me convença de seu charme. — Arregalo os olhos quando ouço o que falei. — Ah. Não. quero dizer... bem, quero dizer isso, mas não tão presunçoso quanto pareceu.

Theron sacode a cabeça.

— Temos todo o tempo que desejar, Lady Meira. Não vou apressá-la.

Viramos mais uma vez e uma das duas grandes escadas desce diante de nós. A conversa animada de convidados se mistura à música que ecoa do salão de baile abaixo, algo alegre e com instrumentos de corda. Cheiros de comida sobem... presunto ao mel, tortas de lavanda, o odor mais pungente de licor, o aroma de café como o de nozes. Por um segundo, apenas inspiro tudo, meu estômago ronca sob os cheiros refinados, então...

— Espere — digo, minha mente processando as palavras dele. — Não vai me apressar para quê?

O rosto de Theron exibe confusão, juntando peças que não consigo ver, e ele recua, tirando o braço de mim.

— Ninguém contou a você — sussurra Theron.

Ao mesmo tempo, as peças se unem em minha mente.

— Você sabe! Sabe o que Noam e Sir e Mather...

Theron assente. Ele exibe uma serenidade que Noam não tem, algo gracioso e calmo que faz todos os movimentos parecerem deliberados.

— Sim — sussurra ele. Theron olha para o corrimão, para o salão de baile abaixo, então, de volta para mim. — Eu... sinto muito. Supus que alguém tivesse contado a você. Meu pai e o Rei Mather chegaram a um acordo. Ajudaremos Inverno...

Bato palmas, feliz. Sir conseguiu! Inverno tem um aliado.

Mas Theron não terminou.

— ...contanto que estejamos ligados a Inverno.

Minhas mãos congelam no meio do aplauso.

— Ligados?

Ele suspira. Sinto Theron pegar minha mão antes que eu consiga ver, a pele dele aquece meus dedos em um aperto forte, íntimo.

Recuo, me chocando contra uma pequena mesa decorativa atrás de mim. O vaso sobre ela cai e se quebra no chão, água e flores sujam o tapete espesso.

Mas apenas encaro Theron. O Rei Mather fez um acordo com Noam.

Ele ligou Cordell a Inverno. Usando a mim.

II

Sou um peão que eles usaram para criar uma aliança com Cordell.

Minha língua parece grudar na garganta, me sufocando enquanto estou de pé ali, encarando Theron. Só pode ser fruto da minha imaginação hiperativa, porque o Rei de Cordell jamais concordaria em casar o filho — herdeiro de um dos mais ricos dos reinos Ritmo — com uma simples camponesa de um reino Estação. Estou errada. Só posso estar.

— Diga que Mather nos uniu a Cordell por um tratado ou algo assim. Um pedaço de papel insignificante — imploro. — Diga que não é... o que penso que é.

Mas Theron não diz nada, o que só alimenta mais o meu pânico. A boca dele se abre inutilmente, mas Theron apenas suspira, os olhos recaem sobre mim em silêncio.

Levo a mão à barriga, o tecido do vestido parece suave contra meus dedos, e engulo o nó apertado na garganta. Mather fez isso. Meu peito se enche de uma nova emoção — traição. Como ele pôde — por que ele — não. *Não*. Não perderei a cabeça com isso, porque ainda não faz sentido nenhum. Por que Cordell concordaria em *me* aceitar? Deve haver algo que Mather e Sir não me contaram.

Bem, obviamente, há muito que não me contaram, mas estão no baile no momento. E eu os *obrigarei* a falar.

— Você está bem? — fala Theron, por fim, mas não tenta me tocar de novo. Seria mais fácil caso ele fosse terrível, caso não se importasse se eu estava bem. Mas Theron parece magoado. Será que também é apenas um peão?

Pelo poema que Theron pegou do chão — provavelmente.

— Sinto muito — diz ele. Theron olha para o corrimão. — Sei que é repentino, mas este baile é para você. Para mim. Nós.

Nós. Parece uma palavra estrangeira.

Eu me afasto da parede, minha determinação feroz de marchar até aquele baile e confrontar Mather e Sir e exigir respostas agora é substituída por pesar. Porque quando eu vir Mather e Sir, eles me verão com Theron. Mather vai sorrir e me parabenizar e tentar explicar por que isso é o melhor para Inverno. Que o único bem que podemos fazer por nosso reino é o casamento para criar uma aliança porque somos crianças inúteis. Que o beijo antes de deixarmos o acampamento foi um adeus, nada mais. Que embora eu jamais tenha visto Inverno ou o povo escravizado do reino ou colocado os pés no território do reino, espera-se que eu sacrifique tudo, porque até Inverno estar livre, eu não tenho importância.

Imediatamente me odeio por pensar isso. Outros invernianos sofrem escravidão enquanto estou noiva do príncipe herdeiro de Cordell — alguém toque a marcha da piedade, a pobre Meira está noiva de um lindo príncipe.

Minha vida poderia ser pior. Muito pior.

Então por que a ideia de pegar a mão estendida de Theron faz com que eu me sinta vazia?

Meus dedos estão enfiados no bolso, fechados com força sobre o lápis-lazúli. Liberto a mão, luto contra a vontade de atirar a pedra idiota o mais longe possível. Não quero nada disso. Não preciso de Mather ou de Sir. Jamais precisei.

Coloco a mão na de Theron e os dedos quentes dele se fecham em volta dos meus conforme seguimos para a escada. Ter Theron para me apoiar me dá uma força que eu não esperava. Algo infinitamente mais poderoso do que a falsa força da pedra azul, ainda pesada em meu bolso.

Chegamos. Olhamos por cima do corrimão para os muitos cordellianos que esperam abaixo. A maioria dignitários, os homens de uniformes verde-escuros com bordas douradas como o de Theron, as mulheres com vestidos vermelhos ou azuis e joias em tons de roxo, como eu. E, no canto mais afastado, a delegação de invernianos, usando o que suponho serem roupas emprestadas também — ternos verdes alinhados para os homens, vestidos esvoaçantes para as mulheres. Sir e Dendera e Alysson e Finn e Greer e Henn e Mather.

Mather me encara, e mesmo do outro lado do salão, o rosto dele estremece, como se trincasse os dentes. Quando encontro seu olhar, encaro-o, ele vira o rosto.

A música para subitamente, violinos se dissipam em um choro suave. Abaixo de nós, à esquerda, uma plataforma foi erguida para a orquestra, mas Noam agora está de pé nela também, com uma das mãos erguidas em triunfo na direção do filho e de mim.

— Senhoras e senhores, honrados convidados — começa Noam. Ele está tão feliz. Exuberantemente feliz. — Apresento-lhes o Príncipe Theron Haskar e sua futura esposa, Lady Meira de Inverno!

Futura esposa.

Arquejo, inspirando pausadamente, incapaz de levar ar para os pulmões. É real. Isso. Theron.

A multidão recua como se Noam tivesse anunciado que os destituiria dos títulos, a alegria de estarem no baile se torna choque. Obviamente, o arranjo de Noam não é algo que todos os cortesãos aceitam de braços abertos. De alguma forma, saber disso me faz sentir um pouco melhor. Não muito, mas o bastante para que, quando a multidão comece os aplausos pouco entusiasmados, eu consiga acenar levemente para todos.

Mather vê minha reação e se vira para Sir, que dispara algo para ele antes de os dois seguirem para as grandes portas de vidro à direita do salão de baile. Portas que se abrem para cercas-vivas perfeitas, passarelas de paralelepípedo, fontes borbulhantes sob o céu noturno.

Então é assim que eles querem agir.

Quando Theron e eu chegamos à pista de baile, uma multidão de nobres nos ataca, tagarelando perguntas que parecem inocentes, mas, no fundo, são insultos. Perguntas como: "Achei que você e minha filha tinham se dado tão bem, Vossa Alteza", e "Não quer dançar com minha sobrinha? Ela gostou tanto de sua companhia no último inverno. Quero dizer, não *Inverno*. Nossa estação. Nossa estação *normal*."

A boca de Theron se escancara, incapaz de dizer uma palavra. O duque gordo, cuja sobrinha se divertiu tanto no último inverno, segura o braço de Theron, persistência torna o rosto rechonchudo dele rosado.

— Insisto, meu príncipe! — diz o homem, e arrasta Theron para a multidão. Theron olha para mim, os olhos se lançando para o duque, então de volta. Será que deveria resistir? Deveria ficar comigo?

Sacudo a cabeça e aceno com a mão diante do rosto para indicar calor. Theron responde a meu aceno com um único meneio de cabeça. Ele entende.

Depois que Theron se vai, o restante dos membros da corte me olham, seus olhos semicerrados me examinam como se eu fosse algum ser mítico que ganhou vida. Faço uma reverência e viro o rosto do julgamento deles, seguindo para as portas da varanda. Que pensem o que quiserem. Que conspirem e digam coisas terríveis sobre mim. Esse não é meu reino. Pelo menos não deveria ser.

Escancaro uma porta. Estrelas brilham no céu negro acima de mim; olhos pequenos, reluzentes, observam conforme bato a porta e mergulho para o incrível frio da noite do outono de Cordell. A pureza do frio me atinge, ameaçando puxar para fora o grito que estive segurando durante os últimos dez minutos.

— Meira.

Eu me viro na direção de Mather e Sir, de pé à entrada de um labirinto de cerca-viva. Metade de mim quer correr até eles e chorar e implorar para ir embora, metade quer começar a atirar pedras nas cabeças deles.

Mas sou uma soldada. Uma soldada inverniana. E, aparentemente, uma futura Rainha de Cordell.

Então, pego um punhado de pedras ao lado da passarela e atiro-as contra os dois conforme me aproximo.

— Seus... grandes... e terríveis... traidores! — Tropeço e paro a um centímetro de Mather. A última pedra o atinge no ombro e ele encolhe o corpo, esfregando o machucado.

— Meira, acalme-se — diz Sir, colocando a mão em meu braço.

Seguro o pulso dele e empurro Sir de volta para a cerca, minha outra mão vai até a garganta dele antes que eu perceba o que estou fazendo. Estou prendendo Sir contra uma muralha de arbustos. Jamais achei que estaria nessa situação.

— Por quê? — resmungo para ele. — Por que faria isso comigo?

Sir não resiste; se resistisse, eu estaria no chão com alguns dedos quebrados.

— Não tivemos escolha.

— Não — disparo. — *Eu* não tenho escolha. Você forçou essa decisão sobre mim. *Por quê?*

— Fui eu — responde Mather.

Meu corpo inteiro estremece. Não, não foi ele. Não poderia. Porque Mather, de todas as pessoas, sabe como é ouvir de Sir que ele será casado com alguma realeza qualquer, que jamais conheceu, porque só serve para isso. Mather não me disse que sabia o quanto era ruim ser valorizado pelas coisas erradas?

Não significava nada para ele?

Solto Sir e me viro, com o corpo dormente da cabeça aos pés.

— Quando Dendera e eu chegamos a Bithai, me encontrei com Noam — começa Mather. — Expliquei o que aconteceu. Temos metade do medalhão; estamos muito mais perto de conseguirmos nosso condutor de volta. E agora, com Noam já ajudando Outono, eu disse a ele que os interesses de Inverno e de Cordell são quase idênticos. Se Noam derrubar Primavera, Outono será salvo. Mas...

— Outono não precisa que o reino de Primavera seja derrubado.

A voz ecoa da escuridão e todos nos viramos, nos concentrando na silhueta imponente à entrada do labirinto de cerca-viva.

Noam. Vou arrancar os olhos dele pelas narinas.

Não tenho certeza se Sir lê meus pensamentos ou minha súbita expressão pronta para matar, mas ele segura meu pulso para me conter.

— Outono precisa de tempo. Precisa de alguns anos para manter a Sombra das Estações distante enquanto a princesa Shazi cresce. Quando ela tiver idade o suficiente para usar o condutor, Outono conseguirá cuidar sozinho de Primavera. — Noam dá um passo para o lado e se recosta casualmente em uma estátua na entrada do labirinto de cerca-viva. — Não é do meu interesse iniciar uma guerra declarada contra um reino Estação.

Mather avança na direção de Noam.

— O que o faz pensar que Shazi conseguirá conter Primavera quando for mais velha? Independentemente da força de Outono, o reino de Primavera não se contentará em permanecer dentro das próprias fronteiras. Você já viu a crueldade de Angra! Ele vai se espalhar por onde puder...

Noam ergue a mão.

— Já percorremos essa estrada, Rei Mather. E conhece minha opinião.

Mather murmura.

— Minha mãe não entregou o poder dela a Angra. Ela não desistiu.

Mas Noam o ignora.

— Angra não é tão ambicioso a ponto de tentar se expandir para um reino Ritmo. Os problemas dos reinos Estação permanecerão entre os reinos Estação, e minha sobrinha não será tão fraca quanto Hannah. — Noam volta o sorriso para mim. — E acredito que Inverno tenha potencial. Acredito que poderão reabrir as minas e reconstruir seu reino. Então, sim, Cordell ajudará Inverno. Daremos apoio e segurança, contanto que nosso apoio e segurança não se estendam para uma guerra entre Cordell e Primavera.

Sacudo a cabeça, incapaz de compreender as palavras dele. Não faz sentido. Ele vai nos ajudar — mas não vai nos ajudar? Acha que Inverno será restaurado, mas não fará nada para nos levar até lá. O que acha que vai acontecer?

Algo que Noam disse se destaca, e respiro fundo.

— Vai tomar nossas minas porque está ligado a Inverno agora. Tentará encontrar o abismo. — Eu me desvencilho da mão de Sir e disparo até Noam, meus dedos querem puxar o chakram e cortar o crânio dele. — Vai destruir nosso reino para encontrá-lo!

Noam dá um passo na minha direção.

— Política não deixa muito espaço para presentes, Lady Meira. Não posso arcar com o custo de dar algo a outro reino por nada em troca. Sim, espero pagamento.

Ódio se acumula em meu corpo e perco o fôlego.

— Você tem tudo — disparo. — *Cordell* tem tudo. Tem até mesmo Outono agora, e mesmo assim quer os recursos de outro reino Estação? Pode não encontrar, sabe disso, certo? O que o faz pensar que terá mais sorte do que o povo que viveu ali por milhares de anos?

Noam leva a mão ao condutor dele; a joia roxa no cabo da adaga brilha contra o quadril do rei.

— Está na hora de um reino Ritmo tentar onde os reinos Estação fracassaram. Sim, Cordell está ligado a Outono e, sim, vou devastar aquele reino em busca da entrada do abismo, mas se não estiver na parte de Outono das montanhas Klaryn, então o quê? Você é jovem. Esteve afastada da política. Mas, em breve, aprenderá que é assim que as coisas funcionam, esse é seu novo mundo.

Recuo de volta para Sir.

— Não. Diga a ele que não faremos isso, não em Inverno. Não deixaremos...

Mas os olhos de Sir se abaixam. O corpo inteiro dele parece prestes a se dissolver e eu nunca, na vida inteira, o vi mostrar tanta emoção de uma vez.

Estamos à mercê total de Noam, até que ele decida nos ajudar ou nos atirar de volta à escuridão, onde ninguém mais virá ao resgate. Sempre presumi que Sir tinha um plano para quem nossos aliados seriam depois que conseguíssemos o medalhão de volta. Se essa é a melhor opção — uma armadilha — então, será que algum outro se incomodaria em nos ajudar? Ou será que os demais reinos Ritmo prefeririam esperar que nos desintegrássemos sob a Sombra das Estações e, só então, apareceriam para reivindicar nosso reino e, por extensão, acesso ao abismo de magia? Com as próprias lutas internas, nenhum dos outros reinos Estação é forte o bastante para derrubar Angra.

Estamos presos.

Recuo um passo, Mather coloca a mão em minhas costas, a deixa ali, o polegar dele se move devagar sobre o tecido de meu vestido.

Não, não, *não*.

— Lady Meira. — Noam indica o salão de baile com o braço. — Este baile é em sua honra. Vai levantar suspeitas se ficar sumida por muito tempo.

Sacudo a cabeça, mas começo a andar para a frente, os pés me levam na direção da luz do baile. Quando estou ao lado de Noam, paro.

— Por que eu?

O sorriso de Noam hesita por meio segundo e ele olha para Sir com interesse.

— É parte do acordo que você receba um título decente em Inverno. Pelas folhas douradas de Cordell, foi levada a crer que seria esquecida pela história depois que Inverno se reerguesse? Que não seria importante para seu reino restabelecido?

Olho por cima do ombro, para Mather, Sir. Ao lado de Noam, que está tranquilo e relaxado, os dois parecem derrotados à luz tremeluzente do salão de baile. Noam disse mais coisas que fazem sentido nos últimos minutos do que Sir jamais disse. A triste percepção faz algo se encaixar, algo que abafa a dor no fundo do meu estômago.

Jamais quis ser esquecida, mas Sir jamais me disse que eu não seria. Ele jamais me levou a crer que eu importava para Inverno além de minha responsabilidade de ter uma vida normal e segura depois que nosso reino estivesse livre de Angra, independentemente do quanto eu tentasse, com fervor, provar a Sir que era mais do que isso. Ele apenas me deixou pensar que eu seria esquecida em meio a tudo isso, que não era importante o suficiente para fazer diferença.

E agora é isso. É assim que vou fazer diferença para Inverno. Como um peão de casamento.

— Sim — sussurro. — Eu acreditava nisso.

Deixar Mather e Sir para trás parece um pesadelo. Um pesadelo em que quero que Mather corra atrás de mim e lute contra Noam e admita que ele jamais faria isso comigo, deixar que me casasse com outra pessoa, porque esteve apaixonado por mim esse tempo todo.

Noam abre a porta do salão de baile para mim, sorrindo conforme a música e os risos da corte ecoam para fora.

— Você é parte desta família agora — diz Noam, quando a porta se fecha atrás de nós. — E seria de grande utilidade lembrar que meu filho tem opções. Muitas opções mais *benéficas* que não nos envolvem em uma guerra. Meu reino progride, se adapta e muda, enquanto seu povo apodrece em estagnação como pedras erodidas em um córrego, sentadas sobre poder, mas sem se importar nem um pouco que ele esteja ali. Este é um favor, garantido apenas por minha generosidade.

Contenho um grunhido. Noam passa a mão em volta de meu braço, me parando e, quando os dedos grossos dele se apertam contra minha pele, uma lembrança me vem à mente, uma das lições de Sir sobre linhagens das cortes. Noam tinha uma esposa. Mãe de Theron, Melinda DeFiore, uma princesa de Ventralli. Em minha mente, vejo Noam ajoelhado ao leito dela, o corpo frágil de Melinda afundando aos poucos para as garras firmes da morte. Ela estava doente, muito doente, mas há algo errado com Noam — ele a deixou morrer?

Sacudo a cabeça. Quando Sir me contou como ela morreu? Deve ter contado. Lembro tão vividamente que, em algum momento durante as lições, deve ter mencionado a morte da Rainha Melinda de Cordell.

Noam me sacode e me puxa do lampejo de memória ao apertar meu braço com mais força, me segurando da mesma forma que Theron segurou. Não, não da mesma forma. Theron foi cuidadoso, ele se certificou de que eu soubesse que poderia me afastar a qualquer momento. Noam me agarra como se fosse meu dono. Ele é dono de tudo em Cordell e está acostumado que cada pessoa, animal e planta se curvem para o poder do condutor dele. E, embora eu não seja cordelliana e o condutor de Noam não possa, de fato, me afetar, ainda sinto o poder que ele empunha quando fecha a mão sobre a minha e aperta. Ele é meu dono agora.

Casais passam rodopiando por nós, ao ritmo rápido da música orquestral. A risada deles serve de fundo para o olhar de ódio de Noam, ainda disfarçado pela aura de tranquilidade agradável.

— Você precisa de mim — sibila Noam. — *Inverno* precisa de mim. Você vai começar o treinamento adequado sobre modos de etiqueta e sobre história cordelliana. Aconselho você a *não* recusar esse treinamento e a me obedecer em tudo.

Um tremor percorre meu braço. Nesse momento, enquanto Noam se alimenta de meu medo e se regozija em poder, vejo Herod, sibilando ameaças como se fosse um gato e eu fosse um pássaro com as asas presas nas garras dele.

Puxo o braço do domínio de Noam.

— Foi isso que sua esposa fez? Ela o desobedeceu? — disparo, jogando a acusação como se fosse um chakram em uma sala escura.

Quando a expressão do rosto de Noam se desfaz, parte da minha repulsa por ele se liberta. É a última coisa que Noam esperava ouvir de mim, de qualquer um, e aquilo o derruba de qualquer que fosse o pedestal em que ele se mantivesse.

— O que... — A boca de Noam se abre. Então se fecha. Abre de novo e, quando o faz, o choque dele se dissipa e dá lugar ao ódio, ele agarra meu pulso em ameaça.

Cravo as unhas na pele dele.

— Você pode ter me prendido nisto. — Dou um puxão e me desvencilho de Noam. — Mas não é o primeiro homem a me subestimar, então, vou aconselhá-lo a começar a me tratar com um pouco mais de respeito, *Rei* Noam.

Antes que ele possa responder, viro e mergulho nas fileiras de dançarinos, disparando em ziguezague entre eles até chegar ao centro dos corpos em movimento e dos tecidos oscilantes. Cores giram ao meu redor — ouro reluzente, verde-escuro, azul vindo diretamente da parte mais profunda do mar Destas. As cores e a música se combinam e criam um embalo estranho no caos, um canto estranhamente pacífico no centro do salão de baile, cercado por música e pelos círculos rodopiantes de pessoas. Quase me relaxa.

Quase.

Levo as mãos em concha ao rosto e expiro, inspiro, expiro de novo. *Apenas continue respirando*. Não importa o que aconteça, não importa quem se volte contra mim, não importa qual suíno arrogante pense que tem poder sobre mim, ainda sou eu. Sempre serei *eu*.

Quem é essa? Aparentemente, uma garota de vestido cor de rubi e maquiagem borrada, sendo escrutinizada pela classe alta de Cordell. Alguém que pode tratar o Rei de Cordell com tanta repulsa quanto ele me trata. Uma dama. Isso não deve estar certo.

Definitivamente não sou alguém importante para Mather ou Sir. Definitivamente não sou alguém que terá qualquer posição no novo reino de Inverno, não importa o que Noam pense. Apenas alguém que é jogada para qualquer posição que precisa ser preenchida, usada e reusada como uma vela em uma noite de lua nova, até que eu me apague em uma poça de submissão e obediência.

Eu queria ser uma soldada. Alguém que *mereceria* uma posição em Inverno. Alguém para quem Sir olharia com orgulho. Alguém para quem Mather olharia e...

Não.

É isso que Sir quer que eu seja. Ele deixou surpreendentemente claro que se fosse do jeito dele — e veja, finalmente aconteceu do jeito dele — eu jamais seria uma soldada. E Mather pode simplesmente pular do palácio de quatro andares de Bithai e cair em uma árvore dourada.

A mão de alguém pega meu cotovelo e dou um salto para trás quando encaro os olhos de Mather. Ele me abraça, nos colocando em uma pose adequada de dança, como se pudesse sentir o quanto estou perigosamente perto de bater nele.

— Só quero conversar — implora Mather, conforme nos movemos pelo mar de corpos, ao som da música.

— Bem, eu não quero — respondo, e me desvencilho dos braços dele. As pessoas nos olham conforme passam, mas recuso-me a começar a dançar com Mather de novo, apesar da forma como ele estende os braços, com o rosto contraído e os olhos vítreos.

Mather afasta a emoção do rosto, uma camada sólida de nada. Escondendo-a, removendo-a, fingindo que não significa nada para ele, quando deveria significar *tudo*.

Sacudo a cabeça. Não vou chorar. Não mostrarei emoção também.

— Achei que tivesse dito que sabia — começo, as palavras ásperas contra minha garganta. — Que sabia como era ser considerado inútil por motivos além do próprio controle. Mas aqui estou eu, um peão em um casamento arranjado, porque você e Sir me consideraram inútil para qualquer outra coisa. Obrigada, Mather. Obrigada por finalmente me mostrar meu lugar.

Mather respira fundo, passa a mão pelas mechas de cabelo que se soltaram da fita que segura todo o resto para trás. Ele sacode a cabeça, mas não diz nada. Ou não consegue, ou *não diz*, e as lágrimas que ameaçam cair de meus olhos finalmente caem. Eu as limpo furiosamente e, quando começo a deslizar para a multidão, Theron aparece.

Ele parece tão arrasado quanto me sinto, mas passou os últimos minutos dançando, além de ser o brinquedinho do pai dele. Os olhos de Theron disparam para Mather antes de ele olhar de volta para mim e erguer uma sobrancelha.

Paro de olhar para Mather. Este é meu lugar agora. É aqui que pertenço.

— Sinto muito — digo a Theron. A música alta abafa minha voz, fazendo parecer que estou apenas dizendo as palavras sem emitir som, para o ar.

Os lábios de Theron se inclinam em um sorriso que não alcança os olhos.

— Eu também — diz ele, e estende a mão.

Sinto quando Mather vai embora, levando o ar pesado de tensão consigo. Meus olhos se fixam em Mather quando ele se junta a Sir fora da multidão de dançarinos, e um aperto percorre minha garganta e cai em meu coração quando Mather olha de volta para mim. Os olhos dele se viram para Theron, então de volta para mim, e ele empurra Sir para fora do caminho para seguir para as escadas. Sir segura o braço de Mather e murmura algo para ele, e Mather responde murmurando algo de volta.

Então ele vai embora, some escada cima e pelo corredor.

Sir se vira, encontra Alysson e vai embora também.

— Lady Meira? — Theron força um sorriso, a mão dele ainda está estendida. Algo nela parece permanente, como se, caso eu a pegue, todos com quem me importo desaparecerão.

Eles já desapareceram. E tudo o que tenho agora, tudo o que terei para sempre, está diante de mim, com um meio sorriso torto e olhos semicerrados devido ao próprio estresse.

Sacudo a cabeça.

— Apenas Meira — digo, quando pego a mão de Theron e deixo que ele me puxe para si. Minha bochecha mal alcança o rosto dele, minha têmpora para logo ao lado da barba por fazer no queixo de Theron. Um cheiro delicado de lavanda e algo como páginas gastas de um livro emanam dele. Deslizamos para trás e para a frente, suave e tranquilamente, embora a música que pulsa da orquestra ainda seja rápida e forte. Como se disséssemos: *Nós fazemos a música aqui. Não vocês.*

— Apenas Meira — repete Theron. Ele ajeita os braços ao redor de minhas costas e olha para além da distância entre nós, então acena, decidido. — Ficaremos bem. Juntos.

Não consigo dizer nada. Viro o rosto para o lado e fecho os olhos, lutando contra a frieza que me preenche com as palavras dele. *Juntos.* Nós dois, apenas nós, enquanto todos ao nosso redor são varridos para longe.

— Não quer mais do que isto? — sussurro, finalmente encarando Theron.

Os olhos dele estão suaves, relaxados, mas minha pergunta faz a suavidade ficar tensa. Os lábios de Theron se abrem e a resposta que sai parece tanto com os pensamentos disparando em minha mente que, por um momento, acho que talvez eu a tinha dito.

— Todos os dias de minha vida.

12

São necessárias Rose e Mona para me tirarem do vestido. E, quando elas finalmente conseguem, em vez de ser submissa, aceitar outra camisola e deitar na cama, exijo que devolvam minhas roupas roubadas e o chakram sequestrado. Depois de alguns bons minutos em que me dizem que não é o que damas vestem e em que eu digo que sou a futura rainha, então é melhor que me obedeçam — precisei de várias tentativas até conseguir dizer sem chorar —, elas cedem e devolvem minhas coisas.

— Nós as limpamos, ao menos — diz Rose, e me entrega a blusa. Parece branca agora, e não marrom e amassada.

— E pedi que um dos guardas cuidasse disso. — Mona ergue meu chakram. — Está afiado.

Mona é minha preferida.

Elas vão embora e visto minhas roupas muito mais confortáveis. Aquela pedra azul idiota vai para meu bolso antes que eu consiga analisar por que ainda a quero depois de tudo que Mather fez, por que me sinto melhor com a pedra comigo em vez de deixando-a para trás. Coloco o chakram no lugar de honra de sempre, entre as escápulas, e corro da porta do corredor até a sacada. Momentos antes de meus pés deixarem o chão do quarto, agarro uma das cortinas brancas e me impulsiono para fora, para o parapeito da sacada. A velocidade que acumulei na corrida me dispara pelo ar e aposto minha vida, quase literalmente, na chance de que a cortina não rasgue ao meio.

Em algum lugar entre eu estar totalmente no ar e quebrar a perna no chão abaixo, a cortina fica firme, me oscilando de volta na direção do palácio. O ímpeto familiar de adrenalina percorre meu corpo, o mesmo rompante libertador que senti em Lynia. Uma descarga pura, que me faz enxergar com mais clareza, deixa minha cabeça mais leve. Solto a cortina e pego a borda logo acima de minha sacada. Teria sido possível sair do quarto sem a teatralidade da cortina, mas não seria tão divertido.

Depois que chego, alguns saltos fáceis e puxões me levam ao telhado. Ele é feito das mesmas telhas curvas que o restante dos telhados de Bithai, mas, em vez de uma inclinação íngreme até o chão, é plano e posso caminhar nele. Bom para vigilância em tempos de guerra — e para uma futura rainha inquieta que está com vontade de explorar o novo lar.

Meu nariz se franze involuntariamente diante da palavra. Esse não é meu lar. Jamais sequer estive em meu verdadeiro lar e, agora, aqui estou, com um substituto pelo qual nunca pedi. Deveria me sentir grata, até mesmo sortuda — a maioria dos invernianos chama um campo de trabalhos forçados de Primavera de lar substituto. Mas não consigo sentir nada além de frustração.

Começo a correr sobre as telhas. O palácio é imenso, alas se estendem a cada cruzamento, ocasionais domos de vidro indicam claraboias. Mas é a torre que se projeta da ala mais ao norte do palácio que chama meu nome.

Está vazia e um pouco empoeirada, a falta de uso é prova de que Bithai não vê uma guerra há anos. Impulsiono o corpo por cima do parapeito e chuto uma mesa caída para o lado. Por fim, um lugar que Noam não mantém impecável.

Posso ver por que construíram a torre aqui. Está aberta de todos os lados, dando uma vista completa da cidade e do reino além dele. Ao leste, a maior parte de Bithai dorme sob um céu limpo e uma meia-lua. Ao oeste, fazendas se estendem no horizonte, verdes e escuras na ausência de luz da cidade. Ao sul...

Cravo os dedos no parapeito. Ao sul, estão os reinos Estação. Primavera, com a brutalidade e o sangue, e Inverno, com a neve e o gelo e a frieza que jamais termina, com a rainha que assombra meus sonhos por meio de imagens dos refugiados e do bebê Mather.

Mather.

Sinto que estou a ponto de explodir, tudo dentro de mim está quente e pesado e sufocante. Odeio Mather por se importar, por me fazer achar que também gostava de mim, por me dar um lampejo de esperança tão pequeno quanto uma pedra e um beijo no maxilar quando ambos sabíamos que nunca, jamais, seríamos mais do que somos.

— Não deveria culpá-lo.

Com um fôlego rápido, puxo o chakram para a mão e miro na sombra atrás de mim.

Sir.

Aperto a mão contra a arma.

— Você tem coragem.

Sir se afasta do canto da torre pela qual acabou de subir.

— Não podia deixar que o dia acabasse sem que você soubesse a verdade.

Rio. É uma risada vazia que faz um estremecimento dançar por minhas costas.

— Bem, já é amanhã, então está um pouco atrasado.

Sir se impulsiona adiante, arranca o chakram de minha mão e o atira ao chão. Antes que eu consiga lutar de volta, ele me gira com o rosto para o sul e mantém a mão firme na minha nuca.

— Pela neve no céu — sussurra Sir. — Você nunca viu o que está lá. O mais perto que chegou de Inverno foram as cidades mais afastadas de Primavera, os resquícios da queda de Inverno. Mas nunca viu os invernianos nos campos. Não viu Angra levá-los embora; não olhou nos olhos deles conforme percebiam o que estava acontecendo, que Angra os usaria até que morressem. Não discuta comigo como se soubesse o que está em risco. Não sabe de nada, Meira, e sinto muito se é difícil para você aceitar esse casamento, mas ele vai acontecer. Você queria importar para Inverno? É *assim* que Inverno precisa de você.

Acerto o cotovelo no estômago de Sir e tiro a mão dele do meu pescoço. Sir cambaleia para trás com um olhar de choque no rosto.

— *Não.* — Aponto um dedo para Sir porque não sei o que mais posso fazer. Meu braço estremece, um sinal exterior do meu ódio fervilhante interior. — Não tem o direito de me dar um sermão como se fosse uma lição que estivesse tentando fazer entrar em minha cabeça. Não é nossa tenda de treinamento. Esta é minha *vida*. Sabe que isso é horrível, Sir! Sabe de tudo, então, se eu não sei nada, por que não me conta? Por que Mather não me conta, ele mesmo, em vez de mandar você fazer isso por ele?

Sir me encara por um momento, calado, o ímpeto da luta se foi. Os olhos dele estão marejados, os cabelos arrepiados, o corpo vagarosamente se curva, como se tivesse sido atirado contra as rochas por vezes demais. Mas Sir *era* nossa rocha.

Passo as mãos pelo cabelo, um gemido me escapa dos lábios. Algo profundo e oculto, impulsionado pela criança em mim que chora sempre que Sir está chateado.

— O que aconteceu, William?

Ele me abraçou certa vez. Quando eu tinha seis anos, ainda pequena o suficiente para dormir na tenda que Sir compartilhava com Alysson, acordei certa noite gritando. Ensopada de suor, chorando tanto e tão alto que meu corpo doeu durante dias. Sir foi imediatamente para meu lado, alerta e procurando um inimigo.

— Eu os vi — falei, chorando.

— Quem? — Sir ficou tão preocupado, com a sobrancelha erguida, os olhos arregalados. Como se esperasse que um soldado de Primavera saltasse das sombras.

— Meus... — Não consegui dizer. *Mãe. Pai.* Nem mesmo os vi no sonho, vi quem achei que fossem, quem minha mente criou. Duas pessoas carinhosas que foram massacradas nas ruas, o bebê saiu rolando dos braços deles antes de Sir me pegar.

No sonho, no entanto, eles estavam queimando. Gritando para mim de um prédio envolto em chamas, enquanto Angra estava do lado de fora, um homem-monstro segurando um cetro. O condutor dele. Fogo laranja e vermelho dançava para cima e para baixo da superfície ébano do cetro e deslizava pelo chão, alimentando o inferno do prédio. Eu estava atrás dele, gritando para que Angra parasse.

Angra se virava para mim.

— Não até que todos vocês estejam mortos.

Quando contei a Sir sobre o sonho, ele ficou calado por um bom tempo, o rosto era uma batalha de emoções. Medo e arrependimento e algo profundo — culpa, talvez. Ou remorso? Mas sumiu do rosto dele e Sir me abraçou, me aninhou contra o peito, me deixou recostar sobre ele.

— Não é culpa sua — sussurrou Sir. — Meira, não é culpa sua.

Dezesseis anos, e foi tudo o que consegui dele — um abraço em um momento de fraqueza. Quando abaixo os braços, Sir olha para o sul, como se, caso se concentre bastante, consiga mesmo ver Inverno.

— Vim para cá. Há 14 anos — sussurra ele.

Não me mexo.

— Dois anos depois do ataque. Levei esse tempo todo para engolir o orgulho. Cordell foi um dos reinos para os quais pedimos ajuda quando Primavera finalmente ficou forte demais, mas eles não vieram. Ninguém veio, Ritmo ou Estação.

Sir se estica e pressiona os olhos com as mãos, afasta alguma emoção.

— Quando cheguei aqui, implorei a Noam de todos os ângulos possíveis. Precisávamos de qualquer coisa que ele pudesse dar e Noam tinha *tudo*. Mas... — Sir para, o queixo cai até o peito quando ele se aprofunda mais e mais nas memórias. — Noam não mudou em 14 anos, e queria o mesmo que quer agora. O mesmo que todos os reinos Ritmo querem, acesso a nosso reino, a nossas montanhas. Uma conexão legal e vinculante à possibilidade de mais magia.

Assinto. Não sabia que Sir estivera em Cordell antes. Faz sentido — o ódio que sente de Noam, a raiva passional em relação a Cordell. Mantenho os lábios fechados. Sir jamais falou comigo tão abertamente.

— Mas não restara nada. Nenhum cortesão real inverniano com que negociar, além de Mather, e Noam não tinha filhas, nem mesmo uma sobrinha. Então, ele propôs uma aliança entre você e Theron, com a condição de que, depois que nosso reino fosse restaurado, você receberia um título e uma posição no novo reino de Inverno, algo digno de uma futura rainha cordelliana. — Sir suspira. — Mas você era tão jovem, tão pequena. E eu não podia... não tinha o direito de prometê-la dessa forma. Nem mesmo era minha. Quem era eu para fazer um arranjo de casamento para você?

Um nó se forma em minha garganta. Engulo seco, mas não desaparece.

— Mas isso foi há 14 anos. Catorze anos e ainda não estamos mais perto de nada. Sim, temos metade do medalhão, mas não podemos conseguir a outra metade sem matar o próprio Angra, e jamais chegaremos perto o suficiente de fazer isso sem apoio. Precisamos de ajuda. Até que a herdeira deles chegue à maturidade, Outono está fraco demais, e Verão preferiria nos ver morrer a se esforçar. Nenhum outro reino Ritmo ousou negociar conosco. Então, embora Noam seja de um reino Ritmo, embora eu saiba que ele nos está usando — Sir pausa, a voz dele hesita. — Não temos mais opções, a não ser confiar que Noam vai, de fato, ajudar. Quando o batedor de Angra escapou de nosso acampamento, chamei Mather de lado e contei a ele o que aconteceria. Que Dendera o levaria para Bithai, e ele se encontraria com Noam e diria ao rei que aceitamos.

Desabo sobre o parapeito, a torre gira.

— Não culpe Mather; ele estava seguindo minhas ordens. E, agora, você vai segui-las também. — A voz de Sir se ergue do embalo pacífico da história e se torna um latido repentino. — Vai fazer isso, Meira. Vai fazer o que precisamos que faça.

Sacudo a cabeça, mas Sir apenas repete: *Você vai fazer o que precisamos que faça*. Não o que eu quero fazer, não o que eu *posso* fazer. O que eles precisam que eu faça. Por Inverno.

Quase gargalho diante da ironia. Afinal de contas, eu queria ser necessária, não é? Mas minha gargalhada morre. Não — eu queria importar por causa de quem sou e do que posso fazer, não apenas porque sou uma mulher de Inverno e nosso novo aliado tem um homem adequado de Cordell para formar um casal comigo. Eu queria *pertencer* a Inverno, merecer esse pertencimento.

Meus olhos gradualmente passam do chão da torre para o rosto de Sir. Ele recuperou parte da atitude de quem está no comando e não parece tão arrasado agora.

— Hannah se arrependeu? — sussurro. — Antes de Angra atacar, ela estava chateada com algo que fez?

O rosto todo de Sir congela, como se Angra tivesse apunhalado Mather diante dele. Mas Sir sacode a cabeça, o rosto dele assume um olhar vazio, e a recusa em responder se choca contra minha pergunta.

Pego o chakram do chão, guardo no estojo e passo uma das pernas sobre o parapeito da torre, montando na parede de pedra.

— Sei que há coisas que não está me contando. Coisas importantes. Motivos pelos quais tudo isso está acontecendo e, algum dia, Sir, vou descobrir. Só espero que seus motivos sejam bons o suficiente para que eu o perdoe.

Desço da torre e rolo pelo telhado, disparando em uma corrida, o ar frio da noite me sopra mais rápido, a escuridão e as estrelas reluzentes me levam a algum lugar no qual não preciso sentir.

Rastejo de volta para o quarto pelas portas abertas da varanda. Outra camisola me espera na cama, mas estou abalada demais para me incomodar em vesti-la. Simplesmente apoio o chakram e o lápis-lazúli na mesa de cabeceira e me jogo na colcha, vestida, mantendo os olhos bem fechados.

Respire, respire. É tudo em que me concentro, o ar entra e sai de meus pulmões, até que eu deixe a realidade e caia no sono.

A princípio, penso que estou no palácio de Noam, mas o salão de baile está todo errado. Uma enorme escadaria de mármore branco se ergue diante de mim, o salão se estende em um quadrado. O piso do mesmo mármore branco faz o salão inteiro brilhar na escuridão calma e silenciosa da noite. É o palácio de Jannuari. Inverno.

Expiro, soprando uma névoa branca no ar conforme a paz recai mais profundamente sobre meus braços e minhas pernas. Estou em Inverno. E ela está aqui de novo. Hannah. Posso sentir a presença dela, uma aura carinhosa aguardando por perto.

Em um corredor distante, um bebê chora.

Corro escada acima, percorrendo corredores revestidos de mármore de cor marfim. Velas brancas tremeluzem sobre mesas conforme disparo, acrescentando sombras esquisitas a cada volta.

Por fim, um cômodo surge à minha direita, a porta está escancarada, luz sai por ela. Corro para dentro e vejo um berço no centro, luz branca suave é emitida dele. Hannah está de pé, ao lado, e o bebê Mather grita de novo, chorando como se estivesse sendo atacado.

Dou um passo adiante conforme os olhos azul-gélidos de Hannah se voltam para mim.

— Não posso falar com ele — diz Hannah. Ela dá a volta no berço, tão perto que sinto o cheiro do perfume dela. — Mas Angra não está vigiando você.

— Angra?

Hannah sacode a cabeça e olha ao redor do quarto, o rosto dela mostra pânico, ansiedade, como se algo pudesse saltar e nos pegar.

— Ele está vindo. Mas você consegue me ouvir, não consegue?

Assinto.

— Sim, consigo ouvi-la. — Faço uma pausa. — Minha rainha.

Onde antes só havia luz no cômodo, há agora uma sombra no canto. Preta e espessa, impenetrável. Hannah estende a mão para mim, mas então fecha os dedos na palma.

— Depressa — diz ela. — Faça o que precisa.

— O quê? — Dou um passo na direção de Hannah e ela se volta para Mather.

— Faça o que precisa — sussurra Hannah para o berço. A sombra no canto cresce mais e mais. Ela desliza entre nós e, quando grito para Hannah, o mundo inteiro fica negro.

Magia.

É a primeira coisa que passa por minha mente depois que acordo, a escuridão e o grito permanente do sonho desaparecendo à luz da manhã. Viro de lado e meus olhos recaem sobre a pedra de lápis-lazúli de Mather. Aquela estúpida pedra azul.

Embora não seja a primeira vez que sonho com Hannah, ela jamais falou comigo antes. *Comigo.* Como se eu estivesse lá quando Jannuari caiu. Uma onda de trepidação me faz estremecer. Foi isso que Mather me deu? Alguma pedra esquisita que induz pesadelos e visões? Não preciso de mais motivos para odiá-lo agora. Não pode ser magia. Tenho esses sonhos porque estou exausta a ponto de ter pesadelos. É isso.

Tudo isso, além do baile tarde da noite, significa que estou arrasada, exausta, e só quero atirar o chakram em alguma coisa.

Rose e Mona têm outras ideias sobre como eu deveria passar o dia, no entanto. Depois de um rápido café da manhã no quarto, durante o qual temos uma discussão sobre a importância de ter aulas de etiqueta, saio pela sacada. Rose dá um escândalo quando me vê saltar para o ar, mas posso notar que Mona esconde um leve sorriso com a mão. Mona ainda é minha preferida e, apesar da ameaça de Noam na noite anterior sobre desobedecê-lo, eu me recuso a ceder tão fácil. Posso estar presa nesse arranjo, mas isso não quer dizer que me tornei a futura escrava em formato de rainha de Noam.

Então me incumbo de explorar o terreno do castelo. Só estou fazendo o que preciso, como Hannah mandou. O que quer que tenha querido dizer aquele aviso enigmático. Mas não foi um aviso de verdade; foi a interpretação dos eventos por minha mente sobrecarregada — espero.

Saio correndo por uma trilha de paralelepípedo, desviando de grupos de nobres que ou se animam ao me verem, ou começam a sussurrar uns com os outros, com os olhos semicerrados e os narizes franzidos em reprovação. Provavelmente porque estou usando as roupas de viagem e tenho um chakram preso às costas. Os nobres de narizes franzidos se multiplicam e percebo que estou correndo por uma área de jardim, um lugar no qual futuras rainhas decentes passeariam em vestidos chiques dando risadinhas tímidas. Onde deixariam que o mundo girasse ao redor delas enquanto homens tomam decisões.

Não serei esse tipo de rainha, não importa que Cordell não seja meu reino de verdade. Mas que tipo de rainha eu serei? Só sei que tipo de soldada sempre tentei ser — ativa, alerta, ansiosa, desesperada para fazer parte de Inverno. É esse o tipo de rainha que serei também? Ou será que Noam se certificará de que eu permaneça um bibelô indefeso, uma estatueta de marfim bonitinha que caiba certinho em uma das alcovas deles?

Todos os meus pensamentos ecoam de volta para mim em uma onda de choque. Em como posso ter pensado em ser rainha definitivamente — em que tipo de rainha *serei*. Não talvez, não quem sabe. Como se eu tivesse aceitado a vida que Sir e Mather atiraram a mim. Sei que não tenho escolha — sei que é esse meu papel agora. Mas ainda não quero essa vida e parte de mim olha com escárnio para a parte que sabe que preciso encontrar um modo de não a odiar.

Não posso continuar pensando essas coisas, não posso continuar perambulando sem rumo por jardins bonitos, fingindo que pertenço a este lugar. Então salto algumas cercas-vivas, passo em ziguezague por uma fileira de sempre-verdes posicionadas bem próximas — e acabo em um lugar maravilhoso, maravilhoso.

Os ruídos da batalha me cercam, soldados grunhindo, espadas tilintando, flechas sibilando ao vento. Homens com diversas peças de roupa faltando saltam uns ao lado dos outros, treinando luta com armas ou punhos em ringues delimitados por cordas. Atrás de todos eles, um celeiro se estende para as duas direções, portas escancaradas, cavalos relinchando do lado de dentro e mais homens com pilhas de armadura entrando e saindo.

O pátio de treinamento de Cordell.

O que significa que... *posso atirar em coisas.*

Um campo de tiro se encontra afastado à esquerda, pelo menos duas dúzias de alvos estão montado ao longo de alguns mastros de madeira altos para tiro de machado e javelin. Alguns soldados jogam adagas, facas, outros atiram com os bons e velhos arcos, e outros ainda atiram com bestas, coisas reluzentes de metal que me fazem sorrir com a mesma animação com que Rose e Mona sorriram para meu vestido de baile.

Consigo sentir o chakram fazer pressão contra minhas escápulas, implorando para entrar na brincadeira. Então vou para o campo de tiro, pego o chakram, tomo distância e deixo que a arma corte o vento. A lâmina gira, reta, lasca a parte de cima de um mastro de madeira e volta pela mesma reta até parar subitamente na palma da minha mão. Uma descarga de alívio percorre meu corpo.

— Meira?

Viro e o chakram se inclina para o lado, coçando na mão, pronto para ser atirado mais e mais até que eu jogue para longe cada pedaço dos últimos dias. Mas apenas fico de pé ali, com os olhos semicerrados, escondendo o fato de que minha reação inicial é escancarar a boca para a extensão nua da pele reluzente de Theron. Ele está sem camisa — e fica claro que Cordell sujeita os homens a exercícios peitorais rigorosos.

Theron deixa um grupo de soldados no celeiro, os corpos deles estão ligeiramente inclinados em nossa direção e as bocas dos homens congelaram no meio da conversa. Cada um está de pé, suado e armado, com espadas e facas pendendo distraidamente das mãos e dos cintos.

E Theron não está diferente. Ele desliza uma espada para a bainha na cintura, um sorriso interessado faz meu rosto já corado esquentar ainda mais. Todos os soldados ao nosso redor pararam de atirar e inclinam a cabeça de tal forma que sei que não estão exatamente acostumados com mulheres aparecendo nos campos. Ou acertando os alvos deles.

Theron aponta para o chakram.

— Uma bela criação outoniana. Minha tia nos mandou um carregamento deles logo depois do casamento dela. Sua arma preferida?

Sim, atirar. Algo seguro em que me concentrar. Mais seguro do que, digamos, a forma como o braço do príncipe herdeiro de Cordell se flexiona quando ele ergue um machado do chão ao meu lado.

Em resposta, me reposiciono diante do mastro e solto o chakram. Ele gira pelo ar em um arco lindo e roça o alvo, a um fio de cabelo do meu último lance, antes de voar de volta para mim. *Doce neve, como isso é bom.*

Ergo o rosto para Theron.

— E a sua?

Theron sopesa o machado na mão. Ele olha ao nosso redor, observando os homens boquiabertos e o fato de que muitos estão agora apontando o mastro que acertei e sacudindo as cabeças, assombrados.

— Por que eu deveria entregar meu ponto forte tão facilmente? — Theron olha de volta para mim com um sorriso provocador e minha mão se aperta involuntariamente sobre a alça do chakram, como se essa fosse a única coisa que me mantém de pé diante do sorriso dele.

— Primeiro dia como realeza cordelliana e você já está aterrorizando os soldados.

A voz de Mather chega até mim pelas costas. A combinação repentina de Theron diante de mim e Mather se aproximando faz com que eu sinta como se tivesse sido pega desprevenida em um campo de batalha.

Mather. *Rei* Mather. Rei Mather que negociou o acordo que me faz olhar para Theron e me sentir aterrorizada e nervosa e alegre ao mesmo tempo.

Viro para Mather, com a boca cheia de todo tipo de palavrões sujos e irritadiços, palavrões dignos de um soldado calejado, não de uma dama. Mas tudo que quero dizer morre assim que o vejo. Porque — *pela mãe de tudo que é frio* — Mather também está sem camisa, com apenas a metade do medalhão pendurada no pescoço e a pele cheia de sardas refletindo o suor de um bom exercício. Não que eu não tenha visto Mather sem camisa antes, mas não é uma visão com a qual vou conseguir me acostumar. Ele estava obviamente treinando com alguns dos homens — devo ter passado direto por Mather, sem distinguir o corpo seminu dele de todos os outros corpos seminus. Em minha defesa, há muitos bons exemplos dos rituais de treinamento de Cordell por aqui. O abdômen e os braços de Mather, que parecem permitir que ele torça o pescoço de uma vaca, não são *tão* impressionantes em comparação com Theron e com os corpos de trinta soldados.

Eu me obrigo a encarar Mather. E, imediatamente, percebo que encaro o peito dele. Engulo em seco e trinco os dentes. Tudo bem, obviamente, o pátio de treino é mantido atrás de uma muralha de sempre-verdes para manter longe garotas boquiabertas — como eu.

— Eles baniram as camisas em Cordell? — murmuro, e encaro o alvo, inclinando a cabeça para o chakram para esconder a vermelhidão que sobe pouco a pouco por meu pescoço.

Theron ri, mas contém a risada quando nem Mather nem eu dizemos outra coisa, e ele se move, desconfortável, ao meu lado, girando o machado na palma da mão. Consigo sentir Theron olhando para Mather, ambos presos em uma teia de constrangimento que me cerca. Estou no centro de uma disputa esquisita de posse entre o Rei de Inverno e o Príncipe de Cordell. Como, em nome de tudo que é gelado, isso aconteceu?

Mas não sinto empatia por Mather. Não quando ele se aproxima de mim, com as botas emitindo um ruído ao esmagarem a grama, respirando devagar, dolorosamente. Estou ciente demais de quanta atenção está sobre nós quando Mather para ao meu lado, perto o bastante para que eu consiga senti-lo se fechar os olhos.

— Podemos conversar? — murmura ele.

Os pelos na minha nuca se arrepiam. *Não. Por que deveria conversar com você de novo na minha vida?*

Mas não deveria estar com raiva de Mather. É tudo culpa de Sir.

Olho de volta para Theron, que não me olha mais. O corpo dele girou e Theron encara o alvo ao lado do meu mastro, então flexiona o braço atrás do corpo, cada músculo das costas se tensiona quando ele gira o machado. Gira e gira, com mais e mais força, até que tudo irrompa em um único lançamento que manda o machado circulando de ponta a ponta pelos ares. Ele atinge o centro do alvo, o cabo oscila devido à força.

Theron se vira para mim, metade do rosto está iluminada pelo início de um sorriso.

— Minha arma preferida não importa — diz ele, continuando nossa conversa como se nada tivesse acontecido. Os olhos de Theron se voltam para Mather, por cima do meu ombro. — Não importa o que eu use, sempre atinjo o alvo.

Minhas sobrancelhas se erguem. Mather inspira atrás de mim. Cada corpo no pátio de treinamento congelado de curiosidade e, junto com essa curiosidade, há uma tensão de aviso, o leve cutucar de uma briga prestes a começar.

Mather se aproxima de minhas costas, a voz baixa e controlada ao meu ouvido.

— Meira, por favor.

Theron olha para o lado, fixa os olhos nos meus quando sorri, um sorriso largo e brilhante, e se vira para caminhar pela longa trilha para recuperar o machado. Ele atinge o alvo não importa o que use. Não importa a situação em que seja atirado. Não importa o pouco de controle que tenha sobre a vida.

Não consigo conter a risada quando me viro para Mather e guardo o chakram.

— O que posso fazer por você, meu rei?

Mather empalidece. Passando a mão pelo rosto, ele se recompõe rapidamente e um rigor determinado percorre Mather. Ele acena para o celeiro.

— Venha comigo.

13

METADE DO CELEIRO é feita de estábulos, com cavalos colocando as cabeças curiosas para fora das baias, enquanto a outra metade é um cômodo amplo, cheio de mesas de carvalho e armários e estantes de armas de ferro enferrujadas. As portas abertas do celeiro deixam o lugar arejado e frio, enquanto a pouca palha espalhada pelo piso de pedra confere uma sensação caracteristicamente masculina.

Mather entra no cômodo determinado, mas para quando chega à parede direita e indica algo com o queixo.

— Achei que talvez quando Inverno tiver um lugar assim... — A voz de Mather falha, os olhos dele perdem um pouco da irritação de momentos antes.

Paro ao lado dele e imito sua pose de braços cruzados. Um mapa cobre a parede. Detalhado e praticamente do nosso tamanho, mostra cada parte de Primoria, desde as montanhas Paisel, mais ao norte, até as montanhas Klaryn, mais ao sul. A floresta Eldridge e as planícies Rania no centro, um borrão de verde e amarelo com os rios Langstone e Feni quase cortando todo o mapa ao meio.

O que torna esse mapa único, no entanto, é o modo como os reinos são retratados: uma pequena ilustração de cada condutor real brilha no centro do limite territorial dos respectivos reinos.

Resmungo.

— Era sobre isso que queria falar? Geografia?

Mather faz que não com a cabeça, as sobrancelhas se franzem.

— Não, eu... — Ele para e passa a mão pelo rosto, buscando as palavras certas. Quando começa a falar de novo, está com raiva, as palavras saem ágeis e contidas. — Queria que visse isto. Visse tudo. Queria explicar a você, pela neve do céu, será que pode me ouvir?

Resmungo para Mather.

— Por que você merece que eu ouça?

— Não — admite Mather, e me espanto. — Porque você merece ouvir o que tenho a dizer. *Você* merece, Meira. Isso não tem nada a ver comigo.

Reviro os olhos, mas não faço menção de sair ou falar de novo, o que Mather entende como permissão para falar. Ele olha de volta para o mapa, os olhos permanecem em Cordell. No centro dos limites territoriais de Cordell, uma adaga reluz sob a legenda de um *M*, significando sangue masculino.

— O escudo de sangue feminino de Paisly — diz Mather, quase consigo mesmo, um murmúrio baixo quando os olhos dele percorrem o mapa. — A coroa de sangue masculino de Ventralli. O machado de sangue feminino de Yakim, o punho de sangue masculino de Verão, o anel de sangue feminino de Outono, o cetro de sangue masculino de Primavera e...

Ele dá um passo adiante e estica a palma da mão para repousar sobre Inverno. Ladeado por Primavera ao leste, montanhas ao sul, Outono a oeste e o rio Feni ao norte, o medalhão de Inverno pende sobre a extensa massa de terra, o pingente em formato de coração entalhado com um único floco de neve branco no centro. O *F* logo acima dele é debochado. Uma representação visual de uma de nossas lutas vitalícias.

— Entre reuniões, mal tive tempo de respirar — diz Mather. — Porém, há alguns dias, vim até aqui tomar ar e vi isto. O capitão Dominick disse que colocaram este mapa aqui para lembrar aos homens do lugar de Cordell no mundo. Assim, podem erguer o rosto e sempre saberem quem são. Um pedaço no quebra-cabeça maior de Primoria.

Franzo a testa.

— Isso não parece algo que Noam encorajaria.

Os ombros de Mather ficam tensos.

— Noam não encomendou o mapa. — Ele olha para trás, com a mão na imagem do medalhão. — Foi Theron.

O modo como Mather diz o nome de Theron não possui o tom de reverência de antes. Como se esse único detalhe fosse uma mancha negra em uma linda tapeçaria.

Mather fecha os dedos no mapa, puxando a imagem do medalhão. A metade de trás do verdadeiro está ao redor do pescoço dele. Ao lado da imagem do tamanho de uma palma da mão, parece triste. Vazio.

— Noam pode gostar de fingir que Cordell é o único reino no mundo — continua ele, a voz ficando cada vez mais firme —, mas parte do que faz com que os homens dele tenham tanta paixão por Cordell é este mapa. Este lembrete de que poderiam ser Ritmo ou Estação, yakimianos, ventrallianos, veranianos — mas não são. São cordellianos. E esse fato é o que os impulsiona a lutar pela terra. — Mather sorri de uma forma triste que não é exatamente um sorriso. — Quero que Inverno tenha isso.

Ele recua do mapa e dá um passo em minha direção, mais perto, ainda mais, até que esteja a menos de um palmo de distância. Estamos sozinhos, todos os outros soldados estão no pátio de treino.

— Eu não quis isso — sussurra ele, as palavras cortam o ar entre nós. — Quero Inverno livre, mas não quero... não quero ele. Para você. Não quero que pense que você não tem valor, que este é o único lugar para você, porque não é, Meira... jamais poderia ser, não com tudo que você é.

Meu coração se agita entre costelas, ansiedade e ódio percorrem meu corpo, e não consigo encarar Mather. *Apenas pare de falar. Apenas, por favor, pare de falar, seu grande e idiota...*

— Não sei mais o que fazer. — O hálito de Mather sopra meu rosto. — Antes de deixarmos o acampamento, Sir me puxou para o lado e me contou o que eu faria. Me senti vazio de um modo que jamais senti. Foi a primeira vez que realmente entendi o quanto precisamos sacrificar para derrubar Angra, quanto nossas vidas não importam diante da tarefa maior adiante. Sempre achei que encontraríamos uma forma de... de superar isto. De ficarmos juntos e, juro a você — Mather pega meu queixo entre o polegar e o indicador e me puxa para que eu o encare —, juro a você, vou encontrar uma forma de consertar isto. Disse que restauraria o equilíbrio e vou.

— Não.

A palavra paira no ar. Pisco, confusa, mas sei que a diria de novo. Por quê? Quis que Mather dissesse isso a vida inteira, não quis? Por que eu sentiria outra coisa que não *Sim!* depois das palavras dele?

Mather semicerra os olhos para mim.

— Eu vou. Eu *consigo*. Não deixarei que Angra destrua ainda mais nossas vidas. Não importa o que William diga, deve haver outra forma...

— Não!

Eu me afasto de Mather, mas parte de mim se desvencilha e permanece nas mãos dele. Cada palavra dói. Elas se empilham sobre as palavras de Sir na noite anterior, se misturando em uma grande onda de confusão. E só sei que a esperança de Mather de outra solução é uma tentação provocadora e exaustiva que não posso me dar o luxo de sentir; já consigo sentir o gosto das primeiras ondas de alívio despontando nas palavras dele. Mas não há outro modo. Não há outra esperança. Sir passou 14 anos tentando encontrar outro caminho a tomar. Permitir que eu acredite que Mather pode conseguir me salvar, apenas para que ainda acabe neste jogo de casamento...

Acho que eu não sobreviveria.

— Farei isso, Mather — digo, com a voz baixa e cansada. — Por nosso reino, por nosso povo. Por *você*. Precisamos de Cordell. Precisamos disso.

Mather recua um pouco, como se eu o tivesse estapeado. Rubor cobre o pescoço dele, suor reluz na testa.

— Quer se casar com Theron?

Semicerro os olhos.

— O quê?

— Quer se casar com Theron — diz ele, de novo, e tudo no corpo de Mather desaba. — Você não...

Me quer.

As palavras não ditas de Mather recaem sobre mim, empurrando-me cada vez mais para baixo, até que eu pense que talvez desabe no chão coberto de palha.

— Você é um idiota — disparo, embora ouça o quanto fiz questão de não refutar a acusação. — Não tem nada a ver com isso. É sobre aliados e salvar *nosso* reino. Você precisa parar, nada mudou; nada está diferente entre nós. É tão impossível quanto sempre foi e é assim que tem que ser.

— Encontrarei um modo de contornar — replica Mather. Ele dá um passo em minha direção, recuo, uma dança estranha pelo celeiro. — Sempre estive determinado a encontrar uma forma. Eu disse antes de partirmos, eu disse que consertaria isso!

— Como eu saberia que era disso que estava falando? A única coisa que ouvi foi a voz de Sir martelando em minha mente que você era importante demais para ser desperdiçado comigo!

— Eu jamais me senti dessa forma! Você sempre foi *tudo* para mim. Não sabia como lidar com o quanto eu precisava de você quando estava crescendo, pela neve; ainda não sei, está bem? Mas estou tentando. Acha que sou tão arrogante assim? Que deixei que William me fizesse acreditar que eu era bom demais para você?

— O que mais eu deveria pensar? — Estou gritando agora, minha voz chacoalha as tábuas do celeiro. Dou um passo para trás, dois, sabendo que jamais conseguirei me afastar o bastante dele. — Você pode conseguir ver além da realidade da sua situação e imaginar outro final, mas tudo o que sempre vi, tudo o que sempre *vejo* é um lembrete de que nossas vidas não são nossas.

— Acha que não sei que nossas vidas não são nossas? — Mather segura a metade do medalhão em um punho. — Sou o *rei*, Meira!

Fecho as mãos em concha sobre as orelhas e sacudo a cabeça, bloqueando qualquer outra coisa que ele possa dizer, qualquer coisa que possa me impedir de falar.

— Nada disso importa. Não importa o que eu quero ou preciso ou o que amo, porque Sir sempre estará lá para me lembrar que Inverno precisa vir primeiro.

Mather para. O rosto dele relaxa, apenas um pequeno músculo e, apesar de estar com as mãos sobre as orelhas, ouço Mather repetir uma palavra que eu disse.

— Ama?

Não, eu não disse isso. Não sou burra a esse ponto.

Um passo me faz disparar para trás. Por trás de todos os outros ruídos, homens resmungando no pátio, o clangor de espadas e flechas sendo disparadas, não deveria ter importado, não deveria ter se sobressaído.

Theron está de pé à porta, com o corpo rígido, como se nos tivesse surpreendido rolando no chão.

— Está tudo bem?

Ergo a mão, boquiaberta. Sim. Não. Nunca esteve, jamais estará.

Theron não espera por uma resposta. Ele se vira para Mather, o brilho do suor na pele de Theron reflete a luz do sol atrás dele.

— Rei Mather. — Theron dá um passo adiante. Passos para trás. Parece que ele quer correr para o pátio de treino e começar a golpear alguém a machadadas. — Ouvi dizer que é habilidoso com uma espada?

Franzo a testa. Isso não deve ser bom.

Não é. Mather para, talvez considerando o quanto Sir ficará furioso, mas, um momento depois, ele lança um sorriso contido que me faz temer pela vida de Theron.

— Não se preocupe, Príncipe Theron. Vou pegar leve com você.

Puxo o braço de Mather, mas ele se desvencilha, sai do alcance e marcha até Theron, desviando do caminho no último segundo para passar direto pelo príncipe e seguir para o pátio de treino. Theron segue com as próprias passadas pesadas.

O pátio cai mais uma vez em um silêncio espantado quando nós três seguimos para os ringues de espadas. Mather passa por baixo da corda de um ringue e puxa uma espada de treino de uma bainha, bufando pelo perímetro como um touro cativo.

— Não pode fazer isso! — Seguro Theron apenas porque Mather já está no ringue. Theron é meu prometido, afinal de contas. Eu deveria me preocupar com ele. Preocupar *mais* com ele. Certo? — Não faça isso. Vocês dois são... hã... importantes.

A boca de Theron relaxa e acho que ele pode desistir. Mas uma voz ecoa, e preciso morder a língua para evitar pegar o chakram e cortar fora a cabeça de um dos soldados.

— Mostre a ele, meu príncipe! — grita o soldado, do lado oposto do ringue das espadas. — Mostre como lutamos em Cordell!

Theron fecha os olhos com um sorriso rápido, quase doloroso. Quando abre de novo, coloca a mão sobre a minha, onde estou segurando o braço dele.

— Se quer que a gente pare, pararemos.

Mais homens animam Theron agora. Gritam o nome dele — "Theron!" — tão alto e com tanta confiança que consigo ver Mather desabar diante de mim.

Era isso que Mather queria dizer. O que ele quer para nosso povo. Não apenas um poema murmurado para duas árvores ridículas ou um mapa que os lembra do lugar deles no mundo. Orgulho. Tradição. Algo como a felicidade no rosto dos soldados quando eles voltaram a Bithai de Outono, como o orgulho quando torcem agora pelo príncipe deles.

Mather anda para trás e para a frente, soltando terra das botas. Quanto mais alto torcem, mais irritado fica Mather.

— Vamos lá, Cordell! — grita ele. A voz de Mather ecoa pelos homens aos berros, elevando os gritos deles a alturas caóticas. — Mostre do que é capaz!

Olho com raiva para ele e o queixo de Mather abaixa, a intensidade dele se dissipa levemente. Mas não o suficiente. Não completamente. Ele vai fazer isso.

E Theron também. Os homens imploram para que faça. Gritam por ele, por Cordell.

— Prove nossa força, meu príncipe! Prove nosso poder e nossa coragem!

Nenhum homem pode se recusar a responder a esse chamado. E, ao observar Mather do outro lado do ringue, sentindo o quanto estamos sozinhos e somos fracos e pequenos quando cercados por pessoas que têm um reino e uma identidade...

Eu responderia a esse chamado. Por mais que fosse idiota ou egoísta ou errado, eu responderia. Perco o fôlego ao perceber isso, levo uma das mãos ao peito e inspiro porções de ar pesado com suor. Responderia ao chamado de meu reino, dos invernianos, gritando para que eu provasse meu valor a eles.

Que provasse que eles realmente *vêm* primeiro, sempre, não importa o quê.

Quando Theron solta minha mão e se desvencilha de mim, não digo nada. Deveria. Deveria implorar que ele desse as costas àquilo e voltasse para dentro do celeiro e ignorasse os gritos do povo dele, mas minha voz grita dentro da mente, ecoando as palavras dos cordellianos de volta para mim.

Prove seu valor, Meira! Prove seu valor para Inverno. Quer ser importante para seu reino e quer que seu reino seja importante para você?

Então prove.

Faça o que precisa. Não o que QUER. Faça o que precisa.

Prove!

Um dos homens de Theron entrega a ele uma espada de treino. Meus olhos se fixam no movimento quando Theron hesita, com os dedos agitando-se, e aceita a arma.

Assim que Theron toca o cabo, Mather mergulha. Silencioso e mortal, ele avança com o corpo em um floreio gracioso, apesar de agressivo demais, com um golpe longo da espada contra a cabeça de Theron. Theron se abaixa, rola para o lado oposto do ringue, poeira rodopia quando ele se endireita e usa a energia para golpear as pernas de Mather. O joelho esquerdo de Mather fraqueja por tempo o suficiente para que Theron consiga tração para ficar de pé — então, vira uma loucura.

É o tipo de luta com espadas sobre o qual Sir contou histórias, com dois oponentes determinados a fazer picadinho um do outro, mas ambos tão semelhantes que nenhum consegue vantagem. Theron chega antes de Mather a um dos lados do ringue; Mather chuta as pernas de Theron e o joga no chão; Theron dá uma cambalhota para trás e desvia o golpe de Mather para o lado; Mather usa esse golpe para atingir o joelho de Theron...

Os vivas dos soldados crescem a cada golpe. Nem sei para quem estão torcendo, apenas que entram em um frenesi devido a dois membros de famílias reais estarem se enfrentando. Quanto mais altos ficam os gritos, mais meu coração palpita, levado pela febre da luta de espadas e por como estou me equilibrando na ponta daquelas duas espadas que ainda me apunhalam.

Prove.

Mather cruza a espada com a de Theron e a tira do príncipe, atirando a arma à multidão. Pânico percorre meu corpo, pânico de ir longe demais, diante da insanidade ofuscante da multidão, do modo como os soldados gritam em antecipação e Mather chuta o peito de Theron. Theron cai no chão, sem fôlego, e Mather se aproxima, com a espada nas duas mãos erguida sobre a cabeça, a momentos de abrir o crânio de Theron.

Passo por baixo da corda e entro no ringue antes que consiga respirar.

— Se entregue! — grito, quando disparo para os dois. — Theron, se entregue!

Nenhum dos dois me ouve. Nenhum dos dois hesita ou respira ou vê qualquer coisa além da luta.

Eu me coloco, aos tropeços, entre os dois, com os braços estendidos para Mather enquanto as pernas passam por cima de Theron. A espada de Mather dispara pelo ar, erguendo-se mais e mais, cortando a brisa adiante da última ameaça berrada quando seguro os braços dele, a espada, qualquer coisa para evitar isso.

Então para. A área inteira congela, como se Noam tivesse enrijecido cada cordelliano com o condutor dele.

Expiro, com o corpo ainda estendido, em uma última tentativa de evitar que Mather cometa um erro bem grande, e o barulho que silenciou todos retorna.

— MATHER!

Sir. A cabeça grisalha dele aparece e some em meio aos soldados cordellianos amontoados, entremeando a multidão até chegar a nós.

— Folhas douradas — sussurra Theron do chão.

Não vejo o rosto de Mather. Não vejo muito de nada quando me viro e Theron ergue o rosto para mim, com sangue manchando o peito dele, alguns borrões preto-avermelhados com o formato da bota de espinhos de Mather.

— Médico!

É Dominick. Ele arrasta um minúsculo homem, com uma sacola transbordando de ataduras, e os dois passam por baixo da corda, imediatamente puxando a mão de Theron do peito.

Dominick se vira para os homens que ainda olham boquiabertos para o príncipe e para o rei estrangeiro de um reino Estação.

— Acabou a brincadeira. De volta ao treino agora!

Os homens saem correndo. É uma mudança tão violenta de prioridades que meu cérebro não consegue acompanhar, eu me concentro no sangue de Theron e no ódio de Mather e no eco dos gritos dos cordellianos, de minha voz na mente, gritando para que eu escolha.

Que escolha Inverno. Que sempre escolha Inverno. A Mather, a Theron, a... mim.

Uma espada cai atrás de mim, o metal tilinta com um ruído oco na terra. Viro e o mundo espirala mais ainda.

— Meira. — Mather estende as mãos, encarando-as como se ele estivesse coberto de sangue. — Não tive a intenção... Não sei o que...

O pátio de treinamento inteiro sacode quando Sir salta para o ringue de espadas. Ele caminha com vigor para a frente, pronto para avançar contra nós com as próprias ameaças. Mas os olhos de Sir recaem sobre Theron caído no chão, sobre Mather de pé sobre sua espada e sobre mim no meio de tudo.

Uma onda de fúria percorre o rosto de Sir quando ele volta o olhar para Mather. Não diz nada, apenas dá dois breves passos adiante e segura o braço de Mather, arrastando-o para fora do ringue de espadas, nenhum dos dois olha para trás. Quando eles se distanciam bastante, longe o suficiente para que eu não consiga ouvir o que dizem, Sir rosna algo que faz Mather sacudir a cabeça uma vez, duas, então gritar alguma coisa de volta.

Dedos roçam o dorso de minha mão. Theron está de pé ao meu lado, e não sorri ou assente nem faz nada que eu espero que faça; ele apenas fica ali, ao meu lado, com sangue manchando a atadura no peito. Um lembrete calmo e permanente de que não estou sozinha.

— Você está bem? — pergunto, indicando as ataduras.

Theron abaixa o olhar para o ferimento e lança um sorriso travesso para mim.

— É preciso mais do que uma bota para me impedir. — Ele toca o tecido e contrai os lábios. — Mas eu provavelmente deveria esconder. Para o caso de meu pai...

Os olhos de Theron vão até Mather e Sir, ainda em uma discussão calorosa a algumas dezenas de passos. Quando Theron olha de volta para mim, ele inspira e estica mais o corpo.

— Não há necessidade de causar mais problemas — diz Theron, e aponta para o palácio. — Gostaria de vir comigo? Vou me limpar e mostro o lugar para você, se quiser. Atividades bem menos — Theron pausa — perigosas.

Meu olhar desvia de Theron para Sir e Mather, então de volta. Será que eu deveria ficar e conversar com Sir? Deveria ir até lá tentar defender Mather?

Endireito os ombros.

— Adoraria.

14

THERON ME LEVA, pela passagem dos criados, até os aposentos dele, percorrendo o interior do palácio para evitar qualquer encontro com Noam. Subimos três lances de escadas e percorremos corredores infinitamente longos, tudo menos luxuoso do que as passagens principais do palácio — apenas tapeçaria verde simples e paredes de madeira sem tinta e velas brancas leitosas sobre mesas marrons.

Criadas com cestos de lençóis e rapazes com mensagens enfiadas debaixo dos braços passam apressados, executando as tarefas diárias que mantêm um palácio funcionando. Todos por quem passamos param e fazem uma reverência para Theron, os rostos se suavizam da concentração do trabalho para o prazer de ver alguém que conhecem.

Theron acena para cada um.

— Sua mãe está se sentindo melhor? — pergunta ele a uma criada que passa, que faz uma profunda cortesia ao responder que sim, bastante, o médico fez um milagre.

— Espero que seu irmão esteja gostando do novo posto de trabalho — diz Theron a um mensageiro, que sorri à menção e diz que está gostando sim, senhor, que virou tenente.

Sigo atrás, com as sobrancelhas se erguendo mais a cada breve conversa. Theron conhece todos eles. Cada um. E não apenas isso, mas ele parece genuinamente interessado nos criados, lembrando-se não apenas de dezenas de rostos, mas também dos menores detalhes sobre como aquele acre de fazenda está, se o comércio com Yakim foi bem na semana anterior, se a filha já se acostumou com o novo marido?

Paramos diante de uma porta no corredor do terceiro andar. Theron vira a maçaneta, seguindo adiante como se nenhuma das interações fosse fora do comum, e olho para trás de nós. Nenhum dos criados parece pensar que nada é incomum também. Será que Theron está tão familiarizado assim com eles? Não consigo imaginar Noam permitindo que o filho se misture àqueles "abaixo" dele.

— Todos os nobres de Cordell são tão — paro, buscando a palavra certa — atenciosos?

Theron olha por cima de meu ombro, para um grupo de criadas que conversam. Os olhos dele divagam apenas o bastante para que eu saiba que os pensamentos do príncipe estão em uma lembrança não exatamente agradável, e ele força um sorriso para disfarçar.

— Ninguém mais se espreita pelos bastidores para chegar aos aposentos tão frequentemente quanto eu — brinca Theron e, antes que eu possa perguntar mais, ele mergulha para dentro do quarto, me restando apenas o seguir.

Enfiada ao lado de uma escrivaninha, a porta se abre para uma sala de estar grande o bastante para ser espaçosa, mas não tão grande para ser extravagante. Uma mesa de jantar está à esquerda e uma variedade de poltronas e sofás se aglomeram, juntos, ao redor de uma lareira à direita. A mobília está sobre um tapete espesso verde e dourado, as cores imitam os tons escuros do restante da sala de estar. Um lustre pende sobre a mesa de jantar e pinturas dos campos de lavanda de Cordell ou de florestas verdes exuberantes ou de rios percorrendo pradarias amarelas cobrem as paredes. É requintado, mas funcional, um lugar no qual poderia imaginar tanto uma reunião estratégica quanto um jogo de cartas competitivo.

— Não vou demorar — diz Theron, ao fechar a porta atrás de nós e desaparecer para dentro do quarto, à direita.

Depois de um momento, os sons de água caindo em uma tigela ecoam para fora. Caminho pela sala de estar para me distrair do fato de que a porta do quarto de Theron está aberta e ele provavelmente está um pouco mais do que sem camisa no momento.

Doce neve, jamais pensei tanto em um homem sem roupa na vida. Mesmo no acampamento com Mather, jamais pensava no fato de que ele estaria na tenda de banho depois de mim e que estaria, hã... quero dizer, talvez eu pensasse, mas jamais fiquei tão corada. Pressiono as mãos contra as bochechas e suspiro.

Paro no meio do quarto, com as mãos ainda no rosto, e semicerro os olhos. Há muita coisa ali. *Muita* coisa. Mais do que móveis e decoração. Faço um círculo, avaliando o espaço com poucos bens. Estava tão distraída pensando em garotos que ignorei a característica levemente bagunçada e desordenada da sala de estar de Theron — está bem, a característica *muito* bagunçada e *muito* desordenada.

Pinturas emolduradas de todos os tamanhos e formas estão em pilhas desencontradas pelo quarto, encostadas na escrivaninha e na parede e nas poltronas, com pinturas menores espalhadas pelo tampo da mesa sobre um lençol fino de algodão. Máscaras elaboradas cobertas de joias e detalhes dourados pendem de fitas nos cantos das pinturas. Livros em pilhas altas estão encostados contra a lareira e sobre pequenas mesas de canto, e entulham tanto as prateleiras de livros que tenho medo que a estrutura inteira exploda em papel e poeira. São livros grandes também, coisas grandes e arcaicas que parecem tão velhas, tão frágeis, que temo desintegrá-las simplesmente ao respirar forte demais.

Encosto na mesa de jantar, percorrendo com os olhos as pequenas pinturas de carvalhos e os livros com páginas amareladas que despontam das capas. Um volume retangular com o título gravado em dourado exibe *História do comércio no rio Feni*. Outro livro, ao lado desse, diz *Histórias dos habitantes das montanhas*, com letras em couro espesso costurado. Ao lado desse, está uma pilha de pergaminhos novos, algumas linhas legíveis rabiscadas com a mesma escrita rápida que o poema da biblioteca. Obra de Theron. Semicerro os olhos, mas só consigo distinguir algumas palavras dessa vez — *verdade* e *poderia* e algumas outras — então, me volto para uma coleção de retratos ovais em uma pequena caixa, cada pintura envolta por uma moldura fina e prateada. Passo a mão sobre a pintura de uma mulher com os cabelos presos em um coque apertado olhando sombriamente para o pintor, como se ele, e somente ele, fosse responsável por prender os cabelos dela tão apertados.

A porta de um armário bate atrás de mim e recuo para longe da mesa, a fim de olhar para o outro quarto. Só consigo ver uma cama com dossel banhada em luz branca pálida de uma janela aberta. O armário bate de novo do lado de dentro e dou um passo em direção à porta no momento em que Theron sai, puxando para trás os cabelos agora molhados, em um rabo de cavalo. Ele tirou as roupas de treino e vestiu algo mais digno de um príncipe — calça preta com listras douradas finas percorrendo as laterais. Uma camisa branca e justa está abotoada até o pescoço dele, sob um colete preto, escondendo o peito enfaixado.

Theron passa a mão nos cabelos.

— O que gostaria de ver primeiro? Temos uma bela coleção de animais na floresta, uma galeria de arte na ala norte...

Ergo uma sobrancelha.

— Uma galeria de arte? Tem certeza de que sobraram pinturas nela? — Aceno com a mão para o quarto. — Pelo jeito, essa coisa de príncipe é só uma fachada para sua vida como ladrão de arte.

Theron olha ao redor do quarto e se move distraidamente para a pilha mais próxima de livros, erguendo um e passando os dedos pela lombada. Ele ergue o rosto para mim com uma expressão de mágoa fingida.

— Também roubo bibliotecas, fique sabendo. E tenho dois bons motivos para essa — os olhos dele se semicerram enquanto Theron pensa — coleção.

— Quer uma profissão reserva, caso ser rei não dê certo? — chuto, sorrindo, mesmo ao perceber o quanto pode ser verdade.

Theron dá de ombros e coloca o livro de volta na pilha.

— Em parte, é isso. Mas, principalmente, porque meu pai acha que essa obsessão é completamente inadequada para um futuro rei e, contanto que eu mantenha as relíquias entulhadas em meus aposentos, ele se recusa a vir aqui. — Theron sorri para mim. — Mas também porque muitos desses pertenceram a minha mãe.

— Sua mãe? — passo os olhos pela prateleira, lembrando das lições de Sir. De Theron, metade cordelliano, metade ventralliano, provavelmente se espera que tenha puxado mais ao lado do pai do que o da mãe.

Estendo a mão e toco as lombadas dos livros na prateleira. Eles me lembram da braseira que Finn levou para o acampamento. Agarrar-se a alguma parte do passado, mesmo que isso signifique também agarrar-se à dor de jamais tê-la de novo. Essa dor é menos horrível do que a dor de esquecer.

— Sinto muito — digo, embora não tenha certeza do motivo. *Sinto muito por sua mãe não estar mais aqui. Sinto muito porque seu pai usa você.*

Theron dá de ombros e se aproxima, de pé à outra ponta da estante de livros.

— Você lê muito?

Tracejo com o dedo as letras na lombada de um livro particularmente grosso.

— Somente o quanto Sir me obrigava. Prefiro passar o tempo cortando coisas. — Sorrio, mas Theron apenas me observa, com os lábios pensativamente repuxados.

Ele se afasta da estante e segue para uma pilha de pinturas no canto.

— Tenho uma paisagem da qual acho que pode gostar — diz Theron por cima do ombro, vasculhando grandes molduras quadradas. — Uma mais velha, mas está em boa condição...

Theron continua falando, mas a voz dele se abaixa até virar um murmúrio, um cântico distante, no fundo da minha consciência. Encaro o livro grosso pelo qual percorri os dedos, as letras soletram um título que faz minha mente se aguçar com curiosidade súbita. É velho, muito velho, um dos volumes quebradiços que parece passível de se desintegrar em uma nuvem de poeira a qualquer momento. Leio o título de novo.

Magia de Primoria.

Magia como... meus sonhos com Hannah?

Não sei nada sobre magia, além do que Sir me contou pelas lições, mas deve haver um motivo para meus sonhos — se não são causados por estresse, quero dizer, o que ainda é uma possibilidade. Mas se não for isso, devem vir de algum outro lugar — a pedra? Outra fonte de magia? E se magia vem de outro lugar, então deve haver uma fonte de magia além dos Condutores Reais. Quero dizer, há o abismo, mas a magia nele só afeta os reinos Estação, assim como todos os Condutores Reais afetam apenas os cidadãos deles dentro de um determinado raio. Talvez, se eu estivesse em um reino Estação, pudesse atribuir os sonhos com Hannah a resquícios da magia que emanam do abismo —

não que eu jamais tenha ouvido falar disso —, mas aqui, em Cordell, o que poderia ocasioná-los? Se é que sequer é magia. Se não estou apenas perdendo a cabeça.

Conforme analiso meus pensamentos, um peso de dúvida recai sobre meu peito. *Milhares de anos.* É quanto tempo faz desde que não há nada mágico além dos Condutores Reais, desde que o abismo de magia tinha um portal acessível pelas montanhas Klaryn, antes de se perder em avalanches ou sabotagens. Se houvesse outra fonte de magia, se houvesse mais poder, *se houvesse qualquer outra coisa*, alguém teria encontrado a esta altura. Não teria?

Nada disso me impede de tirar o livro antigo da prateleira e o segurar com as duas mãos. Um selo está no canto direito inferior, cera de um vermelho profundo que ficou quase lisa ao longo dos anos. Uma frase indecifrável se curva ao redor da imagem de um raio de luz que atinge o topo de uma montanha. Consigo discernir algumas das palavras — DO LUSTR — antes de desbotar em baboseiras formadas pelo tempo. O selo do fabricante? O que quer que seja, percorro os dedos por ele, mordendo o lábio, pensativa.

Uma pesquisa não faz mal, certo? E é uma alternativa muito melhor a me sentar no palácio de Bithai e ser embonecada como a futura rainha de Cordell, enquanto Sir e Mather e Noam seguem tomando decisões sem mim. Dessa forma estou *fazendo* algo. Algo pequeno, mas mesmo assim algo.

É um começo.

— ...mas interessante, eu acho — diz Theron.

Eu me viro para ele, abraçando o enorme livro contra o peito. Theron segura uma pintura pelos cantos superiores, na altura da cintura, a base mal roça as botas do príncipe.

Perco todo o fôlego, como se a pintura fosse um vórtice de vento e estivesse presa na tempestade.

É Inverno. Ou, bem, poderia ser um reino Ritmo durante a estação do inverno, mas quando vejo a pintura, é Inverno. Uma floresta ali, as árvores se curvando e caindo sob o peso do gelo, os galhos marrons congelados como colunas reluzentes. Bancos de neve se formam ao redor das bases das árvores, interrompidos apenas por pedregulhos ou pequenos arbustos cobertos de neve. Tudo está na quietude pacífica da manhã, os raios do sol mal tocam as árvores e transformam tudo no azul-amarelado do alvorecer.

Prove.

Aquela palavra de novo. Meus dedos pressionam o livro quanto mais encaro a pintura, algo como determinação me percorre. Sir estava certo. Não sei de nada. Não sei qual é a sensação de Inverno, que floresta a pintura retrata. Não sei nada. Jamais vi, porque se foi. Simples assim, uma guerra terrível, uma invasão cruel e milhares de pessoas foram massacradas, aprisionadas, destruídas. Simples assim, um reino inteiro devastado, e o máximo que já consegui fazer foi esperar que, algum dia tenha minhas próprias lembranças de Inverno.

Tenho sido tão egoísta, não tenho? Egoísta e limitada e *errada*, porque queria ser importante para Inverno, mas *do meu jeito*. Dentro dos meus parâmetros, que também se adequariam a quem eu queria ser. Engasgo com uma risada, odiando que eu tenha levado tanto tempo para perceber que Sir estava certo. Que ele se exploda — espero ansiosa pelo dia em que Sir esteja finalmente errado.

Nem mesmo percebi que havia me movido até que Theron pigarreou. Estou ajoelhada no chão, diante da pintura, encarando, com o livro ainda agarrado ao peito com uma das mãos, enquanto a outra se estende em direção às árvores, como se, caso eu a estenda com vontade, consiga pegar parte da neve dos galhos.

Theron muda a forma como segura a pintura e abaixa o rosto para ela.

— Posso mandar pendurá-la em seu quarto, se quiser.

Assinto e puxo a mão de volta para o livro.

— Obrigada — sussurro, e ergo o olhar para ele. Theron sorri, um sorriso suave e cuidadoso, os olhos dele brilham conforme percorrem meu rosto.

Músculo a músculo, o sorriso de Theron se dissipa.

— Nós o recuperaremos.

Abraço o livro com mais força e engulo em seco, forçando um rompante súbito de lágrimas de volta para a garganta.

— Nós? — sacudo a cabeça. — *Eles* recuperarão. Minha parte já... — paro, sem fôlego, e encolho o corpo. Não deveria doer. Esse é o certo, não é? É isso que *preciso* fazer, me casar e ingressar em Cordell. Por Inverno.

Theron apoia a pintura contra o encosto de um sofá, uma das mãos dele distraidamente se detém sobre a imagem. Os olhos dele se movem como se lembrasse de algum conto antigo e, quando ele se concentra em mim, fico de pé, em silêncio, segurando o livro como um escudo entre nós.

— Quase me juntei à Guilda dos Escritores de Ventralli quando tinha 11 anos — diz ele.

Minhas sobrancelhas se erguem.

— Sério? O'que aconteceu?

— Nada de bom — diz Theron, rindo. — Escrevi para o rei ventralliano na época, o cunhado de minha mãe, e consegui a aprovação especial dele para me juntar. Arrumei um lugar para ficar e a viagem para chegar lá, além de quantos homens me acompanhariam. Eu estava tão orgulhoso de mim e queria tanto. — O olhar de Theron se abaixa para um espaço além de meu ombro, encarando o passado. — Cinco dias antes de eu precisar partir, meu pai enviou o valete dele para meus aposentos para me avisar que uma carruagem me esperava para me levar a uma base militar na costa de Cordell. Que eu viveria lá durante os próximos três anos e estudaria com um dos coronéis de meu pai.

"Meu pai sabia de meus planos de ir para Ventralli. Eu contei a ele conforme os fazia, mas não soube até aquele dia que ele jamais pretendia me deixar ir. Que o herdeiro dele seria educado em métodos militares e gerenciamento de recursos, não em arte e poesia. — Theron franze a testa e olha de volta para mim, como se tivesse esquecido que eu estava ali. — Mas isso não me impediu de ter tudo isto — ele indica o quarto — e de convidar os melhores escritores, poetas e artistas de Ventralli para que visitassem Cordell. Sempre haverá um *eles* em nossa nova vida, Meira. *Eles* tomam as decisões; *eles* moldam nosso futuro. O truque é encontrar uma forma de ainda ser *você* no meio de tudo isso.

— Podemos mesmo nos dar esse luxo? — pergunto. Nem mesmo penso sobre o quanto isso pode ser audacioso, ou em quão pouco eu o conheço, só consigo pensar no quanto eu o *conheço*. Theron queria algo mais da vida. Queria ser um artista, embora o pai quisesse que ele fosse um rei. E ali está ele, o herdeiro de Cordell, de pé, entre pilhas de livros e pinturas. Ele é os dois. Theron se adaptou a tudo que a vida atirou contra ele.

Theron suspira, os ombros se curvam levemente.

— Preciso acreditar que sim.

Franzo a testa. É possível? Ser tanto o que Inverno precisa, quanto o que eu quero? Em vez de lutar por *somente* o que quero ou me entregar a *somente* o que Inverno precisa, encontrar um equilíbrio entre os dois?

Ergo o livro.

— Posso pegar isso emprestado?

Theron assente antes de sequer ver o que é.

— É claro. Pegue o que quiser. — Ele cutuca a pintura. — E *vou* pedir que alguém pendure isto para você. Agora — tenta Theron mais uma vez, com um sorriso iluminado estampado no rosto — aos animais?

15

NA MANHÃ SEGUINTE, quando Rose e Mona voltam com súplicas para que eu tome aulas de etiqueta, deixo as duas, e eu mesma, chocadas ao concordar.

Rose, que segura um vestido azul-celeste e uma fita azul-marinho, para ao lado do armário. Os olhos dela se semicerram e, depois de uma pausa, ela se dirige apressada para ficar entre minha cama e a sacada.

— Isso é um truque? — pergunta Rose, e não deixo de perceber como tenta manter os braços abertos, como se para me impedir de disparar além dela e saltar pela sacada.

Desço da cama, do lado oposto às portas da sacada e, tranquilamente, a encaro.

— Não. Irei.

Rose faz um biquinho.

— Com uma roupa adequada?

Franzo a testa.

— Sim.

— Sem sua arma?

Um resmungo soa em minha garganta.

— *Ir* não é dar o braço a torcer o bastante?

O biquinho de Rose fica mais acentuado e ela emite um estalo com a língua.

— Armas não têm utilidade neste palácio.

Rose dá alguns passos rápidos pelo quarto e dispõe o vestido e o laço sobre a cama. Assim que o tecido recai sobre os lençóis amassados, as mãos da criada se movem até minha camisola, desabotoando as costas como se Rose tivesse medo de que eu mude de ideia caso ela não seja rápida o suficiente. Começo a encolher o corpo, a resistir por instinto, então meus músculos se acalmam. Posso fazer isso. Tudo isso — o casamento, quaisquer que sejam as aulas que Noam tenha ordenado *e* ajudar meu reino de formas que jamais sonhei, mas isso ainda me fará sentir como se pertencesse a Inverno.

Se Theron consegue, eu também consigo. Posso tecer meus próprios fios em uma tapeçaria já projetada por outros. É possível. E isso pode ser bom — estou em uma posição de poder, não estou? Muito mais poder do que ser uma soldada comum. Isso *será* bom.

Então, quando Rose puxa o vestido pela minha cabeça, e Mona passa uma escova por meus cabelos, endireito os ombros. Sou uma futura governante de Cordell. Como uma futura governante agiria? Mather surge em minha mente, a tranquilidade, o comportamento calmo diante de... tudo. Aja como Mather. Posso fazer isso.

— Vou levar o chakram — digo. Quando Rose ergue a cabeça, nivelo meu olhar com o dela e a encaro. Calma, no controle, tranquila. — Não pretendo usar, mas eu o terei comigo.

Os lábios de Rose se contraem. Os olhos dela se semicerram, uma expressão de irritação contida, antes de voltar ao trabalho amarrando o laço azul em minha cintura.

Não consigo esconder o sorriso. Uma pequena vitória.

A semana seguinte passa voando em uma espiral de história cordelliana e reverências adequadas e aulas de qual garfo usar quando como salada. Obviamente surpreendo Rose e Mona ao prestar atenção e, sempre que um instrutor me elogia por responder uma pergunta corretamente, elas murmuram animadas no fundo da sala. Mas sempre fui boa aluna — no acampamento, somente quando via Mather treinar luta sem mim, eu começava a ficar irritadiça e briguenta, e Sir erguia os braços e gritava comigo até que eu caísse em lágrimas. Agora, no entanto, estou mesmo tentando ser boa nessa coisa toda de futura rainha.

Ao menos porque toda manhã encontro uma forma de ser *eu*.

Com a primeira luz do alvorecer, quando o sol ainda trava uma guerra preta e azul com o céu noturno, coloco minhas roupas — minhas roupas *de verdade*, camisa, calça e botas — e me apresso pelo palácio ainda adormecido até a biblioteca, onde escondi *Magia de Primoria*. Isso, aliado a meu horário caótico de aulas e refeições no quarto, significa que não tenho visto nenhum dos outros refugiados desde a desastrosa sessão de luta de Mather e Theron. Certamente não por falta de tentativas deles — disparo por corredores laterais quando vejo Dendera se aproximando, escalo paredes quando ouço a voz de Finn em uma esquina. Não tenho desejo de encarar ninguém até que possa apresentar alguma novidade. Até que possa provar que ainda posso ser útil nessa posição como *eu*.

Parte de mim quer sair de fininho para o pátio de tiros toda manhã, em vez de me esgueirar até a biblioteca. Não usei o chakram desde que comecei o treinamento de rainha e, embora leve a arma comigo em todas as lições, está começando a parecer um acessório. Mas a outra parte de mim, a parte que está resignada a esse acordo, sabe como é importante tentar ler *Magia de Primoria*.

Com ênfase na palavra *tentar*.

Cada linha de cada página do livro, que quase se desintegra em minhas mãos, está cheia de minúsculas palavras escritas em uma letra aglutinada, ilegível. As letras escorrem umas para as outras devido ao tempo e ao fato de que o escritor aproximou tanto as linhas que o texto parece um grande borrão de tinta. Como se isso não bastasse, as linhas que consigo decifrar são mais do que inúteis, pois ou estão cheias de linguagem arcaica ou enigmas, mas, em grande parte, apenas história que já conheço. Sobre o abismo de magia que repousa sob todos os reinos Estação desde sempre, uma fonte de mistério e magia tão antiga quanto o mundo. O abismo está bem profundamente sob nossa terra, então, mesmo que um reino Ritmo conquiste um reino Estação e escolha escavar em uma tentativa de obter a magia, escavaria durante décadas.

Costumava haver uma entrada para o abismo pelas montanhas Klaryn, um poço que se abriu certo dia, quando mineradores o encontraram por acaso. Ninguém sabe onde a mina estava de fato — logo depois que foi descoberta, ela se perdeu em deslizamentos ou condições climáticas mortais. Mas eu gosto de pensar que estava na parte de Inverno das Klaryn — afinal de contas, que outro reino Estação é tão bom em mineração quanto nós? Por outro lado, não conseguimos encontrar outra entrada para o abismo de magia desde que a primeira sumiu, então talvez *não sejamos* tão bons assim.

Quando a entrada estava aberta, há milhares de anos, uma expedição foi enviada para recuperar magia. De acordo com lendas e algumas das linhas mais legíveis do livro, a magia estava no centro de uma caverna infinita, uma enorme bola de energia se partindo e estalando, pairando no espaço escuro da caverna.

Para ser retirada da caverna, a magia precisava de um hospedeiro, um objeto impregnado nos poderes dela. A grande bola de energia pulsava ao redor da caverna, atingindo rochas aqui e ali como se fossem dedos caóticos e descontrolados de raios. E as rochas que a bola atingia ficavam impregnadas de magia. Então, monarcas começaram a deixar outros objetos próximos à fonte, esperando que os raios de magia atingissem espadas ou escudos ou joias e os enchessem de poder. Também tentaram formas mais perigosas de criar condutores, permitindo que a magia atingisse os criados deles. Isso levou à descoberta de que apenas objetos poderiam ser hospedeiros da magia — as pessoas não se tornavam exatamente condutores, mas sim carne bem-passada.

Assim foram criados os Condutores Reais. Os monarcas do mundo ordenaram que os condutores deles fossem feitos primeiro, conectando-os com as linhagens sanguíneas com mais magia. Mas esses acabaram sendo os únicos condutores criados, pois logo depois que os oito Condutores Reais foram criados, a entrada para o abismo desapareceu e nosso mundo mudou para sempre. Não apenas tínhamos magia agora, mas também tínhamos preconceito — os reinos Ritmo nos odiavam por termos perdido algo tão vital. Talvez já odiassem os reinos Estação antes, por diversas razões, mas é a perda da fonte de magia que permanece com eles até hoje, mesmo quando ninguém consegue se lembrar de nossas vidas serem diferentes do que são agora. Sempre houve os oito Condutores Reais, nada mais, nada menos.

Isso é tudo que consigo decifrar. E quanto mais encaro *Magia de Primoria*, mais minha faísca de dúvida se transforma em uma chama intensa. O que sequer estou buscando? Tive o mesmo sonho com Hannah todas as noites dessa semana, aquele em que eu a vejo cercada pelos refugiados no escritório. Mas não consigo entender qualquer conexão entre o sonho e as coisas que faço ou não faço — até mesmo tentei esconder a lápis-lazúli e não tocá-la por alguns dias, mas ainda tive o sonho. Então a pedra não é mágica? Mas o que eu queria encontrar, afinal? Alguma fonte perdida de magia que eu pudesse apresentar a Sir, provando que posso ter importância para Inverno do meu jeito, além de nos unir a Cordell?

Fecho o livro com força e me recosto no parapeito da sacada, atrás de mim. A luz do alvorecer lança raios amarelos pelas janelas imensas à esquerda. É quase hora de mais lições de rainha, mas dias acordando tão cedo estão cobrando seu preço e só quero rastejar de volta para a cama e esquecer de tentar ser uma dama cordelliana decente. Meus dedos pressionam a capa do livro e me arrependo de deixar o chakram no quarto naquela manhã. Alguns cortes simples e esse volume inútil não passaria de confete.

— Sustento?

Viro para a direita e vejo Theron olhando para o alto da escada que dá para a sacada do terceiro andar, onde montei meu acampamento. Uma bandeja de pratos fumegantes está nas mãos dele e meu estômago responde com um gorgolejo nada digno de uma dama. Theron é a única pessoa que sabe sobre minhas sessões matinais — ele mesmo vem todas as manhãs para devolver livros ou pegar volumes novos, e esbarrar com ele é uma inevitabilidade com que não me importo.

Theron segue escada acima, abaixa-se para se sentar ao meu lado, mas olha para a biblioteca abaixo.

— Imaginei que estaria com fome, pois não veio tomar café de novo — diz ele, e coloca a bandeja entre nós. — Meu pai está satisfeito por você tomar as lições, mas seus amigos...

— Merecem cada pingo de preocupação e estresse que dou a eles? — completo, e pego uma fatia crocante de pão em um cesto.

Theron ri.

— Eu ia dizer que eles estão apavorando minha corte com a frequência com que têm sussurrado discussões atrás de vasos de plantas, mas "merecedores de estresse" também funciona.

— Alguém deveria dizer a eles que vasos de plantas não evitam que o som se propague. — enfio pequenos pedaços de pão na boca, mas continuo falando, aproveitando aquele pequeno gesto de inadequação. É tão fácil esquecer que Theron é um príncipe, que a posição dele está tão mais acima da minha que eu não poderia alcançá-la se estivesse de pé no topo das montanhas Klaryn, que eu deveria me comportar decentemente, como uma dama, e fazer reverência quando ele se aproxima, todas as coisas que aprendi na aula de etiqueta de ontem. É fácil demais fazer muitas coisas perto dele, e ainda estou tentando entender por quê.

Theron assente em direção ao livro que ainda está preso entre minhas pernas e meu peito.

— Posso perguntar como está se saindo, ou vai ameaçar despedaçar o livro de novo?

Resmungo.

— Não quero falar disso. Este mingau está bom. É de que, morango?

— Ainda não vai me contar o que está fazendo?

— Não — digo, olhando para a bandeja de comida. Não há um cenário em que contar a alguém que você anda sonhando com uma rainha morta termine com a pessoa não acreditando que você caiu no abismo escuro da insanidade.

— Posso ser útil — sugere Theron, com a voz tranquila. — Sou, na verdade, treinado para ajudar um reino inteiro, então acho que posso canalizar parte desse treinamento em ajudar uma linda mulher.

Ergo o olhar para ele, meus olhos se semicerram apesar do sorriso que se abre em meu rosto.

— Isso não é justo, disparar elogios assim. Sabe o quanto essas coisas podem ser perigosas?

Theron contrai os ombros, sorri, as bochechas dele ficam levemente manchadas de rosa. *Ele* está com vergonha?

Theron transforma o sorriso em um biquinho, contraindo os lábios e franzindo as sobrancelhas até uni-las sobre o nariz.

Encaro com irritação.

Ele faz um biquinho mais intenso.

— Você é impossível — resmungo, e abro o livro.

Theron gargalha e se aproxima mais de mim.

— Impossível, encantador. Sinônimos, na verdade.

Dou uma risada fingida e verifico as páginas indecifráveis de novo, a cabeça pulsando de dor ao ver toda aquela tinta preta e rodopiante.

— Estou tentando aprender mais sobre magia — começo.

Theron arqueja.

— Lendo um livro chamado *Magia em Primoria?* Não!

— Impossível, encantador, hilário. Também sinônimos.

— Então concorda que sou encantador?

Olho para Theron com raiva e abro a boca, então percebo que não tenho nada a dizer. Ele sorri, esperando, e minha boca emite uma risada de incredulidade.

— Como eu dizia — começo de novo, e Theron gesticula com a mão em rendição para me dizer que não interromperá. — Estou tentando aprender mais sobre magia. Os Condutores Reais e de onde vieram e — passo os dedos pelas espirais de tinta negra — e tudo. Qualquer coisa que eu possa aprender. Talvez haja alguma brecha, algo que signifique que poderíamos derrotar Angra sem precisar de nosso medalhão.

Enquanto falo, o olhar de brincadeira no rosto de Theron some e ele olha para as páginas em minhas mãos.

— O que aprendeu até agora?

— Nada que eu já não soubesse. Este livro é ilegível. — Folheio para uma das passagens que consigo discernir, mas só porque consigo ler as palavras não significa que elas fazem qualquer sentido. — Como aqui, por exemplo. "Das luzes, fez-se a grande Ruína; e a desgraça recaiu sobre os que não tinham luz. Eles suplicaram, e as luzes se formaram. Os quatro criaram as luzes; e os quatro criaram as luzes." — Bato com a cabeça no parapeito. — *O quê?*

O rosto de Theron permanece sério. Reconheço a expressão como o rosto de "artes" dele, a mesma expressão que exibiu quando estava no quarto e olhava para a pintura de Inverno. Curioso, concentrado, como se a estante inteira de livros atrás dele pudesse cair e Theron sequer se moveria.

Os lábios dele se movem sem emitir som, ele repete a passagem para si mesmo.

— Quatro? Disse quatro duas vezes?

— Sim. — Olho de volta para o livro. — A mesma coisa duas vezes também. "Os quatro criaram as luzes; e os quatro criaram as luzes."

Theron assente.

— Os reinos de Primoria. Quatro e quatro. Os Ritmo e os Estação. Eles criaram algo... recursos? Não, algo relacionado à magia. Uma luz metafórica? Talvez os condutores? Então, a luz poderia ser um condutor. — Ele se inclina sobre o livro e aponta para a passagem, inserindo as próprias palavras conforme continua. — "Dos condutores, fez-se a grande Ruína; e a desgraça recaiu sobre os que não tinham condutores. Eles suplicaram, e condutores se formaram. Os Ritmo criaram os condutores; e os Estação criaram os condutores."

Theron me olha sorrindo, mas o sorriso some quando ele vê meu olhar de irritação.

— O quê?

— *O quê?* — Enfio o dedo na passagem do livro. — Estou encarando isso há três dias e você entra aqui e descobre em três *segundos*.

O sorriso de Theron retorna.

— Eu disse que era útil.

Não darei a ele a satisfação de me ver sorrindo de volta.

— Mas o que quer dizer, Ó Sábio e Letrado Príncipe? Ainda não faz sentido. Uma grande Ruína veio dos condutores? Mas os reinos Ritmo e Estação criaram mais condutores? Mas eles só criaram os oito antes de a entrada sumir. Então o que, exatamente, é a Ruína, e por que está com letra maiúscula? Uma ruína metafórica, uma ruína literal...

Theron se recosta, apoia os braços nos joelhos e encara a biblioteca abaixo.

— Por isso literatura é tão fascinante. Está sempre aberta a interpretações e poderia ser centenas de coisas diferentes para centenas de pessoas diferentes. Jamais é a mesma coisa duas vezes.

Fecho o livro com um resmungo.

— Não preciso de centenas de interpretações diferentes. Preciso ler um livro que diga: "É assim que se derrota Primavera e se restaura o poder a seu rei e, aproveitando, eis como você prova que é importante quando ninguém mais acredita que é..."

Paro. Estou encarando as prateleiras de livros, e não Theron, e não acho que jamais conseguirei olhar para ele de novo sem me encolher de vergonha. O que pode tornar a coisa toda de casamento um pouco esquisita. Ainda consigo ouvir o que eu disse pairando ao meu redor, minha admissão tão fraca, e não consigo respirar, muito menos encará-lo.

Theron não me dá escolha. Ele fica de joelhos e entra em meu campo visual, com a testa enrugada e os olhos se movendo na direção dos meus, como se estivesse tentando me entender, da mesma forma que entendeu aquela passagem. Depois de um momento de silêncio, Theron faz uma careta.

— Você é importante. — É tudo que ele diz.

Encolho o corpo, um formigamento frio me percorre enquanto Theron me olha com aquela determinação. É parecido com todos aqueles olhares tensos e demorados que Mather me lançava, mas, ao mesmo tempo, *não* é. Quando Mather me olhava, eu jamais sabia que emoções ele estava escondendo por trás da seriedade, se gostava de mim ou se estava tentando descobrir se gostava. Mas com Theron — parece mais significativo. Como se ele estivesse me encarando porque quer, não porque está se questionando.

Não dizemos mais nada, respiramos devagar no espaço entre nós, com medo demais para nos afastarmos, medo demais para nos aproximarmos.

Uma porta bate abaixo, ecoando para cima dos três andares da biblioteca. Dou um salto, chacoalhada para fora do transe. Provavelmente é Rose — estou atrasada para as lições do dia. Mas a violência que preenche a biblioteca me faz suspirar com um pesar diferente.

— Meira — diz Sir, com determinação o bastante para praticamente me puxar pela sacada do terceiro andar.

Theron suspira.

— Só há uma porta para fora da biblioteca — diz ele, como se lesse meus pensamentos.

Suspiro de novo. Não há como escapar de Sir agora. A não ser que eu passe em disparada por ele e corra o máximo possível para os corredores sinuosos do palácio de Bithai. A reação madura.

Theron fica de pé e estende a mão para me ajudar a levantar.

— Ele não vai gritar com você se eu estiver aqui.

Coloco o livro no chão, dou a mão a Theron e quero sorrir. Quero fazer muitas coisas quando ele me puxa de pé e ficamos tão próximos, muito próximos, por um breve segundo, e imagino se me casar com Theron seria algo tão ruim assim.

Theron me leva escada abaixo, ainda segurando minha mão. Não tenho problema com isso, de uma forma que me faz pensar que minha resposta à pergunta "quero me casar com ele?" pode me surpreender.

Chegamos ao primeiro andar da biblioteca e ali estão... todos. Sir, Alysson, Dendera, Finn, Greer, Henn e Mather. Todos de pé, como um grupo unido no meio da sala, com os rostos em diversos estados de ódio e frustração.

Sir dá um passo adiante para nos alcançar no meio do caminho, com os braços cruzados com firmeza sobre o peito. Os olhos dele recaem sobre as mãos de Theron e a minha, entrelaçadas, mas Sir não diz nada e calafrios percorrem meus braços, espalhando-se por meu corpo quanto mais tempo ficamos ali sem falar.

— Príncipe Theron — começa Sir, mantendo a voz estranhamente calma. — Precisamos conversar com Lady Meira. Sozinhos.

Contenho a vontade de chorar. Não porque Sir quer falar comigo, mas por causa da forma como ele falou. Lady Meira. Parece tão formal. Formal demais. Não quero que Sir seja formal comigo.

Theron se vira e encara Sir.

— Respeitosamente, preciso recusar, General Loren.

Mather bufa atrás de Sir. Meus olhos se desviam para ele e ficamos parados, nos encarando, enquanto não faço absolutamente nada para me distanciar de Theron. Mather olha para nossas mãos, então de volta para mim, o rosto dele se contrai em expressões de ódio, arrependimento, ódio, ódio, ódio...

— Algo errado, Rei Mather? — pergunta Theron, olhando além de Sir.

Mather dá um passo adiante, mas Sir estende o braço e o mantém contra o peito de Mather. Ele para, ofegante, como fez no ringue de espadas. Espero que algum tipo de culpa me percorra ou, pelo menos, uma onda crescente de desconforto, ao ver Mather. Mas só me sinto cansada — cansada de não receber nada além de emoções ilegíveis dele. Cansada de esperar por Mather. Cansada *dele*.

Não precisamos de mais um encontro como aquele no ringue, no entanto. Posso lidar com isso sozinha. Sempre lidei.

Puxo a mão de Theron até que ele abaixe o olhar para mim.

— Vou ficar bem — prometo, embora pareça estranho aos meus ouvidos. Jamais tive alguém que se preocupasse comigo durante os interrogatórios de Sir. Faz com que eu me sinta tanto forte quanto fraca ao mesmo tempo, como se eu pudesse depender demais dele, do apoio que Theron oferece, e me perder atrás dele.

Depois de um momento considerando, Theron assente. Ele aperta minha mão uma vez e recua, seguindo para a porta enquanto educadamente cumprimenta todos por quem passa.

A porta se fecha atrás de Theron e mal tenho dois segundos para inspirar antes que alguém corra até mim. Pisco, tentando me concentrar no rosto de Sir, mas não é Sir.

— Uma coisa é ficar sozinha com o príncipe na biblioteca — dispara Dendera. — Quase posso ignorar isso. Mas no *quarto* dele? Tem alguma ideia dos tipos de boatos que andam circulando sobre você? Então você nos evita por uma *semana* depois disso, graças à neve no céu que você tem assistido àquelas aulas, mas isso não basta!

O rosto de Dendera está vermelho, os cabelos dela estão arrepiados como se não tivesse dormido há dias. Será que esteve preocupada esse tempo todo? Nas duas vezes em que fugi dela, Dendera *parecia* vermelha, mas supus que fosse porque eu a evitava, não porque eu estivera no quarto de Theron. Posso ver por que seria inadequado para damas normais da corte, mas para mim parece um pouco tolo. Ainda estou em treinamento, de qualquer forma, não estou? Há pouco tempo eu estava coberta com o esgoto de Lynia, quando quase não escapei de ser capturada — tenho sorte de estar viva para sequer *ser* inadequada.

— Está de brincadeira, certo? — pergunto, embora tenha a sensação de que isso só vai deixar Dendera mais irritada.

E deixa. Ela bufa e saliva dispara da boca de Dendera.

— Acha que estou brincando?

Sir interrompe, colocando a mão no braço de Dendera para chamar a atenção dela para outra coisa.

— Dendera...

— Fale com ela, William! Ela não pode continuar fazendo essas coisas! Tem responsabilidades agora. Jamais a vejo por tempo o suficiente para conversar sobre cores ou comida ou decoração...

Disparo um olhar para Sir.

— Do que ela está falando?

Dendera fica calada quando Sir me olha. Todos dão um passo imenso para trás, como se soubessem que o que quer que Sir está prestes a me contar não será bem recebido.

O rosto de Sir está impassível.

— Foi sobre isso que viemos conversar, Meira — começa ele. Parte de mim relaxa quando Sir não usa o título, apenas meu nome. Apenas Meira. — O casamento está marcado para o fim do mês e Dendera está no comitê encarregado da comemoração, então ela precisa de sua cooperação...

— O *quê*? — grito, com a voz esganiçada. — Espere, espere, *pare*. O casamento? No fim do... isso é em duas semanas! Estou fazendo o treinamento, essas aulas idiotas...

Sir continua, ignorando meu escândalo.

— Ela precisa que você coopere. Ainda há muito a ser feito para cimentarmos essa aliança.

Eu o encaro. Encaro todos eles. Todos me observam e o apoiam e...

Mather não me olha agora. Está de costas para mim enquanto agarra o piano, com a cabeça baixa, os músculos nos ombros se movem sob a camisa quando ele segura com mais força a tampa preta polida do instrumento.

— Então é isso? — sussurro. As palavras tropeçam em lágrimas em minha garganta, lágrimas que vêm quando percebo que é assim que minha vida será agora, e eu deveria ter esperado que o casamento acontecesse rapidamente, considerando a proximidade de conseguirmos o condutor de volta. Mas não consigo sequer apresentar alguma grande novidade sobre magia e como ela funciona e o que eles precisam fazer com o condutor e como Hannah tem falado comigo, porque Hannah *não tem* falado comigo, não de verdade, e não consigo sequer ler um livro idiota e gastei todo meu tempo aprendendo a usar garfos chiques.

Não há mais nada. Isso é realmente tudo o que posso fazer. Não consigo pensar em mais nada.

A expressão de Sir finalmente se suaviza um pouco. Os lábios dele estremecem, os olhos ficam vermelhos.

Mas sacudo a cabeça antes de conseguir dizer qualquer coisa.

— Tudo bem. Está bem. Suponho que os planos já estejam traçados? Noam está pronto para enviar homens com vocês até Primavera para conseguir a outra metade do medalhão?

Ninguém diz nada e isso me leva a falar mais rápido, agarrando-me à falha no que antes era a parede sólida de superioridade deles.

— Só pode ser isso, certo? Porque não posso imaginar que vocês tivessem tanta pressa para me empurrar para isso, caso Noam também não estivesse cumprindo com a parte dele do acordo. Se preparações não estivessem sendo feitas dos dois lados.

Dendera encolhe o corpo. Os olhos dela desviam para Sir, e Finn olha para Sir, e todos olham para Sir, porque é ele quem deveria nos liderar nisso.

O maxilar de Sir se contrai.

— Noam vai cumprir com a parte dele do acordo quando tivermos cumprido com a nossa.

Repito as palavras de Sir na mente. Noam não está fazendo nada para nos ajudar. Só nos deixa fingir que ele vai cumprir com a parte dele, enquanto Dendera e Alysson e Finn e todos me encaram como se eu fosse alguma boneca com a qual estão brincando.

Emito um grunhido para Sir.

— *Não.*

Sir estende o braço para mim, mas dou um empurrão para fugir da mão dele, empurro todos — Dendera, que grita algo sobre arranjos de flores, e Alysson, que diz algo sobre me acalmar, e Mather, que não diz nada porque é isso que ele faz, ele apenas fica parado ali enquanto eu devo fechar os olhos e obedecer.

Se eu devo fechar os olhos e obedecer, Noam também precisa.

16

Conforme disparo para fora da biblioteca, pelo corredor, Theron se afasta da parede ao lado da porta e passa para meu lado.

— Você não me contou que já estavam planejando nosso casamento — resmungo, conforme marcho, seguindo para o salão de baile e, dali, para o escritório de Noam. — Acho que deveria ter percebido que não teríamos muito tempo para nos conhecermos.

Theron me acompanha. Ele olha para trás e sigo o olhar, meus olhos se fixam no bando de refugiados invernianos atrás de nós. Sir está à frente, e quando olho para trás, a expressão dele fica sombria.

— Meira, pare! — grita Sir. Mather segura o braço dele e diz algo que evita que a procissão me siga. Uma onda de gratidão percorre meu corpo por meio segundo antes de eu disparar por uma esquina e eles ficarem para trás.

— Desculpe — diz Theron, quando somos apenas nós correndo pelo corredor. — Não queria contar até ter a chance de convencer meu pai a atrasar. — Ele vira em uma esquina atrás de mim e quase se choca contra uma criada que carrega uma bandeja de vasos. A criada grita, ambos disparam em direções opostas e, milagrosamente, nada cai quando Theron continua pelo corredor, ao meu lado.

— Por que ele acha que pode puxar as cordas e nos fazer dançar assim? — resmungo.

Theron não diz nada.

Quando chegamos ao salão de baile, desço as escadas mais rápido. Na metade do andar, Theron percebe aonde vou e se coloca diante de mim, andando de costas, porque eu não paro.

— Meira, isso não vai consertar nada...

— Não me importo.

— Falei com ele todos os dias desde que anunciou o noivado; se não consigo fazer com que mude de ideia...

Trinco os dentes.

— Não. Me. Importo.

Theron para de andar e desvio dele. Não penso; não faço nada quando o escritório de Noam surge diante de mim. Só sei, quando bato com o punho na porta fechada, que estou tão, tão cansada disso. Tão cansada de Noam e de Herod e de Sir e de Angra e desses *homens* arrogantes e manipuladores que detêm todas as rédeas e se recusam a abrir mão delas. A vida poderia ser tão fácil se eles simplesmente deixassem para lá, se apenas *me* deixassem para lá, porque estou tão cansada disso...

Bato o punho na porta de novo.

— Noam! — grito.

Nenhuma resposta.

Tento a maçaneta. Destrancada. Rei idiota.

— Meira, espere...

Sir finalmente me alcançou, assim como todos atrás deles, todos encarando como se eu fosse um animal que fugiu da coleção de Bithai. Sir dá um passo adiante e solto um grunhido. Talvez eu *seja* um animal desgarrado e talvez eles *devessem* me olhar com aquela chama de medo. É isso que eu sou, não? A órfã indomada, inútil e imprevisível. Não quero odiá-los tanto. Não quero culpá-los por isso. Mas culpo, e esse ódio e a culpa fazem meu peito queimar até que eu ache que possa me incinerar de dentro para fora.

— Parabéns a todos — anuncio, quando abro a porta do escritório de Noam. — Finalmente destruíram Meira, a garota soldada maluca e órfã. Ela perdeu a cabeça, tudo graças à menção de arranjos de flores.

Dendera choraminga, mas eu a deixo para trás quando entro no escritório. Noam não está ali. Ninguém está. Uma mesa está diretamente diante da porta, com estantes altas de madeira por toda parte, imitando a aura escura e aconchegante da entrada logo atrás de mim. Papéis e penas e frascos de nanquim entulham o topo da mesa, livros estão empilhados sobre outros livros e um livro contábil está aberto sobre um apoio.

— Ele não está aqui, Meira — diz Sir, atrás de mim. — Deixe isso...

Ele coloca a mão em meu braço, alcançando-me além da soleira da porta.

Não ouse me tocar.

Rosno para Sir.

— Não pode me dar ordens. Não é meu pai, *Sir*.

Bato a porta na cara de Sir antes que ele responda. Antes que qualquer um responda. Antes que percebam que tranquei a porta e me barriquei no escritório de Noam, e meu pequeno escândalo acaba de passar de pequeno para muito, muito grande.

— Meira! — grita Sir, do outro lado da porta. Ele bate o punho contra a porta e agita a maçaneta e bate de ovo. — Abra esta porta agora! Tem alguma ideia das consequências de invadir o escritório do Rei de Cordell...

Alysson e Dendera começam a gritar também. Juro que ouço Finn, Henn e Greer darem risadas, mas poderia estar apenas imaginando em meu estado delirante do escândalo.

Sento na cadeira de Noam. O que *estou* fazendo? Conheço as consequências de invadir o escritório do Rei de Cordell e me trancar aqui, porque se ele descobrir — quando ele descobrir — tenho quase certeza de que meu tempo em Cordell será passado na prisão, nada menos. Não que Noam nos esteja ajudando agora.

Ou está?

Pego o livro contábil do suporte e folheio, procurando alguma pista de que ele possa estar, de fato, no ajudando, mas as únicas entradas são cálculos de colheitas e montantes de comércio. Coloco o livro de volta no apoio e olho por cima da pilha mais próxima de papéis. Correspondência com um duque em Ventralli, reclamações de uma fazenda no entorno de Bithai que foi alagada. Afasto tudo e começo a abrir gavetas. Penas sobressalentes e papéis em branco e...

A gaveta do topo à esquerda está trancada.

Puxo de novo. Ela não cede. Pego um abridor de cartas da mesa e arrombo a fechadura no momento em que uma nova voz se junta à balbúrdia do lado de fora.

Noam.

— Ela o *quê*? — berra ele. — Ela é sua responsabilidade, William; sua responsabilidade. Dou abrigo e ajuda a você e permito que ande livremente por meu palácio, e é assim que Inverno me paga? Pelas folhas douradas de Cordell, eu juro que vou...

Abro a gaveta e vejo papéis, muitos papéis, e pego o primeiro. Cálculos de ferro? O seguinte parece semelhante, mas mostra estimativas de pedras preciosas. Outro é um mapa de... minas? As minas de Inverno, dezenas de linhas percorrendo as montanhas Klaryn. Então...

Uma carta.

Cada pingo de frustração, o escândalo que acabo de fazer, fluem para fora de mim. Tudo que resta é a pulsação calma da percepção, as batidas monótonas e vazias que ecoam por meu peito com cada palavra em cada página da carta.

Cópia: Original Enviado no Primeiro Mês do Verdadeiro Outono.

Ao Rei do Reino de Primavera,

Cordell agora se uniu a Inverno sob a promessa de matrimônio. Meu filho e herdeiro, Príncipe Theron Haskar, tomará como esposa uma refugiada sobrevivente de Inverno. Pela presente, afirmo a posse de Cordell sobre Inverno e todas as posses do reino que agora estão sob domínio de Primavera por meio de um contrato de propriedade pelo casamento, vinculante e inalienável.

Devido à nova autoridade de Cordell sobre Inverno, também estou preparado a oferecer a Primavera o herdeiro de Inverno, Mather Dynam, como prova de boa-fé de que Inverno está completamente sob influência cordelliana.

Estou tremendo tanto que não consigo ver mais as palavras na carta. Noam nos traiu. Ele vai nos vender — não, não nós. Mather. Vai vender Mather a *Angra* para que Angra deixe que Noam controle nossas... *posses*. Para que Noam possa tomar as riquezas de nossas minas e estripar nosso reino até que a magia escorra para fora. Para que Noam obtenha o que quer, porque ele sempre consegue o quer — não está nos ajudando, está usando nossa conexão para começar a destruir as montanhas Klaryn.

Eu sabia que ele estava nos usando... mas não tão cruelmente assim.

A porta do escritório se abre, chocando-se contra a parede e derrubando livros de prateleiras. Noam me olha com ódio, o rosto tão vermelho que parece roxo, uma das mãos na porta e a outra no batente.

— Isso está além do inaceitável... — começa ele, então os olhos recaem sobre a gaveta aberta, a carta em minha mão, as outras em meu colo. A expressão de Noam fica ainda mais sombria e ele percorre o espaço entre a porta e a escrivaninha com um passo imenso.

Não consigo formar palavras devido ao choque quando a mão de Noam recua. Os dedos dele se fecham em punho, tudo no corpo de Noam se transforma em músculos e força e a adaga no cinto pulsa em roxo, brilhando, quando o punho de Noam desce pelo ar na minha direção...

— Pare! — grita Theron.

A cor se esvai, braços e pernas fraquejam. Noam está pressionado contra uma estante de livros, Mather o segura ali pelo colarinho, Theron está logo atrás de Mather. Ambos olham para o Rei de Cordell com ódio, como se nenhum dos dois tivesse objeções a que o outro o desmembrasse.

— Às armas! — grita um soldado do lado de fora do escritório, e o tilintar de metal preenche o ar, espadas sacadas e facas desembainhadas. O restante dos invernianos e cinco soldados cordellianos entram no escritório com armas em punho.

Theron vira para os homens dele.

— Alto!

Noam grunhe contra os punhos de Mather, que pressionam o pescoço dele.

— Garoto ingrato! Sou seu pai!

— Você é um covarde — sussurra Theron, tão grave e tão baixo que mal ouço por cima do ruído em meus ouvidos. Ele se vira para mim, com as sobrancelhas franzidas. — Meira, por que... — Mas Theron não termina, apenas me encara, calmo e assustado e esperando.

Noam nos traiu.

— Meira — resmunga Sir. Ele empurra os soldados cordellianos para se colocar diante de mim, com os braços trêmulos, os olhos semicerrados para segurar o ódio dentro de si.

— O que você fez? — sussurra Sir.

Fervilho de ódio ao ouvir as palavras.

— O que eu fiz? — digo, ofegante. — O que eu fiz foi ignorar suas ações irritantes, arrogantes e controladoras por um momento de felicidade, e descobri o plano de Noam contra nós.

Meu corpo fica frio quando percebo que se fosse do jeito de Sir, eu estaria escolhendo estampas de vestido ou assistindo a outra aula de etiqueta, e não segurando uma carta incriminadora. Não colocando um fim nessa farsa.

Eu seria quem ele quer que eu seja, e aquela garota fraca e inocente *jamais* teria encontrado isso.

Eu me levanto da cadeira de Noam e atiro a carta contra Sir.

— Não estou arrependida.

Mather olha de volta para mim, então para a carta. O ódio dele se torna confusão e Mather solta as mãos do colarinho de Noam. Noam se desvencilha, alisa a camisa, mas não revida, um sorriso de satisfação recai sobre o rosto dele quando Mather se junta a Sir na leitura da carta. Todo mundo espera, os soldados cordellianos ainda armados e prontos para nos matar, caso Noam dê a ordem.

Observo Sir entender. Observo a frustração contra mim desaparecer sob a pontada dolorosa de saber que ele fracassou, nós fracassamos, Noam falhou conosco. Cordell era nossa única esperança e aqui está a prova de que somos, sempre seremos, escravos predados por outros reinos.

Sir entrega a carta a Mather e se vira para Noam. Ele não diz nada, apenas encara aquele grande rei que deveria nos ajudar. O silêncio no cômodo parece opressivo quando Mather entrega a carta a Finn, e logo os demais se aglomeram ao redor dela, lendo e arfando, os músculos se contraindo de ódio.

Noam ajeita os ombros.

— Um ano depois de Inverno cair, Yakim mandou um regimento para seu reino. Tentou tomá-lo da Sombra das Estações à força e Ventralli tentou o mesmo. Sabiam disso? Nenhum dos reinos deixou ir a público. Ficaram envergonhados, porque os fracassos foram idênticos, Angra os massacrou. Até o último homem. O clima inverniano era severo demais, e porque Ventralli e Yakim estavam com os condutores tão longe, nos respectivos países, Angra tinha a vantagem, pois o reino dele era adjacente a Inverno e o condutor estava perto. Depois de observar meus irmãos Ritmo morrerem tão espetacularmente, me decidi por uma abordagem menos agressiva.

Os ombros de Mather se erguem e caem a cada fôlego, ele está com as mãos fechadas em punhos. Mas os olhos parecem derrotados, distantes, assim como os de Sir e de Alysson e dos demais refugiados, derrotados e perdidos e incapazes de falar em meio ao estresse de tudo isso.

E Theron está de pé diante do pai. A carta está nas mãos dele agora, Theron tem o rosto pálido conforme o olhar dele passa das palavras para Noam. Como se não conseguisse decifrar o significado ou não quisesse.

— Eu forjaria uma conexão inegável com Inverno — continua Noam. — Uma que Primavera não pudesse ignorar. Uma que os outros reinos de Primoria não pudessem contestar. Esperei 14 anos para que você voltasse rastejando para Bithai e aceitasse minha oferta, William. Assim que esse seu menino-rei surgiu à minha porta, mandei a carta para Angra para suavizar qualquer obstáculo que Cordell possa enfrentar em nosso caminho na tomada de Inverno, e para começar a fazer uma ponte entre Primavera e Cordell, para que, caso nem Outono nem Inverno revelem uma entrada para o abismo de magia, Primavera nos deixe entrar no reino deles também. — Noam sorri, tão completamente poderoso. — Era de se pensar que massacrar Hannah teria satisfeito a sede de sangue de Angra, mas os reinos Estação jamais foram outra coisa que não bárbaros. E o barbarismo é simples demais de prever.

Quando Mather faz menção de se mover, passo meu corpo para a frente dele e o seguro no lugar, com as mãos nos pulsos dele, a cabeça inclinada na direção de seu peito. Grunhidos baixos soam da garganta dele, mas Mather não tenta revidar.

— Agora que todo esse negócio sujo foi revelado — Noam coloca as mãos em minhas costas —, não temos um casamento para planejar?

Emito um rosnado e me viro para ele, mantendo o corpo entre Mather e Noam.

— Por que concordaríamos com isso agora? — grito. — Não temos mais nada a perder!

O sorriso de Noam não hesita, mas os olhos dele passam de satisfeitos a ameaçadores quando alguns músculos na testa do rei estremecem.

— Há somente oito de vocês, Lady Meira. E estão em *meu* domínio. Pode se casar com meu filho voluntariamente ou à força. Não esperei esse tempo todo e trabalhei tanto para *não* controlar Inverno e só precisa parecer oficial, caso vocês escolham se tornar prisioneiros de Bithai; depois, fica totalmente a seu critério.

Não sei dizer se estou segurando Mather ou se ele está me segurando. Não consigo sentir mais nada no cômodo, não sei o que Sir está fazendo ou se é Alysson que está chorando, ou qualquer outra coisa além do riso de deboche horrível de Noam, e me arrependo pela enésima vez nessa manhã de ter deixado o chakram no quarto.

— Mas estou divagando. — Noam gesticula com a mão como se estivesse enxotando um inseto pela janela. — Darei um momento para que se recomponham, mas, então, Lady Meira, acredito que tenha aulas a assistir, e Rei Mather e General William têm reuniões, não têm? Os duques das províncias da costa de Cordell estão muito ansiosos por conhecer nosso novo aliado.

Noam continua tagarelando sobre o que *precisamos* fazer, sobre reuniões armadas para fazer com que tudo pareça real. Como se ele soubesse que aceitaremos esse destino e o pior é que... aceitaremos. Conforme Sir nos arrebanha pela porta, vejo nos olhos dele. A mesma derrota que vi quando o confrontei pela primeira vez sobre o acordo do casamento. Todos esses anos lutando, todos esses anos mal sobrevivendo aos ataques de Angra, e ele desiste porque um rei arrogante destruiu nossas vidas?

A porta do escritório bate atrás de nós, separando os refugiados invernianos dos homens de Noam. Theron ficou dentro do escritório e percebo que talvez devesse me preocupar com ele, mas só sinto um vazio retumbante quando encaro os demais e vejo que o mesmo choque os deixa imóveis.

Sacudo a cabeça com incredulidade.

— Angra vem atrás de nós, não vem?

Minha pergunta faz o véu de choque parecer mais pesado, e ninguém sequer respira em concordância. Ninguém exceto Mather, que endireita mais os ombros, e quando o encaro, seu olhar é da emoção mais assustadora que ele jamais exibiu. Um misto violento de medo e derrota e um sorriso lento que é negado pelas lágrimas nos olhos.

— Não atrás de nós — corrige Mather. — Atrás de mim.

Sir resmunga.

— Mather...

Mas Mather dá um passo para trás e minhas mãos se estendem na direção dele como se eu já soubesse o que ele vai dizer, como se as palavras dele fossem um terremoto e meu corpo chacoalhasse com os tremores.

— Se é esse o desfecho — começa Mather —, se é esse o destino que Noam escolheu para nós, não vou deixar que todos vocês morram na batalha. Cansei de colocar todos em risco por uma causa sobre a qual só temos palpites. Cansei de ser um peão.

Os olhos de Mather encontram os meus e meu coração fica pesado.

— Vou cumprir o acordo de Noam — diz ele. — Vou me certificar de que Angra não dê a mínima para o restante de vocês, e finalmente poderão libertar os invernianos. Não precisamos de magia, não se puderem conseguir que Noam derrote Angra. Não se...

— Mather! — O nome dele sai de minha garganta como um lamento que me arranha, me fere. — Noam não vai nos ajudar, não importa o acordo que cumprirmos...

— Então eu não deveria ao menos *tentar*? Se Angra deixar de procurar você, imagine o bem que poderia fazer! Todas as atribulações, toda essa dor, por... por quê? Magia que pode ou não voltar? Magia que não podemos sequer usar, mesmo se a *conseguirmos* de volta? Não, para mim basta. Para mim...

O punho de Sir surge do nada, uma rocha sólida e branca que se choca contra a bochecha de Mather. Mather se encolhe no chão, o corpo dobrado sobre mãos e joelhos, enquanto o restante de nós permanece boquiaberto, encarando e arquejando com o fôlego entrecortado. Sir *socou* Mather. Não consigo sentir nada além de choque, incredulidade, meus olhos não conseguem dizer a minha mente o que viram.

Borrões vermelhos cruéis tingem o rosto de Sir enquanto ele se abaixa e puxa a cabeça de Mather para trás para que possa sibilar ao rosto dele.

— Você é o Rei de Inverno, não é um covarde — murmura Sir, e a angústia que sai com a voz dele desperta a mesma emoção em meu corpo. — A única vez em que *algum dia* enfrentará Angra será para enterrar uma espada no peito dele, e se eu ouvir você falar assim de novo, lhe ensinarei o verdadeiro significado da palavra *sacrifício*. Nós daremos um jeito e não envolverá você se entregar a Angra.

Mather encara Sir boquiaberto, simplesmente tão chocado quanto o restante de nós. A maior parte do que Sir diz está certa, exceto por uma coisa. Mather não sugeriu cumprir o acordo de Noam porque é um covarde, sugeriu porque é nosso rei, porque está cansado de nossas vidas serem dessa forma, porque viu uma forma de acabar com tudo isso.

Sir segura o braço de Mather e o coloca de pé. Mather leva a mão ao rosto, cobrindo o hematoma que já está roxo, e olha para Sir com a expressão cautelosa de alguém que se arrepende do que acabou de fazer.

Abro a boca para interceder, quando um soldado cordelliano irrompe pelas portas no fim do corredor, aquelas que dão para fora do palácio. Ele mal nos olha, quando dispara até a porta do escritório de Noam, escancara-a e cai de joelhos do lado de dentro. Noam, Theron e os soldados do lado de dentro se viram para a porta aberta, o rosto de Noam está contraído de ódio.

— Meu rei — dispara o soldado, ofegante. — Trago notícias sombrias. É Primavera. Eles...

Noam caminha pesadamente adiante.

— O que foi, homem? Um mensageiro? A porcaria do rei não...

— Não, meu rei — interrompe o soldado. — Um batalhão de Primavera cruzou nossa fronteira ao sul há uma hora, eles queimaram três fazendas e se recusam a negociar. Estão marchando até nós, meu rei. Os homens de Angra estão marchando para Bithai.

17

Primavera está aqui. Em Cordell.

Noam dispara para fora do escritório, passando direto por nós, sumindo antes que qualquer um possa dizer uma palavra. Porque, se pudéssemos opinar, teríamos observado que os planos dele foram em vão. Primavera está atacando Noam, o que significa que não há acordo. Angra não apenas não concordará com entregar Inverno a ele, mas não concordará com nada.

Todos os joguetes de Noam conosco, todas as mentiras, tudo inútil, porque agora Angra o traiu. Mather estava errado também — entregar-se a Angra não teria impedido nada. Angra não vai descansar até que Inverno inteiro seja dele, completamente, até o último pedaço.

Inspiro, engolindo uma onda repentina de ansiedade, quando os soldados saem em fileira do escritório atrás de Noam. Estamos sozinhos, os invernianos de pé no corredor e o príncipe herdeiro de Cordell ainda de pé ao lado da mesa do pai.

Theron não sabia sobre o plano do pai. Ele não tinha como saber, não da forma como me olha agora, enquanto amassa a carta no punho, que se fecha devagar, o rosto dele é uma mistura de arrependimento, ódio e empatia. Dou um salto quando os dedos de Mather se movem contra os meus e percebo que o estou segurando como se ele fosse a única coisa nesse palácio que me impede de desabar em centenas de pedacinhos. Quando peguei a mão de Mather? Depois que Sir o socou?

Ainda não acredito que aconteceu de verdade. Que Mather sugeriu, pelo mais breve momento, morrer por nós.

Minha mão aperta a dele, meu peito pulsa com uma mistura de emoções. Medo pelo que Mather queria fazer; tristeza porque, por um momento, eu poderia ter perdido um de meus amigos; alívio porque Sir não concordou com a sugestão insana. Mas de todas as emoções que sinto, estou mais chocada com as que *não* sinto. Não há felicidade em segurar a mão dele, nenhuma das coisas que eu costumava sentir por ele. Mather é meu rei, meu amigo — meu melhor amigo — e sou uma soldada dele. Seguraria a mão de Dendera ou de Finn da mesma forma, se eles precisassem, se ameaçassem se deixar morrer por nós.

Os motivos pelos quais seguro a mão de Mather mudaram muito rápido. Mas a questão não é ele ou qualquer coisa que tenha acontecido entre nós. Isso se trata de uma soldada protegendo seu rei. A questão é Inverno. E Mather é Inverno.

Sir é o primeiro a despertar do choque. É claro que é. Ele começa a disparar ordens para todos.

— Finn, Greer, Henn, Dendera, Mather, para o arsenal. Se algum dos cordellianos causar problemas por vocês pegarem equipamentos, venham falar comigo. Alysson, fique com Meira. Nenhuma de vocês deve sair deste palácio. Príncipe Theron... — começa Sir, então percebe que não tem responsabilidade para dar ordens a Theron.

O príncipe olha para ele, com os dentes trincados.

— Para o arsenal também.

Sir se volta para Mather.

— Quero você pronto para a batalha em 15 minutos.

Mather assente, o rosto dele está determinado em uma máscara que poderia esconder uma infinidade de emoções. Medo. Ódio. Arrependimento. Tudo. Ele solta minha mão e sai correndo pelo corredor atrás de Finn, Greer, Dendera e Henn, sem olhar para mim ou me deixar saber em que está pensando. Talvez ele não esteja pensando, talvez não possa pensar depois de tudo isso.

Sir aponta para mim.

— Meira...

Faço uma careta.

— Fique no palácio... eu sei.

O maxilar dele se contrai.

— Eu ia dizer para tomar cuidado também.

Minha boca se escancara. Mas Sir já disparou pelo corredor, na direção das portas da frente, pelas quais Noam acaba de sair.

Theron coloca a carta na escrivaninha do pai.

— Eu não sabia — promete ele, quando somos apenas nós e Alysson e alguns soldados no fim do corredor.

Inspiro, surpresa com o quanto me sinto vazia. Como se o caos dos últimos segundos tivesse drenado tudo de dentro de mim.

— Não importa muito agora, não é?

Theron ergue o olhar para mim, maquinando algo por trás dos olhos. Depois de alguns passos rápidos pelo escritório, ele surge no corredor, segurando minha mão.

— Lady Alysson, pode nos acompanhar, por favor? Vou colocá-la sob os cuidados de minha guarda pessoal.

Alysson olha boquiaberta para Theron.

— Vossa Alteza... — começa ela, mas Theron já está andando, me arrastando pelo corredor. Alysson segue, mas soldados surgem pela esquina e se posicionam atrás de Theron e eu, nos separando da esposa de Sir conforme montam guarda sobre o herdeiro deles.

Theron me puxa para mais perto dele e paramos à entrada do salão de baile.

— Vamos para o arsenal? — pergunta ele. A voz de Theron está tão baixa que é bloqueada de Alysson pela muralha de soldados dele.

Ergo o olhar para Theron. Ele mantém os olhos sobre mim, uma luz estranha brilha por trás deles.

— Mas Sir... — Minha voz some quando o brilho no olhar de Theron se intensifica. Depois de tudo que aconteceu, em meio à confusão do que está acontecendo, é um alívio tão aconchegante que sorrio de volta.

Theron sacode a cabeça.

— Quer ficar no palácio? Nós dois sabemos que não é aqui que você será mais útil.

Eu o encaro, permitindo que as palavras de Theron me percorram.

— Vai me deixar lutar?

— Depois que chegarmos ao portão, lutar ou retornar ao palácio fica a seu critério. Mas não vou impedi-la, se é o que está pensando.

— Por quê?

A boca de Theron se contrai.

— Porque estive a vida inteira à disposição de meu pai — sussurra ele. — E não vou aturar esse jogo de monarcas. Estas são *nossas* vidas. Não vou deixar que meu pai ou que o General Loren ou mesmo Angra continuem nos dizendo que elas não são.

O poema de Theron me vem à mente, a letra inclinada dele no pergaminho, na biblioteca. Theron repuxa o canto da boca, me avaliando de uma forma que não parece possessiva ou condescendente. Parece igual.

Calor se acumula em meu estômago quando sorrio de volta. Não é o momento para sorrisos e olhares demorados, mas não consigo impedir. Isso afasta um pouco da ansiedade de enfrentar Primavera, como se ter Theron ao meu lado me mantenha a salvo durante aquilo. Não como um protetor — como um igual. Não sou a única envolvida nisso. Não estou sozinha.

Minha mente dispara até a última vez em que alguém me ajudou assim, quando Mather fingiu um ferimento para que pudesse ser eu aquela a ir para Lynia e obter a metade do medalhão. Mather fez isso porque sabia que eu queria, mas Theron está fazendo isso porque sabe que *ele* iria querer.

Ergo o olhar para Theron. São tão semelhantes. E ao mesmo tempo não são.

Theron acena para os soldados atrás dele.

— Acompanhem Lady Alysson até a segurança.

— Sim, meu senhor — diz um deles, e se vira. Alysson começa a caminhar com eles, supondo que estamos em algum lugar entre os homens. Assim que ela vira as costas, Theron e eu seguimos pela direção oposta, mergulhando por uma porta até o corredor dos criados.

Sei o que preciso fazer para provar que posso ser útil tanto como futura rainha cordelliana *e* como eu mesma — lutar nessa batalha. Proteger essa cidade e os invernianos. Sir odiará.

A essa altura, já não me importo.

Esperamos que Mather, Greer, Henn, Finn e Dendera peguem o equipamento deles e saiam antes de entrarmos no arsenal. Mas, pelo visto, Cordell não tem uma armadura adequada à minha pequena estatura, então, depois de uma camada sobressalente de enchimento, marcho ao lado de Theron para fora do arsenal com uma das lindas bestas de metal presa às costas. Poucos soldados de Cordell usam a arma outoniana, e eu me destacaria entre os regimentos do exército. Quanto mais tempo passar sem que Sir me note, melhor.

— Você parece pronta para a batalha.

Não me viro quando Mather caminha ao nosso lado. Ele está usando uma armadura igual à de Theron — completa, desde a proteção peitoral até as grevas, malha de ferro tilintando sob tudo. E Mather tem tantas armas quanto Theron também, uma espada e facas e até mesmo um machado preso às costas, e o ferimento na bochecha agora está de um vermelho-arroxeado intenso.

Mather me olha, mas me recuso a olhar para ele.

— Você jamais ouviu William, não é? Não quando éramos crianças, e não agora.

Não respondo, mesmo ao perceber que Theron está a minha esquerda, Mather à direita. Ambos estão tão inquietos quanto eu fico antes de atirar o chakram pelo ar, e lançam olhares afiados como facas um para o outro.

Lidaremos com isso depois. Só espero que depois não seja depois que Bithai tenha sido saqueada por Primavera e nós estejamos rastejando em meio a escombros.

Quanto mais perto chegamos da entrada principal de Bithai, mais as coisas ficam caóticas. Soldados correm na direção do portão enquanto cidadãos fogem dele, arrastando carroças ou animais de pasto carregados com quaisquer que sejam os bens que consigam. Residentes das cidades externas de Bithai que vieram se abrigar nas muralhas de pedra da cidade.

— Há uma torre ao lado do portão. Meu pai estará lá, junto com seu general — diz Theron. Ele olha para Mather como se estivesse tentando decidir o que mais acrescentar.

Mather assente.

— Quantos homens tem na cidade?

— Cinco mil. Nem perto do total de nosso exército, mas o suficiente.

— Condutor?

Theron sorri, deixando passar um pingo de orgulho.

— Meu pai pode ser conhecido por direcionar a magia do condutor dele para a oportunidade, mas também dá muito do poder para a defesa quando necessário. Acho que você ficará satisfeito, Rei Mather.

O sorriso de Theron não consegue arrancar um de Mather. Ele encara Theron, sem vê-lo, e assente.

— Espero, pelo bem de Bithai, que você esteja certo.

Se as ruas que dão no portão de entrada estão cheias, o portão em si está caótico. Cidadãos chegam em massa das terras adiante, gado muge, bebês choram. Alguns soldados tentam impor algum tipo de ordem, mas a impressão geral na área é entrar o mais rápido possível, de qualquer forma possível.

A torre que Theron mencionou se ergue à nossa esquerda, espiralando alta, além da muralha, para dar àqueles dentro dela uma vista do sul. Alguns capitães permanecem em torno da porta conforme nos aproximamos, os gritos abafados do líder destemido deles faz com que até o ar pareça nervoso.

Capitão Dominick é um dos poucos à porta. Os cabelos pretos dele oscilam em mechas suadas, e quando se vira para nós, o rosto tenso relaxa quase imperceptivelmente.

— Meu príncipe, um mensageiro relatou que a velocidade atual de Primavera os colocará em nosso portão no fim da tarde.

— Obrigado, capitão — diz Theron. Ele olha para Mather, um olhar ríspido e desafiador. — Vamos?

Finalmente, *finalmente*, Mather permite que a boca se incline em um leve sorriso.

— Seu reino, você primeiro.

Theron inclina a cabeça e dispara para a torre, a armadura retinindo conforme ele sobe a escada espiralada. Mather começa a seguir, então vou atrás, quase me chocando contra ele, quando Mather para subitamente.

— Não pode vir assim — dispara ele para mim.

Meu lábio se contorce em confusão. Estava preparada para me esconder em algum lugar da torre para evitar Sir e Mather me deve ao menos o silêncio dele, não?

— Se me mandar para o palácio, simplesmente vou sair às escondidas e você não saberá onde estou, nem conseguirá me vigiar. Confie em mim, esta opção é melhor para todos.

Mather ergue uma sobrancelha.

— Eu sei.

— O quê?

Ele suspira e acena para um soldado que corre.

— Seu capacete, por favor.

O homem tira o capacete. Mather o pega com uma das mãos e prende minha trança em um nó na altura da nuca, para colocar o capacete em minha cabeça. O visor ainda está levantado e sinto como se estivesse olhando para Mather, enevoado e distante, por um túnel, lembranças se sobrepõem ao momento como todas aquelas vezes em que treinei luta com ele. Todas aquelas lutas de treino quando éramos apenas nós dois, duas crianças fingindo ser soldados. Ou dois soldados fingindo ser crianças.

— Não fale — diz Mather. — Não chame atenção nenhuma para si. Se William perceber que é você, está por conta própria.

— Nada com que eu não tenha lidado antes.

Isso faz com que Mather pare, uma das mãos em cada lado do capacete. Acho que talvez ele queira dizer outra coisa, mas apenas abaixa o visor com os polegares.

— Quando começar, fique perto de mim ou, prometo, Meira, vou pessoalmente marchar com você de volta para Bithai.

Assinto, o fundo oco do capacete oscila para trás e para a frente. Tem cheiro de suor e ferro velho ali dentro. Ferro que provavelmente foi minerado nas montanhas Klaryn, o que me faz sentir um pouco mais em casa.

Mather some dentro da torre sem dizer mais uma palavra. Espero que meu disfarce seja convincente o bastante, que a ameaça da proximidade de Primavera distraia o bastante, que Sir não repare no jovem soldado um pouco magro na sala. Não tenho certeza do que mais temo: a ira de Sir ou de Angra.

Semicerro os olhos pelas fendas estreitas do visor do capacete e sigo Mather escada acima.

Sete andares depois, Noam vocifera contra nós pela porta aberta. O grande quarto circular é o mais alto da torre, permitindo vistas de todas as direções das terras além de Bithai. Generais de alta patente estão por toda parte, inclinados sobre mapas ou tentando, sem sucesso, desviar o olhar do rei aos berros.

Saliva dispara da boca de Noam, os braços dele gesticulam, o corpo coberto com a armadura caminha nervosamente de um lado para outro. O condutor de Noam está em um cinto de metal no quadril do rei, no lugar de honra de sempre.

— Desgraçado, William. Desgraçado você e todos do seu séquito de cabelos brancos. Eu sabia que jamais deveria ter permitido que cruzassem minhas fronteiras, ainda mais ter sacrificado meu filho em tudo isso. Malditos reinos Estação. Bárbaros inúteis que se recusam a se render a forças mais fortes...

Eu me recosto à parede ao lado de dois guardas. Eles assentem para mim como se eu devesse estar ali. Até então, tudo bem.

— Seu tipo é irracional demais para negociar — continua Noam. — Eu devia ter percebido antes. Mas não, tentei dar a você misericórdia, rebaixei meu reino ao me unir a um reino Estação, e é *assim* que sou recompensado? Agora Angra marcha contra mim! Me dê um bom motivo pelo qual eu não deveria entregar todos vocês para Primavera agora mesmo.

O escândalo que dei horas antes parece nada em comparação com a forma com que Noam perambula, insultando e tagarelando o raciocínio dele. Noam realmente acredita que estava nos fazendo um favor? Ele acha que deveríamos ser gratos a ele. Que nada que fez causou isso, como se não tivesse sido ele mesmo quem tentou negociar com a Sombra das Estações.

Sir não reage a nada disso, ele se recosta contra a parede mais afastada e massageia a pele logo acima do nariz. Ele jamais se rebaixou para responder a gritos ou ameaças — não que eu tenha experiência própria com isso.

Theron interrompe, já cansado, embora a batalha real esteja a horas de acontecer.

— Pai, pare...

Noam se vira para ele como se tivesse esquecido que o filho poderia estar presente.

— Sim! É claro, filho. Rompa. Rompa agora. Basta de Inverno. O noivado está dissolvido.

— Não — murmura Theron, um ruído grave que faz com que todos na sala fiquem atentos.

Noam franze a testa para ele.

— O quê?

— Não — repete Theron. — Quis dizer, pare de parecer ridículo, *pai*.

Sir ergue a cabeça, a mão ainda erguida distraidamente diante do corpo, os olhos arregalados com um interesse chocado.

Noam recua.

— Não me diga que você... *Primavera* está vindo... eles fizeram isso, eles os trouxeram para cá...

— Não, *você* os trouxe para cá. Quando escreveu aquela carta, contou a Angra exatamente onde estavam. O que achou que aconteceria? — Enquanto Theron grita, loucura lampeja nos olhos dele, algo que desperta depois de anos observando o pai em silêncio. Os homens ao redor dele encaram, espantados, obviamente em choque ao verem o príncipe gritar com o rei deles. — Que Angra se curvaria a você? Que ele negociaria e faria a troca e agiria de forma justa? Angra quer *matá-los*. Ele não vai parar por nada até conseguir o que quer, e negociar jamais funcionou com ele. Acha que Inverno não tentou negociar antes de cair? Acha que Outono não tentou fazer um acordo com Angra desde que Primavera se voltou contra eles? Saberia o quanto ele é vingativo se tivesse se incomodado em ir para Outono.

Franzo a testa. Noam jamais sequer *foi* a Outono, o lar da irmã e da sobrinha dele, o lugar para o qual manda milhares de homens para lutar?

— Não pode falar comigo assim. — Noam ergue a mão para silenciar o filho, mas Theron a afasta.

— Eu posso. Você já desperdiçou tempo demais. Nossos homens precisam de um líder agora, alguém para dizer a eles como sobreviver ao exército que se aproxima, não um idiota tagarela. Seu grande plano falhou, pai. Admita.

A boca de Noam se escancara. A minha também. Todas as bocas na sala se escancaram.

Pela luz trêmula nos olhos de Theron, até a forma como as mãos dele tremem levemente na lateral do corpo, ele parece perceber o quanto ultrapassou os limites.

— Precisa fazer isso. — A voz de Theron se abaixa até virar um sussurro. — Tomaria essa adaga de você agora mesmo se pudesse, mas você ainda é o mais velho herdeiro vivo de Cordell. Então aja de acordo.

Noam parece um cão encurralado, perdido e selvagem, desesperado por uma saída. Depois de longos minutos, ele relaxa, endireita os ombros e encara o filho.

— Você dará um bom rei. Um dia. — Noam acrescenta o final como uma ameaça.

Theron faz uma reverência com a cabeça.

Noam se vira para o general mais próximo e leva a mão à adaga.

— Seu regimento será nosso flanco esquerdo. Prepare-os. E você... flanco direito.

Ele dispara comandos como se nada tivesse acontecido. Como se propositalmente tivesse armado aquele pequeno chilique como um esquisito ritual pré-batalha.

Os ombros de Theron se curvam quando o pai dele se vira, mas Sir se coloca ao lado do príncipe e murmura algo que faz Theron se aprumar.

Mather também opina.

— Aquilo foi corajoso.

Theron passa a mão pelo rosto. Ele parece exausto, como se pudesse desabar e dormir por uma semana. Mas há outra coisa nos olhos dele agora, algo rugindo sob a superfície.

— E não deveria ter sido necessário. — Theron se vira para Sir. — Sinto muito. Por tudo. Cordell é muito melhor do que... — Os olhos dele se voltam para Noam. — Peço desculpas, Rei Mather. General Loren.

Sir gesticula para indicar que está tudo bem. Atrás deles, Noam aponta para o campo além da torre e grita uma ordem para um dos generais.

— Concordo com uma coisa que ele disse — observa Sir. — Você dará um bom rei, Príncipe Theron.

Elogios de Sir *e* Mather em um intervalo de cinco minutos. Se fosse eu, desmaiaria de gratidão, mas Theron apenas encara o piso de pedra.

Sir também se enterra nele. Jamais entenderei os homens.

— Nesse momento, Mather e eu somos necessários ao lado de nosso povo.

Theron assente.

— É claro.

Sir dispara escada abaixo, Mather um segundo atrás dele. Quando Mather passa por mim, ele me encara e diz, sem emitir som, "Tente ficar aqui".

É um dos lugares mais seguros para estar. A não ser que os canhões de Angra derrubem a torre e, nesse caso, será uma queda longa e lenta até o chão.

Engulo em seco e fico de pé um pouco mais ereta. Noam está ocupado canalizando poder para diversos regimentos direcionando a magia do condutor sobre homens aqui, oficiais ali. O zumbido da torre mudou drasticamente, não está mais fervilhando com preocupação e ansiedade. Incrível o que um líder calmo pode fazer com um grupo de homens.

Mas não é apenas a magia de Noam que os acalma. Theron se move pela sala, conversando com cada general, enviando alguns para que preparem os soldados deles. A serenidade do príncipe tranquiliza os homens ao ponto da submissão, enquanto o rei usa força bruta. A firmeza de Theron, a determinação dele, me lembra alguém.

Ele me lembra Sir. Têm a mesma certeza solene quando diante de situações de vida ou morte. A mesma postura de rocha no oceano.

Na metade da sala, Theron olha para mim. Será que reconhece a armadura cheia de enchimento que me ajudou a vestir?

Um momento se passa e um breve sorriso se forma nos lábios dele — não grande o suficiente para levantar suspeitas, apenas um pequeno sinal que diz *Estou cuidando de você também*.

Sorrio de volta, embora Theron não consiga ver.

18

QUANDO O SOL paira algumas horas além do meio-dia, me vejo de costas para as construções mais afastadas de Bithai. Aqueles dos quais os cidadãos estavam fugindo desesperadamente, buscando abrigo dentro das altas muralhas de pedra da cidade enquanto soldados ocupavam os postos deles nos extensos campos verdes.

Noam, Theron e alguns dos generais de altas patentes ficaram na torre ao lado do portão enquanto o restante dos homens, inclusive eu, eram chamados para baixo para aumentar os números no campo. O mar de soldados se estende tanto ao meu redor que não consigo ver o verde da grama de Bithai, apenas armaduras prateadas e armas escuras e corpos a postos, esperando. A cavalaria ocupa os flancos mais externos, fileiras e mais fileiras de infantaria preenchem o centro e duas longas fileiras de arqueiros estão ao fundo do limite inclinado do planalto de Bithai. E é aí que estou, com a besta de metal carregada nas mãos.

As últimas horas foram preenchidas com os preparativos, entrar em fila e se certificar de que todos tinham o equipamento adequado. Agora que está tudo pronto, tenho tempo de processar a coisa toda. Inspiro, expiro, meu fôlego aquece o capacete, minha pulsação lateja nos ouvidos e ecoa pelo metal que envolve minha cabeça. A espera é a pior parte — com missões de busca por comida, nunca tive a chance de ficar nervosa. Eram tão rápidas que, quando terminavam, eu nem mesmo tinha percebido que deveria sentir mais do que uma descarga de adrenalina. Mas agora, ouço meu coração bater e observo o horizonte e espero, espero, espero pela batalha — é horrível.

O restante dos invernianos está atrás dos arqueiros, em um grupo próprio. Noam não pode nos ajudar com o condutor dele, não pode direcionar força ou determinação para nós, pois não somos cordellianos e, por isso, não somos afetados pela magia dele — da mesma forma que não poderíamos afetar ninguém do povo dele caso nosso condutor estivesse inteiro. E somos o motivo pelo qual Primavera está atacando — se todos morrermos, se torna uma causa perdida, independentemente da vã ameaça de Noam de nos entregar a Angra.

Mather se certificou de se posicionar alguns passos atrás, à minha direita, montado em um cavalo, caso ele precise avançar. Não se moveu para cumprir a própria promessa também, e inspiro com um pouco mais de facilidade quando vejo que Mather não desapareceu para se render a Angra. Olho para ele, desesperadamente querendo arrancar o maldito capacete. Com ou sem cheiro de ferro, essa coisa não passa de um forno de metal sufocante, e nenhum inverniano gosta de calor.

Mather se move sobre o cavalo, as sobrancelhas se unem com uma pergunta. *Você está bem?*

Assinto. Ele se move de novo, diz algo a Sir, que sacode a cabeça determinadamente.

Meu corpo lateja com desejo. Eu deveria estar lá, com eles, não me escondendo entre os arqueiros de Noam. Quando a hora da batalha chegar, quando Noam ordenar que os regimentos se movam para um ou outro lado, ficarei perdida com relação a que lado tomar. Se Noam ordenar que os arqueiros atirem para a esquerda e eu deixar uma flecha escapulir para a direita, isso vai me denunciar.

Afasto as preocupações, voltando a concentração para o peso da besta de metal nas mãos e a energia que se acumula ao meu redor. O capitão Dominick está três fileiras adiante, na infantaria, supervisionando os homens montados a cavalo. Ninguém diz uma palavra, ninguém grita ordens, ninguém sequer respira alto demais. Todos estamos apenas esperando, com a antecipação arrasadora da morte que marcha em nossa direção.

O sol baixa. Ainda mais. É nesse momento, quando o calor do fim da tarde mal se faz notar, que uma onda percorre os homens. Eles ficam de pé mais eretos, todos os olhos se voltam para o sul. O exército de Primavera foi avistado.

Nunca vi uma batalha direcionada por um Condutor Real antes. Sir me contou sobre elas, é claro, relatou batalhas de Primavera contra Inverno com detalhes tão épicos que eu quase conseguia sentir o cheiro dos tiros de canhão no ar. Com o condutor, governantes podem direcionar regimentos inteiros a se moverem como um, movimentar as pessoas como se estivessem organizando itens sobre a mesa. Não é um impulso forçado; é mais como uma sugestão subconsciente — soldados podem escolher não seguir as instruções canalizadas pelo líder deles. Mas costuma ser do interesse dos soldados seguir a vontade do líder.

As aulas de história de Sir percorrem minha mente junto com o que li no livro de magia. Cada Condutor Real é como um cavalo; use-o demais ou muito rapidamente e ele se cansa, e os líderes precisam esperar que o objeto descanse antes que possam usar de novo. Se usar muito frequentemente, com muita agressividade, bem, não sabemos o que poderia acontecer — ninguém jamais foi burro o bastante para permitir que o condutor secasse por completo, se é que ele pode. Os monarcas conseguem sentir quando o nível de magia fica baixo, como um puxão nos instintos deles, como aquela sensação desconfortável de que algo está errado. E é magia passiva — somente quando o portador conscientemente escolhe usá-la, ela funciona.

Se Noam usar o condutor com parcimônia, poderá dar uma grande vantagem a Cordell. Angra jamais deixa o palácio em Primavera e Herod, que muito provavelmente lidera esse ataque, não terá o mesmo controle sobre os homens dele. A magia de Angra pode fazer com que as mentes deles fiquem entorpecidas pela devoção a Primavera, de modo a se estender além das fronteiras de Primavera, mas ele não conseguirá dizer ao exército como se mover, onde atacar, quando recuar. Pelo bem de todos nós, espero que essa vantagem seja suficiente.

Quando os soldados cordellianos se aprumam, nós também o fazemos. Arrisco mais um olhar para trás, reparando quem está e quem não está ali. Alysson é a única que não está. O que faz com que restem sete de nós.

Os arqueiros erguem as bestas e me atrapalho para acompanhar o ritmo deles. A besta é muito mais pesada do que o chakram, é volumosa e densa, mas consigo fazer isso. Já fiz isso antes. Apenas nunca fiz como parte de um exército, usando um capacete que restringe os movimentos.

Mantenho o dedo no gatilho, meu fôlego vem mais e mais lento. Ninguém atira ainda, apenas mantemos as bestas apontadas para o céu.

— *Vamos lá* — sussurra o homem ao meu lado.

A ansiedade dele me impulsiona, uma chama que se acende e se espalha como um incêndio florestal entre o grupo. Logo, todos estão ansiosos para o início da batalha.

Então o som pelo qual todos esperavam, a vibração que aumenta a ansiedade de todos.

Tiro de canhão.

Um único disparo vem de algum lugar distante, longe demais para atingir alguém. Um aviso para anunciar a chegada de Primavera. O som do disparo se dissipa até virar um eco e o exército de Primavera se ergue no horizonte, ao sol poente do fim da tarde; os soldados não passam de uma massa negra que varre as colinas distantes de Cordell como uma praga. Outro canhão é disparado, então mais dois, mais e mais perto...

Shhhhh.

Os arqueiros disparam a primeira saraivada. Precipito-me a atirar com eles, lançando minha flecha em arco sobre a infantaria. *Eles já estão ao alcance? Estão tão perto que...*

Sim, estão. Primavera está tão perto, na verdade, que antes que nossas flechas sequer completem os arcos, três bolas de canhão abrem espaços nas primeiras fileiras da infantaria de Noam. A massa negra de soldados de Primavera está próxima o bastante agora e consigo vê-la disparar em nossa direção, armas em punho, gritos agudos de guerra saindo da garganta.

Cinco segundos. Quatro segundos. Três.

Dois.

Um.

A força dos dois exércitos colidindo lança uma onda de choque entre os homens. Eles replicam os gritos de guerra de Primavera com gritos próprios, uivando para o ar conforme o formigamento familiar da concentração da batalha me percorre. Disparo mais três flechas com os arqueiros antes de perceber que o grupo se dividiu em dois, metade corre para um lado, metade, para outro, abrindo-se para espalhar a força de Cordell.

Dou um passo à direita, hesito, então dou um passo à esquerda quando uma fileira da infantaria recua, chocando-se contra mim e me atirando ao chão. Rolo para o lado, giro, evitando por pouco o pisotear de botas e de cascos de cavalos quando os homens de Dominick se movem como uma gigantesca massa para a parte posterior esquerda. Noam os está puxando em meia-volta... por quê?

A mão de alguém agarra meu braço e, antes que eu consiga processar quem é, estou agarrada a uma sela e puxando a perna para cima para montar o cavalo.

— Treinei você para se misturar melhor do que isso — dispara o cavaleiro para mim.

Congelo, com os braços em volta da cintura de Sir, as bochechas quentes de vergonha e frustração por ser pega. Pelo lado positivo, posso tirar o capacete agora.

Puxo o forno de metal da cabeça e o atiro no chão, Sir comanda o cavalo para trotar atrás do regimento de Dominick. Eles continuam a recuar para trás do restante da infantaria, movendo-se para a esquerda e para trás. O restante da infantaria se aproxima para cobrir a abertura.

— Vai me levar de volta para o palácio?

Os homens de Dominick se movem para a direita, alinhando-se atrás da cavalaria mais à esquerda.

— Você vai ficar comigo — sussurra Sir. Ele indica a minha besta. — Derrube os mais próximos primeiro. O que quer que faça, o que quer que aconteça, *não pare de atirar*.

Coloco a flecha na besta, quando Sir chuta o cavalo para galopar. Disparamos pelos soldados de Dominick, contornando os homens da cavalaria, até nos alinharmos com a primeira fileira de cavaleiros.

— Contagem de três — diz o capitão da cavalaria a Sir.

— Ao seu sinal.

O capitão ergue a espada ao ar. Inclino o corpo além de Sir, observando o horizonte em busca do que combateremos. E ali, das colinas verdes exuberantes de Bithai, uma onda de pesadelos se ergue.

A cavalaria de Angra chega ao topo de uma colina diante de nós, cavalos cobertos com armaduras, soldados empunham bestas ou espadas ou machados. Mais homens da infantaria usando a armadura com o sol preto correm entre os cascos ressoantes.

Foi por isso que Noam puxou o regimento de Dominick até ali. Na ponta esquerda, se aquela cavalaria passar, conseguirão abrir caminho entre o restante do exército de Noam até o portão de Bithai.

Outro cavaleiro galopa ao nosso lado. Mather. Ele me encara, tranquilo e determinado, conforme os cavaleiros de Primavera se aproximam. Apenas mais uma colina, e estarão ao alcance das flechas.

— Um — grita o capitão, me afastando dos olhos de Mather. — Dois.

Ergo a besta no ar. É isso. Já estive em combate corpo a corpo com pequenos grupos de soldados de Primavera, mas nunca em uma batalha. Uma calma estranha recai sobre todos, algo que não foi motivado pelo condutor de Noam. Um instinto mais profundo que bloqueia todo o resto.

— Três!

Sir e eu disparamos para a frente com a cavalaria de Noam. O mundo fica mais lento até que não reste nada além do latejar dos cascos de nossos cavalos, os gritos dos soldados, a onda de flechas que se erguem dos arqueiros de Primavera e pintam o céu com violentas manchas pretas.

Disparo minha besta, disparo de novo, devagar, abaixando o arco conforme nos aproximamos mais e mais dos cavaleiros de Primavera. Naqueles segundos finais antes de colidirmos, Sir abaixa a mão e toca minha perna. Mather se vira e me olha, os olhos dele estão arregalados em meio à calmaria antes da tempestade. Sinto tudo acontecer ao redor como se observasse em um sonho.

Anos de treinamento assumem o controle. Nossos cavalos se misturam imperceptivelmente à cavalaria de Primavera e flechas voam, espadas cortam o ar e gargantas, facas se alojam em peitos. Minha besta entoa o zumbido de flechas voando, uma sinfonia que termina com chiados satisfatórios contra ombros e joelhos e outros pontos fracos das armaduras de Primavera. Minha besta não é uma arma que seguro — sou eu, e eu sou ela, e nós duas derrubamos soldado após soldado como se não tivéssemos sido feitas para outra coisa.

Sir vira o cavalo e saio do estupor por tempo o bastante para reparar que atravessamos toda a cavalaria de Angra. A princípio, sou tomada pelo rompante doce e puro do alívio — há tão poucos deles! Mas então vejo o que nos espera atrás da cavalaria.

— MATHER!

O grito de Sir perfura meu corpo. Viro e vejo Mather se aproximando de nós. Ele também está quase aqui. Está quase...

Não tenho tempo de terminar o pensamento.

Canhões nos esperam. Dezenas deles, puxados por bois colina acima. Soldados estão ao lado das monstruosidades de ferro e, mesmo de longe, consigo ver, sentir e degustar a felicidade deles quando acendem os explosivos que lançarão a morte em nossa direção. É tudo que tenho tempo de absorver, o peso terrível da alegria iminente dos soldados diante de nossa derrota e, no momento em que meus olhos registram que as bolas negras que se chocam contra a terra ao nosso redor são bolas de canhão, uma força invisível me atira do cavalo e me parte como se eu fosse uma boneca de pano contra o chão.

Dor incandescente e lancinante atravessa minha visão, irradiando de uma fenda sólida em meu peito. Ruídos se abafam contra o rugido de agonia que preenche minha cabeça e algo abaixo de mim fede a ferro, úmido e quente. Mas não é o cheiro reconfortante de ferro minerado nas montanhas Klaryn.

É sangue.

Os ruídos abafados aumentam e viram badaladas terríveis. Dou impulso para cima, uma de minhas costelas urra de dor, mas não me importo, pois mais canhões disparam, mais da cavalaria de Noam é atirada aos ares.

Era uma armadilha, e agora há mais homens de Primavera correndo até nós, dando a volta pelos canhões, e os soldados de Primavera que não matamos na investida inicial avançam de volta para nos cercar. Aqui e ali, alguns punhados de cavaleiros cordellianos permanecem de pé, golpeando inimigos, disparando às cegas. Mas é inútil. Estamos afastados demais da maior parte do exército, inutilmente perdidos na pressa estúpida para destruir a cavalaria de Angra.

Fico de pé com dificuldade. A armadura e o enchimento sobressalente prendem minha costela quebrada em um gesso improvisado patético e consigo avançar aos tropeços, destroços anuviam o ar, corpos cobrem o caminho. O fedor de sangue e suor entope meus pulmões, cresce a cada explosão, a cada grito.

Mather. Penso que grito, mas não consigo me ouvir. Talvez eu só murmure, um grito frágil no escuro. *William!*

A bola de um canhão atinge o chão próximo, me derrubando com a força invisível. Desabo sobre um corpo que ergue o braço, a mão ensanguentada segura meu ombro. Pânico entorpece tudo dentro de mim por um lindo e aterrorizante segundo, quando vejo quem me segura, o quanto ele está ensanguentado, o quanto está arrasado na imundície da batalha.

Sir.

Sempre que ele descreveu situações assim antes, o cenário parecia algo distante e estrangeiro que eu jamais precisaria enfrentar. Ferimentos em um campo de batalha. Perda excessiva de sangue, ossos quebrados, carne rasgada...

Isso não é real. Não pode ser real. Não agora, não ele.

Um soldado de Primavera choraminga diante de mim com uma pesada espada cordelliana enfiada no peito. O som do grito moribundo dele dispara em meus ouvidos ressoantes enquanto os lábios de Sir se movem. Avanço até ele, gritando, desejando que o ruído abaixe o suficiente para que eu consiga ouvi-lo em meio aos gritos e às explosões.

Os lábios de Sir se movem de novo.

— Meira.

Sangue e terra e suor deixam os dedos escorregadios quando seguro a mão dele.

— O que eu faço? — grito. — Diga o que eu faço!

Sir sorri em meio às machas de sangue nas bochechas dele. O sangue escorre e mostra sua fonte — um ferimento aberto na barriga de Sir que rasga metade do peito. Sangue escuro pulsa para fora, ossos brancos despontam da cavidade.

— Meira — diz ele de novo. A mão de Sir se ergue e segura minha bochecha em concha, o polegar dele acaricia minha têmpora.

— O que eu faço? — grito de novo. Outra bola de canhão atinge algum lugar próximo; eles estão se aproximando mais e mais. Vão nos alcançar em breve. Ainda estamos ao alcance. Preciso movê-lo, chamar um médico...

— Desculpe — diz Sir, respirando com dificuldade.

Os olhos de Sir divagam e ele encara distraidamente um vazio ao lado de minha cabeça. Quando volta a me olhar, está com os olhos distantes e enevoados como se visse através de mim.

— Não — resmungo. Sacudo os ombros de Sir, tentando atrair a concentração dele de volta para mim. — Não! Ouça, William Loren. Você não merece isto!

Sir assente.

— Eu servi a Inverno.

Outro canhão. Um soldado de Primavera urra acima de mim, com a espada erguida, e pego a besta. Ela não está ali — foi levada na explosão do canhão. Antes que eu consiga buscar outra arma, uma flecha cordelliana surge zunindo das cinzas e o soldado desaba ao lado das pernas de Sir.

Tantos corpos, primaverianos e cordellianos. Tanta morte e sangue se empilham tão rapidamente...

O polegar de Sir acaricia minha têmpora de novo. Eu me inclino sobre ele, protegendo Sir dos escombros, de sangue, de tudo isso.

— Não — murmuro. É tudo o que posso fazer, tudo o que posso dizer, meus olhos ficam embaçados com poeira e lágrimas quentes e pulsantes. — Não, não, William, não...

Sir está ofegante. Ele me olha de novo e um último lampejo de clareza leva reconhecimento aos olhos dele.

— Meira — sussurra Sir. — Precisa salvá-los.

— É claro — digo, com a voz rouca. — Salvarei. Prometo que salvarei. Mas precisa me ajudar. Não posso fazer sem você!

Sir sacode a cabeça.

— Ouviu o poema de Bithai assim que chegamos?

Assinto, e Sir insiste.

— Não — diz ele. — As palavras. Ouviu as palavras?

Quando faço que não dessa vez, Sir inspira, fecha os olhos e deixa que a memória recite. O poema suave sai, apesar do fôlego entrecortado de Sir, apesar da dor dele.

"Cordell, Cordell, diante de seu sagrado trono
Hoje nos ajoelhamos.

Que deem graças aqueles com que refúgio se deparam
Pois suas muralhas de pedra os amparam.
Cordell, Cordell, se na batalha, na viagem ou na morte
Precisarmos nosso reino deixar,
Que aqueles que não retornam
Possam sempre em sua presença descansar."

Os olhos de Sir se abrem de novo.

— Inverno precisa disso — diz ele, com voz rouca. — Inverno deve ter isso.

Sacudo a cabeça de novo, lágrimas escorrem por minhas bochechas.

— Não, William... Inverno precisa de *você*!

Sir sorri. O sorriso se detém quando o polegar dele para de se mover, tudo no corpo de Sir enrijece como um lago que congela no inverno. A pausa repentina e assustadora ecoa por mim. Ele não está se movendo. Não está respirando. Não está...

Vivo. Não está mais vivo.

Devagar, muito devagar, a mão de Sir desce e desaba contra o peito dele.

— Meira!

Alguém grita meu nome, com a voz tomada pelo medo. Seguro o rosto de Sir, meus dedos sujos mergulham nos cabelos dele. Sir encara o céu, os olhos dele estão ausentes e vazios, uma expressão que marcou seu terrível significado em minha mente há muito, muito tempo. Uma vela sem chama, um céu sem sol, o olhar que as pessoas exibem quando deixam de ser pessoas, começam a ser cadáveres. Mas ele é forte demais para essa expressão, o rosto é ríspido demais, sábio demais, para suportar o mero nada que o envolve. Recuso-me a deixar Sir partir, não dessa forma, não enquanto eu sempre, sempre precisarei dele.

— William — digo, choramingando, e o sacudo, o sangue de Sir escorre entre meus dedos. — Olhe para mim! Por favor, estou implorando, olhe para mim...

Tudo o que eu queria era que você me olhasse.

— Meira! — Mather escorrega para o chão ao meu lado e passa os braços em volta de meu ombro.

— Não! — Eu o arranho, empurro Mather para longe, mas ele me coloca de pé à força. — *Não!*

Cambaleamos para trás, tropeçamos em outro cadáver. Como Sir, encarando os bolsões de céu azul entre vazios nos destroços que pairam, apenas mais uma baixa da guerra de Angra.

Empurro Mather para longe, o ódio pulsa, fresco, diante do nome de Angra. É culpa dele. Tudo isso, a ganância e o condutor dele e Inverno estar fraco, tão fraco...

Os braços de Mather me deixam por tempo o suficiente para que eu me vire de volta para Sir e estenda a mão uma última vez para ele.

Por favor, você não pode morrer agora.

Frio percorre meu braço, dispara das pontas de meus dedos. Consigo senti-lo rastejar pelo campo de batalha até o corpo de Sir, espalhando-se como geada pelo chão. Ele toca cada vaso sanguíneo, cada nervo, transformando tudo ao meu redor em um campo de gelo. É essa a sensação de choque? É essa a sensação de ter um pedaço de quem você é arrancado de sua vida... frio e desolador?

Mather me puxa para longe, como se nada tivesse acontecido.

— Meira, precisamos correr! Não é seguro!

Eu o encaro. Mather também não sente frio? Como pode não sentir? Mas o pânico dele, o modo como me arrasta pela batalha, me diz que Mather não sente nada.

Disparos de canhão perfuram o ar, girando e se contorcendo na poeira, e reajo sem pensar — empurro Mather com o ombro, atirando-o, estatelado, ao chão, quando a terra ao meu lado explode. A leveza retorna, me erguendo mais e mais, me chocando contra o chão ensopado de sangue. Outra coisa estala em meu peito e a dor irradia.

Tento me levantar para ver onde aterrissei, mas só consigo me erguer sobre os cotovelos antes que a escuridão me envolva na forma de dor lancinante. E conforme ela desce, vejo Mather muito longe, gritando, sendo arrastado na direção de Bithai por alguns dos homens de Noam.

— Meira.

Uma sombra recai sobre mim. A princípio, parece Sir, mas não pode ser Sir, jamais poderá ser Sir de novo, e choro diante da terrível verdade disso.

A sombra se agacha. Ele me olha com escárnio, um movimento doentio que destoa dos homens que choram por suas vidas por detrás dele, contrasta com Mather sendo puxado para a segurança. Destoa de minha descarga de terror quando reconheço o rosto.

Herod.

— Você roubou algo de mim — sussurra ele. — Está na hora de eu tomar de volta.

Quando ele se agacha, dor e medo e exaustão me percorrem, atirando tudo à escuridão.

19

Flocos de neve caem ao meu redor, deixando o ar sobre o campo de cor marfim branco e frio.

Estou em Inverno.

— Achei que teria mais tempo. — Hannah está ao meu lado com um vestido branco de seda, o medalhão reluz no pescoço dela. Os olhos dela estão vítreos, se pelas lágrimas ou pelo frio, não sei dizer.

— O quê? — Sinto um pontada alarmante. Não deveria estar em Inverno. Pela última coisa que lembro, eu estava... em outro lugar. Onde?

— Achei que teria mais tempo — repete Hannah. — A conexão com a magia do condutor jamais se desfaz, mas era cedo demais antes. Estive tentando dar tempo a você, mas o tempo acabou. — Ela me encara e sei agora que há lágrimas nos olhos dela, lágrimas que se acumulam nas pálpebras e escorrem pelas bochechas. Ela dá um passo adiante, estendendo uma das mãos para mim.

— Espere. — Eu me afasto. Não consigo lembrar... de nada. Por que estou aqui, em um sonho de novo, por que meu estômago está com um peso tão dolorido. Por que...

Sir está morto. E fui capturada por Herod.

Caio de joelhos, sufocando com flocos de neve.

— Não...

Hannah se aproxima.

— Quando você chegar a Primavera, Angra usará a magia negra dele para observá-la, como vem observando Mather desde que Inverno caiu. — A expressão

de Hannah se suaviza. — *Desculpe-me por não poder explicar o que estou prestes a mostrar a você, mas não tenho tempo para mais do que isto agora.*

Ela coloca a mão em minha testa. Solto um gemido em protesto, mas assim que a pele de Hannah toca a minha, cenas preenchem minha mente, imagens e paisagens do... passado. Hannah me mostra o passado. Não sei como sei disso, mas a verdade chega a mim com tanta certeza quanto as imagens, e inspiro fôlegos irregulares para evitar entrar em pânico.

Dezenas de pessoas estão de pé em uma via escura, segurando pedras e pingentes e pedaços de pau com punhos determinados. Os objetos brilham levemente, pulsos suaves de luz sob o céu negro e profundo. As pessoas se viram quando um grupo diferente se aproxima, também segurando objetos brilhantes. Os dois grupos não hesitam — com um grito e um golpe, eles atacam. Punhos quebram ossos como se não passassem de pedaços frágeis de madeira; corpos disparam pelos ares, atirados como punhados de palha.

Pessoas normais não deveriam conseguir lutar assim. Mas essas não são pessoas normais — aqueles objetos são condutores. As pessoas certa vez tiveram os próprios condutores? Mas apenas os condutores reais foram criados antes de o abismo desaparecer...

Ou isso estava errado?

Uma sombra se ergue da luta, flutuando para fora de cada soco dado, cada grunhido de ódio. Quanto mais a sombra cresce, mais irritada fica a multidão, como se um alimentasse o outro. Ódio por mais ódio, mal por mal ainda mais forte...

Da luz fez-se a grande Ruína.

Mais nuvens pretas de Ruína surgem, erguendo-se de cidades, aldeias, todas de pessoas que usam os condutores para fazer coisas terríveis. Um assassinato, um roubo, uma mulher se encolhendo enquanto o marido a espanca. Sempre que alguém usa um condutor para fins corruptos, a Ruína cresce; e sempre que a Ruína cresce, ela encontra pessoas, apodera-se delas e as obriga a fazerem coisas ainda mais corruptas.

E a desgraça recaiu sobre os que não tinham luz.

Oito pessoas estão diante de mim na beira de um penhasco, em uma grande caverna subterrânea. Uma bola brilhante de luz da infinita profundeza além dela quase me cega e, quando percebo o que é isso, tudo que já senti evapora, deixando apenas uma suave surpresa.

O abismo perdido de magia.

Eles suplicaram, e as luzes se formaram.

As oito pessoas empilham pedras e pingentes e cajados na beira do abismo. Condutores, ainda brilhando levemente em oito pilhas separadas. No topo da própria pilha, cada pessoa dispõe um objeto que não brilha. Um medalhão, uma adaga, uma coroa, um cetro, um machado, um escudo, um anel, um bracelete. Percorro os olhos pelas oito pessoas de novo. Quatro homens, quatro mulheres.

Os quatro criaram as luzes; e os quatro criaram as luzes.

Dedos ágeis de energia atingem as oito pilhas, uma de cada vez, como ondas irrefreáveis de poder atraídas aos novos condutores como raio atraído por metal. Magia preenche os Condutores Reais, conectando-se aos governantes, às linhagens deles, aos seus gêneros.

A cena muda de novo, passando por mim como um lampejo. As nuvens de Ruína se dissipam agora, fraquejando sob o poder dos Condutores Reais conforme os governantes afugentam a Ruína das terras deles. O povo comemora quando a névoa da Ruína se vai.

Então vejo algo que reconheço muito bem — Primavera. Cerejeiras se estendem em um mar rosa e branco ao redor de um homem com cabelos loiros cacheados, olhos verdes quase transparentes e pele pálida. Ele está de pé à entrada da cidade, segurando um cetro. E ao redor do homem paira a última nuvem negra de Primoria, pulsando fracamente.

— Você é a verdadeira força — diz o homem à nuvem, e abre os braços para ela.

Grito, precisando que alguém me ouça, precisando que outra pessoa veja que não destruíram tudo. A Ruína ainda existe — e está no governante de Primavera.

— Diga-me como salvá-los.

A cena muda. Séculos se passam. Estou em um quarto no palácio de Hannah, Jannuari é visível pelas portas abertas da varanda. A Ruína se dissipou e virou uma lenda distante, esquecida, e a única coisa que qualquer um em Inverno teme agora é Primavera. Hannah está agachada ao pé de uma cama com dossel, lágrimas escorrem pelo rosto dela.

— Diga-me como salvar meu povo dele — implora ela. Com quem Hannah fala?

Então eu vejo. O pequeno brilho branco na mão dela, onde o punho está apoiado contra o peito. Ela segura o medalhão, implorando ao objeto que lhe diga o que fazer. Será que algum outro monarca já fez isso? Usou o condutor como mais do que apenas uma fonte de poder, mas uma fonte de autoridade?

O medalhão de Hannah responde às súplicas, um frio branco e radiante que irrompe em ondas da mão dela. A magia se despeja sobre Hannah e desse movimento vem... isso. Todo esse conhecimento. O passado, por que os Condutores Reais foram realmente criados, o que Inverno está realmente enfrentando em Primavera.

Luto contra a vontade de me encolher e jamais deixar este lugar. É seguro aqui, não há Ruína, nenhum mal, e meu peito dói com tudo que me espera fora do sonho.

— Você entenderá como usar tudo isso quando estiver pronta — diz Hannah, e dou um salto. Achei que fosse uma lembrança dela, não Hannah de verdade, mas ela volta os olhos cheios de lágrimas para mim, quando solto um soluço que queima em minha garganta. — É com você agora, Meira. Acorde.

Dourado morno e tremeluzente pulsa além de minhas pálpebras, e semicerro os olhos para os raios de sol que passam acima de mim, colunas de luz dançante sob um céu azul sem nuvens. O vento agita o odor de grama morta e terra seca, tão pungente que imediatamente sei onde estou — as planícies Rania.

É com você agora.

Fecho os olhos, contendo o choro que vem quando o sonho com Hannah percorre minha mente. Por que ela me mostrou tudo isso? Por que *eu*?

Porque Sir está morto e Mather se foi. Sou a única que restou, aquela prestes a enfrentar um mal surgido há milhares de anos, há tanto tempo que nem mesmo mitos restaram daquela época.

Contenho outro soluço, inspirando devagar e profundamente. Não posso me preocupar com isso agora; preciso me concentrar em descobrir onde estou. Passo a passo, fôlego a fôlego, abro os olhos e observo o mundo em volta.

Estou em uma jaula. Barras de madeira me mantém presa enquanto um boi grande e preguiçoso me puxa. Homens seguem ao lado, as proteções peitorais deles exibem o sol negro de Primavera. Sou prisioneira de Herod. A história de Gregg surge em minha mente, cada detalhe claro e cristalino de quando ele voltou para o acampamento há tantos anos, um soldado arrasado que acabara de ver a esposa morrer. O modo como as palavras saíram aos tropeços de sua boca, como se nem mesmo soubesse que as estava dizendo, apenas continuavam saindo e saindo, nos contando cada detalhe sobre como Herod matou Crystalla...

Náusea surge e me viro, mal conseguindo chegar à beira da jaula antes que meu estômago empurre para fora os poucos pedaços de comida que ainda não digeri. Eu me agarro às barras, ofegante, e contenho lágrimas quando uma sombra familiar demais passa por mim.

— Bom dia, Meira. É *Lady* Meira agora, no entanto, não? Não tive a chance de parabenizá-la pelo noivado. Um reino Estação conseguiu agarrar o abastado príncipe cordelliano. Não sabia que os reinos Ritmo estavam se rebaixando à caridade agora.

Eu me concentro na grama que passa sob as rodas de metal da jaula, nos cheiros de plantas mortas na terra e de vômito azedo. Não nas botas de Herod, acompanhando meu ritmo, nos dedos dele fechados em volta de uma das barras.

— Estou subindo de vida. — Tenho ânsia de novo, sem colocar nada para fora. Pelo menos não restou nada para eu vomitar. Minhas costelas, silenciosas durante a vontade de vomitar, gritam comigo agora, até que eu me deite de costas. Nem isso as acalma. Preciso de remédio, uma tipoia melhor do que o enchimento e a armadura. Duvido que consiga isso aqui.

Herod gargalha.

— Como os poderosos caem rápido.

Fecho os olhos, a luz do sol projeta vermelho e dourado por dentro de minhas pálpebras. Não darei a Herod a satisfação de me ver fraquejar. Serei forte.

As pessoas, um dia, tiveram condutores para torná-las fortes. Eu as vi, condutores como pedras e pingentes e cajados. Afasto o sonho, recusando-me a deixar que me envenene com mais preocupação, mas algo permanece comigo e não vai embora.

As pessoas tiveram condutores *como pedras*.

A pedra em meu bolso, aquela que Mather me deu, que ele queria acreditar que era mágica quando criança. Um pedaço de lápis-lazúli minerado em Inverno. Poderia ser...

Isso é loucura.

Mas não tenho mais nada a perder se tentar, tenho?

Fecho os olhos com mais força, concentrando-me na bola de lápis-lazúli, no que possa estar dentro dela. Imagino a força da pedra fluindo para meu corpo, espiralando pela cavidade de meu peito e preenchendo meu tórax com vitalidade e saúde.

Nada acontece.

Faço de novo, trincando os dentes, implorando que a coisa azul faça algo, por favor, para me ajudar de alguma forma — que cure apenas uma costela, apenas uma...

Algo espeta minha lateral. Com força. Perco o fôlego devido ao súbito choque de dor e engulo em seco uma onda de náusea, minha concentração é destruída pelo cabo da espada de Herod.

— Já dormiu bastante — diz ele. — Angra vai querer que esteja consciente quando chegarmos.

Fecho a boca com força depois que meu estômago se acalma, com o corpo encolhido para longe de Herod e as costelas muito além do ponto de gritar de dor. Vejo estrelas, que me ameaçam com um sono longo e lento, e tento segurar o peito de forma a fazer a dor parar. Não há alívio. Nenhuma ajuda da magia. O abafamento daquela única faísca de esperança me faz sentir ainda mais vazia, mas não consigo pensar nisso. Preciso ficar acordada. Preciso saber que perigos estão adiante.

Como magia muito mais poderosa e potente que jamais conhecemos, uma força imensa e destrutiva contida em um homem. Se entrou no ancestral de Angra... será que foi passada de geração em geração, como os próprios Condutores Reais? Por que não se espalhou pelo mundo de novo?

Há apenas um punhado de fontes de magia agora, no entanto, e a Ruína cresceu quando as pessoas usaram magia para o mal. Talvez não haja o suficiente para que se espalhe além do monarca de Primavera, então fica dentro dele, transbordando magia de Angra, apenas dele.

Estremeço. Não, é apenas Angra. Apenas o homem contra quem lutamos há anos, um monstro cruel e sádico que usa o Condutor Real dele para o mal. Apenas o Condutor Real dele. Nada mais.

Mas Angra jamais é *apenas* alguma coisa.

A jaula sobre rodas chacoalha, o giro constante das rodas dá lugar ao *clomp-clomp* do terreno rochoso. Passamos por uma ponte, uma das muitas que ligam as planícies Rania a Primavera sobre o rio Feni. A característica estreita da ponte me diz que não estamos mais com a multidão do exército de Primavera. Devemos ter nos separado para chegar a Abril, a capital de Primavera, mais rapidamente.

Conforme a jaula bate na grama, do lado de Primavera do rio, a paisagem vazia das planícies Rania muda para árvores em flor, do tipo com botões branco e rosa que lançam pétalas flutuando pelo ar. A floresta de Primavera é linda, na verdade. Mas de uma beleza maculada, uma máscara.

Herod me cutuca nas costas com o cabo da espada de novo.

— Sente-se. Estamos quase lá.

— É mais fácil de falar do que fazer — disparo, mas depois de outra pontada do cabo da espada dele, me agito e fico em uma posição semiereta, pontinhos pretos dançam em minha visão.

Abril está na ponta noroeste de Primavera, perto de Inverno. Não há aldeias no limite próximo, nenhum sinal de vida além das imensas muralhas de pedra, a não ser o campo ocasional de plantação interrompendo a floresta de árvores eternamente em flor. Representações risivelmente pacíficas de um reino que é qualquer coisa, menos isso.

O pequeno exército de homens ao redor de minha jaula desce de uma trilha lateral para uma estrada principal ampla que corta as árvores. As muralhas de Abril se erguem diante de nós, projetando a terra que as cerca em sombras, fileiras imponentes de preto por trás de árvores rosa e branco. Depois de alguns momentos de agitação, passamos por um portão e entramos na própria cidade. Eu me atenho aos detalhes ao nosso redor, obrigando a mente a permanecer ativa, em vez de me perder no pesar que pulsa no fundo de meu estômago.

A flâmula de Angra, o sol negro em um fundo amarelo, pende de prédios de quatro e cinco andares, as estruturas altas nos envolvem em uma sombra estranha. Conforme passamos, cabeças surgem em janelas sujas, olhos espiam por portas entreabertas, mas não vejo pessoas nas ruas e não ouço os murmúrios da vida urbana. Como se estivesse há tanto calados sob o uso sufocante da magia de Angra que se esqueceram de como se vive.

Atravessamos uma ponte e os prédios parecem um pouco melhores, as janelas estão mais limpas, as paredes pintadas e inteiras. Pessoas estão presentes agora, dando risadinhas devido a mais um prisioneiro inverniano, mais uma amostra do domínio do rei delas.

O medo é uma semente que, depois de plantada, jamais para de crescer.

A voz de Sir sussurra essa frase em minha memória, mantendo o medo longe.

Um portão de ferro preto está no fim da última estrada. Soldados marcham na muralha acima dele e nos vigiam de torres, um lembrete de que Primavera é um reino forjado pela guerra. Quando passamos pelo portão, um grande campo verde se estende ao nosso redor, seguindo para um palácio de obsidiana preta. Mesmo de tão longe quanto estamos, consigo ver entalhes coloridos na pedra, gavinhas verdes de trepadeira, flores amarelo-manteiga e rosa como o pôr do sol — Primavera na escuridão. É tanto poético quanto triste o quão bem isso personifica essa terra.

O portão se fecha atrás de nós, e Herod assente para os homens, que se aproximam da jaula. Contenho um grito quando me arrastam para fora, meus ossos rangem, pontadas lancinantes de dor conforme desabo, indefesa, apoiada em dois homens. Suor seco e resquícios de vômito se agarram à minha pele, rachando conforme me movo, e alguns cortes em minha perna ardem. Mas simplesmente estou aqui, pendurada entre dois dos soldados de Angra, inteiramente à disposição deles. Indefesa e inútil e sozinha...

O pedaço de Lápis-lazúli ainda está em meu bolso. Um pedaço de Inverno. Estico o corpo um pouco, encolhendo-me. Posso estar sozinha, a pedra pode não ser mágica, mas *não* sou fraca.

Começamos a seguir adiante e algo tilinta à direita, uma pá acertando pedra. Faz Herod se encolher tanto que viro a cabeça na direção do barulho.

Queria não tê-lo feito. Queria ter continuado olhando para a frente, deixado que minhas preocupações com Angra me puxassem para uma apatia entorpecida.

À direita, em um jardim, um grupo de guardas de Primavera monta guarda sobre uma pilha de tijolos cinza, um profundo buraco e... invernianos.

Tudo em mim desaba, frágil e sem peso. Três invernianos, com os cabelos brancos sujos de suor e lama, os rosto pálidos e magros, estão de pé afundados em terra até a cintura deles. É surpreendente que os braços ossudos consigam segurar uma pá, ainda mais cavar com uma — estão tão frágeis, tão magros, que poderiam ser confundidos com fantasmas.

Tensão interrompe o ar aos meus pulmões. Quero gritar para eles, correr até eles, lutar contra os guardas, levar o grupo para segurança. Mas não posso fazer mais do que resmungar baixinho na direção deles.

Um dos invernianos para de cavar. Ela ergue a cabeça, com o rosto empastado de lama, e quando o olhar encontra o meu do outro lado da grama, compreensão percorre o rosto dela. Um raio nas sombras de Primavera que me deixa pesada com culpa — ela não deve ser mais velha do que eu.

— Volte a trabalhar! — grita um dos guardas, e prepara um chicote. Ele se enrosca no antebraço da jovem e a puxa para a frente, mas a moça mantém o olhar em mim, com o rosto alegre e maravilhado.

— Não — sussurro, quando o guarda ergue o chicote de novo. — Pare!

Herod se coloca entre os invernianos e eu. O chicote estala, e Herod se aproxima de forma que eu só consiga ver o rosto dele.

— Continue se movendo — grunhe Herod, e empurra os soldados que me seguram. Avançamos para cima de um lance de escadas negras reluzentes quando o chicote estala com mais força e mais rápido.

— Pare! — grito, quando entramos nas sombras do palácio de Angra. — Pare com isso!

Estendo a mão para ela, para todos eles. Quando o faço, uma vontade mortal de ajudá-los toma conta de mim. Tão forte e rápida quanto o chicote da jovem, tão brilhante quanto a esperança dela. Mas os soldados me puxam para dentro do palácio, me afastando de qualquer coisa, exceto da dor.

20

Depois que as portas se fecham, qualquer ligação com a cidade desaparece, selando o palácio ao meu redor como um túmulo.

O corredor de entrada é uma caverna de obsidiana reluzente, com arandelas projetando luz amarela na superfície refletora, um eco interminável direcionado das paredes que brincam com os reflexos apenas por diversão. As únicas interrupções nas luzes são os retratos dos antigos governantes de Primavera, que pendem em intervalos perfeitamente espaçados nas paredes. Uma mulher, com os cabelos loiros longos sobre um dos ombros em um emaranhado de cachos, sorri para o pintor. Um menino com olhos verde-claros e olhar distante, e cachos loiros que parecem explodir da cabeça em uma rebelião desordenada. As mesmas duas pessoas estão em pelo menos uma dúzia de retratos, posando diante das cerejeiras de Primavera ou de rios ou de simples fundos azuis. As revoluções de cor nessas pinturas não pertencem ao lugar; esse lugar não deveria passar de escuridão. *Quem são essas pessoas?*

Quando vejo a assinatura do artista no canto inferior de uma das pinturas, meu corpo fraqueja. *Angra Manu.* Se Angra realmente pintou os quadros, então o exterior do palácio faz mais sentido. Ele acolhe a arte de uma forma que deixaria o reino de Ventralli orgulhoso.

Volto o olhar para baixo, encarando o piso preto, em vez de o bombardeio de vida e cor e felicidade pintado pelo rei, que não trouxe nada além de morte para Inverno.

As portas no fim do corredor rangem quando um soldado as abre. Não me permitem sequer um momento para me recompor antes de entrarmos na sala do trono, ampla e escura e preenchida pela colisão poética de luz do sol e sombra. Uma série de janelas foi cortada no teto alto, círculos de luz do sol que criam um caminho até o altar do outro lado do salão. Naquele altar, o mais amplo dos raios se projeta diretamente sobre um trono imponente de obsidiana, a rocha absorve a luz em uma demonstração de poder sutil, porém ousada.

Mas não é o trono que absorve a maior parte da luz — é a figura sentada nele. A figura que protege os olhos, como se o sol os machucasse, segurando um cetro tão alto quanto eu.

Todos esses anos temendo-o, e jamais vi Angra. Ele raramente, se é que o faz, deixa o palácio, jamais se incomoda em liderar o exército ou sujar as mãos. Daquela distância, consigo ver os cachos loiros que descem em cascata pela cabeça de Angra, tão parecido com o homem que se uniu à Ruína na visão de Hannah. Eles são inegavelmente parentes, e isso me faz encolher o corpo. Ainda não quero acreditar que a visão era real.

Chegamos ao meio da sala e paramos. Tenho certeza de que Angra consegue ouvir meu coração murmurando na garganta, conseguiu sentir o cheiro de meu medo assim que colocamos os pés no palácio. Está tão silencioso ali — sem a agitação distante de membros da corte, nenhum murmúrio baixo de vozes na sala ao lado. Essa falsa calma é mais assustadora do que se Angra estivesse bufando de ódio. Ele é o olho da tempestade, tudo ao redor de Angra espera com ansiedade crescente que a loucura se liberte.

Herod dá um passo adiante.

— Meu rei — diz ele, com a voz ecoando pelo salão vazio.

Angra permanece em silêncio. Herod assente para os guardas e eu resmungo quando eles me empurram para a frente, minha armadura tilinta no chão. Não consigo conter o grito, o som frágil ecoa pelas paredes.

Herod gargalha enquanto me contorço sobre a obsidiana.

— Trouxe uma lembrança da fraqueza de Inverno.

— O garoto?

A voz de Angra indica o erro de Herod — não sou Mather, e não importa o quanto Herod possa gostar de brincar comigo, ele falhou.

Um grunhido baixo soa da garganta de Herod.

— Não. A ladra que roubou metade do medalhão.

Botas descem do altar e deslizam pelo chão. Não me mexo, com as mãos em volta do corpo, os olhos fechados, o pescoço curvado. Sir me treinou para isso. Para Angra, para Primavera.

Eles tomam decisões; eles moldam seu futuro. O truque é encontrar uma forma de ainda ser você em meio a tudo.

As palavras de Theron percorrem minha mente, o sorriso dele, a determinação carinhosa. Eu me agarro a essa imagem, a qualquer coisa que me ajude a lembrar que sou Meira, e eles não podem tirar isso de mim.

Angra para ao meu lado. Consigo senti-lo ali, uma presença quente, ao lado de meu corpo encolhido. Angra se abaixa, o cetro faz um som metálico alto quando ele o acomoda no chão.

— Ela está ferida — diz Angra. O eco estrondoso some da voz dele, é reduzido a um sussurro que me percorre.

Abro os olhos e um choro de desespero se acumula em minha garganta.

Esse homem não parece apenas com o rei que se uniu à Ruína na visão de Hannah — esse homem é aquele rei. Os mesmos olhos verdes translúcidos, a mesma pele pálida, o mesmo brilho na expressão quando inclina a cabeça e ajusta a mão sobre o cetro, todo negro, com uma órbita ébano oca na ponta. Esse é o mesmo rei.

Como é possível? Será que as visões de Hannah foram mais recentes do que eu achei? Não, eu *senti* há quanto tempo foi. Mas Angra não parece mais velho do que o homem de vinte anos que ele era na visão de Hannah.

Sei que foi Angra quem liderou o ataque a Inverno quando o reino caiu, há 16 anos, mas esse homem não poderia ser velho o bastante para ter saqueado nosso reino. Agora que penso a respeito... *Não sei quem foi rei antes de Angra.* As aulas de Sir jamais mencionaram a história de Primavera além da guerra conosco. Será esse o mistério que o oculta como parte da Ruína? Angra jamais deixa Primavera. Ele jamais aparece em público. Seria fácil demais esconder esse poder, essa imortalidade, do mundo.

Fecho a boca com força para conter o choro, minha necessidade de gritar luta contra mim como um cavalo selvagem preso atrás de um portão. Se tudo isso é verdade, do que mais ele é capaz?

Angra me encara, sem preocupação. As íris verde-claras dele brilham e os cachos amarelos oscilam quando ele se move — os mesmo cachos selvagens e indomados do garoto nas pinturas. Será que aquele era ele também? Angra pintou retratos de si... e de uma mulher?

Ele inclina a cabeça, sorri ao me avaliar. Angra parece calmo, cheio de algo que me aterroriza mais do que a malícia de Herod — uma determinação e uma paciência antigas. E, em volta do pescoço, oscilando sobre uma túnica negra, está a metade da frente do medalhão de Hannah.

Arquejo. Está tão perto. O coração prateado entrelaçado ao floco de neve, o brilho abafado e fosco contra a pele de Angra.

— Gostaria de ser curada? — sussurra ele, subitamente.

Franzo a testa, desviando o olhar do medalhão. Angra queria que eu visse. Queria que eu soubesse que ele o tem, exatamente como me tem, inerte e inútil. Mas ouço a pergunta e minhas costelas gritam *Sim!*, enquanto o resto do corpo estremece no escuro, esperando que tudo isso desabe ao meu redor.

Angra se aproxima. Loucura parece dançar por trás daqueles olhos agora, conforme se delicia ao me ver me contorcendo aos pés dele.

— Está com dor. Não quer que eu a cure?

— Vá curar a jovem inverniana — digo, com dificuldade. — Aquela que seu soldado açoitou.

Angra sorri. Ele também sente prazer ao me ver revidando.

Não tenho a chance de acrescentar nada. Os dedos de Angra se fecham sobre o cetro e sou atirada em um mundo vermelho incandescente, tudo desaba por trás de um único grito que ecoa pelas paredes. Sou eu. Estou gritando, arqueando o corpo no chão, com dor e sem fôlego. Meu peito parece afundar, cada costela estala e se dobra devido a uma força invisível que me esmaga, me pressiona contra a terra. Grito de novo e todos os ossos estalam de volta para fora, realinhando-se e se unindo de novo. Consigo senti-los se curando, os ossos pinicam e formigam, me dizem exatamente por onde passam em meu tronco.

A dor para e viro de lado, boquiaberta, incapaz de dizer qualquer coisa, fazer qualquer coisa. Além da dor, mais certezas me fazem murmurar de medo. Se Angra fosse apenas um monarca como todos os outros, e se o cetro não passasse de um Condutor Real, ele não conseguiria me afetar, alguém que não é da linhagem do reino dele. Mas Angra consegue usar a magia para me partir, me curar — então deve ter algo que o ajuda. Algo mais poderoso.

Algo como a Ruína.

Esse pensamento é o golpe de misericórdia de uma luta, aquela que me faz oscilar para a inconsciência. Tudo que Hannah me mostrou — o verdadeiro poder de Angra — a imortalidade dele...

É real.

— Ainda quer que eu cure a garota? — pergunta Angra.

Faço que não com a cabeça, uma enxaqueca latejante faz o mundo girar.

Angra abaixa o cetro para que eu consiga olhar para a órbita negra dele.

— Você está entre os poucos que me escaparam — diz ele. — Não devia ser mais que uma criança.

Angra gira a mão e a pressão retorna, desabando sobre mim como uma bota esmagando um inseto. Respiro rapidamente e me concentro na luz que passa pelo teto. *Concentração, Meira. Não...*

Consigo conter um grito quando as primeiras costelas racham, mas ele foge de minha boca quando Angra parte as demais. O grito se transforma em um choro patético conforme a pressão aumenta, as costelas se moldam e se unem de volta com uma lentidão agoniante.

— Como, exatamente, uma criança conseguiu fugir de mim?

Minhas costelas são curadas de novo. Suor escorre por meu rosto, e palavras saem em meio ao fôlego entrecortado.

— Duas... crianças... escaparam... na verdade.

Angra gira a mão de novo. Rapidamente dessa vez, cada osso estala de uma vez e se une em menos de alguns segundos. Estrelas percorrem minha visão, escuridão e luzes espiraladas.

Angra olha, com raiva, para Herod.

— Onde está o garoto?

Engasgo com a pausa de Herod.

— Meus homens o estão perseguindo.

A esperança nessas palavras torna impossível respirar. Contanto que Mather viva, há esperança para Inverno.

Angra segura meu cabelo, me obrigando a encará-lo.

— Sua resistência está ruindo. É apenas uma questão de tempo antes que eu mesmo mate o filho de Hannah.

A esperança em meu peito se incendeia contra as ameaças dele. *Está errado, Angra, porque Mather está vivo. Ainda há esperança.*

Mas ela se abafa tão rápido quanto veio, quando pensamentos colidem em minha mente — *Sir está morto e essa guerra é pior do que pensamos.*

Angra sorri.

— Foi o que pensei.

A mão dele acaricia meu rosto horrível e traidor, que entrega minhas emoções. Quando os dedos de Angra tocam minha pele, a imagem dele se dissipa. O rosto de Angra se contorce, a escuridão toma conta e o preto do trono de Angra se dissolve em um branco leitoso. Como aconteceu quando Hannah me tocou, minha mente me puxa para uma lembrança que não é minha.

Um campo de neve se estende ao longe, congelado com uma perfeição de branco sob um céu noturno limpo. A lua, um fiapo contra a noite negra salpicada, projeta luz em um pequeno grupo de homens e cavalos. Um segura uma lanterna que ilumina os protetores peitorais que estampam o sol negro dos guardas de Angra. E o próprio Angra, a aparência idêntica à como é agora, está sentado em um robusto cavalo de guerra diante dos homens. Ele usa um manto negro pesado e o cetro está embainhado na sela...

Angra tira a mão de meu rosto.

— O que você...

Eu o encaro, com a boca entreaberta. Uma voz no fundo de minha mente suplica para que eu estenda o braço, então pego a mão de Angra com uma força que não achava que ainda tinha. A imagem retorna, mais forte agora, como se eu estivesse ao lado de Angra nos campos de Inverno.

Cascos soam ao longe conforme três cavaleiros se aproximam de nós. Eles param, o campo em volta está vazio, exceto pela neve e por essa reunião clandestina de Primavera e Inverno.

Hannah impulsiona o cavalo adiante e desce dele. Ela não veste nada sobre o vestido além de um manto vermelho-sangue, a oscilação escarlate contra a neve é um contraste surpreendente.

— Obrigada por se encontrar comigo.

O cavalo de Angra dança sob a tensão não dita que paira no ar. Os guardas atrás de Hannah seguram armas, prontos para saltar em defesa da rainha, enquanto os homens de Angra olham furtivamente para o rei deles, em busca de algum sinal de ataque. No entanto, Angra apenas passa uma das pernas sobre a sela e desce do cavalo.

— Como poderia resistir, Vossa Alteza? Principalmente depois de sua mensagem atraente. — Angra dá um passo adiante, o mante negro farfalha sobre a neve. — Você disse que tinha uma proposta que eu não poderia recusar.

Hannah une as mãos sob o manto e ergue o rosto, olhos azuis brilham sob o luar fraco.

— Entregarei minha vida por meu povo.

O rosto de Angra exibe choque.

— Nada de enigmas. O que propõe?

O medalhão pulsa branco no pescoço de Hannah antes que ela fale, a voz está tranquila e determinada.

— Deixarei que destrua o condutor de Inverno e que me mate. Deixarei que acabe com a linhagem de Inverno.

— Se? — O tom de Angra é de deboche.

— Se o exército de Primavera jamais colocar os pés em Inverno de novo.

Angra ri com escárnio, o que me causa arrepios.

— Isso não teria a ver com quão poucos homens lhe restam? Sei que nossa última batalha deixou Inverno enfraquecido, mas jamais achei que isso a levaria a tal desespero. Planeja cumprir sua parte agora?

Angra puxa uma adaga do cinto e a aponta tão rapidamente para a garganta de Hannah que mal vejo acontecer. Os guardas dela disparam para a frente, com espadas em punho, e os homens de Angra preparam as armas. Mas nenhum monarca se move, a faca permanece congelada contra o pescoço.

Hannah gesticula com a mão para os homens atrás dela e eles recuam.

— Sim — sussurra ela, e os homens respiram profundamente. Sim? Ela vai deixar que Angra a mate agora? Mas o rosto de Hannah não exibe medo algum, mesmo com a faca de Angra a momentos de cortar a garganta dela. — Isso quer dizer que temos um acordo?

— Temos. Mas me pergunto, Alteza, até que ponto se estende esse acordo. — Fechando a mão sobre a faca, Angra recua. Os olhos dele descem pelo corpo de Hannah e permanecem na barriga dela, o rosto de Angra exibe interesse. — Ainda não sabe, não é?

As mãos de Hannah se movem sob o manto dela, agarrando a barriga enquanto os lábios da rainha se abrem em confusão.

— Temos um acordo, Angra. Podemos acabar com isso!

Angra sobe no cavalo novamente.

— Temos um acordo.

— Então me mate. Quebre meu medalhão e me mate. Acabe com isso! — Hannah suplica agora, o manto vermelho dela oscila ao redor do corpo conforme ela dá um passo na direção de Angra sobre a neve.

— Não se preocupe, Vossa Alteza. — Angra olha para Hannah com ódio, os olhos verdes dele brilham. — Estamos de acordo. Mas destruirei você quando eu achar adequado, quando lhe causar mais dor.

A expressão de Hannah se desfaz.

— O que quer dizer?

Angra dá um risinho.

— Você não é a última de sua linhagem. — Então ele se vai, disparando a cavalo sobre a neve, com os soldados a galopes fortes atrás.

21

HANNAH SE RENDEU.

A verdade faz com que respirar seja doloroso. Hannah se entregou a Angra. No jardim de Bithai, na noite do baile, Noam tinha tanta certeza de que Hannah se entregara, e Mather tinha tanta certeza quanto ele de que Hannah tinha lutado contra Angra até o fim. Noam estava certo, no entanto. Ela se rendeu — mas não do jeito que ele quis dizer. Foi um sacrifício, não submissão por incapacidade. Um sacrifício como aquele que Mather tentou fazer por nós.

Diga-me como salvá-los...

Em meu sonho, Hannah pediu ao condutor que mostrasse a ela como salvar o povo. Foi isso que o condutor disse a ela? Que a única forma de protegê-los seria morrer? Mas Hannah não sabia que estava grávida, e que o fim da linhagem real de Inverno significaria assassinar o filho também.

O cetro de Angra dispara pelo ar e acerta minha bochecha, fazendo minha cabeça se chocar contra o chão e me fazendo urrar com pulsos elétricos de dor.

— Você trouxe magia para meu palácio, general. — A voz de Angra estala no ar, como o chicote do soldado.

Magia? Pavor percorre meu corpo — pavor de que Angra tire qualquer que seja a fonte de magia que tenho, pavor de que eu possa de fato *ter* uma fonte de magia, no fim das contas. *A pedra? Hannah? O que quer que seja, como estou usando? Hannah disse que não conseguiria falar comigo depois que eu entrasse em Primavera, que Angra me vigiaria com a magia negra dele. Seria mesmo a lápis-lazúli, então?*

Herod abafa uma gargalhada.

— Magia? Ela é inofensiva.

Angra agita o cetro na direção de Herod e derruba o general no chão antes de se virar para mim.

— Qualquer que seja o resquício de magia que você tem, está sem sorte, garota. — Angra se aproxima com passadas fortes e me põe de pé agressivamente. Ele se certifica de só tocar minha armadura, não permite contato pele a pele de novo. — Sua magia enfraquecida não pode vencer aqui.

Angra jamais se sentiria satisfeito com acabar com a linhagem real de Inverno, com quebrar o medalhão, com matar Hannah e Mather e nos deixar seguir com a vida. Ele não se sentiria satisfeito até que estivéssemos onde estamos agora, escravos dele, com Primavera imponente sobre a carcaça de Inverno, que se desfaz. Mesmo o sacrifício de Hannah, algo muito maior do que qualquer coisa que eu jamais poderia fazer, não teria mudado nada. Mas *por quê?* Para que tudo isso?

— O que quer de nós? — A pergunta dispara de minha boca, trêmula e fraca.

Angra me solta, dá um passo para trás.

— Poder — diz ele, como se isso explicasse tudo.

Sacudo a cabeça, lutando contra a vontade de desabar aos prantos.

— Inverno não é poderoso! Não somos nada agora.

Angra faz um biquinho, como se eu fosse uma criança dando um chilique.

— Inverno não vai ficar em meu caminho — sussurra ele, meio que para si. Angra assente para Herod antes que eu consiga decifrar a explicação sem sentido. Como estamos no caminho de alguma coisa?

Ele é louco. Não há motivo para o que fez, nada que possamos fazer para satisfazê-lo. E saber disso torna tudo muito mais aterrorizante, porque significa que não há fim para esse horror. Não há caixa que possa contê-lo, nenhuma forma de prever o que Angra fará.

Ele simplesmente quer nos ver sangrar.

— Tire a armadura dela — diz Angra a Herod. — Tire dela tudo o que tem.

Disparo para trás quando Herod fica de pé, pega meu braço, o rosto ficando mais vermelho, saliva disparando da boca. Um cão raivoso preso ao pulso de Angra. Ele empurra o rosto contra meu cabelo, o hálito quente e carregado devido à batalha e à longa marcha até Primavera.

— Vou ensinar seu lugar — grunhe Herod quando abre as alças de minha armadura, a confusão de enchimento e metal amassado cai no chão com um ruído. Sou deixada com uma camiseta de algodão manchada, calça surrada segura por um cinto de couro em frangalhos e as botas gastas. Não tinha percebido o quanto da minha força dependia de ter uma camada de metal entre Herod e eu. Meus joelhos fraquejam, minhas entranhas se reviram como um redemoinho.

Ele vai encontrar a pedra. Vai levá-la. Então vai me destruir.

Os dedos de Herod tateiam meu pescoço, meus braços, traçando meu corpo conforme ele busca objetos. Os dedos do general deixam um rastro de dormência — então ele percorre a lápis-lazúli.

— Não... — começo a dizer, meu corpo se contorce involuntariamente.

Herod dá um risinho para mim ao tirar a pedra. Atiro o corpo para a frente, meu punho desliza pelo ar, mas Herod facilmente desvia de minha tentativa exausta de lutar e lança o braço contra mim. Desabo no piso de obsidiana com um ruído surdo, a dor irrompe por meu cotovelo e meu quadril.

Mas nada disso prende minha atenção mais do que a forma insensível com que Herod atira a pedra de lápis-lazúli ao altar, onde o objeto quica sonoramente até os pés do mestre dele. Só posso encarar a pedra, aquele pedaço azul brilhante de rocha, e ver o dia em que Mather a deu para mim. A certeza dele de que eu deveria ter a pedra, um resquício de nosso reino perdido. Jamais o agradeci. Não o suficiente.

Meu estômago se revira no momento em que Angra dobra os dedos sobre a pedra, fechando os olhos por um momento, como se tentasse absorver a magia ele mesmo. Angra me olha, um sorriso se abre no rosto dele.

— Era esta a magia, garota? — pergunta Angra. — Se era, está vazia agora. E se não era o que você estava usando, acredite em mim, encontrarei a fonte e a arrancarei de você.

As palavras de Angra quebram meu pânico. Não é mágica? Era tudo Hannah? Uma última visão antes de precisar me deixar sozinha em Primavera? A solidão se acumula dentro de mim, partindo qualquer coragem, me deixando contendo o choro no terrível nada ao meu redor.

História, o passado, qualquer que seja a Ruína que Hannah tema — não importa mais. Porque se foi, cada pedaço dela envolve Angra conforme ele segura a pedra com o poderoso punho. Não restou nada para me ajudar agora.

Herod me levanta do chão, o olhar dele me diz que ainda não acabou, não será tão fácil.

Respire, Meira. Não pense, não analise, nem mesmo reaja.

Angra relaxa no trono.

— Agora não, general — ordena ele, e congelo como se soubesse o que vai dizer. Eu sei, não é? Soube desde que entrei em Abril.

— Leve-a até eles — grunhe Angra. — Quero que a destruam antes que você o faça.

Herod para ao meu lado, o desapontamento dele o silencia quando o general me empurra e os dois guardas marcham comigo de volta pelo corredor escuro.

O céu do anoitecer parece claro em comparação com o palácio de Angra, mesmo com a luz entrando na sala do trono e a escuridão que se aproxima lá fora. Pisco para afastá-la e percebo, com peso no coração, que os escravos invernianos se foram. Só restam as pás deles, despontando da terra. Tenho a sensação de que estou prestes a descobrir para onde foram levados.

— Coloquem-na com o restante. Ah, e Meira?

Continuo marchando pelo caminho de pedra, meu corpo estremece a cada passo. Estou curada, mas a magia de Angra me deixou instável, cambaleando, a cada passada, como uma folha ao vento.

— Eu verei você de novo — grita Herod para mim. — Muito em breve.

Ele gargalha, a voz sumindo conforme retorna ao palácio. As portas batem e uma ínfima gota de tensão se esvai de meus músculos. Ele se foi, por enquanto.

Os guardas me levam pelo gueto de Abril, os prédios ficam cada vez piores conforme nos aprofundamos mais. Madeira podre desabando em quartos, pilhas de lixo rançoso jogadas nas esquinas. Os cidadãos de Primavera nos observam conforme passamos, dando risinhos da mais nova prisioneira inverniana. Mas as vidas ao redor deles — as casas desabando, a sujeira que mancha os rostos dos filhos deles. Como podem ter orgulho de destruir um reino quando o reino deles nem mesmo se importa com o próprio povo?

Os soldados e eu chegamos a uma barreira de arame farpado que se estende para dentro da cidade. As muralhas altas separam a favela do que só posso presumir ser um...

— Campo de trabalhos forçados inverniano. Bem-vinda ao lar — resmunga um dos guardas, e abre o portão.

Preciso de toda a força que me restou para continuar andando, um pé diante do outro, conforme fecham o portão atrás de nós. Não são sequer prédios; são celas. Exatamente como Herod falou. Jaulas com três lados sólidos, um teto e uma porta gradeada, pequenas, entulhadas, empilhadas umas sobre as outras como blocos. Algumas estão vazias, mas a maioria tem prisioneiros invernianos ocos, vazios, que observam com olhos sem alma. Eles não se importam. Como poderiam? Angra os espancou até que não se importassem, os deixou para apodrecer nesses casebres até que precisasse que trabalhassem.

Os soldados me empurram pela longa fileira de jaulas. Poeira cobre minhas botas, o vento canta em meus ouvidos como um choro desesperado. Jaulas se estendem por fileiras e fileiras, tantas que meu estômago dói com náusea de novo.

Há outros campos como esse por toda Primavera. Angra realmente aprisionou um reino inteiro, exerceu o pior domínio sobre as vítimas ao transformá-las em escravas. Quando criança, era sempre impossível imaginar — tantas centenas de pessoas trancafiadas? Mas agora...

Como deixamos isso acontecer?

Os guardas me empurram para uma jaula vazia na fileira mais ao fundo. Não há nada ali dentro, nenhuma cama ou comida ou móveis. Apenas um espaço coberto de terra com vista para mais jaulas diante de mim.

— Não se acomode — dispara um dos guardas. — Voltaremos para buscá-la.

Eu os encaro com raiva entre as barras, com os dedos fechados com força sobre o ferro.

— Podem tentar — murmuro, mas eles se foram, a mais nova escrava inverniana já foi esquecida.

Estou sozinha agora. E não preciso conter a língua ou permanecer forte ou impedir que me vejam desabar. Essa triste liberdade me percorre, e tudo que aconteceu, tudo o que vi e senti, fervilha em minha garganta. Recuo até a parede e deslizo para o chão, dobrando os joelhos e enterrando o rosto neles. Os invernianos diante de mim observam. Eles estão boquiabertos, confusos e sussurrando. *Essa é uma que viveu lá fora enquanto estávamos aqui dentro. Por que ninguém nos salvou?*

Porque fracassamos. Porque deixei que Sir morresse. Porque nosso único aliado está lidando com a humilhação do próprio reino. Porque só temos metade do medalhão de Hannah e levamos esse tempo todo para sequer o conseguirmos. Porque Angra é muito mais poderoso do que jamais soubemos.

Meus ombros tremem e me abraço com mais força, lutando contra o choro. Sir me treinou melhor do que isso, mas não tenho força alguma para me manter estoica e calma. Mather era sempre aquele que conseguia esconder os sentimentos, não importava a situação. E, se Mather estiver fugindo, e Theron e Bithai fracassaram, e Angra é tão velho e cruel quanto Hannah disse — eu provavelmente vou morrer aqui.

Forço um grito sem som para o vão entre minhas pernas, segurando os cabelos e me espremendo. Não. Não deveria terminar assim...

A fechadura na porta emite um clique, mas não consigo encontrar forças para me importar. Que Angra venha me buscar, ou mesmo Herod. Não há nada mais que possam tirar de mim.

Pés se arrastam no chão e a porta é trancada de novo. Alguém está aqui dentro comigo.

Um segundo se passa. Dois. Quem quer que seja, se ajoelha. Mantenho os olhos fechados, farejando a escuridão de meus joelhos, e enrijeço o corpo quando a mão de alguém toca meu ombro.

Ergo o olhar. São os invernianos do palácio, os dois homens e a garota que foi açoitada na terra. Ela tem as marcas nos braços para provar, cortes finos cobertos de sangue seco. Mas está sorrindo, um sorriso reconfortante, e luz brilha além dos hematomas ao redor dos olhos dela.

A garota deixa uma tigela meio vazia de ensopado no chão, o objeto é esquecido devido ao modo como ela me encara.

— Você está aqui — sussurra a garota, como se estivesse tão chocada quanto eu. Como se fosse algum sonho que se tornou realidade, e ela tem medo que, caso não diga, eu suma.

Os dois homens se sentam atrás da garota, os olhos deles permanecem em mim, um fraco lampejo de interesse se esconde por trás dos ferimentos deles enquanto os homens tomam goles das próprias tigelas de ensopado. Estão mais suspeitosos comigo do que a garota, mas o peso da vida recai ainda mais pesado sobre eles.

Expiro, inspiro, ainda incapaz de acreditar que a garota que me toca é real. Eles são reais, e estão aqui, e vivos. Vê-los de longe foi difícil de aceitar, mas isso é impossível.

A garota não diz mais nada. Ela se senta ao meu lado, nossos quadris se tocam, e a garota passa o braço sobre meus ombros. É tão magra que tenho medo de quebrá-la, caso a toque. Mas apenas nos sentamos em silêncio, os homens encaram pelas grades a garota me segurando ou eu segurando a garota.

Conforme a luz do sol baixa sobre o campo de trabalhos forçados, uma voz baixinha ecoa no fundo de minha mente, algo que torna os horrores não tão sobrepujantes:

Você vai entender como usar tudo isso quando estiver pronta.

Realmente era Hannah falando comigo. E se ela achou que era importante me contar sobre o passado, para tentar me ajudar a entender alguma coisa, então talvez ainda haja uma forma de vencer isto.

A garota se move. Ela está dormindo agora, com a cabeça no meu ombro e a respiração lenta. Inclino a cabeça sobre a dela e fecho os olhos.

Sir e Mather e Theron podem estar perdidos, mas os invernianos não estão. E, enquanto viverem, não estou completamente sozinha.

22

Naquela noite, sonhos inquietos e breves tomam conta de mim como uma onda faminta. Tontos e desorientadores, com olhos e rostos sem alma do meu passado, e escuridão, sempre escuridão. Dessa escuridão vêm monstros, dedos em garras e dentes ensanguentados disparando contra minha garganta...

Acordo sobressaltada, cada nervo se tensiona. Mas não há monstros aqui. Pelo menos não nesta jaula.

Meu pânico diminui um pouco quando vejo aquelas três pessoas me encarando. Os dois homens, ambos pelo menos dez anos mais velhos do que eu, e a garota. Os olhos azuis dela brilham, destacando-se em um rosto magro e pálido, e a garota me observa como se fosse capaz de ver toda a história de minha vida estampada na minha testa.

— Sou Nessa — diz ela, e aponta por cima dos ombros. — Conall e Garrigan, meus irmãos.

Garrigan assente, mas Conall mantém os olhos fixos nos meus. A expressão dele mostra um contraste profundo com a de Nessa — ela é aberta e prestativa, Conall é fechado e decidido. Decidiu, ao que parece, que sou uma ameaça tão grande quanto os soldados de Primavera que se movem ao redor de nossa jaula.

É manhã.

Dou um salto para trás, roçando na parede áspera. Será que Angra vai mandar me buscarem? Será que deixará que Herod me torture até a submissão, até que tudo sobre os últimos 16 anos saia em cascata de minha boca? Meu peito se enche com uma pressão incandescente, expulsando o ar.

— Sou Meira — consigo dizer, apesar da língua que parece mais areia do que qualquer outra coisa, meus olhos disparam entre Nessa e a porta, esperando que soldados irrompam na jaula e me arrastem para fora.

— Se fossem levá-la tão cedo, não a teriam trazido para início de conversa — sugere Garrigan. Ele tem parte da desconfiança de Conall, mas o rosto se suaviza, me oferecendo um pequeno toque de gentileza.

— Como pode saber? — dispara Conall, observando a porta.

— Da mesma forma que eu sei — declara Nessa, orgulhosa, e pega minha mão. — Ela está aqui por um motivo.

Conall volta um olhar irritado para mim, como se tivesse sido eu quem disse isso. Não tenho forças para me desvencilhar da mão de Nessa, no entanto, preciso do pouco de conforto dela e apenas o encaro até que Conall volte o olhar para a porta de novo.

— De onde você veio? — pergunta Nessa, a pergunta sai de sua boca como se a estivesse segurando desde que eu cheguei. — Inverno? Não, é claro que não... dizem que ninguém mais mora lá. Um dos outros reinos de Estação?

— Eu estava em Cordell antes de vir para cá — digo. O olhar irritado de Conall me faz sentir culpa por falar com Nessa, como se qualquer palavra que eu diga apenas fortaleça a esperança crescente dela. Nessa ainda me olha com uma pontada de precaução, mas o brilho nos olhos dela é... lindo. É difícil não querer fazê-la feliz, e somente essa palavra ilumina todo o rosto de Nessa.

— Cordell — repete ela, e solta minha mão para encarar Garrigan. — É um reino Ritmo, não?

A boca de Garrigan se contrai em um sorriso, enrugando o rosto dele, como se não fizesse muito isso.

— Nossa Nessa vai viajar o mundo um dia — diz ele, e não deixo de ver o orgulho que toma conta de Garrigan. Orgulho da irmãzinha, da habilidade dela de ainda sonhar além dessas barras.

— Ou ser uma costureira — corrige Nessa, com o rosto vermelho. Qualquer que fosse o pingo de felicidade ao qual ela se atinha desaparece, e Nessa me olha e faz um gesto de tristeza com os ombros. — Como nossa mãe.

— Quieta — murmura Conall, com um tom de aviso, quando chaves chacoalham em nossa porta.

Encosto o corpo contra a parede dos fundos. Não importa o quanto Nessa e Garrigan tenham tentado me reconfortar ou o quanto eu não tenha me importado na noite anterior, ao pensar em Angra vindo atrás de mim, o pesar ainda revira meu estômago, um lampejo de sobrevivência que é impossível abafar completamente. Eles não podem me levar. Não até eu entender... alguma coisa. Alguma forma de escapar de uma morte longa e lenta nas mãos de Angra, um modo de ajudar os outros ao meu redor a escaparem do mesmo destino.

A porta se abre. Conall e Garrigan marcham para o sol e Nessa segura meu braço.

— Não se preocupe — sussurra ela, e me guia adiante. — Vai ficar tudo bem. Vai ficar...

— Você. — Um soldado grita com Conall e Garrigan e então se vira para me ver sair da jaula, os olhos dele têm um tipo sombrio de ganância, e meu estômago se revira.

Mas o soldado assente na direção do fim do caminho, onde os invernianos fora das jaulas se reuniram.

— Com o restante por enquanto.

Alívio percorre meu corpo. Angra não me convocou hoje.

Nessa me puxa para a frente e o choque toma conta de mim como se estivesse esperando fora da jaula a noite toda.

Essa é a primeira vez que vejo os invernianos do campo de trabalhos forçados de Abril. De *qualquer* campo de trabalhos forçados.

Mais invernianos se juntam a nós, vindos da segunda fileira de jaulas, reunindo-se em um aglomerado desordenado para marchar pelo caminho, terra flutua ao redor de nossas passadas arrastadas. Dezenas de pessoas se reúnem, corpos frágeis usando retalhos esfarrapados, o tecido marrom devido a anos de suor e sujeira. Crianças também. Se Angra quisesse simplesmente matar todos os invernianos, ele teria feito isso há muito tempo — teria sido um destino muito mais misericordioso. Mas, em vez disso, os mantém trancafiados, permite que famílias cresçam e gerações se proliferem em cativeiro. É uma vitória cruel mostrar domínio sobre outro ao destruí-lo — mas é ainda mais cruel fazer isso ao destruir as famílias das pessoas.

Crianças invernianas me observam enquanto permanecem de pé, estoicamente, ao lado dos pais. Os rostos dizem que aprenderam a não mostrar fraqueza. Fraquezas podem ser usadas, até que tudo que se consiga fazer é gritar devido à injustiça de uma vida assim, uma vida em jaulas empilhadas uma sobre a outra, crescendo em um lugar onde sequer se é visto como uma pessoa. Uma vida esperando em tormento que os 25 sobreviventes míticos libertem todos.

Encontro os olhos de uma mulher. Ela tem a idade de Dendera, o lábio superior se contrai para mim, e encolho o corpo. Um homem ao lado dela imita a expressão do rosto da mulher, e outro ao lado deles, tantos olhares vazios que não me sinto mais segura ali do que no palácio de Angra.

A tristeza toma conta de mim, ondas quentes de nojo de mim mesma, da vida deles, de tudo que aconteceu com nosso reino. *Quanto tempo levou para que parassem de esperar que os libertássemos? Quanto tempo levou até que a tortura de Angra tirasse das mentes deles a esperança de uma fuga?*

Quanto tempo levarei para sentir o mesmo?

Ao olhar para os rostos ao meu redor, para o sofrimento de 16 anos deles... o que eu poderia fazer para impedir tudo isso? O que *qualquer um de nós* poderia ter feito — Sir, Alysson ou Mather ou qualquer um? É grandioso demais, as feridas são profundas demais.

Um soldado estala o chicote contra a multidão, colocando de joelhos alguns dos invernianos mais lentos. Uma mulher idosa, dois senhores. Hematomas vermelhos cobrem os braços deles, mas nos apressamos, puxados pela corrente de medo. Deveríamos lutar contra os soldados que os açoitaram até o chão, defender nossos conterrâneos e a injustiça que Primavera fez contra eles.

Deveríamos ter feito muitas coisas.

Nessa aperta minha mão entre as dela. Não perdeu a esperança, e qualquer temor que sinta se enfraquece diante de sua fé. Quase prefiro os olhares irritados, os grunhidos constantes dos outros. O ódio deles é compreensível, algo que posso aceitar. Mas Nessa...

Eu olhava para Sir dessa forma?

A pergunta percorre minha mente, uma cadeia de palavras que envolve minha garganta e suga o ar. Todos os refugiados olhavam para Sir dessa forma, não? Ele era nossa fonte de esperança. Era o farol que nos lideraria para a libertação de nosso povo, para a recuperação de nosso reino.

E ele morreu. Simples assim. Nossa esperança foi abafada em um momento ágil e descuidado.

Tremo ao pensar em Sir, as sombras dele em minha mente fazem com que cada parte de mim doa e se contorça. Não posso ser a esperança de Nessa. Não posso deixar que pense que sou mais capaz do que qualquer um, porque posso morrer tão facilmente quanto ele. Não posso fazer com Nessa o que Sir fez comigo.

Paramos quando chegamos a um portão lotado. Soldados nos separam à frente, marchamos em grupos para diversas áreas da cidade para trabalhar.

— Meus irmãos e eu voltaremos para o perímetro do palácio — sussurra Nessa, com a mão se fechando sobre a minha. — Não sei onde você ficará. Não sei se...

Forço um sorriso.

— Tudo bem.

Os lábios de Nessa se contorcem e ela assente.

Minutos depois, estamos na frente da fila. Conall e Garrigan resmungam números para um soldado à entrada. I-3219 e I-3218. Não há nomes aqui. Angra os desproveu de tudo — país, lar, vida. Por que não os nomes também?

O sodado ordena que eles vão para o grupo destinado ao palácio. Nessa, sem querer soltar minha mão, se aproxima do mesmo soldado.

— I-2072 — diz ela, e o soldado consulta a lista.

— Perímetro do palácio. — Ele me olha e semicerra os olhos, avaliando minha aparência em comparação com a de Nessa. Sou saudável demais, bem alimentada demais. O soldado verifica a lista e ergue uma sobrancelha.

— Angra tem algo especial para você — diz ele. — Para a muralha, R-19.

R-19. R... Refugiada? Refugiada 19. Porque sou a décima nona refugiada inverniana que Angra matará. Herod provavelmente viu Sir morrer em Bithai, então ele foi o décimo oitavo. Gregg e Crystalla, os números 17 e 16.

Nessa me leva além do soldado para os grupos de invernianos triados. Quando algumas pessoas estão entre os soldados e nós, Nessa aproxima a boca de minha orelha.

— A muralha é para onde mandam aqueles que querem forçar além dos limites — sussurra ela, com os dedos se enterrando em minha mão. — Trabalhe, mas não se esgote, apenas faça parecer que está trabalhando duro. Talvez consiga passar o dia sem...

— Nessa. — Eu a silencio. A preocupação de Nessa me magoa, uma expectativa forte que não sei se consigo atender.

— Você não veio até aqui apenas para morrer — diz Nessa, expirando, metade uma pergunta, metade uma promessa.

Fecho os olhos. *Por que eu vim?*

Conall coloca a mão no ombro de Nessa.

— Vamos embora.

Nessa se afasta e sai andando para se juntar a Garrigan. Inspiro, quando a sombra de Conall se move, a silhueta alta dele paira sobre mim.

Conall semicerra os olhos quando Nessa não está mais ao alcance da voz.

— Tentamos escapar — resmunga ele. — Escalar as cercas, lutar contra os guardas, cavar sob a muralha. Tudo isso resulta em mais morte. Os últimos que vieram prometeram resgate, mas sumiram antes que pudessem fazer qualquer coisa; eles agiram como se não tivéssemos tentado *tudo*. Nessa chorou durante semanas quando nossa esperança se foi com eles. Não a verei passar por isso de novo.

Gregg e Crystalla. Meu maxilar se contrai.

— Não quero que ela passe por isso também.

— O que você quer não importa aqui. Quanto antes perceber isso, melhor.

— Eu sei.

A sobrancelha de Conall se ergue com ironia.

— Boa sorte, R-19.

Ele se vira e se junta ao irmão e à irmã no grupo com destino ao palácio. Conall não olha para trás, não se importa que eu fique sozinha no sol. Por que deveria? Sou apenas uma garota de 16 anos. Eu não acreditaria em mim também. Eu *não* acredito em mim. Mas conforme Nessa segue pela trilha com o grupo, ela olha para trás, os olhos brilhando com esperança.

Talvez fosse isso que Angra quisesse. Que eu incutisse falsas esperanças neles, que os animasse e os destruísse ainda mais. Que os provocasse com a fuga, então ele me mataria na frente de todos.

Mas não importa o que Angra quer. Conall estava certo — não importa mais o que eu quero. A única coisa que importa agora é sobreviver.

Soldados nos levam para o limite sul de Abril e para fora da cidade por um pequeno portão. Quando o portão range sobre nós, somos atirados em um mundo tão profundamente diferente que paro para tomar fôlego.

A muralha é uma protuberância pontiaguda de rocha negra que dispara para longe de Abril, para campos de floresta destruída. Tocos de cerejeiras preenchem a paisagem, abrindo caminho para a mais nova adição à cidade de Angra. Esse campo de tocos, terra e pilhas de rocha negra é ainda mais estéril e desolador do que a própria Abril. Uma prova do que é preciso para expandir o reino de Angra — nada deve restar, nenhuma planta, nenhum sinal de vida. Tudo deve estar morto para abrir caminho para Primavera.

Eu me aproximo de uma das pilhas de rocha negra, tiras de couro estão amontoadas ao lado delas. São coldres que alguns invernianos prendem ao redor dos ombros, então outros carregam pedaços de rocha nos estojos contra as costas deles.

— Ao trabalho! — grita um soldado, e estala o chicote acima de nossa cabeça. Pego um coldre e o coloco. Assim que o faço, um pedaço pesado de rocha negra é aninhado contra minhas costas.

— Pelas rampas — sussurra aquele que me deu a rocha. Os olhos envelhecidos dele têm o mesmo brilho de esperança curiosa que os de Nessa, mas o homem se abaixa para pegar mais uma rocha da pilha e carregar a seguinte.

Mexo na rocha contra as costas e marcho até as rampas. Oito andares de plataformas se estendem para o alto, ligadas por rampas que formam um ziguezague e levam fileiras de invernianos para cima e para baixo da muralha em construção. As plataformas são todas feitas da mesma madeira questionável que o gueto, do tipo que poderia se partir com uma brisa forte. Mas se elas se partirem, alguns soldados primaverianos serão levados conosco. Alguma doce justiça.

Quase rio ao pensar nisso. Justiça seria que os invernianos atirassem esses pedaços de rochas negras contra os soldados de Primavera. Justiça seria que nós disparássemos para o campo adiante, para a seção de Primavera que ainda não está separada de Abril.

A rocha arranha meus ombros quando paro em uma rampa, detendo-me bem acima do chão. Aquele campo é próximo. Plantações verdes exuberantes oscilam ao vento, quase prontas para a colheita. Prova de que Angra usa o condutor para algo que não seja o mal, ainda que pouco. O propósito da muralha é se estender ao redor dessa seção estéril de terra e expandir Abril para o limite daquele campo. Soldados se colocam entre nós e a muralha, mas, por enquanto, nesse momento — há um caminho para fora de Abril.

As palavras de Conall ecoam em minha mente. *Tentamos escapar. Escalar as cercas, lutar contra os guardas, cavar sob as muralhas. Tudo resulta em mais morte.*

Hesito. Se eles tentaram... então, eu não deveria? Não. Preciso, se não por eles, então por mim. Estou tão presa aqui quanto eles.

Se conseguir ir além dos soldados, posso sair de fininho de Primavera e falar com Hannah de novo. Ou posso voltar para Cordell e encontrar Mather e Dendera e os demais.

O homem diante de mim mexe na rocha contra as costas quando dá mais um passo para cima. Mas algo no passo dele, ou o peso, ou o modo como mexe a pedra, o faz cambalear para a frente, a bota fina se prende em uma tábua de madeira irregular. A madeira rasga o tecido e a carne, cortando uma parte do pé do homem e derramando sangue em uma poça escura na plataforma.

O homem para. Meio segundo, meio fôlego. Mal dá tempo de sequer absorver o que aconteceu, mas nesse momento, o rosto dele se contorce de dor. Depois disso, o homem volta os olhos para o soldado mais próximo na plataforma e, no momento em que percebo que estou prendendo o fôlego...

O soldado vira a cabeça para o homem. Os olhos dele recaem sobre o rastro de sangue, sobre o rosto ainda com a expressão de dor do homem.

— O trabalho é demais para você? — pergunta o soldado, um desafio na voz.

Abro a boca para falar, para fazer com que o homem seja esquecido. Quando ele se vira e segue para a rampa seguinte, o soldado puxa o homem para longe, girando-o sobre a madeira seca. O homem oscila para fora, perde o equilíbrio devido à pedra preta, os braços se agitam para recuperar o equilíbrio. Mas é tarde demais, o movimento é insuficiente, a pedra é grande demais.

O homem cambaleia na beira da plataforma, cinco andares no alto. As mãos dele tentam se agarrar a algo, em um desespero vazio, procurando apoio conforme a pedra negra no coldre se agita, se move, o arrasta para trás. A coisa mais próxima do homem, a única coisa que ele consegue segurar, é o soldado.

Disparo para a frente, o ar está preso em minha garganta seca, uma das mãos deixa o coldre para que eu a estenda, como se pudesse ser capaz de impedir aquilo. Mas conforme a gravidade vence, o soldado sorri, ergue um pé e dá um chute firme no centro do peito do homem.

Um grito sem som se acumula em minha boca quando o homem cai da plataforma. O corpo dele mergulha pelo ar, a rocha negra o puxa mais e mais para baixo, disparando além das cinco plataformas em um movimento dolorosamente lento. O homem se choca contra a terra seca abaixo, uma nuvem de poeira e escombros obscurecem a vista do cadáver deformado dele.

Fico congelada no lugar, presa contra a plataforma. Mas ninguém mais se move. Ninguém grita que o marido ou o irmão ou o filho acaba de cair para a morte. Simplesmente continuam se movendo ao meu redor, arrastando os pés para cima das plataformas e das rampas, caminhando como se pudessem apagar a lembrança do homem a cada passada.

Alguém esbarra em mim conforme passa e sou arrastada de volta para a corrente de trabalho vazio, passo do soldado, os olhos dele brilham para o corpo bem abaixo.

O campo ao longe se agita com uma brisa que não consigo sentir daqui. Ninguém seguiria se eu tentasse escapar. Simplesmente cairiam pelos ares, resignados com o fato de que jamais tiveram a chance de vencer. Ou seriam massacrados depois de minha fuga fracassada.

Minha visão se embaça, mas continuo andando. Mantenho a imagem do rosto do homem na mente, me atenho a ela contra o impulso de correr o mais rápido que consigo, de matar o máximo de soldados possível.

Olho para o chão abaixo, para a poeira que se dissipa e revela o corpo do homem, transformado em um borrão perturbador e confuso na terra. Algo se acumula dentro de mim. Algo perigoso e debilitante e mortal, que surge da parte de mim que se encolhe sempre que o condutor de Inverno é mencionado e ninguém faz as perguntas em que estou sempre pensando.

E se não for o bastante? E se nada do que fazemos for o bastante?

Mas não há outra opção — ou continuamos tentando, ou nosso reino deixa de existir.

Conforme o dia prossegue, a temperatura aumenta tanto que meus olhos parecem nadar em meu rosto, o suor torna tudo escorregadio. Durante parte do tempo que se passa, juro que estou de volta às planícies Rania, seguindo Sir conforme seguimos para Cordell.

Maldita intolerância ao calor. Não darei a Angra a satisfação de desmaiar. Ele não vai me ver morrer tão cedo.

O trabalho é demais para você?

Afasto a memória. Todos ao meu redor parecem reagir ao calor da mesma forma que eu, tropeçando, arquejando no ar abafado. Não fazem mais do que isso, no entanto; não há reclamações, ninguém desaba. Não importa o quanto isso vá de encontro ao nosso sangue inverniano, quase se acostumaram ao calor de Primavera.

Ao meio-dia, fico aliviada por ver que temos um intervalo.

Quase aliviada.

O portão que dá para Abril se entreabre. Os invernianos de pé, na fileira de rochas ao meu redor, tiram os coldres; o restante deles sai em fila das rampas para ficar em nosso entorno. Eu sigo, os olhos buscando o que quer que esteja vindo até nós de Abril.

Crianças invernianas. Algumas mal têm idade o suficiente para falar, quem dirá trabalhar, todas cambaleando para o campo de trabalho com jarras de água que se agitam. Elas se espalham em volta dos trabalhadores e oferecem os fardos que carregam, olhos azuis arregalados brilham dos rostos vazios, braços finos tremem sob as jarras de barro espessas.

Um garoto, com não muito mais do que quatro ou cinco anos, se aproxima de minha fila de trabalhadores e apoia a jarra no chão. Ele mergulha uma concha na jarra e a ergue para a pessoa mais próxima, um homem da idade de Sir que bebe goladas da água. O garoto repete o processo para cada pessoa na fila, até que chegue até mim.

— Nada de água para ela, ordens de Angra! — grita um soldado atrás de nós, estalando o chicote ao lado dos pés do menino. O menino dá um salto, água se derrama nas mãos dele e na terra. Os olhos azuis disparam para os meus quando o menino se prepara para o impacto do próximo golpe do soldado.

Disparo para trás, mais por instinto do que por pensamento racional. O pensamento racional desapareceu assim que vi água e uma sede desesperada se instaurou em mim. Só consigo ver aquela jarra, mas dou mais um passo para trás. Não preciso de água. Não preciso chamar atenção para mais ninguém.

— Não — digo, com a voz rouca. — Ele está certo. Nada para mim.

O soldado, com o chicote pronto, franze a testa ao me ver recuar. Mas eu me viro, pego o coldre e fecho os olhos quando outro pedaço de rocha negra é carregado contra minhas costas. O menino volta a trabalhar, a água se derrama por cima da borda da jarra. Nada de dor, sem repercussões. Nada de água também. Contanto que eu abaixe a cabeça e aceite, não haverá problemas.

É tudo que posso fazer. Ficar fora do caminho, me certificar de que não cause problemas para pessoas que já sofreram tanto, até que eu possa... *o quê?*

Soldados levaram o corpo do morto há horas, deixando uma mancha ensanguentada de terra ao lado da entrada da plataforma. Passo por ela, encaro o sangue seco, sentindo os olhos do menino sobre mim, apenas mais um corpo no arsenal de trabalhadores de Primavera — como o homem que caiu para a morte, um vaso que os soldados destroem por diversão.

Sede desnorteadora me faz tropeçar, mas continuo andando. *Apenas mais um passo, Meira. Apenas mais um.*

23

Trabalhamos até a noite cair.

Conforme o sol cai sobre as muralhas de Abril, um sino toca, chamando os invernianos rampa abaixo. Deixamos os coldres em uma pilha e as rochas não utilizadas para o trabalho do dia seguinte. A parede está um pouco mais alta agora, mas me sentir realizada pela construção desse prédio é tão provável quanto me sentir em dívida pelo ensopado ralo que recebemos após retornar ao campo de trabalhos.

Entorno o ensopado com uma caneca de água e saio correndo antes que alguém possa me punir por me alimentar agora também. Quando foi minha última refeição? O café da manhã em Bithai antes da batalha? Quando quer que tenha sido, faz muito tempo, e meu estômago não está satisfeito com a abundância de nutrientes.

— Você ainda está aqui! — grita Nessa, quando um soldado me empurra para dentro da jaula. Ela se inclina para a frente de onde está sentada, entre Conall e Garrigan, os irmãos dela estão ocupados demais com as próprias tigelas para se importarem se eu sobrevivi ao dia.

— Conseguiu comida? Precisa de mais? — Nessa ergue a tigela de ensopado pela metade para mim.

Um rompante de gargalhada fica preso em minha garganta. Ela está sacrificando a comida por mim, quando eu provavelmente comi mais em Bithai do que Nessa comeu a vida inteira.

Deslizo até o chão, minhas costas são arranhadas pela parede.

— Fique com ela. Estou bem.

O rosto de Conall lampeja com uma breve exibição de surpresa. Ele esperava que eu tomasse a comida dela, alguém que está muito pior do que eu jamais estive? Encaro Conall de volta. Será que pareci egoísta ou ele apenas supôs que eu seria assim?

Eu me mexo na terra, meu estômago se revira ainda mais desconfortavelmente perto do ensopado. Provavelmente pareci egoísta. É isso que fui o tempo inteiro, não é? Não queria ser um peão em um casamento, mesmo que Inverno precisasse do aliado. Queria sair em missões, mesmo que alguém mais forte, mais rápido e mais habilidoso do que eu pudesse ter executado melhor a tarefa.

Antes que eu consiga responder a qualquer pergunta que Nessa acaba de fazer, minhas pálpebras se fecham, puxadas pelo peso de todas as rochas que arrastei rampa acima hoje. Em algum lugar distante, Nessa sussurra para os irmãos e outros invernianos murmuram conversas cautelosas mascaradas pela noite.

Ela está aqui, outra refugiada. E sobreviveu ao primeiro dia.

Sobrevivi ao dia. Outros não sobreviveram.

Dias se passam. Dias subindo e descendo as rampas, comendo ensopado às pressas, caindo no sono enquanto Nessa e os irmãos me observam, cautelosos, do outro lado da jaula. Em algumas noites, Nessa fala comigo, faz perguntas sobre minha vida. Conto a ela o que consigo, até que o olhar irritado de Conall se torne fisicamente doloroso; então paro, me enrosco em um canto e tento dormir. Tento, porque as vozes deles sempre me mantêm acordada.

— Você não deveria se apegar — diz Conall tantas vezes que as palavras ficam marcadas em minha mente.

— Não me importo. *Você* deveria ver se ainda é capaz de se apegar a alguém — dispara Nessa de volta.

Não tenho certeza de com quem concordo. Com Conall, sobre ninguém dever se apegar a mim, pois quem sabe quanto tempo viverei; ou com Nessa, sobre isso não importar. A repetição do trabalho e da tristeza torna impossível fazer mais do que considerar fragilmente essas ideias.

Até minha nona noite aqui.

Um nó de terror se instaura em minha garganta, com gosto de sangue. Acordo sobressaltada de um pesadelo sombrio como a morte, o qual persegue cada gota de sono de meu corpo. Há algo aqui, conosco, nessa cela. Algo sombrio e terrível e...

Nessa se assusta de onde está agachada, diante de mim, poeira sobe das botas dela.

— Você está sonhando!

Recuo às pressas, chocando o corpo contra a parede da jaula. Nessa se vira de joelhos, enquanto os irmãos dela permanecem para trás, me olhando como se eu tivesse entoado um cântico durante o sono.

— Somos Inverno — afirma Conall.

Franzo a testa.

— O quê?

Ele sorri. É um sorriso fraco, arrasado por uma vida de tortura.

Nessa fica de pé, me oferece a mão. Eu aceito, com medo de colocar peso demais nos ossos frágeis dela.

Conall e Garrigan se movem para o fundo de nossa jaula, a parte coberta pelas sombras mais escuras da noite. O campo está silencioso devido à exaustão de um dia de trabalho, o soldado mais próximo é aquele que caminha ao longo de uma cerca de arame farpado.

Eu me movo para a porta da jaula, meus dedos envolvem as barras de ferro. A tranca que nos prende do lado de dentro é tão grande quanto a palma de minha mão, espessa e antiga, e toco a parte de trás de minha trança distraidamente. Não tenho nada para abrir a fechadura ali. Será que eu a abriria, no entanto, se pudesse? Não fiz nada para escapar nos dias em que estive aqui. Não consigo decidir se vale o risco — para mim e para todos ao meu redor.

Está tão silencioso agora, tão calmo que quase consigo esquecer todo o resto. Nenhum chicote ou grito de dor ou rosto vazio contraído devido à morte iminente. Apenas céu negro e estrelas e...

Algo range atrás de mim e me viro.

Uma porta.

Garrigan a puxa para cima, do chão, poeira e rochas caem das velhas tábuas de madeira. Abaixo, descendo para dentro da terra, um túnel oco cai na escuridão.

— O que é isso? — sussurro.

Nessa me olha por cima do ombro.

— Eles querem conhecer você.

Conall entra no buraco primeiro e mergulha para a escuridão. Um estampido me diz que ele não caiu muito longe e, efetivamente, duas mãos sobem de volta para Nessa. Ela se joga para a frente e some na escuridão, e apenas Garrigan permanece comigo.

— Aonde leva?

Ele indica o buraco e oferece um fraco gesto de ombros.

— Você vai ficar bem — promete ele. Nos olhos de Garrigan há uma mistura perfeita da esperança de Nessa e da rigidez de Conall. Garrigan é a cola que evita que eles se despedacem.

Escorrego pelo chão. Minhas botas empurram terra para o túnel, uma escuridão tão completa que só consigo sentir Conall me encarando, não consigo encontrar os olhos ou a silhueta dele.

Duas mãos me alcançam.

— Venha.

Exalo e caio para a frente, deixando que as grandes mãos dele me segurem e me coloquem no chão de terra. A porta bate, fechando-se acima de nós, e ouço Garrigan alisar a terra sobre ela, o roçar baixo de pedrinhas sobre a madeira é o único barulho.

Dedos encontram os meus, mas não são os de Conall. Essa mão é delicada, fria, como uma boneca de porcelana que ganhou vida. Nessa me leva para a lateral do túnel e pressiona minha mão contra a rocha, projeções irregulares de terra e pedras espessas despontam em calombos esquisitos. Será que eu deveria...

Paro. Há algo na parede, sulcos irregulares que preenchem quase todos os espaços lisos.

— O que é isto? — Coloco as duas mãos na rocha e sigo os entalhes. Estão por toda parte, revirando-se para baixo e para cima, subindo pelo teto baixo e disparando pelo chão.

Nessa mexe em algo ao meu lado e um ruído rápido, de arranhões, dá vida a uma faísca. Ela ergue a vela, o rosto pálido brilha amarelo à luz.

Conall nos observa do perímetro da luz da vela, o olhar de reprovação dele é pesado.

— Não temos tempo.

— Shh — diz Nessa ao irmão. — Ela precisa ver. E é bom que nós também vejamos.

Isso o deixa calado e os olhos de Conall se movem para as paredes ao nosso redor, a expressão relaxa levemente. Exalo, meus músculos tensos se suavizam.

— São lembranças — continua Nessa, com os olhos no teto. — Lembranças de Inverno.

Milhares de palavras se enroscam por aquele estreito corredor, enchendo as pedras com frases irregulares, estendendo-se até uma porta no final.

Um parágrafo foi gravado na pedra negra, as palavras estão gastas pelo tempo.

O nome de minha filha era Jemmia. Ela queria ir a Yakim para estudar na Universidade Lord Aldred. Tinha 19 anos.

Outro está entalhado na própria rocha.

No primeiro dia do verdadeiro inverno, todo inverniano se reunia para um festival no mercado da cidade dele. Comíamos morangos congelados e gelo com sabor de vinho para comemorar o nascimento do inverno pelo mundo todo.

Mais e mais:

Havena Green trabalhava na mina Tadil, nas montanhas Klaryn.

Meu pai morreu soldado, lutando na linha de frente, quando Primavera atacou. O nome dele era Trevor Longsfield e a esposa era Georgina Longsfield.

Todos os invernianos são aninhados em caldeirões de neve no quinto dia após o nascimento deles. Jamais vi um bebê inverniano chorar durante esse ritual — na verdade, eles parecem gostar.

Cerimônias de casamento invernianas são feitas durante a primeira neve da manhã. A noiva e o noivo bebem de um cálice de água, e a água que resta é con-

gelada em um círculo perfeito para representar união. O círculo é enterrado sob o local da cerimônia.

Uma duquesa de Ventralli visitou certa vez e reclamou que o ar frígido de Jannuari tornou nosso reino insuportável. O mordomo dela prontamente respondeu: "Minha senhora, Primavera está tentando mudar o frio de Inverno há séculos. Duvido que consiga fazê-lo mais rápido do que eles."

Meus olhos se enchem com as palavras entalhadas na parede, palavras curvas ao redor de rochas impenetráveis e desbotadas pelo tempo. Todas elas são absorvidas por mim, espiralando pela luz de velas tremeluzente. Ouvi algumas dessas tradições antes, nas aulas de Sir — frutas congeladas e a celebração do primeiro dia do verdadeiro inverno. Mas o restante, bebês em caldeirões de neve, cada história individual...

Queria ter sabido disso. Queria ter levado essas palavras comigo em todos os momentos da vida.

— Quando Angra atacou, ele queimou tudo, arquivos e histórias e livros. Então decidimos gravar nossa história nos túneis. — Nessa segura a vela na palma da mão, a luz projeta um brilho etéreo ao redor do corpo dela.

— Túneis? — Olho para ela, minha testa se franze.

— Quando fizeram o campo de trabalhos forçados de Abril — diz Nessa —, o fizeram sobre um gueto existente no centro da cidade. Os invernianos que o construíram, no entanto — soldados primaverianos apenas supervisionaram. Muitos dos prédios originais tinham porões, adegas que foram deixadas intactas. Elas se tornaram túneis para nós, um mundo secreto sobre o qual os soldados de Primavera não sabiam. Todos os túneis davam...

— Para fora?

Assim que pergunto, ouço meu erro. Se os túneis dessem para fora, ninguém estaria ali. Afasto o olhar de Nessa e Conall antes que qualquer um possa responder.

Nessa passa para meu lado, os dedos dela vão até um entalhe no qual traça a primeira letra.

— Esses túneis oferecem um tipo próprio de fuga. Conall e Garrigan me ensinaram a ler com esses entalhes. É importante lembrar deles — diz Nessa para mim e Conall, que parece um pouco menos irritado. — Só para o caso.

— Só para o caso de quê? — pergunto, mas já sei.

Quando Nessa fala de novo, a voz dela é triste.

— Para o caso de ninguém que se lembra sobreviver.

Eu me viro para que Nessa não veja as lágrimas que enchem meus olhos. Porque quando um garoto de 16 anos se tornar rei de Inverno, e não houver registros que mostrem a ele a história de Inverno, precisaremos depender das memórias desbotadas de nosso povo para nos mostrar o que fazer.

Esses parecem problemas triviais, no entanto. Problemas que seríamos gratos por ter, questões normais sobre a competência de governantes e a sucessão de tradições. Não são como a questão de se nosso povo sequer sobreviverá para ter tradições.

Passo a mão por uma frase, desejando saber que pessoa a escreveu, e que eu pudesse memorizar essas palavras para poder contar a Mather. Será que ele e eu fomos colocados em caldeirões de neve quando tínhamos cinco dias?

Um último entalhe me chama a atenção, as letras estão cobertas de poeira.

Um dia, seremos mais do que palavras no escuro.

É difícil caminhar sob tudo isso, mas Nessa pega minha mão e me puxa para a frente. Obviamente, esse não é nosso destino. Como algo pode ser mais importante do que isso? Quero ficar ali embaixo, memorizar cada palavra até que não consiga pensar ou sentir ou respirar qualquer outra coisa...

Mas chegamos à porta, que consiste em alguns pedaços frágeis de madeira velha pregadas, e Conall abre, me mostrando algo que é infinitamente mais importante do que palavras no escuro.

Pessoas na luz.

Nessa sopra a vela e semicerro os olhos devido à iluminação repentina, ergo uma das mãos para proteger a vista. Nessa me puxa para dentro e Conall empurra a porta na direção do túnel, nos fechando do lado de dentro de uma grande sala circular escavada na terra, rochas despontam das paredes, do chão e do teto, grandes ou inconvenientes demais para serem movidas durante a construção. Velas estão amontoadas em cera há muito derretida, montanhas de um branco leitoso que tremeluz com pontas laranja. Estão por toda parte, preenchem cada reentrância, dão à sala um brilho delicado. Mais portas levam para fora, por todas as paredes, como se a sala fosse o centro de uma roda e os túneis fossem os raios. Daquelas portas, entrando e enchendo a sala cavernosa, vêm mais invernianos.

— Ai! — Nessa puxa minha mão. Meus dedos se enterraram no braço frágil dela em busca de apoio.

— Desculpe. — Eu me afasto. — O que é este lugar?

— Nós escavamos esta sala para nos conectarmos a todos os porões e as adegas restantes — responde Conall, em vez da irmã, com a voz grave estoica. — Estamos no meio de Abril, longe demais para fazer um túnel e sair da própria cidade, então esta pareceu a melhor alternativa. Precisávamos nos manter ocupados durante 16 anos de aprisionamento, de alguma forma.

Engulo em seco.

— Por que estamos aqui?

Conall me lança um olhar curto.

— Você sobreviveu aos primeiros dias; eles querem conhecê-la. Por mais que seja estúpido ter tantas pessoas aqui embaixo de uma vez. — Conall para enquanto reavalia minha pergunta. — Mas a melhor pergunta é, por que *você* está aqui?

Eu o encaro, com os olhos ríspidos, e digo a única coisa que posso.

— Eu deveria estar aqui desde o início.

Conall recua, erguendo as sobrancelhas.

— Essa é ela?

A voz ecoa pela sala, silenciando os murmúrios ao nosso redor. Todos os olhos estão sobre mim, e imagino há quanto tempo estão encarando. Provavelmente desde que chegaram. Sem soldados dos quais se esconder, nenhuma punição a temer, estão livres para encarar boquiabertos e imaginar e esperar, contanto que estejam confinados a esse refúgio que construíram.

A dona da voz abre caminho em meio à multidão. É uma mulher, o corpo idoso curvado sob 16 anos de trabalho árduo. Mas assim que os olhos azul-claros dela se fixam nos meus, a mulher endireita o corpo, afastando qualquer exaustão.

— Você — sussurra ela. Os dedos retorcidos da mulher se estendem quando ela me toca, então coloca uma das mãos de cada lado de meu rosto. A mulher me encara, vê além de mim, algo profundamente atrás de meus olhos que relaxa o rosto dela com satisfação. — Sim — diz ela. — Você é Meira.

Eu me desvencilho das mãos dela.

— Como sabe disso?

A mulher sorri.

— Conheço todos que escaparam de Angra naquela noite. Os últimos que vieram para cá nos contaram sobre todos vocês.

Crystalla e Gregg. Recuo como se pudesse fugir da dor da memória. O rosto da mulher é sereno, calmo. Ela ainda espera ser resgatada também.

Os invernianos ao redor dela não têm tanta certeza. A maioria tem a aparência de Conall, sombrio e revoltado, curioso a respeito da nova visitante, mas sem querer gastar energia com esperanças de fugir.

A mulher avança.

— Havia originalmente 25 de vocês, não? Da última vez que tivemos notícias, o número era dez.

Ela espera, e sei que quer notícias do mundo exterior, dos sobreviventes e de quantos restaram para liderar o ataque contra Primavera. *Oito*, quase digo. Mas, não, são sete agora. E quem sabe quantos outros morreram na batalha por Bithai? Dendera, talvez. Finn. Greer ou Henn. Talvez Primavera tenha alcançado a cidade e até mesmo Alysson esteja...

Meu queixo cai.

— Sete. Talvez menos.

Murmúrios baixos irrompem pela multidão. O número faz com que as pessoas franzam ainda mais a testa e posso sentir a censura se incendiar. Como nós os desapontamos.

A mulher ergue meu queixo, sorrindo, como se nada tivesse mudado.

— O rei?

Um rompante de agonia me atinge. Mather. Consegui não pensar muito nele desde que cheguei. O último grito dele, de despedida, ecoa pela minha mente, desesperado e petrificado, conforme era levado de volta para Bithai enquanto Herod estava sobre mim...

— Vivo — sussurro. — Em fuga pela vida, mas vivo.

A mulher assente. Ela me dá o braço e me vira para a multidão, de costas para Nessa e para um Conall resmungando.

— Sou Deborah — diz a mulher, me levando ao centro da sala. Estamos cercadas por invernianos de todos os lados, um mar de cabelos brancos, olhos azuis e cautela misturados com alguns rompantes de esperança. — Eu era a mestra da cidade de Jannuari. Dos invernianos que restam em Abril, sou a de maior hierarquia. — Deborah pausa, como se esperasse que eu respondesse.

Ajusto o braço, ainda entrelaçado ao dela, esticando os dedos no ar. Está quente ali embaixo, quente demais, e consigo sentir todos os olhos me observando. Então faço a única pergunta que posso fazer.

— O que espera que eu faça?

Digam-me como salvá-los. Não sei o que fazer.

Deborah fica em silêncio por um momento, o rosto dela distante como se estivesse formando um plano na mente. Ela desvia o olhar de mim, para a multidão, e aperta minha mão.

— Esta é Meira — anuncia Deborah. — É uma dos 25 que escaparam de Angra na noite em que Inverno caiu. Prova viva de que o mal dele não é tão absoluto quanto queria que acreditássemos.

Contenho um lamento. É exatamente o que Sir nos contou. Que nossas vidas importam simplesmente porque existimos — provas vivas, respirando, de que Inverno sobreviveu. Sir adoraria ver essa caverna que construíram e como criaram uma pequena liberdade na prisão de Angra. Ele encontraria uma forma de transformar o ódio em adoração e, ainda melhor, encontraria uma forma de tirá-los dali.

Sir deveria estar com eles. Ele ou Mather. Não eu.

— Ela veio até nós como um farol, como os demais que passaram por Abril...

Gregg e Crystalla provavelmente ficaram nesse mesmo lugar, provavelmente recostados à parede. E morreram. Ninguém aqui sabe mais do que o fato de que partiram, Angra os tirou do acampamento e eles jamais voltaram.

— ...uma luz para projetar esperança em nossa tristeza — continua Deborah. — A presença dela significa um despertar, um lembrete que tão desesperadamente precisamos de que somos mais do que os escravos de Angra!

A multidão murmura consigo mesma. Aqueles que me olham com esperança começam a sorrir, começam a assentir, mas o restante simplesmente ignora o discurso de Deborah como se já tivessem ouvido tudo antes. Como se as palavras dela fossem aquela sala, uma coisa vazia e esquecida. Só mais uma espada trêmula erguida contra a mente mais grandiosa de Primavera.

Deborah ergue minha mão ao ar, o rosto idoso dela parece dez anos mais jovem com a alegria. Posso sentir as palavras de Deborah vindo, fervilhando com esperança, a esperança de Nessa, todos aqueles rostos frágeis esperando pelo grito dela.

— Somos Inverno! — grita Deborah.

A mesma frase que Conall disse momentos antes. O significado leva os mais esperançosos a comemorar, um punhado de vozes contra o desdém desconfiado dos demais. Deborah deve vê-los, aqueles com expressões irritadas, que sussurram enquanto os conterrâneos comemoram. Ela deve conhecer os perigos de falsas esperanças a essa altura. É cruel que dê isso a eles; é cruel me dizer que terei qualquer destino que não a própria morte ali.

Puxo a mão e Deborah me encara.

— Não. — Minha resposta é imediata, impensada, impulsionada por algo que se acovarda no fundo de minha alma. — Não. Sou apenas... sou apenas uma garota. O que acha que eu posso *fazer*? Não é justo que deixe que eles...

Deborah ergue uma sobrancelha.

— *Justo* seria se nada disso tivesse acontecido desde o início. *Justo* teria sido viver uma existência despreocupada em Jannuari, com uma cama quente e uma família carinhosa. Nada é justo, Meira.

Dou um passo para trás. Tudo isso me lembra tanto de Sir que meu peito dói. Não quero essa vida tanto quanto deveria. Eu quero...

Mas nada vem. Nada da minha habitual certeza sobre o que quero, quem quero ser, e a única coisa que penso, sinto, sequer sei, é o seguinte: *Não importa o que eu quero*. Meus desejos não importam aqui. Jamais importaram. Enquanto eu tirava vantagem impiedosa do fato de que jamais precisei lidar com crescer em escravidão, eles estavam aqui. *Aqui.*

Sou apenas eu agora, como Hannah disse. Sir deveria estar aqui, é verdade. Mather deveria estar aqui. Mas eles *não estão*. E já que sou apenas eu, devo a eles fazer tudo que posso para libertar nosso povo. Mesmo que eu morra aqui, morrerei com importância, é isso que eu sempre quis, não é? E importarei, mas não dentro dos meus parâmetros — importarei de formas além de minha compreensão dessa palavra, porque importarei da forma que meu reino mais precisar. Isso, acho, é uma marca mais verdadeira do pertencimento a algum lugar — estar disposta a fazer qualquer coisa, *tudo*, que precisa ser feito, independentemente do que quero.

Assim que esses pensamentos enchem minha mente, uma represa estoura e a necessidade me inunda, esfriando minhas bochechas, fazendo braços e pernas formigarem. Lutei por tanto tempo e tão intensamente para ser *eu*, para ser Meira em meio a tudo isso, para ajudar Inverno de minha própria forma única. Mas a questão não é o que *eu* quero, é o que Inverno precisa. Sempre foi sobre o que Inverno precisa.

Enquanto Deborah me encara, enquanto os invernianos comemoram em grupos silenciosos, baixinho, de novo, percebo que eles me tornam mais *eu*, mais presente do que jamais me senti na vida. Como se estivesse esperando todo o tempo para entender o quanto maior, melhor, mais revigorante, mais do que qualquer coisa que eu poderia ser sozinha.

Deborah coloca a mão em meu braço, dá um apertão carinhoso.

— Sua presença é prova de que há vida fora das paredes de Angra. — Ela sorri para a multidão. — Mesmo a nevasca mais forte começa com um único floco de neve.

Por fim, a conversa animada se dissipa em silêncio ansioso. Não podemos ficar lá embaixo por muito tempo — essa caverna foi feita para que poucas pessoas pudessem se encontrar de vez em quando, não para que todos estivessem ali ao mesmo tempo. O único motivo pelo qual arriscaram hoje sou eu. Esse pensamento faz com que pânico percorra meu corpo, e saio atrás de Nessa imediatamente.

Ela e Conall me levam de volta pelo túnel. Duas batidas em uma porta de madeira acima de nós e Garrigan abre, estendendo a mão para baixo para ajudar Nessa primeiro, então eu. Conall sobe sozinho, então fecha a porta, arrastando terra e pedras de volta sobre a porta antes de se acomodar perto das barras da entrada, com Garrigan do outro lado. Um olhar para eles, para o modo como verificam o caminho além de nossa prisão, me diz que os dois mantém guarda sobre nós. Não que pudessem fazer muito para nos proteger de soldados, mas é um pequeno conforto saber que estão aqui.

Nessa se senta ao meu lado e abraça os joelhos. Está apenas um pouco mais iluminado na cela do que no túnel, o céu ainda está naqueles momentos finais em que o sol paira por trás do horizonte, apenas esperando o momento de nascer entre as sombras e inundar o mundo com brilho.

Nessa me olha, os olhos dela brilham.

— Conall vai aceitar. Todo mundo também. Eles simplesmente não confiam em si mesmos para ter esperanças.

Mantenho os olhos fixos em Nessa, na escuridão.

— Por que você confia?

Ela afasta o olhar, remexendo no tecido. O vestido está grande demais, dois tamanhos acima do dela, uma prova manchada e gasta de seu tempo no campo de trabalhos forçados.

— Quando eu vi você no palácio — começa ela, as palavras são como um murmúrio contra o silêncio do campo. Todas as outras jaulas estão silenciosas, forçadas a uma mudez apavorada pela ameaça de monstros no escuro. — *Senti* você quando o soldado me chicoteou até que eu caísse. Nunca consegui enfrentar aquilo sem gritar, mas quando vi você nos observando... não sei. Tive a força de não gritar.

Abraço meu corpo e encaro minhas botas.

— Você é tão mais corajosa do que eu jamais conseguiria ser, vivendo aqui todos esses anos. Não acredito que eu tenha feito alguma coisa para ajudar.

Nessa se aproxima de mim, a cabeça dela se abaixa sobre meu ombro e ela boceja.

— Eu acredito. E em breve todos acreditarão também.

— E quanto a Gregg e Crystalla — sussurro —, você acreditava no mesmo a respeito deles? — *Porque eles fracassaram*. Mas algo me impede de acrescentar isso, algo que não quer lembrar Nessa do quanto estamos indefesos.

Ela dá de ombros.

— Eu queria.

Espero que Nessa explique, mas o ressonar baixo dela é tudo que ouço. É quase manhã. Quem sabe que horrores o dia de hoje trará? Preciso de cada gota de força que conseguir.

Quando me apoio contra a parede, com o cuidado de não perturbar Nessa, meus olhos seguem para Conall. Agachado ao lado das barras, ele me observa, olhos azul-escuros brilhando na noite. Conall olha para Nessa, então de volta para mim, algo na expressão dele se suaviza.

Mather tem os mesmo olhos. Os mesmos olhos indecifráveis e infinitos de safira. Meu coração tem um espasmo, mas antes que eu consiga me afogar em lembranças do passado, tranco a porta dos pensamentos em Mather.

Assinto para Conall e prendo o fôlego. Depois de um segundo, dois, ele assente de volta.

24

SEMANAS SE PASSAM. Toda manhã, passo alguns minutos terríveis imaginando se aquele será o dia em que Angra mandará me buscarem, mas ele não manda, e os soldados me agrupam com os trabalhadores destinados à muralha. Trabalho sem água até o pôr do sol, engulo o ensopado frio e desabo na jaula. E todos os dias, em meio ao trabalho, em meio à espera, faço a mesma pergunta a mim mesma, diversas vezes.

O que posso fazer para nos ajudar?

Guardo essa pergunta para mim, bem escondida no fundo da mente, para que ninguém mais possa ser punido por planejar uma fuga. Mas todas as respostas em que penso são frágeis e fracas. Nocautear um dos guardas — com que finalidade? Empurrar alguns dos soldados das rampas, para que morram — e ser empurrada também? Deve haver *alguma coisa.*

Meus músculos jamais se acostumam com as subidas e descidas das rampas e minhas pernas fraquejam toda noite, até que eu desmaie em rompantes inquietos de sonhos, lampejos sombrios e esparsos que não fazem sentido. Sir e Noam discutindo nas planícies Rania, grama dourada da pradaria açoitando-os conforme nuvens de tempestade avançam acima. Mather de pé sobre um soldado morto de Primavera, olhos no medalhão, enquanto ele o segura como se quisesse atirar o objeto à terra. E Theron, preso em um palácio tão negro quanto a noite, lutando, com os dedos ensanguentados, contra monstros de sombras.

Será que algum dia saberei o que aconteceu com eles? Será que conseguirei prestar homenagem a Sir, ficar sobre o túmulo dele e dizer um último adeus?

Meus outros sonhos, os que Hannah me mostrou, são aqueles aos quais me atenho. A história da magia, o verdadeiro motivo pelo qual os Condutores Reais foram feitos. Mesmo o lampejo que vi quando toquei Angra, dele se encontrando com Hannah nos campos de Inverno, os sussurros de um acordo sendo feito. Há algo nisso tudo, alguma solução que Hannah estava tentando me fazer compreender, mas só consigo pensar em mais perguntas sem resposta.

Ela disse que a Ruína usava as pessoas como condutores dela. Magia negra *escolhia* o hospedeiro. Se magia negra pudesse escolher o hospedeiro — então, e quanto à nossa magia? Para onde foi a magia de Inverno quando Angra quebrou nosso medalhão? Será que escolheu ir para outro lugar? Essas são perguntas que ninguém ousou fazer durante 16 anos, porque dói considerar qualquer alternativa — ou pensar que a magia sumiu. Então simplesmente estampamos sorrisos falsos e nos asseguramos de que ela estava esperando que reuníssemos as metades de nosso condutor, esperando que reconstruíssemos o hospedeiro dela.

Mas e se foi para outro lugar? Encontrou outro hospedeiro?

Ou se sumiu mesmo?

Essas perguntas são definitivas demais para mim. Preciso de algo que me ajude *agora* — então carrego os sonhos comigo, cutucando-os de todos os ângulos conforme subo e desço as rampas. Tudo precisa se encaixar.

Mas não faço ideia de como.

À noite, Nessa me conta sobre a vida dela. Tem a minha idade, 16 anos. O pai dela era sapateiro e fazia os melhores sapatos de Jannuari, e a mãe dela era uma das costureiras de Hannah. A dedicação dos pais de Nessa a Inverno era tão determinada que, quando Angra atacou, eles ordenaram que Conall, com 17 anos na época, protegesse Garrigan, com 12, e a recém-nascida Nessa, enquanto ajudavam na luta. Os dois morreram naquela noite, e tanto Conall quanto Garrigan passaram os últimos 16 anos lutando para permanecerem vivos por ela.

Nessa fala sobre essas lembranças como se fossem dela, da mesma forma que eu repetiria histórias para mim até que tivesse certeza de que também tinha estado na corte de Hannah e pudesse me lembrar de um reino trancafiado na neve.

— Como sabe tudo isso? — pergunto a Nessa certa noite, quando não aguento mais. Quando encará-la se torna insuportável demais, como olhar em um espelho de como deveria ter sido minha vida. Criada em um campo de trabalhos forçados, obrigada a construir Abril assim que teve idade o suficiente para ficar de pé. Cercada pelos resquícios de uma família e dos pedaços ainda mais esparsos de um reino, cada alma destruída agarrando-se a memórias que não são nem de Nessa, nem minhas.

— Meus irmãos e a caverna das lembranças — diz Nessa, simplesmente. Como se fosse o suficiente ouvir histórias passadas de geração em geração e ler sobre nossa história em linhas escritas às pressas em paredes de rocha. Como se aqueles minúsculos pedaços de informação fossem o bastante para ela, apenas para ter algo.

Nessa mergulha de volta na história, sobre um vestido que a mãe dela fez. Deveria ser um vestido simples, mas a costura era tão detalhada que Hannah optou por usá-lo no casamento dela com Duncan, o pai de Mather. Nessa profere as palavras para mim como uma tapeçaria cuidadosamente tecida de um passado que não pertence a nenhuma de nós. Que um dia pertencerá.

Eu encosto na parede, com os joelhos no peito. Não consigo deixar de pensar que ela está certa — qualquer ínfimo trecho de informação basta. Mas merecemos mais do que isso.

E estou cansada de esperar por *algum dia*.

Algum dia seremos mais do que palavras na escuridão.

Aquela noite permanece comigo durante os próximos dias, conforme subo e desço as rampas. A caverna das lembranças, as palavras gravadas na pedra, o suspiro de esperança de Nessa.

— *Esses túneis oferecem um tipo próprio de fuga.*

E percebo, em meio a todos esses lampejos de desejo, a esses pulsos do que poderia ser, que aquilo que os invernianos precisam acima de tudo é exatamente o que a caverna oferece, mas em escala maior: esperança. Esperança para tornar as vidas mais alegres; esperança para ajudá-los a suportar. Preciso acreditar que Mather ainda está lá fora, reunindo apoio e preparando um exército para marchar para Primavera, e que um dia ele derrubará as muralhas de Abril. Mas caso eu viva ou não para ver esse dia, vou morrer em um gesto feroz que fará com que Angra amaldiçoe o momento que ordenou que Herod me colocasse aqui dentro — e que prove para os invernianos que esperança ainda existe.

Animação me preenche, me deixa ansiosa e pronta para colocar um plano, qualquer plano, em ação. Eu me arrependo de ter me deixado ficar tanto tempo deprimida antes de, de fato, *tentar* fazer alguma coisa.

E, um dia, um plano se forma em minha mente. Um plano para derrubar mais do que um ou dois soldados — um plano para derrubar tantos deles que os invernianos notarão, sentirão o peso se levantar. Não liberdade, mas o primeiro passo em direção a uma jornada mais longa. Um impulso na moral.

A cidade funciona com a eficiência e a ordem de uma máquina cuidadosamente controlada — cada soldado em seu lugar, cada porta bem trancada. Isso significa que programações são a norma, e semanas de repetição gravam as rotinas dos soldados em minha mente também. Quando eles nos buscam todas as manhãs; quando nos dispensam toda noite; quando mudam de turno. A repetição os torna eficientes, sim, mas também dá aos soldados uma enorme fraqueza: ela os torna previsíveis.

Sei, por exemplo, que os soldados posicionados nas rampas mudam de turno todo dia ao meio-dia e que as rampas ficam livres de invernianos, que se reúnem em volta das crianças com as jarras d'água. Pelo mais breve momento, não somente as rampas estão livres de invernianos, mas também estão lotadas com o dobro do número de soldados de Primavera — aqueles que saem e os que ocupam os novos postos.

E embora Herod tenha tomado minhas armas muito antes de chegarmos a Abril, ainda tenho um minúsculo pedaço de metal comigo — a fivela que prende o cinto em minha calça. Então, depois de outro dia interminável trabalhando na muralha, rastejo para a jaula com Nessa, Conall e Garrigan, espero que os soldados nos tranquem e, com cuidado, tiro a fivela da faixa de couro.

Nessa e os irmãos me olham enquanto estou curvada no canto, tirando a fivela e usando um pedaço dela para afiar o outro. Raspo metal em metal, tão concentrada que não sei se Nessa tenta me dizer algo antes de cair no sono e, pela manhã, tenho uma linda e pequena faca na palma da mão. Tão longa quanto meu dedo indicador, um dos gumes afiados até virar uma lâmina. Aperto a faca com tanta força que o fio corta minha pele quando me junto ao restante do grupo destinado à muralha.

A rotina na muralha não mudou. Coldres, rochas às costas, subindo e descendo, subindo e descendo pela madeira rangendo. Antes de subir as rampas, olho para a estrutura, um breve olhar que passa despercebido. A primeira tábua de madeira se inclina para cima do lado direito da estrutura, conectada às rampas acima com vigas de madeira em todos os cantos. Mas se as outras vigas estivessem enfraquecidas e a da base se partisse enquanto os soldados de Primavera trocam de turno no meio do dia...

Se isso trouxer o menor pingo de esperança aos invernianos, valerá a pena.

Viro a lâmina improvisada na mão, mantendo-a apontada entre os dedos, e a cada repetição de ida e volta, ida e volta pelas rampas de madeira, estendo a mão e deslizo a lâmina contra as vigas que nos seguram no ar. As vigas são tão finas quanto meu pulso, a madeira já está arqueada e enfraquecida devido ao sol e não é preciso muito esforço para formar pequenos sulcos. Mas apenas em todas as vigas do lado direito, e apenas o suficiente para, devagar, imperceptivelmente, parti-las ao longo dos próximos dias.

Ida e volta. *Corte.*

Ida e volta. *Corte.*

Três dias disso, e estou progredindo. Consigo ver linhas finas se formando nas vigas, discretas o bastante para que todos passem direto, confundindo-as com o desgaste natural da madeira. E enquanto o sol sobe no céu do terceiro dia, aproximando-se do meio-dia, meu coração bate mais e mais forte no peito. Está quase pronto, quase fraco o bastante. Mas e se eu calculei errado, e a coisa toda cair cedo demais? E se eu mandar dezenas de invernianos ao chão, para as mortes deles? Não tenho tempo de responder a minhas preocupações. Não calculei errado. Não vou matar ninguém, a não ser soldados de Primavera, e os invernianos verão que revidar é possível.

Isso vai funcionar.

O meio-dia chega com o ranger do portão. Ele ecoa pelo pátio, um gemido agudo que faz a adrenalina irromper dentro de mim. Respiro fundo e reduzo a velocidade nas rampas, ficando para trás na fila de invernianos que se dirigem para baixo, para o descanso de água do meio-dia.

Suspiro, me demorando, observando o último inverniano se arrastar pela terra.

Agora.

Soldados de Primavera passam por mim em fila, pisoteando a rampa a caminho de seus postos. Eu conto quantos são, adicionando ao número dos que já estão acima de mim. Vinte e quatro.

Passo a faca pela última viga uma última vez, aprofundando o sulco que tenho feito durante os últimos três dias.

AGORA.

Com um esbarrão forte, meu ombro atinge a viga, partindo a frágil estrutura ao meio. Continuo andando, concentrada nas pessoas diante de mim, os invernianos que bebem água em conchas de barro. Não nas rampas, nas outras vigas do lado direito se quebrando, uma após a outra, até o alto.

Pop. Pop. Pop. Pop.

Tudo se segura por um momento, a inspiração antes do grito agoniante de terror. Então, como se todos tivessem percebido o que está acontecendo ao mesmo tempo, todos os soldados de Primavera gritam, as tábuas se desintegram sob os pés deles em uma imensa rachadura de madeira destruída.

Os invernianos olham boquiabertos para a estrutura que desaba. Outros soldados de Primavera disparam para a frente como se pudessem ajudar, como se pudessem impedir. E eu me viro para observar a estrutura cair, observar tudo desabar, incapaz de me livrar do sorriso malicioso no rosto.

Espero que os sinta morrer, Angra, penso, soltando um grunhido pelo nariz. *Espero que você sinta os corpos deles se partindo.*

— Você!

Em meio ao caos da estrutura caindo, na nuvem de poeira que explode ao redor da madeira destruída, um soldado me olha. O rosto dele se contrai com ódio puro, uma das mãos aponta para mim.

— Você fez isso! — grita o homem.

Não sei como ele sabe. Talvez tenha me visto esbarrar na viga, talvez tenha me visto sorrir. Como quer que saiba, confirmo com um sorriso e ergo a maravilhosa faca. Não me importo mais. Mostrei aos invernianos que revidar ainda é possível. Não preciso olhar para trás para ver que emoção os envolve — assombro ou alívio ou medo. O que quer que seja, em algum momento vai se tornar esperança. Em algum momento dará início à nevasca deles.

E eu teria conseguido me entorpecer com esse pensamento, deixar que qualquer que fosse o destino recaísse como um dilúvio, não fosse pelo súbito grito que perfura o ar.

— Não a machuque!

O menininho. Aquele que foi repreendido por me oferecer água no primeiro dia, aquele que me observa todos os dias desde então, com os olhos azuis redondos pedindo desculpas, curiosos e determinados ao mesmo tempo. Todos os dias ele me olha, os dedos fechados com força sobre a concha de água. E todos os dias dá meio passo na minha direção, como se quisesse quebrar as regras, quisesse ajudar, mas sempre cede ao medo antes de ir mais longe.

Mas hoje ele afasta o medo, bate com a concha no chão, quebrando o barro. O menino corre pelo pátio na minha direção, disparando pelas dezenas de invernianos boquiabertos que encaram a confusão de madeira, poeira e rochas ainda se ajustando, os escombros misturados aos corpos de soldados de Primavera.

Toda a atenção é voltada para o menino, as perninhas dele disparam pelo chão, e ele grita conforme segue:

— Não a machuque! Quero que ela viva... não a machuque! PAREM DE NOS MACHUCAR!

A voz do menino me perfura, mais afiada do que a faca em minha mão, mais mortal do que a estrutura que acaba de desabar. Seguro o peito, cravo os dedos no espaço acima do coração.

Ele vai ser morto. Por minha causa.

O soldado se vira quando o menino para subitamente diante dele. O rosto redondo do menino está vermelho de ódio, as mãos dele estão fechadas em pequenos punhos, os olhos estão acesos de fúria. O menino rosna para o soldado, como se fosse somente o necessário para impedir um ataque, e fica de pé ali, mantendo a posição.

O soldado pisca, surpreso, antes de reagir. Vejo que tudo acontece em um lampejo de terror e grito, uma única palavra rompe minha confiança, minha satisfação de matar tantos dos homens de Angra de uma vez, rompe qualquer alegria que tive ao pensar naquele plano.

— PARE!

Mas nada para. Não o soldado, não os homens atrás dele, cambaleando para separar os destroços, arrastando para fora alguns dos colegas ainda vivos. Não a compreensão que toma conta de mim, me mostra o que acabei de fazer, o que está acontecendo ao meu redor.

Eu poderia ter matado meu povo. E agora o menino vai sofrer por isso.

— Escória inverniana — sibila o soldado, e puxa um chicote do gancho no cinto, então o estica com um único estalo que faz o menino desabar de joelhos, abrindo a carne sobre os pequenos ossos dele.

— Pare! — grito de novo, e avanço para a frente, mas mãos frias me puxam para trás e a pequena faca dispara de minha mão, caindo na poeira. Eu me debato contra dois invernianos que me seguram, mas eles não cedem, as expressões exibem olhares determinados.

— Você está piorando — geme um deles, e me puxa para trás. Para longe do menino, que grita de novo, e o estalo do chicote é o único outro som que interrompe a dor dele.

— Não posso simplesmente ficar aqui — disparo de volta. — Não posso mais ficar sem fazer nada.

Não me arrependo de fazer as rampas desabarem. Não me arrependo de agir. Mas sempre me arrependerei de permitir que qualquer inverniano sinta dor quando eu poderia tê-lo ajudado, quando poderia tê-lo salvo.

Lágrimas brotam em meus olhos, embaçando tudo. Os homens me soltam quando os empurro e disparo para o menino. As costas dele são uma confusão de sangue agora, linhas espessas marrons escorrem por um borrão de vermelho escarlate. Fico de joelhos diante dele, aninhando a cabecinha branca do menino enquanto ele se abraça, formando uma bola, na terra. Seguro o menino como deveria ter segurado o homem, com a rocha negra e pesada puxando-o para fora da plataforma, rolando pelo ar como um ímã que é arrastado para o polo oposto. Indefeso e sozinho, caindo e caindo, deixado para morrer enquanto uma batalha se desenvolve ao redor dele, enquanto sou atirada pelos ares por um canhão e Mather é arrastado até Bithai...

O chicote estala, mas eu o seguro dessa vez, o couro envolve meu braço e segura firme. Agarro a parte mais espessa e puxo, tirando-o da mão do soldado com um solavanco de rasgar a pele. Os olhos do soldado se arregalam antes que ele grite por ajuda de homens que estão próximos, de outros soldados que não conseguem se decidir entre salvar os colegas e o pânico crescente que envolve o menino e eu.

Eu me viro para o menino, o chicote ainda está em meu antebraço.

— Você vai ficar bem — começo a dizer, mas vejo as costas dele. Sangue escorre pelas laterais do menino, saindo da carne aberta, as costelas dele aparecem como ilhas brancas em um mar vermelho-sangue. Ele não se move, não chora, não faz nada, a não ser se aninhar na terra.

Minhas mãos voltam para a cabeça do menino.

— Desculpe-me — sussurro, com a testa contra os cabelos sujos dele. O menino estremece, como um lampejo de vida em minhas mãos. — Vou consertar isso, de alguma forma, vou salvar você.

Isso é tão errado. E não posso mudar, não pude impedir, eu piorei — *eu fiz isso com ele.*

Um calafrio transforma meus braços e pernas em gelo, faz meus pulmões congelarem tanto que tenho certeza de que meu hálito sai condensado. Tudo a meu respeito se transforma em um frio de neve, minhas mãos endurecem como uma gaiola ao redor da cabeça do menino. Tão maravilhosamente frio que cada fibra de meu corpo se revira como galhos cobertos de gelo em uma floresta. Será que estou me dissolvendo agora? Será que o horror disso me puxa para a morte?

Foi assim que me senti quando Sir morreu. Esse frio incontrolável, tudo em mim fica dormente.

Soldados irrompem pelo vórtice de neve de meu pânico, os dedos ásperos deles me seguram e me puxam para cima, arrancam o chicote de meu braço e me afastam do menino. Eu me debato contra as mãos deles, chuto os soldados, luto para voltar para a criança.

O menino me olha entre os dedos, os olhos azuis dele estão cheios de lágrimas e de...

Alívio.

Ele está aliviado. Fico boquiaberta, não sei se o que vejo é real ou se é alguma imagem distorcida que quero que seja real com todo o coração. Meus olhos vão além do rosto dele até as costas, as costas que deveriam estar ensanguentadas e dilaceradas, mas... não estão agora. A camisa rasgada do menino exibe uma pele clara e limpa que reluz ao sol quente, não há uma cicatriz ou um arranhão ou sequer um corte. Como se ele jamais tivesse sido açoitado.

Os soldados que me seguram também percebem. Todos sentem este momento ecoando pelos invernianos, como se eles estivessem cheios do mesmo alívio. O menino está curado.

Uma onda de frio percorre meu corpo e quero me deliciar nela para sempre, deixar que flocos gelados cubram meu corpo, me levem para longe, para algum lugar pacífico e seguro. Ninguém mais ao meu redor parece ciente do frio súbito que sinto, e imagino se estou alucinando.

Os soldados despertam do estupor antes de mim. As mãos deles se apertam em meus braços, os dedos escorregam no sangue que cobre minha pele, onde o chicote rasgou meu antebraço. Eles me arrastam para longe, em meio à multidão de invernianos, que encaram boquiabertos quando passo.

Ela derrubou as rampas. Ela curou o menino.

Um homem inverniano dá um passo adiante. Um dos muitos que me olhou com suspeita e ódio, que ecoou a desconfiança de Conall em mim. O rosto dele relaxa em um sorriso tão genuíno e puro que espero que toda a fundação de Abril se parta ao meio, e o homem ergue o braço para o ar, inclina a cabeça para trás e grita. O grito de alegria dele é a onda de choque que incita os demais, os gritos e os urros percorrem os invernianos como se a animação deles estivesse se acumulando desde que a primeira viga se partiu. Soldados de Primavera erguem o rosto dos corpos dos colegas mortos, das rampas caídas deles. Os prisioneiros jamais sentiram tanta alegria. Como a impedir?

Estou tão perdida na euforia que me cerca que não reparo que os guardas me arrastam de volta para Abril, até que o portão se fecha atrás de mim. Mas mesmo quando as pesadas barras de ferro descem no lugar, o frio em meu corpo não se dissipa. A comemoração dos invernianos não termina.

Angra consegue ouvi-los, tenho certeza. Ele consegue sentir a mudança no ar, a alegria que se espalha como flocos flutuantes de neve pelo campo de trabalhos forçados de Abril. Meu sorriso retorna, se abre no rosto.

Em breve, Angra conhecerá a nevasca que começou comigo.

25

QUANTO MAIS NOS aproximamos do palácio de Angra, mais meu alívio e minha surpresa somem.

Esse é o momento que temi desde que cheguei, quando Angra me torturará até a submissão. Ele me fará implorar pela morte até que eu diga a ele como derrubei as rampas, como curei o menino e, quando eu não explicar — não *consigo* explicar, pelo menos não o menino —, vai fazer com que Herod acabe comigo.

Um tremor consome minhas entranhas. Não, não tenho medo de Herod. Não tenho medo de Angra. *Não tenho medo.*

Mas Angra vai me matar antes que eu fale com Nessa de novo. Antes que eu consiga fazer qualquer outra coisa para ajudá-los, talvez até mesmo salvá-los. E depois de ver o que aconteceu com o menino...

Quero me dissolver em um ataque de gargalhadas incrédulas enquanto os soldados me puxam por Abril. O menino está bem. Mesmo quando penso nisso, o choque afasta minha necessidade de rir, abafando-a como uma vela que é apagada pelo vento.

Como *eu fiz aquilo?*

Nessa, Conall e Garrigan tiram os olhos do trabalho no jardim de Angra quando passamos. A expressão de Nessa passa de torpor para pânico em duas piscadelas, o corpo dela se encolhe com uma percepção indefesa. Nessa avança em minha direção, mas Garrigan a impede, abraça a irmã e sussurra algo breve e baixo ao ouvido dela.

Conall também me vê, o olhar de irritação está perigosamente sombrio. Desvio os olhos dele antes que consiga ver o desapontamento, antes que os olhos dele me digam: *Eu sabia que você também morreria.*

Não morrerei. Não hoje. Não depois do que aconteceu, do que fiz, do que posso fazer por eles. Mas o que *posso* fazer por eles? Nem mesmo sei como fiz aquilo, de onde veio — curei o menino.

Eu o curei.

— Deixem-nos.

A voz de Angra ecoa pela sala do trono. Um grupo de conselheiros de alta hierarquia está reunido ao redor do altar dele, as estampas de sol negro e borda dourada nos uniformes reflete a luz que entra pelos buracos acima. Eles se viram ao comando do rei, todos os olhos recaem sobre a garota inverniana arrasada que dois dos soldados arrastam pelo longo caminho até o trono.

Um dos conselheiros é Herod. Ele dá um risinho e olha para o rei, como se pedisse permissão, mas a voz de Angra ecoa de novo.

— Eu disse para *nos deixarem.*

Os conselheiros reúnem os papéis que tinham espalhado sobre as mesas no altar de Angra e saem em fileira por diversas portas. Sou deixada apoiada entre os dois soldados, na base do altar. Angra se recosta no trono, uma das mãos, como sempre, segurando o cetro. Os olhos verdes dele estão aguçados e mortais e ele me encara como se eu fosse um cão premiado que ele considera comprar.

— Relatem — grunhe Angra.

O soldado à minha direita se concentra.

— Ela derrubou a rampa de trabalho na muralha e matou e feriu muitos de nossos homens. Ela também... — O homem para, os olhos dele se desviam para meu rosto e se afastam, como se eu pudesse matá-lo com apenas um olhar. — Ela curou um escravo.

Meus pulmões se recusam a permitir que mais ar entre, eles se apertam como se soubessem o quanto é inútil continuar respirando. Não sei o que sou, o que posso fazer, mas Angra vai me torturar até que descubra ou que eu morra.

Angra fica de pé.

— Dispensados — diz ele. Os dois soldados vão embora, o som das botas deles no piso de obsidiana se dissipa no silêncio. As portas se fecham atrás deles.

Somos apenas Angra e eu agora. Angra e eu e as batidas ocas, vazias, de minha pulsação ecoando pela pedra preta e pesada da sala do trono. Contenho cada músculo contra o medo em minha mente.

Não importa o que aconteça, não importa o que ele faça, sou parte da corrente maior de Inverno e isso é algo que Angra jamais poderá tirar de mim.

Os dedos de Angra brincam distraidamente com o cetro.

— Derrubou uma rampa, é? *E* curou um escravo? — A expressão de Angra é impassível, e aquela falta de emoção é, de alguma forma, mais assustadora do que qualquer outra coisa. Eu o surpreendi. E Angra não gosta de ser surpreendido.

Ele dá um passo adiante. Sorri, contido, sob controle, me analisando com palavras provocadoras até que consiga entender o que fiz, como me impedir de surpreendê-lo de novo.

— Obviamente, você não aprendeu o lugar de um inverniano, se acha que pode fazer tais coisas sem consequências. Mas não tema, Herod ficará mais do que feliz em mostrar como um escravo deve agir. Talvez eu devesse pedir que ele a ensinasse etiqueta desde o início.

A menção de Herod é como um raio em um dia limpo, afiado e assustador. Cambaleio para trás, com os olhos arregalados, e inspiro rapidamente. O sorriso de Angra se abre. Ele vê que encontrou uma fraqueza.

— Matou meus homens — repete Angra, meio que para si. — E curou um escravo. Não vai levar muito tempo para eu descobrir como fez um, mas o outro? Você chegou aqui com nada além daquela pedra, então o que, exatamente, lhe deu o poder de curar alguém? — Angra desce um degrau do altar. — Será que uma rainhazinha morta andou ajudando você? Ela está dando informações na esperança de que você seja bem-sucedida onde até o filho dela falhou?

Eu o encaro boquiaberta. Hannah. Como ele sabia...

Mas Angra termina de descer do altar, para tão perto que consigo ver o ódio que permanece por trás da expressão dele, a ameaça de explosão caso eu pressione o botão errado ou me recuse a entrar no jogo.

— Eu vejo tudo — sussurra Angra. — Controlo tudo. Sei que ela ainda está conectada com a magia de Inverno, mas não achei que seria burra o bastante para usar o poder em meu reino, principalmente por meio de uma garota insignificante. Vai me dizer o que Hannah disse a você, como ela alimenta sua magia, então vou arrancar cada gota dessa magia de seu corpo.

Engulo em seco, com a garganta apertada. Os olhos do menino surgem em minha mente, tão arregalados e assombrados e aliviados, a lombar dele curada.

— Não sei — sussurro. Minhas palavras me chocam. Não tive a intenção de falar. Apenas... fiz alguma coisa. Sou poderosa.

— Acho que sabe — discorda Angra. Ele ergue uma sobrancelha e olha para a órbita no cetro. A escuridão escorre de dentro dela, uma longa cadeia de sombras que se curva pelo ar, enroscando-se pela mão de Angra como uma gavinha que abraça o galho de uma árvore. A fileira de sombra se desenrosca da mão dele e forma uma grande curva, arqueando em um círculo amplo ao redor de minha cabeça. Brincando comigo, me provocando com a proximidade da magia de meu rosto. A escuridão brinca sob os raios de sol que se projetam pelos buracos no teto.

Encaro boquiaberta. Jamais *vi* magia antes. Isso... isso não é magia.

Isso é a Ruína.

— E tenho certeza de que Hannah colocou algumas informações muito interessantes em sua cabeça — continua ele. — Eu gostaria de ver o que ela tem feito com você.

Estou ofegante agora, a sombra paira diante de meu nariz.

— Todo esse poder e ainda não sabe?

O rosto de Angra se contorce, revelando o verdadeiro ódio fervilhante dele sob a fachada arrogante.

— Você foi colocada em uma jaula com... quem foi? I-3219, I-3218 e I-2072. O que eu sei, R-19, é que minha necessidade de saber o que está em sua mente é maior do que minha necessidade de mantê-los vivos. Será que deveria trazê-los até aqui? Porque acho que você se importa se eles vivem ou morrem.

Mordo a língua para evitar reagir. A testa de Angra relaxa com a satisfação da percepção. A linha da sombra pulsa diante de meu rosto, a manifestação da ameaça dele.

— Ah, você se importa. Foi o que pensei. — Angra se aproxima, demais, a menos da distância de um braço, com apenas a linha de sombras pairando entre nós. — Você provavelmente também se importaria — continua ele, com a voz como um ronronado baixo —, se eu ordenasse que meus soldados não se dessem ao trabalho de os trazer aqui. Se eu os mandasse matar onde estão. Ou, melhor ainda, se mandasse Herod torturá-los. Talvez eu devesse...

— Vou matar você — disparo e avanço um segundo antes de recuar devido à linha oscilante de magia negra, minhas mãos se fecham em punhos. Não consigo impedir o desejo desesperado de arrancar o coração de Angra, mas sei que é inútil; não consigo impedir que ele faça de Nessa ou Conall ou Garrigan o próximo brinquedinho de Herod, não consigo fugir desse fio pulsante de escuridão que se aproxima mais e mais de mim, até que eu tenha medo de respirar muito profundamente, ou acabo inspirando-o para dentro.

— Vai mesmo? Porque acho que não tem escolha. Ninguém tem.

Sangue se acumula em minha boca. Mordi a língua até abrir, a lucidez aguçada que vem com a dor é a única coisa que me impede de saltar contra Angra através da aura de magia negra. Eu me concentro na dor, não na linha enevoada de escuridão, não nas palavras entorpecentes de Angra. A voz gentil e pulsante dele que parece tão calma, tão doce, até que o significado das palavras seja compreendido. Além de nós, a obsidiana negra da sala vazia do trono reflete a luz do sol, nos observando como um público sem corpo.

— É libertador não ter escolha. E depois de um tempo, as pessoas não precisam mais ser forçadas a fazer certas coisas. Como Herod, por exemplo... que passou a gostar muito fervorosamente das escolhas que faço por ele. Vai gostar de destruir você.

Frio. Tudo está frio. O mundo é gelo, coberto em maravilha espessa, sólida, nada além de superfícies reluzentes e nuvens de ar congelado. Estou trancafiada nele, parte dele, braços e pernas enrijecem nos galhos irregulares de uma árvore coberta de gelo, presa em um estado de hibernação suspensa enquanto o mundo congela ao meu redor. Meus ossos se mexem com uma sensação de trituramento, movendo-se contra o gelo, quebrando-o conforme meu corpo se impulsiona para a frente, os dedos dobrados como garras, a boca se abrindo com um grito sangrento conforme mergulho pela sombra no rosto de Angra.

Assim que a nuvem negra toca minha pele, percebo meu grande erro. Desespero abriu minha mente para ele e minhas defesas ruem conforme a sombra se dissipa na minha cabeça, mergulhando para meu crânio e preenchendo cada cavidade com um mal empoeirado, antigo. Paro, sugada para fora do frio, frio, tanto frio do mundo e para dentro de minha própria tortura de calor. A sombra se agita por meus pensamentos, mergulha em minhas lembranças, se debate em meu cérebro conforme sou jogada para trás e para a frente, descontroladamente.

Um lampejo da arrogância de Angra retorna. O poder dele está em mim agora, abrindo caminho por minha mente, aninhando-se dentro de mim como tinta em livros.

Você vai me contar tudo, sinto Angra dizer. As palavras são meus pensamentos, gananciosos e profundos, e puxo as orelhas como se pudesse puxar Angra da minha cabeça. *Ou deixarei que Herod acabe com você primeiro, então com aqueles escravos com quem estava, depois com todos os invernianos que possuo. Vou fazer com que ele mate todos.*

Não, ele não fará. Vou impedir Herod; matarei Angra antes que ele sequer faça isso com mais alguém.

Rostos e imagens do meu passado disparam conforme Angra vasculha minha mente — Mather e Sir, as planícies Rania, Theron me segurando enquanto dançávamos em Cordell. Neve caindo, suaves flocos de neve cobrindo as ruas de paralelepípedo de Jannuari...

O frio me percorre, um frio fantástico. Estou de pé em Jannuari, os dedos expostos se enterrando na argamassa entre os paralelepípedos conforme flocos caem em meus cílios, fazendo o mundo brilhar. Por que estou aqui? Está tão frio, cada nervo de meu corpo formiga com o frio maravilhoso.

Sei como destruir você, diz a voz de Angra. *Sei como destruir todos vocês, que desejam tanto o que não podem ter. Mostram sua fraqueza no desespero.*

Não, estou em Abril, não em Jannuari. Estou no palácio de Angra e os invernianos precisam de mim, e Nessa morrerá se eu não ficar consciente. Não sou mágica; não sou nada especial. Sou apenas Meira.

Não, não *apenas* Meira. Sou... sou alguma coisa...

Está tão frio. Amo o frio.

Diga o que mais quer na vida, Meira. Usarei suas fraquezas. Deformarei sua mente até que você se destrua em minhas mãos. Controlo você, Inverno, tudo.

Angra estende uma das mãos com uma lentidão agoniante e a apoia de novo em minha testa. Mais neve, caindo e caindo, flocos pacíficos me embalando em Jannuari, onde é silencioso e calmo e jamais me senti tão segura na vida.

O medalhão. Angra ainda usa metade do medalhão no pescoço, o floco de neve branco no coração prateado. Estivemos procurando o condutor por tanto tempo.

Vou destruir você com o que mais quer. Seu mundo perfeito.

26

A SALA DO trono de Angra se dissipa, a escuridão se desintegra e vira uma cidade. Não, não apenas uma cidade — a Jannuari de minhas lembranças remendadas.

E ESTÁ NEVANDO.

Eu me viro, os paralelepípedos estão escorregadios com gelo, e o frio que dispara por meus pés descalços me enche de euforia. O aroma terroso do carvão e dos minerais de refino preenche o ar, transformando tudo em um cinza enevoado. Eu pertenço aqui, a Jannuari. Como pude estar em qualquer outro lugar?

A saia do vestido cinza-claro está surrada, manchada pelo uso e pela pobreza. O algodão fino deixa que mais frio envolva meu corpo enquanto estou de pé na rua, sorrindo para uma figura que corre na minha direção pela neve. Nessa.

— Meira, o jantar está pronto! Sua mãe me mandou buscá-la.

Minha mãe. Assimilo algo em minha mente... acho que não tenho mãe.

Não, é claro que tenho. Sempre tive mãe.

— Meira, venha! — Nessa pega minha mão e me puxa pela rua. Ela está tão feliz, tão saudável, cheia de uma vida de amor e segurança, os olhos brilham quando flocos de neve se agarram ao cabelo dela.

Puxo a saia com uma das mãos e, juntas, nós corremos pela rua, passando por invernianos que arrumam vitrines de lojas ou martelam ferraduras em uma ferraria. Trabalhos que deveriam estar fazendo, em vez de...

Eles também estão errados. Errados como minha mãe. Nessa também está um pouco errada, e essa cidade está errada embora eu saiba que exista.

— Ele vem jantar esta noite — sussurra Nessa, com o tom de voz salpicado de alegria e fofoca.

— Quem?

Nessa ri, o som faz o ar brilhar ainda mais. Ela me puxa para cima de uma trilha até um pequeno chalé de dois andares e escancara a porta, e a luz quente da lareira sai pelo caminho cheio de neve. Amarelo misturado ao cinza de Jannuari, calor derretendo neve. Não é um calor ruim, no entanto, é perfeito.

— Aí está ela! — grita uma voz quando entro. Sobre a lareira, à esquerda, está uma tigela de carvão laranja que aquece um caldeirão de ensopado. Conall está sentado a uma mesa de madeira com um pequeno emaranhado de cobertores revoltos no colo, uma mulher atrás de Conall apoia as mãos nos ombros dele. A esposa? Deve ser. Garrigan está agachado diante da esposa dele também, com dois menininhos que encaram, assombrados, enquanto Garrigan narra alguma história que envolve fingir que esfaqueia um inimigo.

Atrás da mesa, uma mulher pequena, graciosa, surge de um quarto nos fundos, cachos de cabelos brancos se enroscam ao redor de um rosto sujo de farinha.

— Meira, venha! Ele está quase aqui — diz ela. Alysson.

Nessa ocupa uma cadeira à mesa.

— Sua mãe cozinhou o dia todo.

Minha mãe. Alysson é minha...

— Rápido, todos! A carruagem dele está se aproximando.

Uma voz estrondosa ecoa atrás de mim. Eu me viro quando um homem entra com passadas fortes, limpando neve do cabelo. Os flocos soltos se derretem em minha pele, causando arrepios que formigam pelos braços. Eu o conheço. Os olhos azul-escuros e a barba salpicada de cinza e os cabelos brancos presos em um coque apertado...

Alysson é minha mãe... o que significa que Sir é meu pai.

Alegria me faz engasgar, lágrimas quentes escorrem de meus olhos. Ele é meu pai. É claro que é — sempre quis que fosse meu pai.

Uma enxurrada de dor destrói minha alegria e caio para a frente, os joelhos estalam sobre o piso de madeira enquanto pensamentos latejam contra minha mente, determinados e altos.

Eu o chamei de pai certa vez; e disse sim, Sir, não, Sir. Você não é meu pai e não sou sua filha e tudo o que eu sempre quis foi que você me olhasse...

Isso não está certo. Ele existe, eu sei que existe, mas não assim.

— Meira. — Sir se ajoelha também, as mãos seguram minha cabeça em concha e me puxam para que eu o encare. A expressão de Sir é carinhosa e preocupada, a testa dele se enruga. — Você está bem?

Ele está errado. Não deveria estar aqui... algo aconteceu com ele, algo terrível.

— Sonhei que você morreu — sussurro.

A preocupação de Sir se derrete em um sorriso e ele me puxa para si, me envolvendo com os braços grandes e me deixando apoiar a cabeça contra o peito dele.

— Pronto, minha doce menina. Foi apenas um sonho.

Ele está frio do ar externo e tem cheiro de neve, limpa e fresca. Os botões da camisa de Sir beliscam minha bochecha quando pressiono o rosto contra o peito dele, absorvendo a sensação próxima de Sir. Assim é o amor. Ele me ama. É meu pai e eu sou filha dele e ele é tudo que tenho, tudo de que precisarei.

— Ele está vindo! — grita Alysson. — O príncipe está aqui!

Sir me coloca delicadamente em uma cadeira diante da porta. A escuridão da tempestade de neve além da porta aberta parece um sonho do qual qualquer coisa pudesse se materializar, e Nessa pega minha mão, da cadeira dela ao meu lado, quando um homem aparece. Um uniforme militar azul intenso cobre o corpo dele, as botas pretas polidas reluzem à luz da lareira. A tempestade de neve o impulsiona até nós como se o tivesse criado, como se o tivesse moldado dos mais profundos esconderijos de minha mente.

— Obrigado por me receber — diz ele, e inclina a cabeça, cada parte do rapaz é o príncipe legítimo que ele sempre foi. Rosto forte, confiante, olhos vibrantes e alerta, memorizando cada pessoa na sala como se quisesse nos conhecer de cor.

Ele para diante de mim. A mão de Nessa aperta a minha, cortando a circulação para meus dedos.

— Meira — diz Mather. Meu nome, apenas uma vez, apenas aquelas duas sílabas ecoando até mim como se nenhuma outra palavra existisse. Apenas nós. Como deveria ter sido.

Explosões. Mather apavorado, gritando meu nome. Gritando e gritando...

Eu não o amo. Não posso amá-lo, então não amo, não mais. É difícil demais amá-lo.

Mather se senta diante de mim, os olhos não deixam os meus. Alysson vai até a lareira, afastando Garrigan, a mulher e os filhos. Eles se juntam à mesa, Conall, Garrigan e as esposas, e Nessa com a família feliz e eu com minha família feliz.

A porta da frente ainda está aberta. Além dos flocos de neve, um clarão de cabelos brancos me faz saltar da cadeira e soltar a mão de Nessa.

Alysson coloca ensopado com a concha em tigelas.

— Meira, sente, por favor. O jantar está servido.

Mas não posso sentar. Não consigo tirar os olhos da porta, da neve, do cabelo branco levado pelo vento e se embaraçando em volta de um rosto... quem é?

Sir toca meu braço.

— O que está vendo, minha doce menina?

Ele gritou comigo quando eu era pequena e Mather e eu fomos encontrados, rindo, na tenda de reuniões, cobertos de tinta...

Não... por que eu estaria com o príncipe quando criança? Dou a volta na mesa, o cabelo loiro além da porta me atrai como se eu estivesse presa a ele e ela me puxasse.

— Meira. — Mather se recosta na cadeira, os dedos percorrem meu braço. — O que aconteceu?

Está tão seguro aqui dentro. Tudo que eu poderia querer. Como algo de ruim poderia acontecer? Isso é perfeito, é certo, e preciso contar tudo a Mather, porque ele é perfeito.

— Curei um menino. — Eu me ouço falar. Acho que o cabelo branco do lado de fora pertence à mãe de Mather, a rainha. Ouvi falar que ela é linda. — Eu sou importante.

— Você é, Meira. — Mather fica de pé, a cadeira dele desliza pela madeira. — É claro que é importante. Por quê?

Ele pega minha mão, mas sentir, sentir Mather é uma interrupção repentina, súbita na cena perfeita ao meu redor.

— Não, sou errada para você. — Eu me ouço dizer a Mather. — Não sou boa o bastante.

Sir cruza os braços na mesa e ergue o rosto para nós.

— Só falei isso para que não colocasse em risco nosso futuro. Mentiras são mais fortes do que a verdade, às vezes.

— Verdade? A dor familiar pulsa contra minha têmpora, ameaçando me despedaçar se eu não... o quê? Preciso me sentar e jantar e conversar com Mather, dizer a ele por que eu importo, porque isso é tudo o que sempre quis. Estar aqui.

— Meira — chama uma voz do lado de fora. A rainha está aqui. Por que ninguém a convida para entrar?

Dou um passo em direção à porta, meus dedos mal roçam a soleira da porta quando Mather segura meu braço.

— De onde vem sua magia? — arqueja ele. Mather parece assustado, desesperado, os olhos dele refletem minha trepidação de volta para mim. Mather se parece

tanto com Sir. O mesmo maxilar forte, os mesmo olhos de safira, o mesmo véu sem emoção. Jamais reparei antes.

— A magia vem... — Por que estou respondendo? Ele não deveria me perguntar sobre isso. Recuo um passo, na direção da porta e da nevasca. — A magia vem dos Condutores Reais.

As sobrancelhas de Mather se franzem.

— Condutores? Não, Meira. — Ele umedece os lábios, tentando de novo. — Como você tem magia? Como Hannah alimenta sua magia? Precisa me dizer.

— Eu disse — respondo. — Apenas condutores têm magia. Hannah não me dá nada.

— Meira — chama Hannah. Dou as costas para a sala, para a lareira quente, para as risadas de Nessa e para Sir me chamando de doce menina e para Mather gritando por mim, tentando me segurar. Para tudo que eu sempre quis, porque Hannah precisa de mim, e preciso ir até ela.

Assim que deixo o chalé, calor pulsa atrás de mim, um rompante de calor forte demais para ter vindo da lareira. Viro quando o chalé se desintegra, dobrando-se sobre si mesmo como se não conseguisse sustentar o peso da noite ao redor dele. Mas não, não está se desintegrando — está queimando, pedaço por pedaço, em uma pequena pilha de cinzas incandescentes. Minha boca fica entreaberta quando sombras da noite se erguem sobre as cinzas, engolindo-as para dentro de um vazio preto surpreendentemente puro. A cidade ao meu redor o segue, tudo se dobra sobre si mesmo e desaparece, até que Jannuari suma e eu fique de pé em um raio de luz.

— Meira, estou no controle agora. Não Angra — diz Hannah, a voz dela está ansiosa como se estivesse lutando para nos manter seguras.

Sacudo a cabeça. Angra estava no controle? Do quê? Não, estou segura agora, não estou mais na magia negra de Angra. Hannah está me protegendo, pois ele arrancou coisas de minha mente. Tentou me fazer desabar, mas estou segura agora, segura, segura...

Hannah espera atrás de mim, o espaço ao nosso redor ainda está cheio de flocos de neve dançantes. Como se estivéssemos protegidas, envoltas em braços invisíveis que evitarão que a escuridão nos toque. Angra não pode nos tocar aqui. Ele não quis que eu saísse do chalé. Queria que eu ficasse do lado de dentro, onde era confortável e eu teria contado todos os meus segredos a ele. Mas saí, e Hannah está usando a conexão dela com o condutor de Inverno para falar comigo, como tem feito o tempo todo.

A conexão de Hannah com o condutor de Inverno, não com a pedra azul. Jamais houve magia na pedra azul. Apenas os Condutores Reais têm magia.

Eu me viro, a neve estala sob meus pés. Hannah está de pé com as costas para mim, os cabelos dela se agitando à tempestade. *Explicações percorrem minha mente, mas não vindas de Hannah — de mim. Minha mente está relaxada aqui, nesse espaço entre o sono e o despertar, e quando isso acontece, informação é despejada na luz, rompantes súbitos de claridade que eu jamais teria visto sozinha.*

— *Angra quebrou nosso condutor, mas magia* é mais poderosa do que ele mesmo sabe. — As palavras saem aos tropeços de mim, de alguma área delicada de rendição, um espaço misterioso no coração que conecta Hannah e eu. A magia. Ela sempre soube a verdade. — Você estava desesperada quando Inverno estava caindo, então se entregou *ao condutor. Deixou que ele contasse tudo. A verdade por trás da magia, e que se um Condutor Real for quebrado, em defesa do reino, o rei ou rainha daquele reino se torna o condutor.*

Esse conhecimento salta em minha mente, a magia me dá essa última informação que me permite montar o restante do quebra-cabeça. Os Condutores Reais estão conectados às linhagens dos reinos. Magia sempre precisa de um hospedeiro e, com um hospedeiro humano, magia não tem os limites que vêm com os objetos hospedeiros. Vida e magia pura teriam sido uma linda combinação, como uma fogueira alimentada por combustível infinito. Então, se os governantes tivessem permitido que os condutores deles fossem quebrados quando encararam a Ruína, teriam se tornado os condutores dos reinos. A Ruína teria sido destruída com todo aquele poder e o mundo teria brilhado em prosperidade.

Mas magia de condutores só funciona se o portador reconhecer a magia e escolher usá-la, e condutores somente dão respostas quando pessoas deixam de lado a vontade egoísta e ousam se render, pelo bem do reino delas. É uma magia concentrada em escolha e ninguém escolhera se render até Hannah.

Hannah se mexe na neve, inclinando a cabeça para trás.

— *Onde está a magia de Inverno agora?*

— *Você não sabia que estava grávida. Então, Angra matou você — sussurro. Está tão frio. O frio me percorre até eu ter certeza de que não passo de gelo de uma ponta a outra, apenas uma escultura oca e vítrea. — Angra quebrou o condutor e matou você, então a magia foi para o herdeiro. Para...*

Minha boca congela e o frio me controla, me empurra para a cena que Hannah tentou me mostrar. A noite antes de Jannuari cair, o escritório no palácio, o aroma pesado de carvão queimando que paira por todo lado. Aqueles que escapariam da ira de Angra estão reunidos, Hannah está ajoelhada diante de Alysson, que aninha o bebê Mather...

Ao fundo. Há algo no canto, algo que não vi antes.

— Sinto muito mesmo — diz Hannah a Alysson. — Não precisa me obedecer. Ainda pode escolher não fazer isso.

Passo por Hannah e Alysson. Passo por Dendera, Finn, Greer e Henn. Passo por Sir, cujo corpo imponente se curva protetoramente sobre a esposa e o bebê.

No canto da sala, esquecido, está um berço. O de Mather?

Não. Não está vazio.

Uma minúscula mão se ergue, agarrando o ar. Dedos pequenos e gorduchos se dobram contra uma pequena e rechonchuda palma, dois olhos azuis brilhantes encaram com uma profunda curiosidade as silhuetas ao redor dela. Dela. Um cobertor rosa--claro está enroscado no pequeno corpo dela, a bainha está dobrada e costurada com fio de seda rosa. A costura forma flocos de neve por toda a bainha, até que esses flocos de neve formem um nome, a seda rosa se dobra e se vira em cinco pequenas letras.

— Não, minha rainha — diz Alysson. — Nós faremos isso; é claro que faremos. Inverno precisa de nós. Criaremos nosso filho como se fosse seu.

O nome. Aquelas cinco letras bordadas tão perfeitamente.

MEIRA.

27

O PISO DA sala do trono de Angra reflete a luz do alto, permitindo que meu reflexo me encare conforme eu me encolho, de quatro, ao pés dele.

Sou a filha de Hannah.

Meus olhos se voltam de um lado para outro, meus pulmões inspiram e expiram pânico. Não posso ser a filha de Hannah, porque Mather... Mas Hannah pediu que Alysson e Sir dissessem que Mather era o príncipe. Angra sabia que o herdeiro de Hannah tinha escapado naquela noite, então não podiam simplesmente dizer que a criança tinha morrido — ele jamais teria acreditado nisso. Disseram que era Mather para que Angra não se importasse que o herdeiro de Inverno fosse apenas um menino, não uma menina, não uma ameaça, mesmo que conseguíssemos recompor o condutor e a magia retornasse para ele.

Mas o medalhão não tem poder agora, não tem poder desde que Angra o quebrou, há 16 anos, porque todo aquele poder procurou um novo hospedeiro. Ele entrou em mim.

Sou o condutor de Inverno.

Ninguém sabia que era possível, exceto por Hannah, porque ela deixou que o condutor dissesse o que precisava ser feito para salvar Inverno. O medalhão dela precisava ser quebrado em defesa de Inverno, um sacrifício, para que o poder não pudesse ser levado, não pudesse ser destruído ou afugentado, não estivesse limitado a um objeto. Esse poder *sou* eu, é Inverno, está livre, porque está conectado à minha vida agora...

Sou a rainha de Inverno.

Inspiro, obrigando o ar a entrar em meu corpo e me manter viva por baixo de tudo isso, um peso maior do que qualquer coisa que eu já tenha sentido.

Dezesseis anos em que todos mantiveram esse segredo. Em que Sir me treinou, me tratou como se eu fosse uma órfã sem nome que deveria agradecer por ser livre. E Mather... não. Todo esse tempo, os pais verdadeiros dele estiveram bem ali, até que Sir...

Essa é minha doce menina.

O chalé. Sir me abraçando. Aquilo não foi real. Foi um truque cruel de Angra, uma brincadeira terrível com meus sonhos. Tudo que quero da vida, tudo que jamais terei — uma família simples e feliz em algum chalezinho abarrotado. Mas Hannah — aquilo foi real. Foi uma tentativa de me salvar de Angra, uma onda desesperada de proteção, impulsionada pela conexão dela com a magia do condutor, com a linhagem. Minha linhagem.

Caio para a frente, minha testa toca a obsidiana fria, a boca se abre com o início de um choro. Lágrimas escorrem por meu rosto quando me lembro dos braços de Sir ao meu redor, da forma como ele me segurou no sonho cruel de Angra, completamente sem medo de me amar.

Mas ele não é meu pai. É pai de Mather. Meu pai é o rei morto de Inverno, e minha mãe é a rainha morta de Inverno. Ela esteve usando a conexão com o condutor de Inverno para falar comigo. Porque eu...

Sou o condutor de Inverno. Não importa quantas vezes enfie essas palavras na cabeça, elas não fazem sentido.

— Herod!

O grito de Angra, cheio de ameaça descontrolada, estremece o palácio. Ele vai me matar, me destruir bem aqui, transformar cada pedaço meu em partes inofensivas e espalhá-las pelas terras desoladas de Inverno. Ele vencerá.

Pulo de pé, cambaleio para trás, não tenho certeza de aonde ir e onde me esconder. Não posso simplesmente morrer — não tão fácil assim. Não pode terminar agora, simplesmente assim...

Angra escancara uma porta.

— Herod! Traga-o, AGORA!

Paro, com as mãos estendidas, a respiração difícil. Ele. Será que Mather foi capturado?

Angra se volta para mim quando passos se aproximam do corredor.

— Invernianos, sempre no caminho de coisas maiores — diz ele, inquieto, em um desespero fantástico. — Você pode conseguir resistir a mim, mas há outra forma de fazer com que fale.

Resistir.

Ele não ouviu nada. Não sabe. Para ele, a imagem de Jannuari deve ter se dissolvido depois que deixei o chalé. Hannah usou a magia do condutor para nos manter escondidas porque precisava me preparar; ela assumiu o risco de me dar uma chance de lutar para salvar nosso reino.

Meu peito fica frio de novo, um leve tremor dispara até minhas mãos.

Passos soam na sala do trono, sombras recaem sobre duas figuras. Uma é Herod, os ombros largos dele reconhecíveis em qualquer lugar. A outra é menor. Ainda forte, ainda grande, mas...

Herod atira o outro homem contra o raio de luz diante de mim. Ele desaba, as roupas estão rasgadas e manchadas de sangue, o corpo está ferido e cheio de cortes e lacerações. Quando ele ergue o rosto para mim, todo o resto some.

É Theron.

— Conte tudo — ordena Angra, pisando forte até mim, a escuridão do cetro cria uma nuvem de sombra ao redor da mão. — Ou vou quebrar todo os ossos do corpo do seu príncipe.

Theron se senta sobre os calcanhares. Theron está aqui. Em Primavera.

Sangue escorre para o olho de Theron de um corte na testa e metade da boca se inclina para um lado, em uma tentativa patética de parecer feliz em me ver, mesmo aqui. Desabo no chão, diante dele, passo as mãos pelo rosto de Theron, pelos braços, hesitando sobre os ferimentos.

— Como chegou aqui?

O sorriso de Theron se desfaz.

— Eu poderia perguntar o mesmo.

O cetro de Angra acerta a cabeça de Theron e o atira, estatelado, no chão. Theron se apoia sobre os cotovelos, inspira para se acalmar e olha de novo para mim.

— Não quer dizer a ela que se entregou a mim? Galantemente tentou entrar escondido em Primavera para salvá-la, mas acabou na mesma situação? — Angra ri com escárnio para Theron, mas a arrogância habitual dele falha agora, o controle de Angra fraqueja diante de minha resistência à magia. — Devo mostrar a seu príncipe como os visitantes são tratados em Abril?

Avanço quando Herod dispara até mim, nós dois colidimos à distância de um braço de Theron.

— Não! — grito, a palavra ecoa ao meu redor. Não tenho tempo para náusea ou nojo ou para o olhar malicioso e lento de Herod, enquanto ele envolve meu corpo com os braços e resmunga quando o chuto.

— Sabe o que aconteceu com os últimos refugiados que pegamos? — A respiração de Herod roça meus cabelos, meu pescoço, flui por meu corpo enquanto ele me puxa para si.

Angra passa por cima de Theron e abaixa a órbita do cetro, pressionando-a contra a coluna de Theron. Mas Theron não se encolhe, o olhar dele está em mim, a respiração é difícil e rápida, e o príncipe reúne determinação para o que possa vir. Ele não sabe sobre a Ruína de Angra — não sabe que a magia de Angra pode afetá-lo...

A primeira costela se parte e Theron grita, surpresa destrói qualquer chance que ele possa ter tido de permanecer estoico. Medo verdadeiro e irredutível tira a cor do rosto dele Theron arqueja no silêncio depois da quebra, os olhos dele encontram os meus em um rompante de perguntas não respondidas. Mas não posso explicar nada, não enquanto Herod pressiona o rosto contra minha orelha, não quando a segunda costela se parte no peito de Theron, um estalo sonoro de osso roçando contra osso que faz o meu corpo doer com a lembrança.

— Você sabe, não é? — continua Herod. — Por que deixamos que um deles fugisse, para que pudesse contar a vocês qual seria seu destino. Aquela que morreu, R-16? Era uma lutadora, exatamente como você. Determinada a resistir. Mas eles sempre cedem no final.

A terceira costela se parte e Theron solta um grito abafado contra o chão que faz meu coração dar um salto. Os olhos de Angra se voltam para os meus. Ele sorri com a alegria de uma criança, a mão se contorce sobre o cetro conforme continua a quebrar as costelas de Theron, uma a uma. Posso impedir. Posso impedir se apenas disser a ele quem sou...

— Farei seu príncipe assistir — sussurra Herod.

Ele fez Gregg assistir. Ele o manteve acorrentado no quarto enquanto Crystalla era mantida em uma gaiola, uma boneca com a qual Angra fez Herod brincar quando tinha vontade. Angra mostrou a ela o lugar de um inverniano em Primavera ao fazer com que Herod a torturasse até a morte de formas que o corpo não pode suportar.

Theron geme no chão enquanto Angra termina de curar as costelas que quebrou. Herod finalmente me solta e caio sobre Theron, como se meu corpo pudesse protegê-lo da magia de Angra.

— Pare — murmuro, contra o ombro de Theron. — Pare. Ele não faz parte disso. Isso é entre nós, Estação com Estação. Essa guerra não é de Cordell!

Angra ri. O som me levanta, meu erro ecoando em meus ouvidos.

— Não, você está certa. — Ele se vira para Herod. — Vá buscar I-2072, I-3218 e I-3219. Prometi a R-19 que você poderia acabar com eles depois de terminar com...

— *Não!* — Meu grito dispara pela sala do trono, tão alto e tão desesperado que consigo sentir as rochas tremerem. Ao meu redor, a escuridão da obsidiana penetra minha visão, pintando tudo que vejo e sinto de um preto assustador. Posso usar a magia do condutor para impedi-los, impedir isso, tudo? O que minha magia pode fazer? Só posso afetar invernianos, dar a eles força ou resistência ou saúde...

Acho que Theron me abraça. Acho que ele sussurra algo em meu ouvido, mas estou gritando agora, me debatendo enquanto soldados entram e nos levantam. Não consigo ouvir nada além do rugido do sangue em minha cabeça, a imagem horrível de Herod rindo para mim quando ele se vira, para, sorri de novo. Herod caminha pela sala do trono e sai pelas duas portas pesadas com uma graciosidade controlada. Ele vai buscar Nessa e os irmãos. Vai matá-los...

— Levem-nos para os aposentos de Herod — ordena Angra. — Se ela tiver com vontade de falar, tragam-na para mim imediatamente. Não importa em que estado esteja.

Grito de novo, meus dedos se enterram nos soldados que nos arrastam para longe. Não vou deixar que Nessa ou Conall ou Garrigan ou eu mesma ou *qualquer um* morra dessa forma.

Os soldados não se importam. Eles prendem meus braços para trás e me carregam escada acima, por corredores, entremeando o palácio de obsidiana de Angra. Tudo está decorado com o mesmo tema poético, de partir o coração, de primavera na escuridão, entalhes coloridos de gavinhas e flores penetram a rocha negra. As gavinhas nos cercam como as palavras na caverna de lembranças de Nessa.

Algum dia seremos mais do que palavras na escuridão.

Bithai tinha um poema. Um lindo poema, como aquele que Theron escreveu. Mas Inverno não tem poema, apenas aquelas palavras escritas no escuro e aquela frase, aquela súplica desesperada que sacode meu corpo com uma necessidade frenética.

Os soldados escancaram uma porta no corredor do segundo andar. Um quarto se estende diante de mim, uma cama com dossel contra o fundo, janelas transparentes e amplas na parede sul, assoalho reluzente de madeira sobre o qual os soldados me arrastam até que paramos ao lado de...

Uma jaula. Mal é grande o suficiente para que eu me sente. Eles abrem uma porta e me atiram dentro, então a trancam antes que eu sequer consiga respirar.

Um dos soldados coloca a chave na mesa de Herod. Sigo os movimentos dele e minha atenção se detém no objeto que jamais esperava ver de novo: meu chakram. O chakram original, o qual Herod roubou há tento tempo, está em destaque sobre a mesa dele, como um troféu estimado. *Exatamente* como um troféu estimado, da mesma forma que eu sou um troféu, também.

Tão perto. Minha arma, tão perto, e tão inútil.

Avanço contra a jaula, as barras rangem onde estão presas ao chão. Nada cede e os soldados riem enquanto saem do cômodo.

Diante de mim, os outros soldados acorrentam Theron à parede. Eles socam o estômago do príncipe, o corpo dele se choca contra a parede com um estalo nauseante. Então nos deixam, fecham a porta como se pudessem esquecer o que vai acontecer.

Eu me agarro às barras, piscando para afastar um véu embaçado de lágrimas, conforme mantenho o foco em Theron, concentrando-me nos profundos olhos castanhos dele e na faísca por trás deles, na luz da qual sequer percebi que sentia falta. Theron me encara de volta, a tensão no rosto dele se transforma em exaustão, ódio, ao me ver em uma jaula no aposento de Herod, esperando que aquele monstro retorne e, devagar, me torture. E por saber que, apesar de todo o treinamento e o poder em Cordell, Theron não tem poder aqui. Ele está tão próximo e é tão inútil quanto meu chakram.

— Como Angra... — começa Theron, com uma das mãos pressionadas gentilmente contra a costela curada. Ele sacode a cabeça, fecha os olhos com um breve lampejo de repulsa. — Não importa. Acho que não quero saber.

Tomo um fôlego entrecortado, pronta para explicar, mas as palavras parecem vazias e sem vida em minha garganta.

— O que aconteceu? — É tudo o que consigo dizer.

Theron cai no chão, as correntes que se estendem dos pulsos dele tilintam contra a madeira. Sangue escorre pelo rosto dele, fresco e escarlate, pingando no colarinho do uniforme militar surrado, o verde e o dourado de Cordell estão cobertos de sangue.

— Bithai sobreviveu — diz Theron.

Abro a boca. *Não, eu quis dizer o que aconteceu que nos trouxe até aqui. O que aconteceu para nos fazer desviar tanto, desviar tanto de...*

— Logo depois de você cair, Cordell derrotou a infantaria de Primavera. Foram obrigados a recuar. Não puderam competir com nosso condutor; foi a única coisa que nos salvou. Mas meu pai se recusou a retaliar. — Theron encolhe o corpo, acostumando-se à dor no ombro.

Não consigo entender o que ele está dizendo. Sacudo a cabeça, abaixo o rosto nas mãos. As cores do corredor espiralam em minha memória, o preto e o verde pastel e o rosa de Angra misturados ao marrom e ao vermelho do quarto de Herod. Gavinhas verdes rastejam ao meu redor como palavras no escuro. Memórias. As memórias de Nessa.

Herod a está trazendo para cá. Ela o verá me matar.

— Meu pai se recusou a ir atrás deles — continua Theron. — Ele se recusou a ir atrás de você. Disse que não arriscaria mais tanto por um reino Estação sem valor.

Começo a me balançar para trás e para a frente. Herod vai matar Nessa também. Será que farão com que Theron veja isso? Quanto tempo o manterão aqui antes que Theron também morra?

Ele passa a mão pelo rosto.

— Mather quase o matou. Sacou uma espada e tudo. Mas meu pai ainda se recusava... Ele é tão orgulhoso. Tão egoísta. Eu o odeio.

Não posso usar minha magia do condutor para sair da jaula. Não posso usá-la para libertar Theron. Nem mesmo sei para que pode ser usada além das funções básicas da vida do reino. Como pode me ajudar nessa situação? O que eu posso fazer?

— Odeio o preconceito. Estou cansado de ver meu pai acumular nosso poder, quando poderíamos trabalhar *juntos*, Ritmo e Estação, contra o verdadeiro mal neste mundo. Eu sabia que isso o faria agir. Se Primavera me tivesse, meu pai finalmente faria algo a respeito de Angra. — Theron dá uma risada vazia, os olhos dele percorrem o quarto. — Estou começando a repensar meu plano agora.

Isso me faz parar. Faz com que meus pensamentos acelerados tropecem em um rompante súbito de clareza, e ouço tudo que ele disse, devagar, as palavras chegando a mim em meio à minha névoa.

Ele se entregou para Angra. Deixou que Primavera o pegasse.

Encaro o espaço entre nós, boquiaberta.

— *Queria* que Angra capturasse você?

Os olhos de Theron disparam até os meus. Eles nos conectam. Somos apenas nós agora. Juntos.

— Sim.

Um sorriso se abre em meu rosto. Parece tão errado, mas tão maravilhoso, o quanto preciso sorrir para ele.

Algo soa no corredor, algo como... passadas. Aproximando-se.

Eu me agarro às barras da jaula.

— Sou filha de Hannah. Sou a rainha de Inverno. — Ouço-me dizer.

Theron franze a testa e se inclina para a frente, as correntes chacoalham.

— Eu...

A porta do quarto se escancara e a imensidão sombria de Herod entra. Ele avança para a mesa, vasculhando papéis e livros, até pegar a chave e segurá-la, triunfantemente, com o punho fechado.

— Vou destruir você — sussurra Herod, com olhos incandescentes para os meus.

28

Vê-lo ali me destrói. Ele voltou cedo demais. *Rápido demais, ainda não, preciso de mais tempo...*

Herod pisa forte na minha direção, os olhos dele estão vermelhos, os cabelos se arrepiam em volta do rosto assustado, descontrolado. Recuo contra os fundos da jaula. Ele está louco, a perversão de Angra alimenta a necessidade dele de matar.

E Nessa, Conall e Garrigan não estão com ele.

— Onde eles estão? — grito. — O que fez com eles?

Herod solta uma gargalhada e para logo acima da jaula, imponente sobre mim.

— Apenas continue lutando — cantarola ele. — Continue fingindo que pode vencer. Não sabe o que meu mestre é. Você não sabe o quanto é inútil contestá-lo.

— Não toque nela! — A voz de Theron ecoa da parede e ele estica as correntes, uma distância segura de onde Herod está, inclinando-se devagar até a fechadura da jaula.

— Seu príncipe trouxe um exército com ele, ele contou isso? — Herod coloca a chave na fechadura, mas não a gira, esperando minha reação. — Ele trouxe os exércitos do mundo para salvá-la. Doce amargura, não acha? Tudo isso e ainda vai vê-la morrer.

Um exército? Era isso que Theron estava dizendo?

Noam. Ele obrigou Noam a atacar Primavera. E se Cordell atacar Primavera... Outono atacará com ela.

Herod destranca a porta. Theron dá um puxão contra as correntes, estica-se até Herod, puxa de novo. Eu recuo o máximo possível na jaula, desejando ser tão pequena e invisível quanto for possível. Sou o condutor de Inverno. Deveria conseguir sair dessa, matá-lo, fazer algo para sobreviver. Inverno precisa que eu sobreviva.

Herod abre a porta e estende o braço até mim com um movimento ágil. Os dedos dele agarram meu colarinho e me arrastam para fora, as barras da jaula passam em disparada, antes que eu encontre apoio e pare. Então estou acima da jaula, disparando pelo ar até me chocar contra algo macio, algo coberto com uma colcha de quadrados de seda em um colchão de penas velhas.

A cama de Herod.

Recuo e pressiono o corpo contra a parede, tentando me colocar de pé. Herod caminha até mim, o rosto ensandecido, como um cão selvagem que encurrala a presa que vem caçando há muito tempo. Os olhos dele lampejam com poder que foi forçado para dentro de Herod por outra pessoa. Angra está aqui, fazendo isso ainda mais do que Herod. Será que Herod sequer existe além das coisas que Angra o obriga a querer?

— Lembra de quando eu a vi pela primeira vez? — sussurra Herod. Ele para na beira da cama, os dedos percorrem o mastro que segura o dossel acima de minha cabeça. — Há anos. Você ainda era uma criança, pequena e destemida.

Fico de pé, seguro o mastro oposto e começo a me balançar, a me impulsionar para fora da cama, mas Herod avança, as mãos dele pegam minhas coxas e me jogam de costas na colcha de seda. Quando o horror percorre meu corpo, Theron grita da parede, ainda puxando, inutilmente, as correntes. Sangue escorre dos pulsos dele agora, fios irregulares de vermelho escorrem no chão conforme o príncipe puxa e me olha com uma expressão tão impotente que meu coração se parte.

Eu me viro para Herod, agarrando-me a qualquer resquício de força.

— Não teve tempo de buscá-los, não foi? O exército de Theron interrompeu a diversão de seu mestre?

— Meu mestre não tem nada a ver com isso. Ele apenas me torna — Herod para e ri — irrefreável.

Herod me gira para que eu caia de costas com ele sobre mim, o peso do general me pressiona contra o colchão. Quero acreditar que é mentira. Quero acreditar que ele ainda é humano ali, em algum lugar, um pequeno lampejo de alguém que não quer ter feito as coisas que ele fez. Mas quando encaro Herod, não há nada. Um amplo e terrível nada acompanhado de necessidade e obediência e força.

Ele não existe fora dos comandos de Angra. Talvez jamais tenha existido.

— Eu lamento, porque isso será mais rápido do que sempre imaginei — sussurra Herod, o hálito quente dele corta minha pele como uma faca. — Mas seu príncipe me obrigou.

Eu me agito contra ele, as mãos escorregam na colcha. Herod se revira contra meus movimentos, me prendendo mais e mais, até que segura um de meus pulsos e prende meu braço acima da cabeça. Meu outro braço está torcido às costas, inútil sem um plano.

Herod para, os olhos dele percorrem meu rosto. Ele quer que eu revide. Quer que eu lute. E tudo em mim, cada parte de quem sou, quer lutar contra ele também.

É aqui que vai acontecer meu pesadelo mais insuportável. Momentos antes que o exército de Cordell e Outono possa me salvar, com Theron tão perto, mas há mundos de distância. Um nó de terror trava minha garganta, me fazendo chiar conforme luto contra o choro desesperado.

Herod se move, o corpo dele pesa mais sobre mim. Algo espeta meu quadril, algo afiado...

Uma medalha na jaqueta dele. Algum distintivo de honra militar que pende lateralmente do tecido.

Uma descarga de esperança fria e doce transforma meu choro em arquejos em busca de fôlego, e quase liberto o braço. Herod interpreta meu movimento como mais luta e gargalha, pressionando meu braço direito, preso com mais firmeza contra a cama. A outra mão dele se entrelaça em meus cabelos, inclinando minha cabeça e o pescoço em um arco doloroso.

Mas a medalha está livre agora, pendurada sobre meu quadril.

— Parece que eu estava certa — sussurro. — *Vou* matar você antes de isso terminar.

Herod hesita e viro o braço para arrancar a medalha do casaco dele. O tecido rasga, o que me dá um alfinete dourado afiado que reluz ao sol da tarde pelas janelas abertas. Dou um puxão para cima, fecho a medalha na palma da mão quando enfio o alfinete no olho esquerdo de Herod.

Ele grita, sai de cima de mim e leva as mãos em concha sobre o olho no momento em que saio de baixo dele e rolo para fora da cama, usando o mastro do dossel para me impulsionar para o lado.

— Meira! — Theron dá um puxão contra as correntes, o corpo inteiro se inclina na direção da mesa, onde minha linda arma está apoiada.

Herod urra e arranca o alfinete do olho, sangue jorra em uma lágrima mórbida que escorre pelo rosto dele. Herod se contorce de dor e ódio, o olho bom se fixa em mim.

Não consigo chegar à mesa sem passar por entre Theron e Herod. Não há mais armas perto de mim, nenhuma cadeira que eu possa quebrar ou vasos que possa atirar.

Herod tira uma adaga da bota e avança para a frente, em uma onda de ódio. Dou um impulso na cama, acumulando velocidade, e caio de joelhos, deslizando entre a parede e Theron, me abaixando sob as correntes ensanguentadas dele. Minha calça de algodão surrada desliza pelo piso de madeira até que eu vire o pé, enganche na borda da mesa e me impulsione para ficar de pé.

Um nó se acumula em minha garganta. Meu chakram. Aquele que Herod roubou meses antes, a grande alça curva parece gasta e lisa contra a palma de minha mão. Tiro a arma da mesa de Herod e giro, com o corpo encolhido pelo movimento simples do fôlego antes do lançamento. Quando me viro, toda a extensão do mundo ao nosso redor congela, para, se detém entre mim, com o chakram pronto, e Herod, com a faca apontada para a garganta de Theron. A pausa antes de uma luta...

Uma luta corpo a corpo. Engasgo com um soluço diante da lembrança súbita de Mather lutando comigo, de Sir se recusando a me deixar sair em missões até que eu melhorasse, e agora, aqui estou — minha vida e a de Theron dependem de eu matar Herod corpo a corpo.

— Solte — sussurra Herod. A pupila esquerda dele está caída cegamente em uma confusão de roxo e vermelho, o olho direito está determinado e fervilhando de ódio.

Theron não hesita, apenas mantém os olhos castanhos fixos em mim. O lábio dele se curva e os olhos brilham com pânico, a boca se move formando cinco breves palavras. *Não dê atenção a ele.*

Mantenho o chakram erguido, o corpo preparado para o ataque. Os dedos de minha outra mão tateiam o tampo da mesa de Herod. Outra coisa, por favor, outra coisa para distraí-lo de forma que eu consiga a mira livre...

Naquele exato e perfeito momento, uma sirene ecoa sobre Abril, um grito de pânico chama todos os soldados às estações deles e todos os generais aos postos. O rosto de Herod se contorce ao ouvir o barulho, mas ele não se move. A sirene berra de novo e Herod resmunga, um balbucio baixo me diz que a concentração de Herod não está totalmente ali. Está no rei dele, que provavelmente usa a magia negra para dizer ao general de maior patente que assuma seu posto, que deixe o brinquedo para depois e obedeça ao governante.

Meus dedos se fecham sobre algo. Um frasco de nanquim. Perfeito.

Estendo o braço quando a atenção de Herod se volta para a porta por um segundo perfeito de distração, o frasco gira pelo ar como uma estrela cadente negra. Nanquim escorre atrás do objeto, pintando o ar entre nós até que ele se choque contra o maxilar de Herod. O general recua o suficiente para que Theron possa desviar em direção à parede e puxar a adaga da mão de Herod. O general tenta agarrar o ar, mas Theron se abaixa, desvia do caminho, me dando a mira livre do pescoço de Herod.

O chakram deixa minha mão. Conforme ele voa, eu o acompanho, diminuindo o espaço entre Herod e eu até que a arma passe superficialmente pelo pescoço dele, a força do meu lançamento faz com que o chakram volte para minhas mãos quando salto do chão. O golpe do chakram faz com que Herod recue e eu já disparo em direção a ele, a arma se ergue acima de minha cabeça. O olho bom de Herod pisca para mim, o nanquim pinga pela bochecha dele.

Nós dois caímos no chão, meus joelhos se chocam contra o estômago dele. A alça desgastada do chakram se aninha na palma de minha mão como se jamais tivesse saído dali, enquanto deslizo a lâmina contra o crânio de Herod, a vibração percorrendo meu braço. Ergo o chakram, sangue escorre do metal. E desço a arma de novo, o osso cede.

Você é fraco, Herod. Não existe, além das coisas que permite que Angra o obrigue a fazer.

Eu deveria matar Angra, não Herod. Herod é apenas um peão. Mas ele não merece viver.

Você é fraco.

Meira, pare!

Hannah. O frio me tira o fôlego quando as mãos de alguém agarram meu braço.

— Meira! — Theron me puxa para trás e caímos em um emaranhado de braços e pernas e lágrimas e sangue. Ele partiu as correntes com a adaga de Herod e me puxa para os braços agora, me aninhando e acariciando meus cabelos e sussurrando meu nome diversas vezes, o embalo da voz de Theron me embala para longe daquele horror. Como a descarga de luz matinal que inunda um quarto depois de uma noite de terror interminável e insano, irradiando lembretes de que o mundo não é um lugar totalmente ruim. Que até mesmo crianças gritando acordam de pesadelos.

Theron me segura mais forte e percebo que *estou* gritando, com a voz aguda, em um choro sufocado. Solto o chakram no chão e enterro o rosto na camisa de Theron, querendo me desfazer em pedaços e me desintegrar dentro dele. Não acho que seja possível para Theron me segurar mais forte, mas ele segura, os braços me envolvem, paredes impenetráveis abraçando meu corpo conforme o cheiro de sangue me cobre.

Matei Herod.

— Meira — diz Theron de novo, apenas meu nome, como se fosse tudo o que ele soubesse dizer. — Meira.

Theron beija minha testa, meus cabelos, mantendo meu rosto pressionado contra o peito e longe do cadáver destruído de Herod aos nossos pés. Ele está morto. Ele se foi.

Algo no fundo de minha mente, algo distante e dormente, me impulsiona a me afastar de Theron. Olho para ele até que Theron entre em foco, os olhos escuros, os hematomas no rosto, o sangue seco na testa. A pequena sombra de um sorriso nos lábios, ainda tentando oferecer conforto em um lugar tão horrível.

— Ficaremos bem — diz Theron. Nós. Juntos, ficaremos bem.

Theron me coloca de pé, mantendo minhas costas voltadas para o corpo de Herod. Observo os olhos dele desviarem para o cadáver ensanguentado atrás de mim. Nem sei o que fiz com Herod. Não me lembro de nada, além da sensação do chakram escorregadio com sangue.

Estou coberta de sangue — minha camisa de algodão patética, a calça rasgada que usei sob a armadura para a batalha de Bithai. Está espalhado por meu rosto, meus cabelos, mas não consigo tocar para limpar.

— E agora? — fecho os olhos e inspiro para me acalmar, concentrando-me em como o ar entra em meus pulmões, me preenche. *Viva. Estou viva.*

E Angra jamais conseguirá usar Herod para ferir alguém de novo.

Não acho que o que vi em Sir, quando ele matava pessoas, era alívio. O que eu via era o que sinto agora — cansaço e tristeza e ainda mais conectada ao interminável tecido da vida. Mas não arrependimento. Não me arrependo de ter matado Herod.

Queria poder dizer tudo isso a Sir. Queria poder falar com ele sobre tudo.

Theron recua um passo e, quando abro os olhos, ele está verificando o quarto de Herod. Um armário no canto chama a atenção de Theron e ele marcha na direção do móvel. As portas se abrem, luz se projeta das janelas sobre uma variedade de roupas e sapatos e armas.

— E agora — diz Theron —, nos juntamos ao exército de meu pai e libertamos seu povo.

29

Não há tempo para encontrar equipamento adequado de batalha ou para roubar algo do arsenal de Angra, então dividimos as armas no quarto de Herod entre nós e pegamos roupas do armário. Theron se ocupa em prender facas nas canelas enquanto eu tiro as roupas ensopadas de sangue e visto uma camisa e uma calça, grandes demais, de Herod. Há um colete de couro preto que prendo ao redor da camisa e um cinto largo que segura minha calça. É ridículo para a batalha, solto e largo demais e protege quase tanto quanto correr completamente nua. E pertence a Herod, o que faz meu estômago se revirar com a mesma náusea que sinto do sangue dele secando em minha pele.

Quando o chakram se acomoda no estojo familiar entre minhas escápulas, consigo respirar pela primeira vez em semanas. Como se não fosse realmente completa sem ele. Junto com a faca e a espada que prendo à cintura, estou tão preparada para a guerra quanto posso estar.

Theron agita a espada com uma das mãos, uma adaga na outra.

— Pronta?

Assinto. Ele se aproxima da porta do quarto de Herod, mexe nas armas e entreabre a porta, verificando o corredor além dela. Dou um passo determinado atrás de Theron, mantendo os olhos nas costas de Theron e as duas facas cruzadas presas sobre a espinha dele. Não no corpo ainda no centro do quarto, na massa imóvel de escuridão e sangue que atrai minha mente como uma âncora puxa um barco.

Theron olha de volta para mim. Ele também é uma âncora. Algo a que me segurar quando todas as outras coisas me arrastam para baixo.

Assinto de novo.

— Vamos.

O corredor está vazio. Nenhum soldado, nenhum criado desesperado correndo. Está silencioso e desolado, como se já tivéssemos vencido e Primavera tivesse fugido.

Theron caminha cuidadosamente à frente, as lâminas a postos, enquanto deslizo o chakram para a mão. Quanto mais nos afastamos do quarto de Herod, mais o caos ressoa. Aglomerados de homens uniformizados correm entre quartos, criados disparam por corredores e ficam o mais longe da vista quanto é possível. Theron e eu nos abaixamos sob pinturas na parede, nos escondemos atrás de estátuas e plantas, conforme abrimos caminho para fora da escuridão.

Depois do que parece ser uma eternidade desse esconde-esconde pelo palácio, chegamos a uma escadaria estreita dos criados, portas abertas revelam a entrada do palácio no fundo. Descemos as escadas e paramos atrás da porta aberta, tentando ouvir movimento no corredor.

Theron passa as armas para uma das mãos e pega minha mão com a outra.

— Deixamos o palácio — sussurra ele. — De onde quer que meu pai se aproxime, corremos para a direção oposta. A muralha de Abril estará menos vigiada lá e poderemos...

— Deixar Abril — termino, com a voz trêmula.

Theron me olha de novo, a expressão dele se fecha como se soubesse o que vou dizer a seguir.

— Vamos libertar seu povo, prometo. Mas você não tem utilidade para eles se estiver morta.

Sacudo a cabeça e tiro a mão da de Theron, meu coração pulsa gelo pelas veias. Começo a protestar, a dizer a ele que preciso ir até os invernianos, preciso ajudá-los porque sou o condutor deles e é meu dever. Começo a dizer de novo. Sou a rainha de Inverno, esse tempo todo. Eu...

Mas Theron volta a atenção por um segundo para o corredor, onde um grupo de soldados marchando passa em disparada, seguindo para a sala do trono. O corredor fica silencioso quando eles se vão, vazio, e Theron se vira para mim, sem parecer se importar com nada além da forma como os olhos dele se fixam nos meus, com uma intensidade carinhosa.

— Jamais quis ser rei. — A voz de Theron é baixa e rápida, me perfura com urgência. — Eu queria me sentar na biblioteca e escrever até que o sol caísse no céu. Mas você, isto, os invernianos, seu reino inteiro, desaparecido em um segundo, isso me fez perceber como eu me sentiria caso Cordell algum dia caísse dessa forma, se eu perdesse algo que é tão parte de mim. Quero ser alguém digno de meu reino. Quero ser alguém digno de *você*.

Meu corpo todo se alegra com um calafrio maravilhoso que se amplia quando Theron desliza a mão pela minha nuca. Ele aproxima meu rosto do dele e para, parte da determinação se dissipa quando ele percebe o que está fazendo e o quanto estamos perto um do outro. Os dedos de Theron se flexionam contra minha nuca e eu o encaro, esperando, incapaz de me mover ou respirar ou pensar além da forma como os lábios dele se abrem expirando, tão pertos dos meus.

Então Theron desce sobre mim, a boca desaba sobre a minha. Um gemido sai de minha garganta quando me agarro às emoções que percorrem meu corpo como flocos de neve ao vento. Medo que sejamos pegos pelos homens de Angra; êxtase pelo rompante de conforto e de desejo que espirala dos lábios dele; e um lampejo constante de choque por isso não ser nada chocante, por eu estar esperando que isso acontecesse o tempo todo — nossos lábios e línguas e os dedos de Theron puxando meus cabelos, desespero explodindo de em nós por alguns segundos breves demais em que precisamos um do outro.

Theron recua, sem fôlego, em meio a um ligeiro conjunto de emoções antes de assentir com firmeza, decididamente.

— Vá até eles, mas não morra. Primoria precisa de pessoas como você — conclui Theron, e dispara para o corredor vazio, liderando o caminho até as duas grandes portas da entrada, com as lâminas reluzindo em busca de inimigos escondidos. Meu corpo segue, mas minha mente está presa na sensação dos lábios de Theron sobre os meus. Lindos e capazes, carinhosos e determinados, me deixando fria e quente ao mesmo tempo.

Saímos devagar e descemos pelos grandes degraus de obsidiana, não paramos sequer uma vez depois que nossos pés alcançam a ampla extensão do gramado de Angra. Está vazio ali também, todos os soldados estão vigiando Angra do lado de dentro ou estão ocupados no portão da frente, onde os disparos de canhões ecoam de volta até nós. Theron lança um breve sorriso de conforto para mim, antes de disparar pela grama exuberante, correndo cada vez mais em busca de abrigo na ponta norte do complexo do palácio de Angra. Dali, ele seguirá para o leste, o lado oposto do exército do pai dele, que se aproxima.

Mas meu caminho está a sudoeste.

Meus pés se movem antes que eu perceba que estou correndo, o complexo do palácio dispara por mim em um borrão de preto e verde. Salto por cima do jardim no qual Nessa e os irmãos têm trabalhado há semanas. A área inteira está vazia, sem soldados ou trabalhadores. É o fim da tarde agora, o sol está alto e brilhante, com muita luz restante para forçar mais algumas horas de trabalho. Mas ninguém está aqui, então isso deve querer dizer que estão no campo de trabalhos forçados, uma mudança assustadora na rotina diária, ou...

Não quero pensar em *ou*.

A ansiedade me impulsiona mais rápido e dou a volta por um único portão lateral e disparo para Abril.

Essa parte da cidade não é tão vazia. A classe alta de Primavera prepara as casas, os criados e mãos firmes pregam tábuas de madeira sobre janelas, sob ordens dos mestres. Eles não se importam quando passo correndo, nem mesmo se movem em minha direção, quando o borrão de branco e preto passa em disparada por eles. Subo a lateral de uma ponte e vou embora, deixando-os com suas preocupações.

A ponte me leva até a parte mais baixa da cidade. Disparo por becos, salto pilhas de lixo. Os residentes desses prédios ficam exatamente onde sempre os vi — amontoados atrás de janelas, olhando por portas entreabertas, permanecendo fora do caminho na esperança de que a vida passe por eles sem que sejam notados. Como se, caso não reconhecessem a batalha que se aproxima, ela não possa feri-los.

Uma última curva me coloca bem diante da entrada do campo de trabalhos forçados de Abril. Reduzo o passo para uma caminhada, prendo a respiração para evitar ficar ofegante. Pode estar vazio no beco, mas não está silencioso — ruídos vindos da área à frente chegam até mim. Soldados gritam ordens uns para os outros e, além dos gritos estrangulados deles, está o murmúrio de pessoas em confusão. Meu povo.

As palavras parecem erradas, como se não pertencessem a mim, como se eu não fosse digna de chamá-los assim. Mas não importa como eu os chame, como me chamem. Tenho a habilidade de libertá-los, então, tenho a responsabilidade de libertá-los. É tudo que importa agora.

É tudo que sempre importou.

Paro paralelamente à esquina. *Mais um passo, Meira. Apenas mais um.*

Marcho para a rua, sacando o chakram de modo que oscile como um brinquedo inofensivo de minhas mãos. Cinco prédios adiante, o portão está uma loucura. Soldados de Primavera do lado de fora atiram facas e punhos contra o metal que se dobra e range, socando de volta a multidão de invernianos que faz força contra o outro lado. Os invernianos choram e gritam, encolhendo-se contra os golpes. Estão confusos, retirados da rotina de trabalho e forçados de volta para a prisão em meio ao caos.

O primeiro soldado cai sem luta. Meu chakram passa zunindo pela nuca dele, separando o topo da coluna do homem do crânio, e volta com um estampido para a palma de minha mão conforme o soldado desaba sobre o que está ao lado dele, chamando atenção para mim. Primeiro, o vizinho do homem morto, então o homem ao lado dele, depois, todos os soldados encarregados de manter a ordem no campo de trabalho. Todos os olhos estão sobre mim, uma garota inverniana solitária contra um regimento inteiro.

Um soldado dá um passo à frente, a espada espessa dele marcada pelo tempo e pelo uso.

— O brinquedo de Herod escapou — diz o homem, com escárnio.

— O brinquedo de Herod o matou — respondo, e um satisfatório lampejo de choque toma conta do rosto dele.

Outra voz irrompe pela rua.

— Meira, corra!

Meus olhos disparam para trás da fileira de soldados, até o portão. Conall está pressionado contra o ferro, o arame deixa manchas de sangue nas bochechas e nos braços dele. Ele entra em pânico ao me ver na rua. Há uma luz nos olhos dele agora, uma luz tão diferente do ódio de sempre que só posso estar imaginando.

Mas não — é esperança. Ele quer que eu viva.

Angra também sente. Ele conhece, de alguma forma, essa esperança que todos têm, e os soldados de Primavera disparam para o portão em uma massa organizada, erguendo todas as armas ao mesmo tempo. Um gemido abafado foge de meus pulmões. A magia negra de Angra. Ele ordenou que os soldados...

Eles começam a golpear para matar agora. Enfiando as lâminas pelo metal, eles esfaqueiam peitos e pescoços, não dão mais meros golpes de aviso. Posso sentir a ordem de Angra pulsando dos corpos comandados deles: *Matem-nos.*

Meu peito fica dormente e, pela primeira vez, sei o que é. Frio, frio gélido, dispara por meus ombros e percorre meus dedos. O poder do condutor se revira ao meu redor, irrompendo por dentro e para fora de meu corpo como uma nevasca incontrolável, implorando para cobrir o mundo em um branco glorioso.

Inverno tem um condutor agora também. E não seremos mais fracos.

Solto o chakram aos pés e estico as mãos para a frente, os dedos se estendem para os invernianos diante de mim. O frio explode de mim, a erupção de um tremor tão perfeito que imagino se não passo de uma nevasca agora, uma enorme coluna espiralada de flocos. O frio dispara em torno dos soldados de Primavera e mergulha pelo portão, inundando cada corpo frágil, de cabelos brancos, cada par de olhos azuis arregalados, cada alma sangrando e cansada, com força, poder, energia, curando os ferimentos deles e tratando os cortes, tornando-os mais e mais fortes...

A magia escorre até que cada espaço livre em cada corpo esteja cheio de força. Os olhos deles estão mais brilhantes, os corpos estão mais eretos, os punhos se fecham com mais intensidade. Frio e gelo, um poder tão lindo que quando a sensação gélida para, fico sem fôlego depois de tanta maravilha. Adrenalina percorre meu corpo, combatendo com felicidade o peso da exaustão que me faz oscilar para a frente, sob todo o poder que acabei de manifestar.

Os invernianos gritam algo muito além dos gritos de dor e angústia, algo irrompe de dentro deles em um rompante de liberdade. O ataque dos soldados de Primavera para em meio aos gritos de guerra que ecoam dos prisioneiros. E os invernianos, com os olhos ferozes com vida, avançam para a frente, abrindo o portão com uma determinação frenética.

— Ataquem! — grita um soldado de Primavera, e avança contra mim.

Engancho o chakram na bota e o chuto no ar, agarrando-o e lançando em um grandioso giro letal contra a manada de soldados de Primavera que dispara. Alguns caem quando o chakram volta para a palma de minha mão, mas os soldados estão perto demais agora, a alguns segundos de colidirem comigo. Coloco o chakram de volta às costas e puxo a espada e a adaga que roubei de Herod, encolhendo o corpo. Quatro segundos. Três...

Os soldados mais distantes caem como um, as pernas fraquejam sob eles. A fileira seguinte olha para trás, em pânico, e cai tão facilmente, puxada para o chão pelo ódio insano de 16 anos de opressão. Os invernianos se erguem e atropelam o batalhão de Primavera em uma onda mortal de destruição, arrancando armas das mãos deles e virando aquelas armas para os rostos chocados de soldados que jamais acharam que perderiam.

A última fileira de soldados de Primavera me alcança, presos entre o medo atrás deles e o medo adiante. Minha adaga perfura o estômago de um; a espada, o pescoço de outro. Giro o corpo entre os soldados, meu corpo é uma máquina de cortar, esfaquear e se abaixar.

Desvio de um último homem morrendo, as botas chutam poeira ao meu redor e paro diante de Conall. Ele está ensanguentado e selvagem, os cabelos brancos manchados de vermelho, as mãos fechadas sobre um par de facas curtas. Ao lado de Conall, Garrigan está tão indomável quanto ele, uma besta dentro dos dois foi libertada e, atrás deles, há outros invernianos.

Braços envolvem meu pescoço em uma tempestade de branco e de lágrimas.

— Eu sabia que você nos libertaria — sussurra Nessa.

Conall dá um passo adiante, as facas dele reluzem com o sangue de Primavera.

— Ainda não estamos livres. O que vem a seguir, minha rainha?

Minha rainha. Como ele sabe?

Eu me afasto de Nessa e os encaro, todos eles, cada rosto ansioso. Cada alma inocente, paciente, aceitando o poder de mim sem questionar, sem hesitar.

E sinto Hannah dentro de mim. A presença gentil e paciente dela, tão conectada ao poder do condutor quanto eu. Hannah está em todos os invernianos também, nos conectando em um mundo inexplicável e maravilhoso todo nosso.

Ela é minha filha, sussurra Hannah para eles, uma voz tão calma que eles poderiam confundi-la com os próprios pensamentos. *Vai ficar tudo bem. Desculpem por ter mentido para vocês, mas sua liberdade está muito próxima.*

A esperança nos rostos sujos de terra deles me enche com uma emoção diferente, uma que abafa qualquer medo de quem sou agora. Felicidade.

— Cordell e Outono estão aos portões de Primavera, mas nossa liberdade não depende deles — grito por cima da multidão. As palavras seguintes ficam presas em minha garganta, expandindo-se mais e mais ao lado de toda a ansiedade fervilhante, dos anos de maus-tratos, das cicatrizes e do sangue e do horror. — Somos Inverno!

Conall e Garrigan inclinam as cabeças, os braços deles estão estendidos conforme gritam para o céu. Um grito de batalha que se espalha por todos os invernianos, as vozes deles falhando, os olhos brilhando.

— Somos Inverno! — repete Nessa, e salta por cima dos corpos caídos de primaverianos, correndo pela rua com a espada roubada resplandecente acima da cabeça. Eles a seguem, disparando por cima de corpos, empunhando armas como flâmulas de vitória.

A força deles, fornecida ou não pelo condutor, é revigorante, me preenche com minha magia. Quero me deliciar nela para sempre.

Está tão perto agora, diz Hannah.

Alinho-me em fila com eles, correndo tanto quanto eles, gritando tão alto quanto eles, perdida nas vozes e no poder e nas vidas dos invernianos.

30

SEGUIMOS OS SONS da batalha até a praça, no portão de entrada de Abril, e encontramos soldados de Primavera correndo em grupos perfeitamente enfileirados, canhões disparam com precisão letal, manivelas erguem armas por cima das muralhas. O condutor de Angra os impulsiona com uma ameaça que torna cada movimento deliberado, alinhado, perfeito.

Uma buzina grita conforme descemos as ruas que dão no portão. Os soldados impecavelmente alinhados de Angra giram em nossa direção, despertando do estupor do condutor. Angra os avisou que estávamos chegando, mas saber não torna um exército preparado.

Erguemos as armas, levantamos as vozes, aumentamos a velocidade. Somos um corpo agora. Uma onda devoradora de brancura e imundície e 16 anos de morte. Os homens de Angra se realinham para nos encarar, de costas para o portão, mais da metade da concentração deles é desviada do exército agressor de Noam para nós. A única coisa para a qual Abril, apesar de toda a mentalidade bélica, não se preparou: uma brecha *dentro* da muralha.

Colidimos com os homens de Angra, varrendo-os como uma praga. Eles revidam com a mesma força, empurrando com a força retirada da Ruína no condutor de Angra. Há apenas algumas centenas de nós e a maioria não é de mais guerreiros do que de crianças e idosos que ficaram para trás. Nossa vantagem do elemento surpresa não durará muito tempo.

Empalo um soldado de Primavera e caio no chão, puxando o corpo dele para meu lado para servir como escudo. A praça antes do portão tem quase o tamanho dos limites do palácio de Angra, ampla e aberta para facilitar movimentos. Duas escadarias emolduram o portão e levam para a passarela acima, e há uma pequena construção adjacente à muralha, à esquerda. A guarita do portão.

Um grupo de homens invernianos derruba um aglomerado de soldados primaverianos que avança, e aproveito o caos para me proteger de outros inimigos. Eles ficam para trás e eu me levanto e corro, disparando por cima de corpos, armas largadas, caixas empilhadas. O odor pungente e férreo de sangue e de armas velhas paira em bolsões de ar quentes e pesados, repugnantes, chocando-se contra mim conforme disparo para a fina porta de madeira da guarita.

Embainho minhas armas e saco o chakram antes de dar um chute forte, o qual faz a porta se chocar contra a parede. Dentro da guarita, dois soldados se viram e, tão rápido quanto, duas lâminas disparam pelo ar, pequenas facas que giram com determinação desesperada contra mim. Eu desvio e uma das facas passa por cima de meu ombro, enquanto a outra arranha meu pulso.

Mas é minha vez agora, então ignoro a dor. Solto o chakram, a lâmina corta os pescoços dos soldados com golpes mortais antes de disparar de volta até mim. Conforme os corpos deles caem, salto até os homens, olhando para a alavanca no centro da sala. Uma barra espessa de metal se ergue, angulada, quase tão alta quanto eu, de uma profusão de engrenagens. A barra se estende mais para a esquerda do que para a direita, então, talvez, se eu a mover para a direita...

Guardo o chakram e jogo todo meu peso na barra. Ela range contra meus movimentos, o ferro antigo estala com resistência irritadiça contra ser aberta. Apoio o pé na parede da guarita, puxo e empurro, imploro para que a coisa idiota simplesmente ceda e se solte.

A mão de alguém desliza na alavanca sobre a minha. Eu me encolho, já pegando a faca, quando Garrigan me impede. Conall entra aos tropeços atrás dele, uma espada ensanguentada em uma das mãos, e passa por mim para pegar a barra também.

Nós empurramos juntos, e a manivela cede sob nosso peso coletivo, desistindo como se pudesse sentir o colapso iminente do seu reino. O objeto se encaixa no lugar e, além da guarita, além da luta, a imensa muralha de ferro começa a se levantar, rangendo e gemendo.

Conall, Garrigan e eu corremos para fora da guarita. Invernianos e soldados de Primavera param, olhando para o portão que se ergue, analisando o que aquilo significa para Abril.

Assim que o portão sobe o suficiente, uma onda de homens entra como uma enxurrada, acrescendo o verde e dourado de Cordell às armaduras de sol negro de Primavera e aos cabelos brancos de Inverno. Misturados com os soldados cordellianos estão homens de pele acobreada trajando marrom e laranja, os quais disparam entre grupos de inimigos com uma graciosidade exótica, cortando carne com lâminas finas como fios de cabelo e atirando esferas que liberam fumaça tóxica. A herdeira deles pode ser jovem demais para usar o condutor, mas os soldados de Outono ainda conseguem fazer com que uma boa luta de espadas pareça uma dança coreografada e empunhar armas, ao mesmo tempo, funcionais e cruéis — como o chakram. Quando vejo discos metálicos giratórios disparando pelo ar, sorrio. Sir originalmente conseguiu meu chakram em Outono e ver dezenas deles atirando ao meu redor me faz sentir ainda mais unida nessa investida. Uma inverniana empunhando uma arma outoniana, usando a aliança cordelliana para acabar com Primavera.

Os invernianos entram em um frenesi, acrescentando o puro ódio deles aos ataques organizados de Cordell e aos guerreiros habilidosos de Outono. Mas Angra tem números. Isso leva a uma luta aterrorizante e hipnotizante, negro, laranja, verde e branco.

Uma flecha passa zunindo por minha orelha, de algum lugar do outro lado da praça. Meus olhos encontram a fonte da flecha e um homem de cabelos brancos, com armadura de Cordell, dilacera o arqueiro de Primavera antes que ele seja engolido por um grupo de soldados vestidos de preto. Mather? Ou talvez Greer ou Henn...

Disparo em meio a inimigos que se esquivam, me abaixo sob lâminas em disparada. Os homens de Angra desviam os canhões da muralha para que se concentrem na praça dentro do portão. As explosões lançam punhados de terra pelo ar ao meu redor, fazendo com que chovam rochas e destroços. Com as lâminas em punho, corto soldados primaverianos às cegas, onde consigo acertar, conforme sigo para aquele lampejo de cabelos brancos usando armadura cordelliana. Uma dupla concentrada no combate passa por mim e me encolho, evitando por pouco uma lâmina na cabeça, deslizando os joelhos em um pequeno trecho de grama do outro lado da praça, onde os guetos de Abril se erguem em direção ao céu.

Por um segundo, paro, avaliando a área, com os músculos contraídos e à espera, até que uma lâmina dispara contra mim. Eu me viro e a pego instintivamente conforme vejo para além da lâmina, para o soldado que a segura.

Não apenas um soldado — Angra.

E não é apenas uma lâmina. Uma das mãos dele segura uma espada fina e forte, a outra segura o cetro, uma arma por si própria.

Angra usa a própria versão da armadura de Primavera, mas a dele é requintada e reluzente. O rei recua, levando a espada e o cetro consigo, e me olha com ódio enquanto nossos homens se matam ao nosso redor.

— Esse tempo todo — grunhe Angra. — Eu devia ter sentido a magia em você muito antes que conseguisse usá-la.

Meus dedos ficam esbranquiçados sobre as armas.

— Você não deveria ter se deixado corromper.

Angra rosna e recua. Salto contra ele, falando o mais rápido possível, espremendo palavras no espaço entre nós.

— Há uma forma de derrotá-la, Angra — sussurro. — A Ruína. Se permitir que os outros monarcas saibam, podemos destruí-la como quase fizeram há milhares de anos!

Angra para, com lâmina e cetro erguidos, os olhos se semicerrando em algo que parece choque. Prendo o fôlego em meio ao rugido de adrenalina ao meu redor, agarrando-me ao lampejo de esperança no rosto de Angra...

Mas alguém grita meu nome, um aviso distante no fundo do meu subconsciente. Encolho o corpo e Angra golpeia, balançando a espada, o cetro logo atrás. Ele golpeia minha faca quando caio, ao mesmo tempo em que deslizo para longe do metal descendente. Angra é muito mais experiente do que eu e usa meu próprio movimento para puxar a espada e me acertar no meio do caminho, a lâmina faz um corte limpo em meu ombro.

Gemo e caio sobre o braço, a dor irradia por minha pele. Posso me curar? Angra não me dá tempo para tentar. Ele desce ao chão sobre mim, um joelho me prende à grama entre um dos prédios em ruínas do gueto de Angra e a batalha caótica. Angra abaixa o rosto, cachos loiros sujos de suor e poeira.

— Não preciso ser salvo — dispara ele, e recua, preparando-se para outro golpe.

Angra me ataca de novo e solto a espada do braço direito ferido para recuar, observando a lâmina dele se enterrar na grama onde minha cabeça estava um segundo antes. Angra corre e golpeia, sem me dar chance de retaliar, me perseguindo conforme cambaleio, de quatro, pelo gramado até a praça. Pernas saem do meu caminho, aliados cortados pelas armas agitadas e afiadas de Angra, forjando um caminho perigoso em meio ao caos que me permite sair rastejando.

— Meira! — grita alguém, mas não tenho tempo de procurar quem é.

Um soldado de Primavera corre até nós, determinado a ajudar o rei dele. Mas Angra o cerca com um rompante de ódio incandescente.

— Ela é *minha*!

Uso essa oportunidade para atirar minha última arma. O chakram dispara pelo ar carregado de escombros, apenas para ricochetear inutilmente contra a armadura de Angra. Ele derruba a arma ainda em movimento, lançando-a para o chão, e se vira para mim, com um sorriso insano estampado no rosto.

— É tudo o que tem? Centenas de anos de guerra e esse é o grande final de seu reino?

— Não.

A voz ecoa pelo gramado, por cima do mundo. Ela me inunda, vindo das profundezas do pesadelo cruel de Angra, quando eu me ajoelhei no chão de um chalé em Jannuari e Sir me segurou, me embalando para trás e para a frente.

Mas isso não é um pesadelo. Isso é real, melhor do que qualquer coisa que eu ousei sonhar sozinha e, quando meus olhos se fixam nele, não sei como conseguirei respirar de novo.

Sir está vivo.

Angra se vira e Sir salta pelo ar, com duas facas curvas cortando o ar em fragmentos e disparando diretamente para o coração de Angra. Apenas um segundo se passa antes que Angra reaja, agitando o cetro para impedir uma das facas e a espada para pegar a outra.

— Meira! — Mather escorrega até o chão, para meu lado, e coloca os braços sob meus ombros para me levantar. Pisco para ele, presa em outro sonho cruel. Mather está aqui. E Sir...

Encaro, tentando fazer com que a última imagem que tenho de Sir faça sentido em relação ao que vejo agora. Ensanguentado e partido no chão do lado de fora de Bithai; dançando pelo ar com rosnados e golpes, fazendo Angra recuar tão cruelmente quanto revidar os golpes. O corpo dele está inteiro e forte, disparando conforme os músculos fazem aquilo para que foram feitos. Sir e Angra estão páreo a páreo, lâmina contra lâmina, movendo-se diante de nós, em meio ao massacre sangrento da guerra.

Meus dedos se enterram no braço de Mather, meu coração congela.

— Sir? — sussurro.

A tensão em meu peito se alivia. Não importa quem sou agora, rainha ou não, porque Sir está aqui. Sir está vivo. E ele poderá me ajudar com isso.

Quando olho para Mather, ele assente.

— Você o curou, Meira. Todos acharam que ele estava morto, mas quando acordou, depois da batalha, nos contou que você o curou. Um acaso da magia do condutor que de alguma forma você assimilou — sussurra Mather.

Eu me atenho às palavras dele e tento encaixá-las com o quebra-cabeça incompleto ao meu redor. O que mais me lembro da morte de Sir é meu desespero, minha necessidade inconsequente, pura e forte, de que ele vivesse. Talvez esse fosse um tipo de rendição — me abrir a qualquer coisa, a tudo que pudesse salvar Sir. Uma decisão inconsciente, como quando salvei o menino.

Mather compreende a distância em meu olhar, meu crescente entusiasmo. Ele faz uma reverência com a cabeça.

— Minha rainha.

Isso me puxa de volta ao presente, barulhento e terrível. De volta a Mather, que estampa um olhar mudado.

— Você sabe? — Engasgo com as palavras e sinto tudo mais desabar sobre mim. Todas as preocupações de Mather e as amarras dele, como queria tanto ser o que era necessário em uma posição que jamais ocuparia. E agora... nada disso importa, pois não é mais ele.

Mather acena com a cabeça de novo. Ao nosso redor, a batalha continua feroz, mas naquele momento em que nos olhamos, não sei dizer se Mather está aliviado ou assustado. Só consigo sentir a força dele, o modo determinado com que me olha, um soldado para seu governante. Mather suportará por quanto tempo eu precisar que ele o faça.

A metade do medalhão ainda está no pescoço dele, um lembrete físico da mentira que é a vida de Mather. Meus olhos se fixam no objeto antes de desviarem, uma descarga de adrenalina me percorre quando olho para trás, para Angra e Sir presos em um borrão de espadas. O condutor de Angra dança pelo ar e a concentração de Sir o segue, o olhar dele parece faminto e desesperado.

Um peso em meu estômago. Sir precisa saber o que realmente é, contra o que está realmente lutando. O modo como ele olha para o cetro de Angra, como se quisesse destruí-lo em milhões de pedaços — isso não pode acontecer. O condutor de Angra *não pode* ser quebrado, a magia poderia se unir a ele, alimentando infinitamente a Ruína.

Uma lâmina surge do nada, os destroços do canhão tornam o ar escuro e perigoso. Grito e empurro Mather para baixo, agachando-me sob a espada enquanto o soldado de Primavera continua o golpe pelo ar. Mather se vira, me joga a espada dele e eu a pego no ar antes de me chocar, de cabeça, contra o estômago do soldado. Caímos, rolando para baixo por uma leve encosta, em uma confusão de escuridão e terra, conforme minha espada desliza para o alvo: as entranhas do soldado.

Uma série de gritos. Nomes são gritados em ordem rápida, berros agudos de pânico que me fazer girar na terra.

— Mather, pegue!

— William...

— MATHER!

Fico de pé com dificuldade, meus olhos disparam pelo espaço que agora está entre eu, Mather e Sir. Uma onda de horror pulsa dentro de mim e congelo, observando acontecer.

Sir derruba o cetro de Angra das mãos dele. O objeto dispara pelo ar, girando até cair aos pés de Mather. Sir dispara para longe de Angra enquanto estende a mão para Mather, algo horrível e aterrorizado explode dele como nada que já vi. Pânico sobe em minha garganta, como o gosto pungente de ferro do sangue.

Mather pega o cetro.

— Quebre-o! — A voz de Sir soa engasgada. Ele golpeia Angra, atirando-o ao chão. — Destrua-o!

— Vou matar você! — grita Angra, rastejando na terra. Ele fica de pé e Sir o derruba ao lado dos pés de Mather. Uma das facas curvas de Sir se enterra no ombro de Angra, prendendo-o à terra, com Sir pairando a um centímetro dele.

Mather me olha. Lá está aquela seriedade determinada de novo, influenciada pelo desespero. Ele vai me proteger. Vai me manter segura. Ainda pode fazer isso, mesmo que não seja quem sempre achou que foi.

Mather ergue o cetro acima da cabeça. O condutor de Angra. A Ruína que tomou conta da terra, o mal terrível e irrefreável que foi até Angra, que se juntou a ele e tem ganhado força devido ao uso corrompido da magia que ele faz. Os braços de Mather se contraem, preparando-se para o impacto iminente, quando ele levanta o cetro no ar, um movimento lento e doloroso.

Sou tomada por desapontamento, tão palpável que escorre como rios de lava por meu corpo, conforme as últimas peças se encaixam e eu avanço, trôpega, em direção a Mather.

— Mather, não! — grito. — *Pare!*

Mas ele não me ouve. Não sabe, nem mesmo pensa a respeito. Ninguém pensou. Ninguém teria pensado que a resposta é tão simples, o poder está tão próximo.

O cetro se parte contra a terra com uma explosão de vidros quebrados. Escuridão explode para fora dele, uma tempestade é liberada, um funil de fumaça que irrompe em um fio negro. Em meio ao caos, a batalha cessa, o vento açoita gritos, fragmentos desesperados de som que mergulham pela multidão de soldados que observam. A coluna de preto avança para o céu, onde nuvens espessas se reuniram, girando incessantemente, em um vórtice que destruirá todos nós.

Abraço Mather e o afasto do cetro quebrado, a personificação de tudo que nos manteve cativos por tanto tempo. Desabamos no chão, meus braços ao redor dos ombros dele, os olhos de Mather estampam confusão. À nossa volta, todos pararam. Primavera, cordellianos, outonianos, invernianos — todos esquecem a luta e olham boquiabertos, com assombro inabalável.

Todos exceto Angra. Os olhos dele encaram os meus, a praticamente dois passos de onde abraço Mather. O cabo da faca desponta do espaço entre o protetor peitoral e o de braço de Angra; sangue escorre de uma laceração pela bochecha dele. Mas os olhos de Angra brilham, as profundezas verde-pálidas refletem o tufão. A expansão de magia nos Condutores Reais sobre a qual nem mesmo Angra sabia até me ver, até compreender meu uso de magia sem o medalhão e perceber o que sou agora. A magia e a Ruína que estão unidas pelo condutor de Angra se unirão a ele, o alimentarão, se tornarão um. Angra poderá usar a magia para o mal a uma proporção irrefreável — sem um cetro ou um objeto condutor, porque ele se *tornará* o condutor da magia, e a Ruína ficará mais poderosa do que qualquer um pode controlar.

A coluna negra se contrai em uma linha fina e para, esperando, contando o tempo. Com uma forte lufada de vento, ela explode, chocando-se contra o chão e irradiando sobre nós com um rompante poderoso de ar e escombros. Mather se joga sobre mim e enterramos nossos rostos um no outro quando a força lança rochas pelo ar.

Acabou. Simples assim. Sem explosão final, sem grito de despedida. Apenas nada, como se jamais tivesse sido mais do que a bola de vidro e metal destruída aos pés de Mather.

Eu me afasto de Mather, mas sei o que verei antes que meus olhos encontrem. A magia dentro de mim sussurra nas partes mais profundas e receptivas de minha mente, um toque silencioso de compreensão.

Sir se senta sobre os calcanhares, encarando com os olhos arregalados o trecho vazio de terra sob ele. A faca de Sir ainda está presa na terra, posicionada verticalmente contra a suave corrente de vento.

Mas Angra se foi.

31

O MUNDO ESTÁ errado, inclinado fora do eixo, e quando fico de pé sobre as pernas trêmulas, caio para a frente, agitando os braços no ar.

Sir me segura. Ele me aninha contra o peito, os braços fortes me envolvem tão apertado que sei que deve ser um sonho, e espero que Sir me chame de doce menina e que Alysson esteja logo atrás de nós, servindo jantar a Nessa e à família dela.

Mas Sir é real. Ele está aqui. Está vivo. E, quando me afasto, olho para o rosto de Sir, o mundo para de girar um pouquinho.

Os lábios dele se entreabrem.

— Acabou.

Meus olhos se fixam além de Sir, na extensão vazia de terra onde estava o corpo de Angra. Como se quebrar o cetro o tivesse destruído. Como se fosse fácil assim.

Todos acham que foi. Todos, inclusive os soldados primaverianos, que soltaram as armas depois do desaparecimento do rei e da magia deles, agora se acovardando em rendição relutante enquanto os inimigos se regozijam. Corpos verdes e dourados e marrons e brancos dançam pela praça, comemorando para o céu nublado.

Fecho os olhos, inspiro, me concentro no ar que entra e sai de meus pulmões, nos braços de Sir em volta de meus ombros. Eu me concentro além dele, no som da felicidade pura e desinibida dos invernianos que transforma aquela cidade miserável em um paraíso por apenas um momento.

— Meira.

Abro os olhos e vejo Sir me encarando, o rosto dele está fixado em uma expressão que nunca vi antes. Levo um momento para perceber que é admiração.

— Decidimos, há muito tempo, que seria eu quem contaria a você. Os outros que escaparam, quero dizer — sussurra ele. — Não sei como Angra descobriu. Eu deveria ter...

Meu corpo fica gelado, a magia rodopiante do condutor agora está desperta e incontrolável. Inspiro, tremendo ao colocar a mão no braço de Sir.

— Não. — Faço que não com a cabeça. — Era um segredo que Hannah deveria contar, não você.

Sir franze a testa.

— Hannah?

Faço um gesto com os ombros, sem saber como explicar isso, mas Sir deixa de lado. Ele dá um passo para trás e se ajoelha ao erguer um punho para mim. Pendendo daquele punho está uma corrente de prata.

— Minha rainha. — É tudo o que Sir diz.

Encolho o corpo, detestando o medo que brota em mim com o título. Não quero que Sir me chame assim, mas a forma como ele me olha é algo que eu quis a vida inteira. Como se me visse, visse de verdade, não importa como estou. Coberta com sangue e terra e poeira, brilhando com o potencial de um reino renovado.

Como se Sir visse os sacrifícios que fez e não se arrependesse de nenhum.

Estendo a mão para o medalhão, mas outra mão chega antes da minha. Meus dedos param, estendidos no ar empoeirado, permanecendo sobre a mão de Mather quando ele pega o medalhão do pai.

Mather abre a outra metade e tira do pescoço. Ele segura as duas metades para mim, os olhos azuis como joias refletem cinza sob o céu nublado.

— São seus, minha rainha — diz Mather. As mãos dele tremem e Mather umedece os lábios. Tudo a respeito dele é forte, irredutível, mas o olhar de Mather demonstra um medo mais profundo. Medo de se desfazer, medo de que todas as muitas, muitas responsabilidades dele passem para os ombros de outra pessoa.

Ergo a mão. Centenas de coisas passam por mim, centenas de formas diferentes de como quero pedir desculpas ou me curvar ou chorar. Desculpas por ser eu. Desculpas porque a vida dele inteira foi criada para me manter segura, a existência inteira de Mather foi destruída em torno dessa única e simples mentira. Desculpas porque precisamos crescer tão subitamente. Desculpas por tudo.

Mas não digo nada disso. Pego as partes do medalhão da mão de Mather; mantendo os olhos sobre ele, a boca aberta como se talvez, apenas talvez, encontre as palavras certas.

Mather expira quando o medalhão deixa a pele dele. Então se ergue, com o peso de tudo que aconteceu. Os lábios de Mather se contraem no leve início de um sorriso, mas ele fica ali, suspenso entre a felicidade e o choque.

— Estou às suas ordens, minha rainha — sussurra Mather, e faz uma reverência com a cabeça.

Coloco a palma da mão na bochecha dele antes de sequer perceber que me movi, o corte em meu ombro me faz encolher o corpo.

Queria que não sentíssemos dor. Não agora. Não depois de tudo isso.

Dormência dispara por minha mão e meus olhos se arregalam. Não tive a intenção de chamar a magia, mas está viva agora, desperta, e a dormência sobe, cresce e dispara da palma de minha mão para a bochecha de Mather.

Ele respira fundo. Meu corpo inteiro fica frio, gélido, brilhante, e uma nova luz brilha nos olhos de Mather. Ela afasta a exaustão e o medo dele, preenchendo-o com a mesma força que preencheu os outros invernianos. Nada definitivo. Apenas uma pequena fagulha para que ele siga em frente, para que a incerteza fique sob controle até que Mather encontre a força de vontade para enfrentá-la.

Será que ele está aliviado por esse fardo ter ido embora? Ou está apenas com medo?

Mather recua, solta minha mão, e se abaixa até o chão, imitando a pose de Sir. Atrás deles, as comemorações se dissiparam, transformando-se em assombro respeitoso, e todos os invernianos se abaixam devagar. Eles fazem uma reverência com a cabeça, com os cabelos brancos sujos de marrom, vermelho e negro. Tenho dificuldade para respirar, e não consigo decidir se quero que parem ou não. Eles parecem tão felizes. Tão completos. E não consigo interromper essa felicidade, não importa o quanto seja assustador eu ser o motivo pelo qual eles se curvem. Eu, a soldada órfã.

Vejo Dendera perto do portão com Henn ao lado, os dois ajoelhados, em um abraço apertado e íntimo, e isso me deixa quase inebriada de felicidade. Greer e Finn se apoiam um no outro, há uma laceração ensanguentada na perna esquerda de Finn. Conall e Garrigan e Nessa e até mesmo Deborah — estão todos felizes, ali, seguros.

E Theron. Atrás de todos eles, Theron se detém além do portão, um contingente dos homens do pai dele, cheios de hematomas da batalha, o cerca. Os olhos de Theron encontram os meus do outro lado do espaço entre nós e ele sorri, um sorriso breve e deliberado que ecoa a reverência do momento. Theron abaixa a cabeça, imitando os cordellianos, os outonianos, absorvendo o espanto e a admiração de um reino que não é o deles. Todos sorriem devido ao alívio que veio quando o corpo de Angra desapareceu.

Talvez Angra tenha morrido mesmo. Talvez a Ruína tenha se desintegrado e o destruído junto. São tantos talvez. Tantos anos pensando que talvez venham, talvez nos salvem, talvez vejamos nosso reino completo de novo um dia.

Inclino o corpo para Mather e Sir e coloco uma das mãos no ombro de cada um deles. Os dois erguem o rosto para mim, lágrimas os fazem parecer morbidamente felizes.

Respiro fundo e sorrio.

— Vamos para casa.

Com o desaparecimento de Angra, os outros três campos de trabalhos forçados se desfazem facilmente. Primavera se dissolve em um caos de pânico sem o rei, o que torna o trabalho de nossos exércitos conjugados ainda mais fácil conforme avançamos pelo reino, lutando contra os soldados que mantêm os demais invernianos cativos. Qualquer exaustão ou medo ou dor que os invernianos tenham sentido nos campos são abafados sob a alegria exultante que trazemos ao salvá-los. É algo de que nunca me canso, ver os rostos deles se iluminarem ao saberem que estão livres.

Duas semanas se passam, duas semanas ocupadas com libertar os outros três campos, cuidar dos ferimentos de meu povo, nutri-los aos poucos. O exército de Outono parte depois que o último campo de trabalhos forçados é libertado, mas Cordell permanece, uma escolha que tento não questionar. Theron rapidamente oferece comida e suprimentos do exército dele, e aceito o que o príncipe fornece antes que Noam consiga dizer algo em contrário. Os invernianos veem uma frente unificada, soldados e comida e remédios, não uma rainha que, até poucas semanas, não fazia ideia de quem era, ou um rei que, poucos meses antes, queria dominar a terra deles em vez de salvá-los. Farei o possível para que se mantenha assim, por tempo o suficiente para que a cura definitiva chegue aos corpos e às mentes deles.

A cura definitiva começa assim que vemos Jannuari.

A capital de Inverno está logo depois da fronteira, a algumas horas de cavalgada de Primavera. As cerejeiras exuberantes e a grama cor de esmeralda de Primavera dão lugar aos campos invernianos perfeitamente brancos, colinas contínuas de neve e aglomerados congelados de árvores geladas e de cor marfim. A mudança é imediata, tomando conta de mim como uma corrente... certa. Isso é certo. O frio, as florestas congeladas, o modo como tudo é branco — o céu, o chão, o ar. Esse é meu lar.

Mas é por Jannuari que todos esperamos com ansiedade. Jannuari, nossa capital perdida, uma cidade que só vi em lembranças fabricadas. Quanto mais profundamente mergulhamos em Inverno, mais meu peito se aperta, até que eu tenha medo de me tornar sólida por antecipação, muito antes de chegarmos a nosso destino.

Os outros invernianos veem Jannuari primeiro, a linha enevoada de uma cidade ao longe. Eles me avisam com um grito de animação e saem correndo das fileiras do exército de Cordell com um vigor renovado. Centenas de pés pisoteiam com um prazer súbito os campos vazios, as vibrações estremecem o mundo inteiro.

Jannuari está diante de mim, sob um céu cinza sem neve. Bairros cercam a parte principal da cidade, a muralha está destruída, rochas partidas ao longo de um perímetro entulhado, irregular no horizonte. Dentro dele, algumas torres permanecem erguidas, as pontas determinadas estendidas para o céu como se nada estivesse errado, como se estivessem apenas esperando nossa volta.

Você não nos matou, Angra, e nós nos ergueremos de novo.

Cavalgo ao lado dos outros invernianos, mas paro o cavalo, um lindo animal de guerra emprestado do exército de Cordell. Os invernianos continuam correndo, envoltos demais na exuberância deles para repararem que parei. Meu cavalo dança, nervoso, sobre a neve antiga que preenche o campo, a grama pálida de Inverno desponta pela camada fina de gelo sob os cascos dele.

Sir para ao meu lado, nós dois expiramos nuvens de ar condensado.

— Vai precisar ser reconstruída. E precisaremos trocar mais rações com Cordell — diz ele.

Um vento frio sopra pela camisa de algodão branco que peguei emprestada com Theron. Já estamos em dívida com ele e com o pai, mais do que jamais conseguiremos pagar — e a ideia de que precisaremos de ainda mais faz meu estômago dar um nó com pesar. Sei o que Noam vai querer por tudo o que ele deu: acesso às montanhas Klaryn, a Inverno, na tentativa de encontrar o abismo de magia. Talvez seja por isso que ele não tenha impedido Theron de nos fornecer mantimentos. Talvez por isso não tenha voltado a Cordell ainda, por isso tenha permitido que o exército dele permaneça ao nosso redor, como guardas montando vigia sobre um investimento.

Qualquer que seja o motivo, precisamos de Noam e do que ele oferece e, até que tente cobrar o preço, não posso me preocupar com isso. Não muito.

— Eu sei.

— Mas será bom para eles. — Sir se move na sela, uma das mãos relaxa sobre as rédeas. — Será bom. Reconstruir a cidade conforme eles se curam. Precisam disso.

Assinto. Todos precisamos disso. Precisamos consertar algo, trabalhar nisso com as próprias mãos e sentir a vida fluir de volta em nossas veias. Fazer algo verdadeiro e brilhante e certo.

Sir me olha pelo canto do olho, virado o suficiente para que eu não veja a expressão dele.

— Você é exatamente como ela.

Busco o rosto dele.

— Hannah?

Sir assente.

— Em todos os momentos de sua vida.

Arrepios frios me percorrem. A forma de Sir de me dizer que posso fazer isso. Posso reunir nosso reino de novo, liderá-los para um futuro melhor.

O que quer que esse futuro nos reserve, Angra reside nele também.

Engulo em seco, mordo o lábio inferior enquanto inspiro o ar tão frio. Estivemos tão ocupados com a felicidade de libertar os outros campos de trabalhos forçados, de viajar para Inverno, que não quis estragar a alegria. É tão frágil essa alegria, e parte de mim não quer dizer nada, não quer chamar atenção para coisas ruins até que precisemos.

Mas não contar a Sir poderia tornar as coisas piores quando chegar o momento. Se ele chegar. Se minhas suspeitas estiverem certas, se Angra não estiver morto e a ameaça dele não estiver acabada e tudo por que lutamos ainda seja apenas uma ilusão de paz verdadeira.

— Não acho que Angra morreu — sussurro, um som triste no ar frio. — E a magia dele... é pior do que pensávamos. Muito pior.

Sir não diz nada e, por um momento, acho que talvez minha voz tenha sido levada pelo vento. Olho para ele e Sir estampa aquela mesma expressão impenetrável que exibiu quando voltei de Lynia com a metade do medalhão. Assustado e determinado, como se estivesse encarando o futuro e não tivesse espaço para temer o passado.

Toco o medalhão no pescoço. Está inteiro agora. Inteiro e vazio, sem poder, mas tocá-lo me dá uma calma estranha. Exatamente como aquela lápis-lazúli. Exatamente como esperança. Os invernianos ao meu redor acham que o poder está agora seguro de volta ao medalhão — acham que todas as vezes que o utilizei foram como Mather me disse, um acaso. Um rompante desesperado, consequência do quanto estávamos destruídos. Não ocorre a eles que a magia poderia estar em qualquer outro lugar agora, e não tenho certeza se quero corrigi-los.

Mas não apenas eles — Cordell também. Principalmente Noam.

— Uma coisa de cada vez — diz Sir. Ele me encara, me mostra o quanto está cansado, o quanto está assustado. — Lidaremos com o futuro aos poucos.

Começo a assentir no momento em que cavalos galopam pela multidão de invernianos que ainda estão correndo e param ao nosso lado. Theron e Noam estremecem nas selas, os olhos vagando entre Jannuari, Sir e eu. Noam ao menos tenta parecer digno ao sentir frio, mas Theron se abraça e permite que os dentes trinquem como se fossem cascos na planície. Mather posiciona o cavalo dele entre o meu e o de Theron, com uma sobrancelha erguida conforme avalia nossos convidados estrangeiros quase congelados.

— Diga que há uma loja de mantos em algum lugar lá dentro — diz Theron, e um calafrio o faz se estremecer de modo esquisito sobre o cavalo.

Mather gargalha, um som cortante e lindo que não ouço há anos. Ele tem sorrido um pouco mais a cada dia, aquele sorriso lindo, de rosto inteiro, que faz tudo ao redor dele se iluminar.

— Pobre príncipe cordelliano. Não aguenta um friozinho?

— Um frio*zinho*? — grita Theron, com a voz aguda. Ele indica o exército, os cordellianos parecem tão congelados e desconfortáveis quanto os líderes deles. — Não teremos nada além de picolé de soldados no final disso. Meu pai espirrou mais cedo e o espirro congelou no ar!

Gargalho sobre o cavalo e Theron me olha. O olhar dele muda, de uma risada leve para algo mais profundo, algo que restou de nosso beijo ansioso nos corredores do palácio de Angra.

Mather se ajeita no cavalo entre nós, o maxilar dele se contrai. Tiro os olhos de Theron quando um sorriso lento se abre em meu rosto, e quero rir diante do absurdo da situação. Problemas normais. Preocupações normais com pretendentes. Era o que Sir queria desde o início, não era? E depois de tudo... problemas normais parecem maravilhosos.

Noam resmunga do outro lado do filho, mas não diz nada. Se é porque não tem nada a dizer, ou porque os lábios congelaram fechados, não sei. Ainda precisamos discutir o arranjo do casamento, se um reino Ritmo ainda quer aliar o filho a um reino Estação, ou se a dívida crescente de Inverno com Cordell basta para uma conexão. Ele começou a me perguntar, há alguns dias, quando estávamos descansando entre as invasões aos campos de trabalhos forçados. Noam estendeu a mão para apertar a minha e, quando nossas peles se tocaram, vi mais uma vez a imagem vibrante do rei ajoelhado à cama da mulher. Uma conexão que vem do fato de eu mesma ser um condutor — uma conexão com os demais Condutores Reais — os portadores não devem estar cientes dela, exceto Angra, e apenas porque ele usou a Ruína. Noam deve achar que sou uma rainha fraca e instável, que treme quando o toca.

Acho que ele precisa acreditar nisso, no entanto. É melhor se me subestimar, se não tiver ideia de meu verdadeiro poder. Um trunfo a mais a favor de Inverno quando ele decidir cobrar tudo que nos deu.

— Se tiverem terminado de brigar por causa do frio — interrompe Sir —, acredito que apresentações precisam ser feitas.

Ele me encara, sorri e coloca o cavalo para galopar, cascos levantam montes de neve derretida conforme sir dispara entre os invernianos que correm. Theron e Noam disparam atrás dele, ziguezagueando entre meu povo de cabelos brancos em direção a uma cidade da qual muitos de nós não se lembram. Apenas Mather permanece, a respiração dele libera lufadas condensadas e gélidas entre nós, os olhos de Mather estão sobre mim conforme observo todos ao nosso redor.

— Sinto muito — digo, suspirando.

O cavalo de Mather estremece sobre a neve, perturbado com nossa tensão. Desvio o olhar da horda que sai correndo e encaro os olhos safira de Mather por mais do que um momento passageiro. É o máximo de tempo que nos olhamos desde a batalha em Abril, e o olhar está pesado com desculpas.

Mather expira o ar pelo nariz, dando uma risada baixa de incredulidade.

— Não peça desculpas. Você não fez nada errado. — A concentração de Mather passa para a cidade além de nós. — Não mesmo.

— Eu sei, eu só... — paro subitamente, e Mather se volta para mim.

— Eu sei — repete ele, e o sorriso de Mather é sincero. Ele se move de novo, puxando as rédeas nas mãos. — Se algum de nós deveria se sentir mal, sou eu. William nos contou a verdade depois que você foi capturada, e só conseguia pensar: *Você é quem tem a responsabilidade agora. Estou livre.*

Mather mantém o olhar fixo no horizonte enquanto fala e, se eu não estivesse olhando para ele, poderia ter aceitado o tom tranquilo, o comportamento jovial. Mas observo o rosto de Mather enquanto ele fala, observo a forma como os olhos dele se estreitam, os lábios se contraem em uma linha fina. Há verdade demais no que Mather diz. *Estou livre.*

Talvez não seja uma liberdade que ele quer.

— Quando estava em Cordell — começo a dizer — e precisei interpretar a futura rainha deles, eu fingi que era... — Minhas palavras hesitam e engasgo. — Fingi que era você.

Minha confissão paira no ar, um filamento sussurrado de palavras que flutuam com os flocos de neve que caem. Mather sorri para mim apesar dela, parte da tensão se suaviza antes que ele faça uma pequena reverência com a cabeça.

— Minha rainha — diz Mather, em resposta. Ele coloca o cavalo para galopar e ambos disparam para a horda que corre, outro corpo correndo para a muralha de Jannuari.

Observo Mather ir, meu peito parece mais leve. Estamos todos aqui. Jannuari. Uma cidade que só vi em lembranças e sonhos, as ruas de paralelepípedos, os chalés. O modo como a neve cai constantemente, uma chuva onipresente de flocos perfeitos, únicos. É preciso nevar. É preciso que sempre neve.

Algo molhado faz cócegas em meu nariz. Ergo o rosto e minha boca se abre com um sorriso sincero e puro. Flocos de neve caem agora, firmes e fortes, descendo até Jannuari. Cobrindo-nos como deveríamos ser cobertos — com inverno. Inverno de tirar o fôlego, congelado, perfeito.

Incito meu cavalo a galopar, a batida constante de seus cascos seguem os demais até Jannuari, um lugar de neve e luz.

Sua cidade.

A voz de Hannah toma conta de meus sentidos, emerge da magia do condutor que reside em mim. Ela podia falar comigo esse tempo todo, ao que parece, mas não queria arriscar revelar o que sou para Angra e, por isso, ela nunca nos impediu de procurar as metades do medalhão. Foi tudo uma farsa para proteger a linhagem de Inverno, e os sonhos e as visões deveriam me introduzir aos poucos aos condutores e à magia, ligada a Hannah de uma forma que jamais achei possível. Minha mãe. Ainda tenho dificuldades em me acostumar com o fato de sequer ter mãe. Não tenho certeza de onde isso se encaixa no novo mundo.

Nossa cidade, corrijo. *Nem mesmo estaríamos vivos se não fosse por você.*

Um nó de tristeza se forma em minha mente, o arrependimento e a dor de Hannah. *Mas você vai ser bem-sucedida onde fracassei.* Ela para e consigo sentir uma onda do remorso de Hannah no silêncio. *Eu quis contar. Tantas vezes eu quis falar com você. Não podia arriscar que percebesse quem era antes que tivesse idade o suficiente para usar sua magia e, se Angra descobrisse o que você era quando ainda estava jovem demais...* Ela para, arqueja. *Nosso reino teria se perdido para sempre.*

Eu sei, digo. É tudo o que consigo dizer. Esse não é um dia para pedidos de desculpas chorosos. É um dia para inspirar o ar frio e nevado, observar os invernianos conforme cavalgo em meio a eles, vendo os rostos sorridentes e radiantes deles.

Vejo Nessa adiante, rindo e atirando bolas de neve em Conall. Vejo Dendera sobre o próprio cavalo, apostando corrida com Henn até a muralha. Felizes e livres, como eles sempre deveriam ter sido. Pessoas à luz, não apenas palavras na escuridão.

Não parece real. Tentei por tanto tempo e com tanto afinco ser apenas Meira, mas quem sou não é tão simples quanto *apenas* qualquer coisa. É como essa nevasca sobre Jannuari — um floco cai, rodopiando do céu vazio. Uma partícula congelada de neve. Então outra, e outra e antes que eu perceba, as estradas estão cobertas com dezenas de flocos diferentes. Todos esses pedacinhos se combinam e criam uma tempestade de neve gigantesca e volátil, algo lindo e perigoso e épico.

Sou a filha de Hannah. Sou o condutor de Inverno. Sou uma guerreira, uma soldada, uma dama, uma rainha e, acima de tudo, conforme mergulho pelo campo de neve em direção à ruína silenciosa de Jannuari, sou Meira.

E não importa o que Angra possa tentar fazer, ele não me impedirá de lavar as cinzas do passado desse reino e encher nossas vidas com a gloriosa paz gelada da neve.

AGRADECIMENTOS

Nem tenho certeza de por onde começar com esta coisa fantasticamente intimidadora. "Escreva a página de agradecimentos", disseram eles. "Será divertido." E sim, seria divertido, mas preciso de pausas para chorar o tempo todo, porque este livro representa tantas coisas ao mesmo tempo, e tantas pessoas entraram e saíram dele e...

Ai, nossa. LÁGRIMAS.

Primeiro, e o mais óbvio de tudo, devo um obrigada a minha agente verdadeiramente épica, Mackenzie Brady. Ela é o tipo de pessoa incrível que tudo o que diz é, ao mesmo tempo, genial e irritante, devido ao quanto está certa. *Neve e cinzas* deve muito da grandeza a essa mulher e, sem ela, eu estaria perdida.

Para minha editora Kristin Rens, cuja animação com *Neve e cinzas* me deixou sem fôlego desde o primeiro dia. Ainda acho difícil entender o fato de que outra pessoa adora meu mundinho esquisito tanto quanto eu, e dedicou tanto tempo e esforço em moldá-lo. Kristin e todas as pessoas da Balzer + Bray são exemplos maravilhosos e iluminados de cavalheirismo e força editorial. Além disso, devo agradecer a Jeff Huang, que me deu o verdadeiramente épico chakram, junto com uma verdadeiramente épica alegria. Você, Sir, é maravilhoso.

Para meu marido, sempre ao meu lado, sempre positivo, para todo o sempre (jamais vou me cansar de falar assim de você!), Kelson. Estar com você é o ápice do sonho de uma vida inteira, todos os dias.

Para meus amigos escritores que me incentivam, me enaltecem e, quando precisam, me puxam de volta à terra das formas mais cuidadosas e carinhosas possíveis: Jenn "JR" Johansson (porque saídas em casal são mais divertidas quando nossos maridos nos ouvem gritar uma com a outra na cozinha); Natalie Whipple (minha fada madrinha de cross-country e viagens de carro); Renee Collins (diversão gostosa!); Kasie West (a única pessoa para quem farei cupcakes com chocolate mentolado); Candice Kennington (jamais deixarei de amar Courant); Michelle D. Argyle (*Cinders* parte meu coração diariamente); Jillian Schmidt (Sophie e M são os próximos); Kathryn Rose (você é o Santo Graal dos amigos); Lara Elliot (amo tanto você que dói um pouco); Samantha Verant (que, pelo menos para mim, é uma princesa francesa); Nikki Raasch (sangue é mais espesso do que tinta); Nikki Wang (por fazer a primeira *fanart* da minha vida — você é maravilhosa); YA Valentines e OneFours (estrear com vocês foi uma honra); e todos os outros parceiros de críticas, grupos de escrita, blogueiros e diversos escritores que me fizeram gargalhar, me deram conselhos, me mantiveram nesse nosso mundo louco.

Para meus pais, Doug e Mary Jo, cujo orgulho e animação me lembram de por que sou tão sortuda por ser filha deles. Para minha irmã, Melinda — queria que todos pudessem ter uma irmã tão divertida e carinhosa como você, e vou fazer o possível para transformar *Neve e cinzas* em filme. Para meu avô, Don, que me deixa orgulhosa por ser uma Raasch. Para minha avó, Dottie, que não está mais conosco, mas se estivesse, sei que faria todo tipo de colchas de retalhos com tema de *Neve e cinzas*. Para minha família incrivelmente diversa e adorável — Lisa, Eddie, Mike, Vovó Connie, Debbie, Dan, Tia Brenda — e todos os meus primos, que crescem rápido demais — Suzanne, Lillian, William, Brady, Hunter, Lauren, Luke, Delaney, Garrett, Krissy (e Wyatt), Brandi e, é claro, Kayla, a Bibliotecária (amo você, Prima Mais Velha!).

Para todos os professores e amigos que estavam tão animados e me apoiaram tanto e foram tão parecidos com uma família que meus olhos ficam cheios d'água — Kim, Bob, Kayla, Jay, Kelly e Katelyn;

Janet Ross; Terri Thompson; Matt Langston (você estará em todos os meus livros); Ali (amarei você para sempre, por ter sido a primeira pessoa que chorou por causa deste livro) e Ashley (Três Mosqueteiras para sempre!); Jennifer, Allie, Sarah Black, Diana, Sarah Kucharski e Lauren (vocês fizeram a faculdade valer a pena); e Stevie (a chique sola sobressalente para a venda de sapatos corrida que é minha vida).

Para todas essas pessoas... OBRIGADA. Por tolerarem meu comportamento esquisito ao escrever, por encorajarem as ambições insanas de publicação de uma menina de 12 anos, por ficarem tão, mas tão animados por mim quando aquelas ambições insanas de publicação se realizaram 11 anos depois. *Neve e cinzas* pode ser a realização de uma meta vitalícia, mas ter amigos e família tão incríveis quanto cada um de vocês é uma dádiva ainda melhor.

Para agradecer adequadamente a todas as pessoas que ajudaram a dar forma a este livro de um jeito ou de outro, eu precisaria de um romance próprio, então, tudo o que posso fazer agora é esticar os braços e abraçar cada um de vocês. Sim, você também, que está lendo a minha página de agradecimentos e sacudindo a cabeça daquela forma meio preocupada e meio divertida. O motivo pelo qual este livro é qualquer coisa agora é VOCÊ, incrível VOCÊ, por tê-lo escolhido, por dar a ele uma chance, por deixar que meu mundo bizarro se tornasse parte de seu mundo bizarro.

Você é melhor do que qualquer condutor.

Publisher
Kaíke Nanne

Editora Executiva
Livia Rosa

Editora de Aquisição
Renata Sturm

Editora
Giuliana Alonso

Coordenação de Produção
Thalita Aragão Ramalho

Produção Editorial
Marcela Isensee

Tradução
Mariana Kohnert

Copidesque
Jaciara Lima

Revisão
Janilson Torres Junior
Crib Tanaka

Diagramação
Ilustrarte Design e Produção Editorial

Este livro foi impresso no Rio de Janeiro,
em 2016, pela Edigráfica, para a Editora HarperCollins Brasil.
A fonte usada no miolo é Venetian, corpo 12,75/15,2.
O papel do miolo é Chambril Avena 80g/m^2,
e o da capa é cartão 250g/m^2.